LAURA FRANTZ

DAS Versprechen DER BIENENHÜTERIN

Roman

BRUNNEN
Verlag GmbH · Giessen

Laura Frantz

Die mit dem Christy Award ausgezeichnete Autorin hat eine Leidenschaft für alles Historische, insbesondere für das 18. Jahrhundert. In ihre Geschichten fließen oft schottische Themen ein, die ihr Familienerbe widerspiegeln. Sie ist eine direkte Nachfahrin von George Hume von Wedderburn Castle, Schottland, der wegen seiner Rolle im Jakobitenaufstand von 1745 in die amerikanischen Kolonien verbannt wurde und George Washington Vermessungsarbeit beigebracht haben soll.

Deutsch von Tabitha Krägeloh

© 2024 Brunnen Verlag GmbH Gießen
Redaktion: Alexandra Eryiğit-Klos
Umschlagfoto: Baker Publishing Group
Umschlaggestaltung: Daniela Sprenger
Satz: Brunnen Verlag GmbH
Druck: Dimograf Sp z o.o., Polen
ISBN Buch 978-3-7655-2166-9
ISBN E-Book 978-3-7655-7860-1
www.brunnen-verlag.de

MEINEM URAHN AUS DEM 18. JAHRHUNDERT GEWIDMET,
GEORGE HUME VON WEDDERBURN CASTLE,
BERWICKSHIRE, SCHOTTLAND

Schottisches Wörterbuch

Auld Reekie – Edinburgh

aye – ja

Bannock – kleines Fladenbrot aus Hafer- und Gerstenmehl

Croft – Bauernhütte

Crowdie – schottischer Frischkäse

Cullen Skink – eine Suppe aus Schellfisch, Kartoffeln, Zwiebeln und Milch

Doric – Dialekt aus dem Nordosten Schottlands

Kilt – Schottenrock; ein aufwendig gefalteter Wickelrock, der nur von Männern getragen wird

Laird – Landbesitzer, der in der schottischen Rangordnung unter dem Baron, aber über dem Gentleman steht

Lass – Mädchen

nay – nein

Plaid – Schulterdecke; Bestandteil der traditionellen schottischen Kleidung

Sporran – traditioneller schottischer Geldbeutel, Teil der Kilt-Ausrüstung

Sgian Dubh – traditionelles schottisches Messer, Teil der Kilt-Ausrüstung

Slàinte – Gesundheit, Prost (beim Anstoßen)

1

Kein Mensch gebietet je den Zeiten.

ROBERT BURNS

INSEL KERRERA, SCHOTTLAND, 1752

Während die Sonne langsam hinter den Horizont glitt, lehnte Lark sich gegen die zerklüftete Klippe am Westufer der Insel. Das Meer breitete sich wie eine indigoblaue Decke vor ihr aus. Die Tölpel, die darin schwammen, wurden von den vielen schaumbedeckten Wellen hin und her geworfen. Larks Haar flatterte wie eine purpurrote Fahne im Südwind – so rot wie der edle Seidenstoff, der vorige Nacht an Land geschmuggelt worden war. Es waren gefährliche Zeiten, in denen der Schwarzhandel blühte, geprägt von zahllosen geheimen Treffen und Verabredungen im Mondschein, sandigen Schuhen und schlaflosen Nächten. Wie oft hatte Lark Gott bereits gebetet, dem Ganzen bald ein Ende zu bereiten?

An diesem stillen Maiabend waren jedoch die Mücken, die Lark bei Einbruch der Dämmerung stachen, das einzige Ärgernis – abgesehen von der stämmigen Jillian Brody, die in Lark hineinrannte und sie dabei fast von der Klippe stieß.

„Nimm dich in Acht, aye? Es sollen Steuereintreiber in der Nähe sein."

„Ich hoffe es nicht", hauchte Lark. Dann reckte sie den Hals, um den Blick über die weitläufige Landzunge schweifen zu lassen. Man konnte diesen Anblick nur als majestätisch bezeichnen. Lark würde Jillian nicht verraten, dass der attraktive Kapitän der *Merry Lass* ihr Herz höherschlagen ließ als die riskante Schmuggelei. Und dass sie sich bloß mitten in der Nacht herausgewagt hatte, um vielleicht einen Blick auf ihn oder sein Schiff zu erhaschen.

„Du bist aus einem andren Grund hier draußen als wir." Obwohl der Pfad sehr schmal und steil war, gelang es Jillian, sich breitbeinig hinzustellen und die Fäuste in die ausladenden Hüften zu stemmen. „Hab gehört, dass du dich geweigert hast, die Beute mit an Land zu bringen?"

„Ich hatte ein schlechtes Gewissen", erklärte Lark. „Ich kann euch nicht beim Stehlen helfen, selbst wenn es den Armen zugutekommt."

„Pah!", fauchte Jillian. Der Nachtwind begann in einer seltsam klagenden Art zu heulen und erfasste die Zipfel ihrer karierten Schultertücher. „Du hältst dich wohl für was Besseres als wir anderen. Dann hau eben ab!"

Trotz des gehässigen Tons kam Lark der Aufforderung bereitwillig nach. Sie drehte sich um und eilte davon. Obwohl es beinahe Mitternacht war, lief Lark sicheren Schrittes den Pfad entlang. Es wurde erst spät dunkel, was den Schmugglern nur wenig Zeit ließ, ihre Arbeit im Geheimen zu verrichten.

Angespannt suchte Lark sich ihren Weg nach oben, während sie hin und wieder einen Blick über die Schulter auf den Strand hinab warf. Doch dieser lange, unbefriedigende Abend brachte keine Ware an Land und keinen gut aussehenden Kapitän nach Hause. Wenig später betrat Lark ein winziges Cottage, kaum größer als ein Kuhstall. Das bescheidene Steinhaus war schon immer ihr Zuhause gewesen. Nur Lark und ihre Großmutter wohnten hier und schürten das Torffeuer unter dem großen Kessel. Der Porridge und die Suppe, die sie darin kochten, schienen immer nach Rauch zu schmecken. Bevor Lark in ihr abgetragenes Nachthemd schlüpfte, wusch sie sich. Dann ließ sie sich erschöpft auf ihr Schrankbett in der Wandnische fallen.

Früh am nächsten Morgen stapfte Lark durch den Nebel zum Schloss von Kerrera, froh, wenigstens ein bisschen Schlaf bekommen zu haben.

Als sie das Gelände des Schlosses betrat, hätte Lark sich am liebsten in den ummauerten Garten geschlichen, um aus der Quelle zu trinken, die in einer felsigen Ecke aus dem Boden hervorsprudelte. Selbst in der größten Sommerhitze war das Quellwasser eiskalt. Die meisten Bediensteten durften den formalen Garten jedoch nicht betreten. Die Herrin von Kerrera Castle legte viel Wert darauf, dass ihre Angestellten unsichtbar blieben. Darum war die herrliche Gartenlaube ausschließlich Lady Isla und den seltenen Hausgästen von Kerrera vorbehalten.

Vorbei an den einfachen Kräuterbeeten des Küchengartens gelangte Lark in ihren geliebten Bienengarten. Hier hätte sie für immer bleiben können. Vor einer efeubewachsenen Ziegelmauer standen mehrere Bienenkörbe. Sie waren aus dicken Strohkränzen gefertigt und sahen wie goldene Kuppeln aus. Im unteren Bereich hatte jeder Korb ein winziges Türchen. Obwohl es früh am Morgen war, summten die Bewohner bereits eine lebhafte Melodie, während sie eifrig zwischen verlockenden Ringelblumen und würzigem Borretsch hin und her flogen. Im Sommer erwartete sie ein Festmahl aus Bienenkraut, Löwenmäulchen und Schmuckkörbchen. Und im August würde Lark dann einen oder zwei Bienenstöcke hinaus auf die Heide bringen, um den begehrten Heidehonig herzustellen, den der Laird so gerne aß.

Larks Blick schweifte zur Bienentränke, die sie vor ein paar Jahren aufgestellt hatte – ein angeschlagener, flacher Teller, der regelmäßig mit frischem Wasser gefüllt wurde. Lark hatte ein paar Kieselsteine vom Strand hineingelegt, damit die fleißigen Tierchen sich daraufsetzen konnten, um nicht zu ertrinken. Als Lark sich den Bienen näherte, schien ihr Summen lauter zu werden. Die Tiere spürten Larks Gegenwart und surrten melodisch, während Lark zwischen ihnen umherlief. Aber die Bienen mochten nicht jeden: Die Mägde umkreisen sie wohlwollend, während die Haushälterin nur gerade so geduldet wurde. Bei der Köchin wurden die Bienen wie wild und stachen zu. Der Laird von Kerrera Castle hingegen bewegte sich ruhig und respektvoll im Bienengarten, ähnlich wie Lark. Sie beide wurden von schmerzhaften Stichen verschont. Lark hatte sich immer gefragt, wie die Tierchen wohl auf Lady Isla reagieren würden. Doch die Frau des Lairds wagte sich so gut wie nie in die Nähe der Bienenstöcke.

Nachdem Lark sich vergewissert hatte, dass zumindest im Garten alles in Ordnung war, steuerte sie auf das Schloss zu.

„Da bist du ja, Lark."

War sie etwa zu spät? Mistress Baird, die strenge Haushälterin, grüßte Lark nie. Stattdessen machte sie ihr ein schlechtes Gewissen. Glücklicherweise erklang in diesem Moment der erlösende Glockenschlag der Standuhr im Bedienstetenzimmer.

Nicht zu spät. Genau rechtzeitig.

Mistress Baird griff an ihre Chatelaine und löste den Schlüssel zum Destillierraum. Lark nahm ihn entgegen, murmelte ein Dankeschön und wandte sich zum Gehen. Dann lief sie über den Muschelpfad zu dem kleinen Steingebäude, das an die Orangerie des Schlosses grenzte. Ein paar Glasscheiben des Gewächshauses waren bei einem Sturm zerbrochen worden. Die wenigen Pflanzen, die jetzt darin aufkeimten, freuten sich schon auf den Sommer. Prächtig leuchtende Blüten zierten eine verglaste Ecke der Orangerie.

Die Tür des Destillierraums öffnete sich mit einem Quietschen. Der Geruch von feuchtkaltem Stein und kräftiger Pfefferminze schlug Lark entgegen – eine Erinnerung an ihre gestrigen Aufgaben. Lark griff nach einer Schürze, die an einem Haken hing, band sie um und machte sich dann an die Arbeit.

Wenig später trat sie durch die Hintertür in den Küchengarten, um Kräuter für ein Heilmittel zu sammeln. Als sie nach drinnen zurückkehrte, quoll der Korb an ihrem Arm fast über. Obwohl Lark die Zutaten für die Tinktur auswendig kannte, warf sie einen Blick in das Rezeptbuch, das offen auf einem Tisch in der Nähe lag.

„Guten Morgen, Lark." Erschrocken fuhr sie zusammen. Der Laird stand in der offenen Tür. Er trug maßgeschneiderte Kleidung aus Edinburgh und hatte die Hände hinter dem Rücken verschränkt.

Der Laird kam nur selten hierher. Sie hatte ihn seit mindestens zwei Wochen nicht gesehen, da er die meiste Zeit an den Gerichtshöfen von Edinburgh verbrachte. Lark hatte anfangs sehr unter der Distanz gelitten, aber inzwischen hatte sie sich an den Schmerz gewöhnt. Früher hatten sich Lark und der Laird so nahegestanden wie Zwillinge. Larks Mutter war die Amme des Lairds gewesen. Nur hatte Lark damals nicht gewusst, dass er ein MacLeish war – der Laird von Kerrera Castle. Sie hatte ihn für den Sohn eines Bediensteten gehalten. Ein kräftiger, rotwangiger Bursche mit dunkelbraunen Haaren war er gewesen. Er hatte ebenso wenig gewusst, dass Lark nur die Tochter einer Bediensteten war. Sie waren gemeinsam entwöhnt worden und hatten zusammen laufen gelernt, bis sie wie junge Kälber über die Wiesen getollt waren.

Als Lark den Laird jetzt sah, ließ sie fast ihren Korb fallen. „Eure Lairdschaft –"

„Hör schon auf damit, Lark."

Sonnenstrahlen füllten den Raum zwischen ihnen. Und eine unsichtbare Mauer der Zurückhaltung. Sie würde – konnte – ihn nie wieder Magnus nennen.

„Wir sind gestern spät angekommen. Ich habe dir eine Nachricht vorausgeschickt. Hast du sie nicht erhalten? Über das benötigte Tonikum?"

„Nein." Lark spürte, dass Magnus verzweifelt war. Seine stoische Gelassenheit konnte sie nicht täuschen. Wenn er hier war, musste etwas Schlimmes passiert sein.

„Zum Hades mit der Post", stieß Magnus wütend hervor.

„Ganz ruhig", sagte sie, wie in alten Tagen. Sie mochte es nicht, ihn so verärgert zu sehen.

Magnus blickte mit unverändert finsterem Gesicht zum Himmel auf. „Kerrera wird keinen Erben haben."

Larks Herz setzte einen Schlag aus. Nicht schon wieder! Was sollte sie darauf erwidern? Sechs Fehlgeburten. Das war auch der Grund dafür, dass die Herrin so launisch war. Kerrera brauchte dringend ein Kind, einen Erben. Aber es war, wie Granny es sagte: Gegen einen verschlossenen Mutterleib gab es kein Heilmittel und keine Tinktur.

„Die Ärzte haben Lady Isla zur Erholung hierhergeschickt. Abseits vom Gestank und Lärm der Stadt."

Larks Hände zitterten fast, als sie die Kräuter in ihrer Schüssel vermengte. Was für eine missliche Lage! Es war kein Geheimnis, dass die

Herrin nichts für die westlichen Inseln übrig hatte. Sie fand Kerrera unzivilisiert. Abgelegen. Welten von ihrer Heimat Edinburgh entfernt. Und dennoch hatten die Ärzte sie zurückgeschickt.

Der Laird fuhr sich mit der Hand durchs ungekämmte Haar, während sein Blick jenseits der Schlossmauern auf dem Meer ruhte, das in der Morgensonne eher golden als blau glitzerte. „Was rätst du ihr?"

„Etwas Beruhigendes." Lark hob den Blick zu den Tonkrügen und Kännchen auf dem Regal über ihrem Kopf, während sie nachdachte. „Kamille. Lavendelöl. Zitronenmelisse."

„Wie schnell kannst du ein Mittel fertig haben?"

„Manche Dinge brauchen ihre Zeit", erwiderte Lark. „Sie wollen ja kein falsches Mittel bekommen. Außerdem habe ich mehr als eine Tinktur im Sinn." Lark knickste kurz, bevor sie an Magnus vorbeieilte, um ein Kraut zu holen, das sie vergessen hatte.

„Ich habe Vertrauen in dich, Lark", sagte er, als sie in den Destillierraum zurückkehrte. „Vielleicht mehr als in die Ärzte von Edinburgh."

„Vielleicht setzen Sie Ihr Vertrauen in die falsche Person." Lark sah ihm einen Moment zu lang in die azurblauen Augen, wenn auch nur, um die Tiefe seines Schmerzes zu ergründen. „Gebet ist oft das beste Heilmittel. Aber das hier sollte vorerst helfen." Sie reichte ihm ein kleines Glasfläschchen. „Die Zofe der Ladyschaft soll es in kochend heißes Wasser tauchen und dann eine Viertelstunde warten, bevor die Herrin es trinkt."

„Was bewirkt es?"

„Es bringt den Schoß Ihrer Ladyschaft zur Ruhe." Lark errötete und nahm schnell die nächste Aufgabe in Angriff. Es war ihr unangenehm, über diese Dinge zu sprechen. Trotzdem fuhr sie fort: „Und es bringt ihren Zyklus wieder in Gang."

Magnus sah sie erwartungsvoll und ohne eine Spur von Verlegenheit an. Aber er wirkte etwas verwirrt, gar enttäuscht. Hatte er gedacht, dass Lark seiner Frau ein Kind einpflanzen könnte?

Schließlich wandte Magnus den Blick ab. Während er das Gebräu in

seiner Hand betrachtete, murmelte er bloß geistesabwesend: „Danke."
Dann verließ er den Raum.

Den restlichen Nachmittag grübelte Lark über die schlechte Neuigkeit
nach. Als sie den Destillierraum nach getaner Arbeit abschloss, wurde
sie durch ein Rascheln dicht hinter ihr aus den Gedanken gerissen. Sie
erschrak. Doch dann erklang eine ungeschliffene, aber vertraute Stimme
hinter der Hecke und Larks Herzschlag beruhigte sich wieder.

„Halt dich heute Abend bereit. Die *Merry Lass* wird erwartet. Leg
ein Bettlaken über euren Torfhaufen, sobald du die Bestätigung be-
kommst. Wenn die Luft rein ist, lasse ich das Licht leuchten. Aber sei
vorsichtig. Es heißt, dass Steuereintreiber in der Gegend sind."

Noch eine Schmuggelaktion? „Ich kann nicht –"

„Pscht! Stimmt es also, was ich gehört hab? Du wirst nicht mehr
helfen? Der Captain verlässt sich auf dich!"

Lark seufzte, hin- und hergerissen zwischen ihrem Gewissen und
ihrer Verpflichtung als Inselbewohnerin. Das Mindeste, was sie tun
konnte, war, ein einfaches Laken auszubreiten, oder? *Herr, vergib mir.*

Nachdem sie ein zurückhaltendes Aye gemurmelt hatte, lief Lark
über den Pfad die Klippe hinab. Die bloße Erwähnung von Steuereintreibern war genug, um sie erschaudern zu lassen.

„Die *Merry Lass* bringt also eine Ladung Salz, sagst du?"

„Nein, Granny, das habe ich nicht gesagt. Wir können es nur hoffen."

„Gelobt sei Gott, wenn es so ist!"

Lark und ihre Großmutter saßen an ihrem kleinen Tisch vor dem
verrußten Fenster, wo sie Brennnesselbrei und die letzten *Bannocks*
mit *Crowdie* aßen. Die Aussicht von hier oben war atemberaubend,
sogar für Granny, die schon so lange hier wohnte. Die bescheidene
Croft, in der sie lebten, stand auf einem Felsvorsprung im Schatten
von Kerrera Castle. Über ihnen thronte das Schloss, das mit seinen
hellrosa verputzten Steinwänden und den vielen Türmchen und Er-
kern das beeindruckendste Bauwerk an der Küste war. Eine Land-
marke für anlegende Schiffe.

„Wer ist der Kapitän der *Merry Lass*?", fragte Granny.

Larks Magen schlug einen Purzelbaum. „Captain MacPherson … Rory MacPherson."

„Oh! Der Junge von Mad Dirk?"

„Aye, Granny. Nur ist er kein Junge mehr."

„Ich nehme an, dass er einen Sack Salz für uns aufheben wird?"

Lark schluckte einen weiteren Bissen ihres Abendessens hinunter. Sie war die wiederholten Fragen ihrer Großmutter gewohnt. „Das ganze Dorf braucht Salz, um den nächsten langen Winter zu überstehen."

„Der Laird wird uns schon nicht verhungern lassen", sagte Granny zuversichtlich, während sie den Tee einschenkte. Für ihr Alter war ihre Hand erstaunlich ruhig. Als der Dampf die Luft zwischen ihnen trübte und Lark der Duft des Tees in die Nase stieg, bekam sie Gewissensbisse. Es war geschmuggelter irischer Tee, so wie auch das Salz geschmuggelt sein würde. „Der letzte Logger hat nur Whisky mitgebracht. Den können wir bloß als Medizin gebrauchen – oder um die Steuereintreiber zu benebeln." Salz hingegen war notwendig, um den Fisch, von dem sie lebten, haltbar zu machen. Und niemand konnte sich Salz oder Tee leisten, seit die britische Krone beide Waren mit ungeheuer hohen Steuern belegt hatte.

Granny trank einen Schluck. „Was gibt es Neues aus dem Schloss?"

Am liebsten hätte Lark diese Frage weit weggeschoben. „Lady Isla hat schon wieder ein Kind verloren."

„Gott segne sie." Granny kniff ihre dunklen Augen zu winzigen Schlitzen zusammen. „Und den Laird."

„Gibt es nichts, was ihnen helfen könnte, einen Erben zu bekommen?"

Ein abwesender Ausdruck trat in Grannys Blick. Gespannt wartete Lark, ob die Erinnerungen zurückkehren würden. Zu ihrer Zeit war Granny die Herrin des Destillierraums gewesen, während Larks Mutter als Amme gearbeitet hatte. „Es gibt zu viele dunkle Ecken in meinem schwachen Gedächtnis. Ich kann mich an vieles nicht erinnern."

„Na ja, wenn dir irgendwann was einfällt …" Lark hielt den Blick auf ihren Tee gerichtet. Sie wünschte, dass man Babys so einfach besorgen könnte wie Salz.

Wo mochte die *Merry Lass* jetzt sein? Selbst wenn sie sich anstrengte, konnte sie das Schiff nicht ausmachen. Mit ihren dunklen Segeln war die schwarz gestrichene Schaluppe in einer mondlosen Nacht so gut wie unsichtbar. Jetzt stand die Sonne wie ein Feuerball über dem westlichen Meer und warf ihre Strahlen auf die leeren Schüsseln und vollen Tassen auf dem Tisch.

Es war ruhig. Warm. Larks Blick schweifte zum Strand, wo sich bereits die ersten Schmuggler versammelten, um später die Waren an Land zu holen. Bald würde es dort unten nur so wimmeln von Pferden und Wagen sowie Frauen, die mit Knüppeln und Heugabeln bewaffnet waren, um die Waren auf dem Weg ins Binnenland zu begleiten.

Aber bevor die *Merry Lass* alle Segel setzen und auf den Strand zusteuern konnte, mussten Wachen postiert werden. Dann würde Lark eine Decke über den Torfhaufen breiten, während jemand anderes am Ufer das Lichtzeichen geben würde.

Bis auf ein paar Brandyfässer, die in einer Ecke standen, und die leeren Schlafplätze im Schatten der Felswand gab es nicht viel in der riesigen Meereshöhle. Es war mitten in der Nacht. Kaltes Wasser umspülte Larks bloße Füße und die Stiefelspitzen des Captains. Da die Flut bald einsetzen würde, hatten sie nur wenig Zeit zu reden. So wie immer. Keine Zeit. Wenige Worte. Eine große Enttäuschung.

„Also, Lass, was brauchst du? Ich höre." In seinen hohen Stiefeln, der karierten Hose und dem gestreiften Pullover sah Rory MacPherson wie ein Pirat aus. Pistole und Entersäbel hatte er ebenfalls in Reichweite. Rory spielte die Gefahr der Steuereintreiber zwar gerne herunter und verpasste ihnen Spottnamen, aber seine Wachsamkeit behielt er bei. „Keiner dieser Schätze darf in die Hände der Philister fallen, verstanden?"

Lark lächelte. Rorys Grinsen war ansteckend. Heute Nacht hatten die Freihändler, wie die Schmuggler sich nannten, die Steuereintreiber wieder einmal überlistet. Die Schmuggelaktion war ein voller Erfolg gewesen. 40 Kisten Tee. 30 Matten Tabakblätter. 80 Anker Brandy. 2 Fässer Feigen und Süßholz. Eine große Menge Salz. Und Hafer.

„Salz und Hafer", erwiderte Lark. Granny würde entzückt sein. „Vielleicht noch Melasse."

„Aye." Konnte er ihre Freude spüren? Ihre Zurückhaltung? Wie ein Pendel schwang Lark zwischen beiden Emotionen hin und her. Fast hätte sie noch *Tee* gesagt, aber sie fürchtete, gierig zu wirken.

„Tee?", fragte Rory mit Nachdruck, als könne er ihre Gedanken lesen. „Ein paar Ballen oder eine ganze Kiste?"

„Ich kann keine ganze Kiste tragen –"

„Aber ich. Ich gehe sowieso in die *Thistle*. Du nimmst den Rest."

Schwer beladen brachen sie auf. Doch Lark war stark und leichtfüßig. Sie lief häufig nachts den felsigen Pfad entlang, im schwachen Licht von Kerrera Castle. Bald würde die Flut ihre Fußspuren verwischen und die *Merry Lass* wieder aufs Meer hinaustragen – und mit ihr den gut aussehenden Captain.

Doch nun folgte Lark ihm erst einmal keuchend die Klippe hinauf. Ihr Schultertuch verrutschte bei jedem Schritt ein wenig mehr. Leider trübte der Gedanke an die bevorstehende Trennung Larks Vorfreude auf die gefüllte Speisekammer. Rory blieb nie lange. Jetzt lief er noch gesund und munter und mit sicheren Schritten vor ihr her, wobei er ab und zu einen Stein lostrat. Aber bald würde Rory wieder fort sein – nur noch eine geisterhafte Erinnerung. Lark schien es, als würde sie jedes Mal, wenn er ging, ein weiteres Stück von ihm verlieren, bis nichts mehr von ihm blieb als ein Nebel, der über dem Wasser schwebte.

Genauso hatte sie sich gefühlt, als der Laird geheiratet hatte. Magnus war ein so wichtiger Teil ihres Lebens gewesen, bis Isla ihm den Kopf verdreht hatte. Kurz darauf war Rory zur See gefahren. Beide Verluste hatten Lark innerlich zerrissen. Während die beiden Männer ihr Glück in der Welt machten, blieb sie immer die Gleiche, gebunden an die *Croft* und das Schloss.

Lark blickte auf, den Klang der tosenden Brandung in den Ohren. Heute Nacht leuchtete Kerrera Castle so hell wie eine Laterne über ihnen. Nach einem kurzen Blick nach unten hob Lark die Augen vom Pfad – und von Rorys breitem Rücken, der mit der Teekiste beladen war –, um zum größten Fenster des Schlosses hinaufzuschauen.

Die Silhouette des Lairds, Magnus MacLeish, hob sich deutlich vom hell erleuchteten Fenster ab. Er sah zu ihnen herunter. Lark widerstand dem Impuls, eine Hand zum Gruß zu heben. Seine hochgewachsene Silhouette war ihr vertrauter als der stämmige Schatten des Captains vor ihr. Doch Lark schaute eine Sekunde zu lang nach oben. Ihr Fuß rutschte ab. Ein Schmerz durchzuckte ihren Knöchel. Ein paar Kieselsteine kullerten lärmend den Hang hinab, sodass Rory sich zu Lark umdrehte und ihr einen mahnenden Blick zuwarf.

Wenn die Bedrohung durch die Steuereintreiber es zu riskant machte, die Schmuggelware ins Binnenland zu transportieren, wurde sie manchmal im Keller des Schlosses versteckt. Aber da heute Nacht keine Gefahr drohte, konnten Lark und Rory ganz offen mit ihrer Ladung herumlaufen. Keuchend richtete Lark sich auf, als sie den höchsten Punkt der Klippe erreichten und den Pfad verließen. Dann humpelte sie mit ihrem verstauchten Knöchel weiter.

„Bist du noch hinter mir, Lark?"

Sie hievte ihre Last auf die andere Schulter. Die Lederriemen gruben sich tief in ihren Rücken. „Gewiss."

„*Gewiss?*", warf er spöttisch über die Schulter. „Warum so hochtrabend, wenn ein einfaches *Aye* genügt hätte?"

Larks Wangen wurden heiß. Gut, dass die Dunkelheit ihre Röte verbarg. Diesen Ausdruck hatte sie Lady Isla in ihrem forschen, aristokratischen Ton sagen hören. Seitdem kam Lark das Wörtchen *aye* zu gewöhnlich vor, fast schon ordinär – so wie die alte *Croft,* die jetzt vor ihnen auftauchte. Obwohl das Mondlicht die Bauernhütte in ein vorteilhaftes Licht hüllte, war sie dennoch schlicht. Schmucklos.

Als sie dort ankamen, setzte Rory die Teekiste ab und auch Lark befreite sich von ihrer Last. Granny öffnete die Tür einen Spaltbreit. Obwohl ihr die meisten Zähne fehlten, lächelte sie breit. „Wer reichlich gibt, wird auch reichlich empfangen."

Rory nahm ihre wohlwollenden Worte, die er sich hart erkämpft hatte, mit einer kleinen Verbeugung entgegen. Grannys gackerndes Lachen war von kurzer Dauer. Sie schien ihre Abneigung gegen den Captain nur dann zu vergessen, wenn er Schmuggelware brachte.

Wachsam schaute Lark sich nach lauernden Schatten um, als es zu regnen begann. Rory würde wohl nass werden auf dem Weg zur *Thistle*. Granny begann, die Waren nach und nach ins Haus zu schaffen, um sie in dem Loch unter der Kaminplatte zu verstecken, während Lark den Captain ansah. „Ich danke dir."

„Ist das alles, was ich bekomme?", erwiderte er.

Da sie Rorys Neckereien gewohnt war, versüßte sie ihren Abschied mit einem Knicks. Als Rory sich mit dem Hut in der Hand von Lark entfernte, konnte nicht einmal das fröhliche Pfeifen von Grannys Teekessel ihre Melancholie vertreiben.

„Irgendwann musst du mir von deinen Reisen erzählen. Ob die französischen Damen so hübsch sind, wie man sagt. Und wie grün Irland ist …", rief sie ihm nach, doch ihre Stimme verlor sich in der feuchten Dunkelheit. Kein Wunder, dass Rory weiterwollte. Die *Thistle* stillte nicht nur seinen Durst. Es hieß, dass Rory die Tavernenmädchen umgarnte, indem er ihnen Seidenbänder und Spitze aus fernen Häfen schenkte. Lark hatte er noch keinen solchen Firlefanz mitgebracht, bloß Salz und Tee und Hafer. Diese Tatsache war wenig schmeichelhaft.

Aber was hatte Lark auch schon zu bieten? Es war ihr unmöglich, den Captain festzuhalten. Sie hatte kein Ale, zu dem sie ihn hätte einladen können. In letzter Zeit war Rory noch schweigsamer gewesen als der Laird. Obwohl er Lark nun etwas Aufmerksamkeit geschenkt hatte, blieb sie innerlich unruhig. Die Schmuggelei und alles, was damit zusammenhing, schnürte ihr die Luft ab.

Granny stand hinter Lark in der offenen Tür, als wollte sie ihren Abschied von Rory beaufsichtigen. „Trink deinen Tee, Lark."

Seufzend gehorchte sie ihrer Großmutter.

2

Hafer: Ein Getreide, das in England an Pferde verfüttert wird,
in Schottland dagegen an die Bevölkerung.

SAMUEL JOHNSON

Magnus lief durch die unbelichteten Korridore des Schlosses. Die Kerze
in seiner Hand flackerte in der zugigen Luft von Kerrera. Es war kühl
für Mai und der vergangene Winter war lang und hart gewesen. Die
Dorfkinder, die in den kalten Monaten an Krankheiten und Mangelernährung gestorben waren, gingen Magnus nicht mehr aus dem Kopf.
Sie standen ihm so deutlich vor Augen wie die windschiefen Kreuze auf
ihren Gräbern im Kirchhof, die Magnus von seinem Studierzimmer
aus sehen konnte. Hinzu kam sein eigener unerfüllter Kinderwunsch.
Diese beiden Dinge bewirkten eine anhaltende Schwermut in Magnus.
Er betete, dass das wärmere Wetter seine Stimmung heben würde.

Wie anders wäre es, wenn Kinderlachen durch die Gänge von Kerrera
hallen würde! Sechs Babys in sechs Jahren. Magnus hätte alles dafür gegeben, sein halbes Dutzend am Tisch sitzen zu haben. Die Kinderstube
wäre aus allen Nähten geplatzt. Aber er musste sich wohl damit abfinden,
dass Kerrera immer leer und hohl widerhallend bleiben würde.

Seine Frau war schwach. Nicht, dass es ihr an Willenskraft gefehlt
hätte. Isla war von höherer Abstammung als Magnus, was sich auch in
ihrem Verhalten widerspiegelte. Aber sie war unfruchtbar. Unfähig, ein
Kind auszutragen. Wenn man solche Schicksalsschläge doch nur voraus-
ahnen könnte, bevor man Verträge abschloss und Verpflichtungen ein-
ging. „Bis dass der Tod uns scheide" hatte plötzlich einen bitteren Beigeschmack. Aber Magnus würde seinen Schwur halten – den Bund, den
sie eingegangen waren – und weiterhin für ein Wunder beten.

Als Magnus an Islas Tür vorüberging, trat er möglichst leise auf, um sie nicht zu stören. Sein Collie, der neben ihm herlief, stupste ihn mit seiner feuchten Hundenase an – ein tröstendes Gefühl.

Die Tür zum Schlafzimmer seiner Frau stand einen Spalt offen und ihre Stimme drang zu ihm heraus. „Magnus?"

Bevor er eintrat, bedeutete Magnus seiner Hündin Nareen, im Flur zu bleiben. Der Kerzenstummel in seiner Hand war fast vollständig abgebrannt, aber das war nicht weiter schlimm. Islas luxuriöses Zimmer, das mit Londons edelstem Mobiliar ausgestattet war, wurde von nicht weniger als einem Dutzend Kerzen auf Armleuchtern erhellt. Trotz der späten Stunde lag ein Buch geöffnet auf ihrem Schoß. Ein paar weitere Bände warteten auf dem Nachtschränkchen. Isla verbrachte ihre Tage und manchmal auch ihre Nächte mit Lesen, bis sich dunkle Schatten unter ihren Augen bildeten. Die Bibliothek von Kerrera schien eher Isla zu gehören als Magnus. Er war ein Mann der Tat, der sich um seine Pächter und seinen Besitz kümmerte und daher wenig Zeit hatte, um etwas anderes als die Bibel zu lesen.

„Isla." Magnus stellte sich an das Ende des enormen Betts, das er immer seltener mit seiner Frau teilte. Die Vorhänge waren halb geschlossen. Das Kaminfeuer wärmte ihm den Rücken, schaffte es aber nicht, die kalten Ecken des Schlosses zu erreichen. Islas Zofe war gerade mit irgendetwas beschäftigt, was Zofen eben taten.

„Ich kann nicht schlafen." Isla legte das Buch zur Seite, um ihre zwei Schoßhündchen zu streicheln, die links und rechts von ihr lagen. „Ich brauche mehr von dieser Tinktur. Von der Bienenfrau."

„Von Lark?"

Als Isla ihm einen wütenden Blick zuwarf, bereute Magnus seine Sturheit. Er nannte die Bediensteten stets beim Namen, wenn auch nur, um seine Frau zu ärgern. Isla hingegen nannte die Angestellten immer nur nach deren Aufgaben. Das ärgerte *ihn*.

„Das Destillierraum-Mädchen, ja."

„Hat deine Zofe dir die Tinktur nicht erst heute Morgen gegeben?", fragte er.

„Gewiss. Aber das Fläschchen ist bereits leer. Es war so wenig. Kannst du nicht jetzt nach dem Mädchen schicken? Sie wecken lassen?"

„Nein." Er hatte Lark vor einer Stunde zuletzt gesehen, als sie schwer beladen den Klippenpfad heraufgekommen war. Das war gegen Mitternacht gewesen. Nun lag sie zweifellos im Bett, nachdem sie mit ihrer Großmutter einen Tee getrunken hatte. Sehnsüchtig dachte Magnus an seine Jugendzeit zurück, als er selbst noch an den Teekränzchen in der *Croft* teilgenommen hatte. Larks Großmutter, die frühere Herrin des Destillierraums, hatte Geschichten über Kerreras glorreiche Tage erzählt, als Magnus' Vater und Großvater, die früheren Lairds, noch am Leben gewesen waren. „Sie ist morgen früh wieder im Destillierraum. Bis dahin wirst du dich gedulden müssen."

Isla verzog das Gesicht. Widerrede war zwecklos. Sein Nein war ein Nein. „Lass sie aber eine großzügige Menge davon herstellen. Es soll mir nicht wieder ausgehen."

Magnus wünschte Isla eine gute Nacht und steuerte dann auf die Wohnstube zu, die zwischen ihren beiden Schlafzimmern lag. Islas nächste Worte ließen ihn jedoch erstarren.

„Meine Zofe hat mir erzählt, dass die Freihändler heute Abend vor dem Gezeitenwechsel wieder am Strand waren. Stimmt das?"

„Heute Abend, aye." Warum fragte sie? Magnus sprach kaum darüber, was nach Einbruch der Dunkelheit geschah, obwohl er selbst manchmal beim Schmuggeln half. „Es ist alles gut gegangen. Die gesamte Fracht ist auf dem Weg ins Binnenland."

„Letztes Mal wurden viele Waren in der Kirche versteckt."

„Ein unverdächtiger Ort", erwiderte er.

„Reverend Blackaby trinkt ziemlich viel für einen Geistlichen."

„Wir haben alle unsere Gewohnheitssünden", sagte Magnus ruhig.

Isla lehnte sich in ihren Stapel Federkissen zurück, während sie nervös an ihrem flachsblonden Zopf spielte. „Besser *er* baumelt am Galgen als der Laird von Kerrera Castle."

Magnus machte eine abfällige Bewegung in Richtung der verhangenen Fenster. „Niemand wird am Galgen baumeln."

„Nimm das nicht auf die leichte Schulter! Die Schlosskeller sind manchmal genauso voll wie die Kirche. Du verschließt die Augen vor den zweifelhaften Vorgängen –"

„Im Keller wurde zuletzt Salz gelagert. Und Hafer. Grundnahrungsmittel. Möchtest du, dass noch mehr kleine Kinder sterben? Noch mehr alte Menschen? Dass noch mehr Leute krank werden, weil sie nicht genug zu essen haben?" Seine Stimme schwoll donnernd an und er hob den Kerzenstummel in die Luft. „Um das zu verhindern, nehme ich gerne ein kleines Risiko in Kauf."

Wütend wandte Isla den Blick ab. Ihre allgegenwärtige Zofe schien ziemlich lange zu brauchen, um den Schmuck, den ihre Herrin beim Abendessen getragen hatte, ins Kästchen einzuräumen. Lauschte sie wieder einmal?

„Gute Nacht", sagte Magnus barsch, während er daran dachte, dass der Reverend heute Nacht die doppelte Ration Schmuggelware zu den Häusern der Familien geschickt hatte, die im letzten Winter einen Angehörigen verloren hatten. Aber würde das den Schmerz der Hinterbliebenen stillen? Ihnen ihre Geliebten zurückbringen? Nein.

Mit einem schrillen Pfiff rief Magnus seinen Collie herbei, dann stieß er die Tür zu seinem Schlafzimmer auf. Die Wände des Turmzimmers waren mit Teppichen behangen, um die Wärme des Feuers zu halten. Magnus stellte sich vor den knisternden Kamin und verfütterte die restliche Kerze an die Flammen. Der Wind wurde stärker und trieb eine dunkle Rauchwolke in die antike Schlafkammer. Magnus störte das nicht. Es war der Geruch einfacherer Zeiten. Seiner Kindheit. Sorgloser Tage auf Kerrera.

Dann machte Magnus seinem Ärger Luft, indem er auf Gälisch vor sich hin flüsterte: „Es ist besser, im wüsten Lande zu wohnen denn bei einem zänkischen und zornigen Weibe."

Nach diesen scharfen Worten kam Magnus ein anderer, gütigerer Bibelvers in den Sinn: *Ihr Männer, liebt eure Frauen.*

„Möchten Sie sich nun zurückziehen, Sir?", fragte Brown, sein Diener, der in diesem Moment mit Magnus' Bibel und einem Schlückchen

Whisky in der Hand eintrat. Beides belebende Dinge, aber dennoch eine seltsame Kombination.

Als Brown wieder gegangen war, setzte Magnus sich auf seinen Lieblingssessel und streckte die Füße zum Feuer. Eine Windböe trieb eine weitere Rauchwolke in das maskuline Zimmer. Es war lange nach Mitternacht. Stockfinster. Magnus schlug die Psalmen auf und las auf Gälisch die heiligen Worte, die er fast jeden Abend seines Lebens als verheirateter Mann gelesen hatte:

Siehe, Kinder sind eine Gabe des HERRN, und Leibesfrucht ist ein Geschenk. Wie Pfeile in der Hand des Starken, also geraten die jungen Knaben. Wohl dem, der seinen Köcher derselben voll hat!

*

Ein halbes Maß Beinwell. Eine Prise Zitronenmelisse. Eine Handvoll Minze. Was musste als Nächstes geerntet werden? Wann würde die nächste Krankheit aufkommen? Lark war im Schloss aufgewachsen, an Grannys Seite, und hatte dabei viel gelernt. Sie wusste genau, welche Kräuter eine heilende Wirkung hatten und welche giftig sein konnten. Manche waren wie sanfte Freunde, mit anderen musste man vorsichtig umgehen. Es stand in Larks Macht, zu heilen oder zu schaden. Deswegen nahm sie ihre Aufgaben sehr ernst.

Lark war die Königin des Destillierraums und der Bienen. So hatte es der Laird einmal ausgedrückt. Er hatte Lark eines Tages im Bienengarten angetroffen, mit einer Kette aus Gänseblümchen auf dem Kopf und umgeben von Bienen. Die tief stehende Sonne hatte Lark von ihrem feuerroten Schopf bis zu ihren bloßen Füßen in goldenes Licht getaucht. Lark selbst konnte sich an jenen Augenblick kaum erinnern, aber Magnus hatte ihn nicht vergessen.

Nun, am Tag, nachdem die *Merry Lass* angelegt hatte, zermahlte Lark getrockneten Rosmarin mit Mörser und Stößel zu einem feinen Pulver. Der durchdringende Duft war wie ein herrliches Parfüm.

„Sind Sie beschäftigt?"

21

Lark wandte sich um. Es war Rhona, die Zofe der Herrin. Innerlich zuckte Lark zurück, wie sie es bei einer Kreuzotter getan hätte. Rhona sah Lark niemals direkt an. So wie Isla schaute sie stets an ihr vorbei, als könne sie sich nicht dazu herablassen, einer Bediensteten in die Augen zu schauen.

Darum war Lark bei Rhona immer kurz angebunden. Sie wollte ihre flüchtigen Treffen möglichst schnell hinter sich bringen. „Was brauchen Sie?"

Mit gerunzelter Stirn trat Rhona ein. „Nicht ich, sondern meine Herrin. Sie wünscht eine Weintinktur ... etwas Stärkeres."

„Stärker?", fragte Lark zweifelnd. „Ich denke bereits über ein Heilmittel nach. Etwas, das wirklich hilft. Nicht Alkohol."

Rhona trat an den Tisch heran – eine Platte aus Küsteneiche, die Lark als Arbeitsfläche diente – und ließ den Blick über die gepflückten Kräuter schweifen. „Was brauen Sie da zusammen?"

„Ein Rheumamittel. Abel, der Gärtner –"

„Der Gärtner? Ihre Herrin braucht Hilfe!" Rhona verschränkte die Arme. „Haben Sie nichts anderes als ein Schlafmittel für sie? Etwas für den Mutterleib?"

Sechs Fehlgeburten. Lark biss sich auf die Lippe. *Du verlangst Unmögliches.* „Doch. Gebet."

„Wollen Sie damit sagen, dass meine Herrin nicht fromm genug ist?"

„Ich weiß nur wenig über die Gewohnheiten Ihrer Herrin, da sie so zurückgezogen lebt."

„Es geht ihr nicht gut genug, um ihr Schlafzimmer zu verlassen, außer um mit dem Laird zu speisen."

Lark fuhr fort, Kräuter zu zerreiben und zu mischen. „Bewegen Sie Ihre Herrin zum Aufstehen. Geben Sie ihr einen Fingerhut Whisky zu ihrem Porridge. Satteln Sie ihre Stute und lassen Sie sie am Strand entlangreiten. Oder in der Frühlingssonne durch den Garten spazieren."

Rhona grunzte abfällig. „Das ist also, was man hier auf der Insel tut? Das ist so ... gewöhnlich."

„Wenn man immer nur im Bett liegt, wird man schwach."

„Sie haben also keine Kräuter? Kein Mittelchen? Sie sind die Herrin des Destillierraums. Schätzen Sie Ihre Stellung denn gar nicht?"

Lark schwieg, als Mistress Bairds hochgewachsene Silhouette in der Tür erschien. „Ihre Herrin klingelt nach Ihnen, Rhona. Und sie wartet nicht gerne."

Während Lark begann, das fertige Rheumamittel in einen Beutel zu füllen, verschwand Rhona ohne ein Wort der Widerrede. Plötzlich hatte Lark Mitleid mit der Zofe. Rhona war zwar oft barsch und abweisend, aber sie hatte es auch am schwersten von allen Bediensteten. Ständig war sie Islas Launen ausgesetzt und entkam nur selten dem strengen Blick ihrer Herrin.

Mistress Baird trat näher und krempelte einen Ärmel hoch, um Lark ihren blassen Arm zu zeigen, der kürzlich noch mit einem roten Ausschlag übersät gewesen war. „Die Salbe, die du mir gegeben hast, wirkt ziemlich gut."

Lark lächelte. „Es ist nichts als Öl, Hafer und Meersalz." Die Gaben der Natur waren schließlich nicht ihr Verdienst. „Sagen Sie Bescheid, wenn Sie mehr brauchen."

„Ich denke nicht." Mistress Baird verschwand in einen kleinen Vorraum, um gemeinsam mit der Köchin die Inventur für den anstehenden Ball zu machen.

„Ein Viertelpint Brandy für den Kuchen des Lairds", sagte die Köchin, während sie eine Liste abhakte. „Und einige getrocknete Johannisbeeren und Rosinen."

„Vergessen Sie das Rosenwasser und die Zitronenessenz nicht", erwiderte Mistress Baird. „Und reichlich Zimt."

Indes kehrten Larks Gedanken zu dem Tag vor sechs Jahren zurück, als Isla auf Kerrera angekommen war. Alle Bediensteten hatten sich entlang der Zufahrt zum Schloss aufgestellt, um ihre neue Herrin zu empfangen. Jeder von ihnen hatte etwas in der Hand gehalten, das auf seine Tätigkeit hinwies. Die Köchin hatte einen Schneebesen umklammert. Die Pferdeknechte hatten Hufeisen und Reitpeitschen präsentiert. Der Butler ein kleines Silbertablett. Die Hausmädchen Staubwedel.

Lark hatte einen Strauß frischen Lavendel in der Hand gehalten – ein Symbol für Vornehmheit, Anmut und Eleganz. Die einfachen Stängel des Lavendels hatte Lark mit einem Seidenband aus der Mitgifttruhe ihrer Mutter zusammengebunden. Doch als sie den Strauß der Braut des Lairds hingestreckt hatte, war Isla einfach mit wehenden Röcken daran vorbeigerauscht.

„Mach dir nichts draus", hatte Granny sie später getröstet. „Sie hat ihn vielleicht nicht gesehen. Überleg doch mal, was für ein Schauspiel das für sie war – eine Armee von Bediensteten und ein altes Schloss. Du weißt doch, dass sie zum ersten Mal auf der Insel ist."

Gut, vielleicht hatte Lark sich zu viel erhofft. Sie hatte angenommen, dass die vornehme Dame ihre bescheidene Gabe annehmen würde. Doch es war Magnus gewesen, der letztendlich die Hand ausgestreckt und den Strauß entgegengenommen hatte. Das hatte Lark etwas besänftigt. Trotzdem schmerzte die Erinnerung immer noch.

„Wir werden für den Ball deine Hilfe brauchen, Lark." Die Köchin stand mit einer langen Liste am Tischende. „Fiona ist bei ihrem kranken Kind und Archie in Oban wegen der Totenwache für seinen Vater."

Wieder einmal unterbesetzt. „Granny kann auch helfen, wenn du willst. Zumindest in der Küche."

Die Köchin blickte nachdenklich drein. „Wir erwarten nicht weniger als hundert Gäste. Der Große Saal wird in diesem Moment vorbereitet. Es wird ein richtiges Festmahl geben. Der Laird hat Süßspeisen und Lebensmittel aus Glasgow bestellt."

Larks Stimmung hob sich. Der Pächterball fand zweimal im Jahr statt. Manchmal schien es die einzige Gelegenheit zu sein, bei der die Leute glücklich waren. Satt. Frei von ihrer harten Arbeit. Obwohl der Ball für die Pächter, Bediensteten und Angestellten des Lairds war, half Lark gerne bei den Vorbereitungen. Die Freude, die der Ball brachte, war die zusätzliche Arbeit wert. Lark würde ihr bestes Kleid anziehen. Vielleicht einen Reel oder Jig tanzen. Es würde kleine

Geschenke für jeden geben. Und der Laird würde den Ball beaufsichtigen.

Ob der Captain wohl kommen würde?

Rory MacPherson war ein guter Tänzer. Nicht so gut wie Magnus, aber wenigstens gab es zwischen ihm und Lark keine gesellschaftliche Hürde. Rory hatte keinen Titel außer den des Captains. Und er war unverheiratet. Hoffnung keimte in Lark auf. Befand sich der Captain noch auf Kerrera?

Mistress Baird und die Köchin verließen den Destillierraum, um die vierzehn Tage, die bis zum Ball blieben, voll auszunutzen. Zwei Wochen waren für Lark genug Zeit, um ein Kleid zurechtzumachen, Strümpfe und Strumpfbänder zu flicken, ihre Schuhe zum Schuster zu bringen und zu entscheiden, wie sie ihr widerspenstiges Haar tragen würde. Sich auf die Enttäuschung vorzubereiten, falls der Captain nicht kommen würde.

Und das beste Heilmittel für Lady Isla zu finden.

3

Mein Herz ist krank – doch sag' ich's nicht –,
mein Herz ist krank um einen.

Robert Burns

Am nächsten Tag drehte der Wind nach Süden, verzögerte Rorys Abreise und trug den modrigen Geruch von Seegras und Salzwasser an Land. Träge ließ sich der Captain zwischen zwei Treibhölzern in den warmen Sand fallen und zog den Hut über die Augen. Hinter ihm lag das Küstenstädtchen Balliemore mit seiner einzigen Taverne, der *Thistle*. Der Ort bestand aus einigen wenigen Cottages aus braunem Stein und Schiefer, die entlang einer einzigen schlammigen, unwegsamen Straße standen.

Jenseits des Hafens mit seinen heruntergekommenen Fischerbötchen ragte eine Klippe empor, auf deren höchstem Punkt Kerrera Castle thronte. Früher hatte es noch ein zweites Schloss gegeben: Gylen Castle, der Sitz des MacDougall-Clans. Heute war nur noch ein grauer Schutthaufen an der südwestlichen Spitze der Insel davon übrig. Gylen war belagert und niedergebrannt worden. Alles, was geblieben war, waren die Legenden und eine verwitterte Mauer.

Und Lark.

Immer, wenn Rory die Überreste des Schlosses sah, musste er an Lark denken. In ihrer Kindheit hatten sie oft in der Ruine gespielt. Vor allem Lark. Rory fragte sich wieder einmal, ob die Geschichten, die man sich erzählte, stimmten. Larks Vater war ein MacDougall gewesen, Spross eines alten Clans, der sehr mächtig gewesen war, bis die Zeit und die Umstände seinen Niedergang gebracht hatten. Dennoch war die Verbindung zwischen den MacDougalls und den MacLeishes irgendwie bestehen geblieben. Zumindest wusste Rory, dass Lark ein paar Privilegien genossen hatte, weil die Großmutter des Lairds mit den MacDougalls verwandt gewesen war.

Jahrelang war Lark mit dem Laird zusammen unterrichtet worden, bis er auf die Universität in Edinburgh gekommen war. Damals waren beide noch sehr jung gewesen. Lark hatte ihre eigene Stute im Stall gehabt. Durfte das Schloss betreten. Außerdem lag die *Croft* der Mac-Dougalls in einer geschützten Mulde direkt unterhalb von Kerrera Castle. Sie war etwas größer als die Hütten im Dorf, aber dennoch schlicht. Larks Familie war schon lange Zeit im Dienst – entweder im Destillierraum oder in der Kinderstube –, obwohl Larks Mutter aus einer Familie einfacher Fischerleute stammte.

Rorys größtes Interesse galt jedoch der verschwundenen *Brooch of Lorn* – einer Brosche, die sich im Besitz von Larks Clan befunden hatte, als das Schloss niedergebrannt war. Früher hatten Rory, Magnus und Lark die Trümmer des Schlosses fieberhaft danach durchsucht. Rory konnte sich noch lebhaft an ihre Faszination erinnern. Die Geschichte von den MacDougalls und den Kriegen der *Covenanters* war tragisch. Die Brosche hatte einmal Robert the Bruce persönlich gehört, dem König von Schottland. Die kampflustigen MacDougalls hatten ihm aufgelauert und ihm den Mantel mitsamt der Brosche entrissen. Wenn Rory doch auch einen Schatz finden könnte! Dann wären seine Tage als Freihändler endlich vorbei.

Gestern war die Stimmung in der *Thistle* ausgelassen gewesen. Allerdings war mehr über den Verlust des Lairds geredet worden als über die Bedrohung durch die Steuereintreiber. Neuigkeiten aus dem Schloss verbreiteten sich immer wie ein Lauffeuer im Dorf. Sechs Babys. Sechs Erben. Laird MacLeish war weit und breit geschätzt. Er ging im Sommer wie im Winter mit dem einfachen Volk angeln und passte auf die Herden auf. Meistens sah man ihn jedoch auf seinem Hengst wie einen schwarzen Blitz über den Sandstrand reiten. Manchmal beehrte der Laird sogar die *Thistle* mit seiner Anwesenheit. Wenn er durch die niedrige Tür eintrat und dabei seinen schwarzen Schopf fast am Türsturz stieß, verstummten die dröhnenden Stimmen sogleich voller Respekt und mehr als ein Hut wurde gezogen.

Früher hatte Rory einmal geglaubt, dass sich alles, was der Laird anpackte, in Gold verwandelte – Felder und Herden und Geschäfte. Doch sein Privatleben schien verflucht zu sein. Sowohl seine Schwester als auch seine Mutter waren innerhalb von zwei Wochen an den Pocken gestorben. Dann war sein einflussreicher Vater im Kampf gefallen. Und jetzt hatte er auch noch eine unfruchtbare, wenn auch hübsche Braut.

„Hey! Warum liegt der Schiffskapitän mit der größten Beute, die Kerrera je gesehen hat, wie ein Sandaal am Strand herum?"

Glucksend setzte Rory den Hut auf, um Jillian Brody im gleißenden Sonnenlicht besser sehen zu können. Sie lief barfuß über den Strand.

„Du siehst aus wie eine Meerjungfrau", sagte Rory schmunzelnd.

Jillian lachte. Sie war robust wie ein Mann und besaß nichts von Larks sanfter Anmut. Um ihre Anstellung als Küchenmagd beneidete sie niemand. Wahrscheinlich war sie auch jetzt gerade auf dem Weg ins Schloss.

„Was hast du da?", fragte er, während er ihre ausgebeulten Taschen betrachtete.

„Na, jedenfalls nicht die *Brooch of Lorn*", schoss Jillian zurück. Das erinnerte Rory daran, was man über sie sagte: Angeblich konnte Jillian die Gedanken der Insulaner lesen.

Mit einem verschlagenen Lächeln holte sie eine besonders schöne Muschel aus ihrer Tasche und streckte sie Rory hin. In diesem Moment trieb ihm der Wind Jillians Geruch in die Nase. Fast hätte er die Nase gerümpft.

Rory kramte eine Goldmünze aus seiner Tasche hervor. „Du brauchst ein neues Kleid. Für den Pächterball."

Jillian nahm die Guinea entgegen und biss ungläubig darauf. „Du bist kein gewöhnlicher Seemann."

„Nur einer, der nach einem harten Winter etwas Freude verbreiten will. Und wasch dich bitte, ja? Dass sich ein Mann in deine Nähe wagen kann …"

„Niemand will eine Spülküchenmagd."

„Wenn du dich herausputzt, vielleicht schon."

Jillians Lachen war unverändert fröhlich. „Du hast ein großes Herz, Captain, auch wenn du ein rastloser Herumtreiber bist."

*

Als Lark den Deckel der Truhe hob, schlug ihr der Geruch von Staub und Lavendel entgegen. In der Truhe befand sich die Mitgift ihrer Mutter. Der Inhalt hatte so wenig mit Larks alltäglichem Leben zu tun, dass er nur selten ans Tageslicht kam. Doch Lark kannte jeden Gegenstand in- und auswendig. Und obwohl sie sich einmal geschworen hatte, das Hochzeitskleid ihrer Mutter für ihre eigene Hochzeit aufzubewahren, kam ihr dies nun wie nutzlose Träumerei vor.

„Oh!", sagte Granny hinter ihr. „Du machst dich an Rosemarys Lieblingssachen zu schaffen."

Plötzlich hatte Lark Bedenken. „Macht dich das traurig, Granny?"

„Ach was, ich bin doch nur noch einen Schritt vom Himmel entfernt. Bald werd ich Rosemary wiedersehen." Mit diesen Worten verließ sie das enge Schlafzimmer, um den Teekessel aufzusetzen.

Vorsichtig schüttelte Lark das Kleid aus, das dringend gebügelt werden musste. Und gelüftet. Wenigstens war ihre Mutter etwa gleich groß wie Lark gewesen.

Unter dem Kleid lagen ein Paar Seidenstrümpfe und Strumpfbänder, die mit den Jahren vergilbt waren, sowie ein Fächer aus Elfenbein, der Lark schon immer fasziniert hatte. In der Truhe befand sich sogar ein Halsband aus Süßwasserperlen. Die Perlen waren nicht milchig weiß, sondern hellrosa wie die Kletterrosen im Schlossgarten.

„Trink deinen Tee, Lark", rief Granny herüber, als das Pfeifen des Kessels verstummt war.

Dank Rory duftete es im ganzen Haus nach dem feinsten verbotenen Tee. Der Captain behauptete, dass man diesen Tee auch am Königshof trank. Das Aroma ließ die bescheidene *Croft* und die angeschlagenen Tassen und Hornlöffel gleich viel vornehmer wirken. Angeblich war rund die Hälfte des Tees in England geschmuggelt. Dieser Gedanke beruhigte Larks Gewissen ein wenig.

„Der Tee reicht mindestens bis Silvester", frohlockte Granny, während sie die Kaminplatte betrachtete, unter der die Waren versteckt waren. Dann nahm sie mit einem schwärmerischen Kommentar einen weiteren Schluck aus ihrer Tasse. Larks Blick wanderte zu dem zerknitterten Kleid, das auf dem Bett ausgebreitet war. „Ich traue mich nicht, den alten Stoff zu bügeln. Was, wenn er vor meinen Augen zerfällt?"

„Überlass das mir. Ich habe das Kleid auch schon am Hochzeitstag deiner Mutter gebügelt. Und am Tag deiner Taufe."

Die indirekte Erwähnung von Babys lenkte Larks Gedanken in eine andere Richtung. „Erinnerst du dich wirklich an kein Mittel, das Lady Isla helfen könnte?"

Granny seufzte schwer und ihre silbrigen Augen wurden nachdenklich. „Vielleicht fällt es mir ein, wenn ich morgen hoch ins Schloss gehe, um zu helfen."

„Es wäre eine nette Geste, wenn wir der Herrin vor dem Ball ein solches Geschenk machen könnten."

„Aye", sagte Granny, während sie genussvoll einen langen Schluck trank. „Wir beten dafür."

4

Im Morgengrauen des Sabbats lief Magnus am Rande der Klippe entlang zur Ruine von Gylen Castle. Die Natur schien verrücktzuspielen – erst verwöhnte sie die Inselbewohner mit frühlingshaften Blau- und Grüntönen, dann hüllte sie wieder alles in ein winterliches Grau. Das Läuten der Kirchenglocken im Dorf schallte durch den kühlen Mainebel zu Magnus herauf.

Nun, da er wieder zu Hause war, würde seine Abwesenheit in der Kirche auffallen. Bestimmt tratschten die Leute bereits. Aber Magnus fühlte sich Gott einfach näher, wenn er außerhalb der Kirchenmauern war, wo er die Schönheit des Meeres, des Himmels und der Klippen bewundern konnte. Selbst wenn ihn das zu einem verlorenen Schaf weit abseits der Herde machte.

Er setzte sich auf einen kalten, harten Felsvorsprung. Nareen legte sich neben ihn. Glücklicherweise war es fast windstill. Bald zahlte Magnus' Geduld sich aus: Der Nebel lichtete sich. Trotzdem blieb Magnus' Gemütszustand unverändert. Genau wie seine Umstände.

Als er blinzelnd auf das endlose blaue Meer hinausschaute, sah Magnus ein paar Fischerboote auf der ruhigen Oberfläche treiben. Die Aussicht von hier oben blieb immer gleich. Alle Inselbewohner kamen in den Genuss der schönen Landschaft, egal ob arm oder reich. Die meisten auf Kerrera waren arm. Magnus hingegen hatte es nie an etwas gefehlt. Er litt bloß mit den anderen mit, sah ihren Mangel und wollte ihnen helfen. Die Dorfbewohner – insbesondere die Fischer – sahen ihn als eine Art Retter an. Aber Magnus erinnerte sie immer daran, dass er nicht auf dem Wasser laufen konnte. Das Wunder der Brotvermehrung überstieg bei Weitem seine Fähigkeiten.

Herr, interessierst du dich überhaupt für den Pächterball und die Waren aus Glasgow, die noch nicht angekommen sind? Für die Launen und Marotten meiner Frau? Das todkranke Kind meines Pächters? Die Schmuggelware in der Kirche? Meine eigene unablässige Unzufriedenheit?

„Vergib mir, Vater", flüsterte er. „Du sorgst stets auf unergründliche Weise für uns." Er betrachtete die Ruine von Gylen Castle. Die hohen, gebogenen Lanzettfenster waren nach wie vor sehr eindrucksvoll. Früher hatte Magnus einmal ein paar Verse über Larks Vorfahren geschrieben. In letzter Zeit ließ ihm das Leben jedoch keine Zeit für Poesie.

Dann sah Magnus durch einen Dunstschleier eine Gestalt mit einem Schultertuch und einem Korb in der Hand auf sich zukommen. Nareen richtete sich auf und wedelte freudig mit ihrem buschigen Schwanz.

„Du knurrst bei jedem außer Lark", murmelte Magnus.

Lark war früh unterwegs an einem so kühlen Morgen. Wahrscheinlich wollte sie zur Südspitze der Insel, um die wenigen Verwandten zu besuchen, die sie dort hatte. Lark entfernte sich eigentlich nur am Sabbat hin und wieder vom Schloss oder der *Croft*. Ihre Lippen bewegten sich. Betete oder sang sie? Lark hatte eine wundervolle Stimme. Sie sah … fröhlich aus.

„Und was hat der Laird hier verloren, mitten im feindlichen Gebiet?", fragte Lark, als sie Magnus erblickte.

„Hier ist es friedlicher als auf Kerrera Castle, feindliches Gebiet hin oder her", erwiderte er grinsend. „Keine mühsamen Ballvorbereitungen. Keine dringenden Geschäfte." Neugierig beäugte er Larks Korb.

„Das sind nur *Bannocks*, frisch aus dem Ofen."

„Von deiner Granny?"

„Ganz genau." Sie hob das grobe Leinentuch, dann reichte sie Magnus mit einem bereitwilligen Lächeln den wahrscheinlich größten Fladen aus dem Korb. „Sie können auch zwei haben, wenn Sie wollen." Lark holte einen weiteren *Bannock* für Nareen hervor.

„Was für eine Verschwendung! Nareen schmeckt doch kaum was", rief Magnus aus, bevor er sein Fladenbrot verschlang. „Vielleicht ist das der Grund, warum sie dich nie anknurrt."

„Im Gegensatz zu Ihnen."

Magnus stieg die Hitze in die Wangen. „Es scheint dir nichts auszumachen."

„Ich bin's ja gewohnt. Schließlich bin ich mit Ihnen aufgewachsen. Der Laird kann tun, was er will. Nur wir einfachen Leute müssen auf unsere Manieren achten."

„Es tut mir leid, Lass." Magnus meinte es ernst. Die Umstände machten ihn oft missmutig. Umso mehr freute er sich über einen seltenen *Bannock*.

„Wie geht es Ihrer Ladyschaft?"

„Unverändert."

„Ich arbeite an einem Heilmittel. Ich habe es nicht vergessen. Granny denkt auch nach."

„Isla vermisst Edinburgh." Und packte bereits, um dorthin zurückzukehren. Er hatte aufgehört zu zählen, wie viele Truhen seine Frau besaß. Aber nach sechs Jahren hatte er sich an all das Kommen und Gehen gewöhnt, an die vielen Reisevorbereitungen und die Pendelei zwischen ihrem Stadthaus in Edinburgh und dem Schloss. Es war kein Geheimnis, dass Isla das Inselleben hasste. „Wir werden wahrscheinlich nach dem Ball abreisen."

„Ich hoffe, der Lady geht es gut genug, um teilzunehmen."

„Ich kann nichts versprechen."

„Und ich werde nicht weiter fragen." Lark nickte dem Laird zu, machte einen kleinen Knicks und ging dann ihres Weges. Nareen folgte ihr, den Korb mit den Fladen fest im Blick.

Magnus wollte das Gleiche tun. Lark folgen und ihrem einfachen Gesang lauschen. Doch er zwang sich, den Blick von ihr loszureißen und wieder aufs Meer hinauszuschauen, während er seine wintermüden Knochen von der Sonne wärmen ließ.

Nach einer Weile kehrte Nareen schwanzwedelnd und mit leuchtenden Augen zurück. Ja, Lark hatte diese Wirkung – auf Menschen und Tiere. Nach einer Begegnung mit Lark fühlte man sich einfach besser. Obwohl sie von den kriegerischen MacDougalls abstammte.

*

„Erzähl mir von deinem Kleid", bat Catriona sehnsüchtig. „Ich habe nichts Schönes anzuziehen. Vor allem nicht mit meinem runden Bauch."

Lark musterte ihre hübsche Cousine, die gerade wieder ein Kind erwartete. Sie sah drall und rosig aus. „So hübsch, wie du bist, brauchst du dich nicht rauszuputzen." Trotzdem wünschte Lark, sie könnte Catriona etwas Buntes nähen, um von ihrer Blässe abzulenken und ihren runden Bauch zu kaschieren. „Mutters Kleid ist alt. Granny will es bügeln, aber ich fürchte, dass es zerfallen wird."

„Und welche Farbe hat es?"

„Blauer Brokat. Hellblau."

„Passend zu deinen Augen. Nur leider keine Erbbrosche. Aber du hast den Perlenschmuck der Familie, oder? Und welche Schuhe ziehst du an?"

Lark streckte einen ihrer nackten Füße unter dem mit Rüschen besetzten Unterrock hervor. „Ich gehe am besten barfuß, da an meinen Schuhen ein Absatz fehlt und ich keine Zeit habe, zum Schuster zu gehen."

Catriona lächelte. „Aye, das ist gut. Sonst bist du größer als die meisten Männer."

Lark richtete sich auf, straffte die Schultern und nahm eine majestätische Pose ein, wie sie es bei Isla gesehen hatte. Isla war so hochgewachsen wie der Laird. Außerdem hatte sie eine vornehme, königliche Körperhaltung, die den Frauen der Insel fremd war. Das Einzige, was Isla fehlte, war eine Krone. Lark hatte sich lange gefragt, womit Isla wohl Magnus' Aufmerksamkeit erregt hatte. Sicherlich war es das.

„Vielleicht solltest du auch den Kopf einziehen. Kein Mann will eine so große Frau."

„Captain MacPherson ist größer", sinnierte Lark.

„Pah!", erwiderte Catriona kichernd. „Aber nicht so groß wie der Laird. Er hat nordisches Blut, ich sag's dir."

Magnus war riesig. Wie ein Wikinger. Und seine Augen hatten ein außergewöhnliches Blau, das in einem bestimmten Licht silbrig wirkte. „Als Kleinkind hatte er ganz helles, fast weißes Haar. Aber dann ist es dunkel geworden."

„Aber Saundras Haare sind flachsblond geblieben."

Die beiden Cousinen schwiegen eine Weile, versunken in traurige Erinnerungen. Lark hatte nie aufgehört, Magnus' Schwester zu vermissen. Saundra war so elfengleich gewesen, wie Magnus eindrucksvoll war. Und viel sanftmütiger. Ihr früher Tod hatte alle auf der Insel betroffen gemacht. Und Lark war es immer noch.

„Schluss damit", sagte Catriona schließlich, während sie ihren runden Bauch streichelte. „Es ist Zeit für Geburten und Bälle, nicht für Totenwachen."

Larks Stimmung hob sich. So mancher Pächterball war bereits der Anfang einer Romanze gewesen. Die Menschen auf Kerrera arbeiteten so hart, dass nur wenig Zeit für Vergnügen blieb. Darum gab es kaum eine Gelegenheit, jemanden kennenzulernen.

„Ich gehe jetzt besser nach Hause zu Granny." Als Larks Blick ein letztes Mal auf den Korb mit den *Bannocks* fiel, wurde sie wieder an Magnus und Nareen erinnert. Und an das Heilmittel, das sie für Lady Isla finden musste.

„Dann bis zum Ball, Catriona."

Im Laufe der nächsten Woche ernteten die Köchin und Lark die Kräuter, die sie benötigten, um das Geflügel, den Hammel sowie die vielen anderen Gerichte für den bevorstehenden Ball zu würzen. Eine spürbare Aufregung lag in der Luft und ließ alle Inselbewohner fröhlicher wirken. Oder bildete Lark sich das bloß ein?

Sie war so sehr in ihre Arbeit vertieft, dass sie kaum bemerkte, wie die Köchin an der Gartenmauer innehielt. Doch als Lark das Klappern von Pferdehufen und einer Kutsche hörte, gesellte sie sich zu der älteren Frau. Durch die letzten Nebelschwaden des Vormittags konnte sie eine ganze Armee von Dienern erkennen, die Koffer in allen Formen und Größen zur Kutsche schleppten. Es schien, als wolle jemand Kerrera für immer verlassen.

Isla? „Ich kann es nicht fassen." Die Köchin schürzte nachdenklich die Lippen. „Und die hochmütige Rhona haut mit ihr ab. Ein Glück, dass wir die los sind!"

Erstaunt über den wortreichen Ausbruch der Köchin riss Lark die Augen auf.

„Fahren sie nach Edinburgh?", flüsterte Lark.

„Aye. Wohin sonst? Und ausgerechnet heute, einen Tag vor dem Ball."

Oh, Magnus. Ob er davon wusste? Bei ihrer letzten Begegnung in der Nähe der Ruine hatte er gesagt, dass er und Isla nach dem Ball aufbrechen würden.

„Und der Laird ist drüben in Balliemore und weiß wahrscheinlich von nichts", mutmaßte die Köchin. Dann verschwand sie mit staksenden Schritten in Richtung Schloss und ließ Lark mit ihrem halb vollen Korb allein. Sosehr sie es auch versuchte, konnte Lark ihren Blick einfach nicht von Isla abwenden. Die große himmelblaue Feder auf ihrem Hut wurde fast abgeknickt, als sie durch die niedrige Tür in die Kutsche stieg. Rhona folgte ihr auf den Fersen. Sowohl die Herrin als auch ihre Zofe hielten je einen Mops auf dem Arm. Isla schien es sehr eilig zu haben – vielleicht, weil Magnus jeden Moment zurückkehren konnte?

Das Minzblatt, auf dem Lark herumgekaut hatte, schmeckte plötzlich bitter. Islas Abreise würde einen Skandal verursachen. Niemand auf Kerrera würde mehr Mitleid mit Isla haben wegen ihres kürzlichen Verlusts. Man würde ihre Abreise als Beleidigung auffassen – für den Laird, seine Pächter und die gesamte Insel.

Wie würde Magnus die Abwesenheit seiner Frau erklären?

So wie Lark ihn kannte, gar nicht.

Während die Kutsche die Zufahrt entlangrollte und dann nach Osten abbog, trat Granny aus dem Destillierraum. Hastig erklärte ihr Lark die Situation.

„Abgereist, sagst du?" Grannys Stimme spiegelte Larks Sorge wider. „Aber mir ist gerade eingefallen, was Lady Isla helfen könnte. Brennnessel. Roter Klee und Wildhimbeere. Und ein bisschen Löwenzahn."

„Das habe ich alles schon versucht, Granny." Das Bedauern in Larks Stimme hatte mehr mit Magnus' Situation zu tun als mit Islas Zustand. Wenigstens hatte Lark getan, was sie konnte, während Isla auf dem Schloss gewohnt hatte. Ein halbes Dutzend Mittel hatte sie zubereitet, aber Isla hatte sie alle für nutzlos erklärt.

„Haferstroh … Wanzenkraut …", murmelte Granny, während sie davontrottete.

Lark versetzte ihrem Korb einen verzweifelten Stoß. Rosmarin. Thymian. Eins von Larks Lieblingsgewürzen, Salbei, konnte so früh im Jahr nur im Gewächshaus geerntet werden. Magnus hatte darüber nachgedacht, die beschädigte Orangerie auf der Südseite des Schlosses zwischen der Küche und dem formalen Garten reparieren zu lassen. Lark und die Köchin waren begeistert gewesen, aber Isla hatte sich gegen die Kosten, den Staub und den Lärm gewehrt. Vielleicht war es einfach nicht der richtige Zeitpunkt für das Projekt. Es war auf jeden Fall der falsche Zeitpunkt für Islas Abreise.

Als das Rattern der Kutsche verklang, sah Lark den Laird unten über den Strand reiten. Ein heftiges Tauziehen begann in ihrem Innern. Sollte sie sich auf ihre Arbeit konzentrieren und sich aus dem Privatleben der MacLeishes raushalten? Oder sollte sie ans Wasser hinunterrennen und Magnus die Neuigkeiten verkünden, damit er Isla folgen und sie zur Vernunft bringen konnte?

„So niedergeschlagen hab ich dich ja noch nie gesehen."

Lark wirbelte herum, verblüfft, den Captain auf der anderen Seite der Gartenmauer zu sehen. Als Rory den Hut abnahm, fuhr der raue Küstenwind durch sein mittellanges Haar. Mit gereizter Miene schlug er nach einer Biene, die ihn verfolgte.

„Was führt dich hierher?", fragte Lark so beiläufig wie möglich, während sie sich bückte, um einen Zweig Petersilie zu pflücken.

„Ein Treffen mit dem Laird. Bevor die *Merry Lass* wieder ausläuft, sind ein paar Reparaturen fällig."

Reparaturen, die der Laird ohne Zweifel mitfinanzieren würde. Lark stellte den Korb ab, ging zu Rory an die Mauer und deutete auf den Strand. „Der Laird ist da unten."

Rory blickte auf den langen Sandstreifen hinab, wo Magnus und sein Pferd gerade hinter einem Felsvorsprung verschwanden. „Wenn ich so ein Pferd hätte, würde ich vielleicht sogar das Segeln aufgeben."

„Reiten wäre auf jeden Fall weniger gefährlich", entgegnete Lark. „Du würdest nicht mehr von den Philistern gejagt werden."

Ein schiefes Lächeln erschien auf Rorys Gesicht. „Wer weiß, vielleicht werden Sättel und Zaumzeug auch noch versteuert. Wart's nur ab!"

Lark verzog das Gesicht. „Wohl kaum." Sie lehnte sich an die sonnengewärmte Mauer, während sie abwog, ob sie Rory die kühne Frage stellen sollte, die ihr auf der Zunge lag. „Kommst du zum Ball? Oder fährst du nach Irland, wie ich gehört habe?"

Rory schnitt eine Grimasse. „Jillian ist ein kleines Plappermaul", sagte er dann zwinkernd. „Wirst du mit mir tanzen, wenn ich bleibe?"

„Wart's ab", erwiderte Lark. Dann kehrte sie mit einem verschmitzten Lächeln an ihre Arbeit zurück. In diesem Moment kehrte die Köchin in den Garten zurück. Sie war immer noch aufgebracht.

„Ich nehme an, dass der Ball jetzt abgesagt wird", schimpfte sie mit hochrotem Kopf. „Ich habe mir die Hände wund gearbeitet, um alles vorzubereiten, und habe genug Essen, um sechs Generationen von Insulanern zu ernähren. War das jetzt alles umsonst?"

Rory starrte Lark fragend an. Offenbar wusste er noch nichts von Islas Abreise.

Lark öffnete gerade den Mund, um ihm alles zu erklären, als Granny wieder nach draußen kam. „Du brauchst jetzt einen Pfefferminztee, Margaret. Komm mit." Granny nahm ihre alte Freundin am Arm und führte sie in die Küche. Lark und der Captain blieben allein zurück.

„Kein Ball?", erkundigte er sich.

Lark zuckte die Schultern. „Die Herrin ist gerade nach Edinburgh aufgebrochen." Als sie Rorys verärgerten Blick sah, fügte sie hinzu: „Du kannst ihr keine Vorwürfe machen, wenn ihr nicht nach Feiern zumute ist. Sie will bestimmt einen Arzt aufsuchen."

Doch Rory blickte immer noch finster drein. „Sie könnte ja wohl genauso gut nach dem Ball zum Arzt gehen."

Lark begegnete Rorys hartem Blick. Sie versuchte, ihre eigene Abneigung gegen Isla zu mildern, indem sie freundlich von ihr sprach. „Vielleicht sucht sie den Trost ihrer Familie in der Stadt."

„Vielleicht denkt sie aber auch nur an sich selbst." Mit diesen Worten setzte der Captain den Hut wieder auf und lief energisch den Pfad zu den Ställen entlang. Die Muscheln knirschten unter seinen Stiefeln.

Lark seufzte. Jetzt konnte sie auch einen Pfefferminztee gebrauchen. Sie nahm ihren Korb und ging ins Bedienstetenzimmer, wo Granny immer noch versuchte, die Köchin zu beruhigen.

Im unbarmherzigen Licht, das durch das hohe Fenster fiel, sah Margaret ziemlich erschöpft aus. Mit gebeugten Schultern sagte sie: „Meine Güte! Ich bin zu alt für solche Dramen. Der Laird ist nett und gelassen, aber seine Lady … neigt doch sehr zum Theatralischen."

„Sie ist noch jung", erwiderte Granny. „Gib ihr etwas Zeit."

Lark schwieg, während sie sich fragte, wie Magnus wohl reagieren würde. Irgendwie spürte sie, dass er nichts von Islas Abreise wusste. Magnus begleitete seine Frau sonst immer auf der Überfahrt zum Festland, das nur eine halbe Meile entfernt war. Er blieb selten ohne Isla im Schloss zurück.

Als Lark noch darüber nachsann, trat der Butler mit bekümmerter Miene ein. „Haben Sie schon von der Abreise der Herrin gehört?"

„Aye. So ein ungünstiger Zeitpunkt!", erwiderte die Köchin mit einer schwungvollen Geste. „Aber ich werde all diese guten Sachen nicht ins Meer werfen. Dann hätte ich mich ja umsonst bis auf die Knochen abgemüht!" Lark schluckte, um sich ein Kichern zu verkneifen. Margarets Figur war nun wirklich alles andere als knochig. Sie war mit Abstand die kräftigste Inselbewohnerin. *Traue niemals einem mageren Koch*, sagte sie immer.

Nachdem der Butler sich mit einem Nicken zurückgezogen hatte, schnaubte die Köchin verärgert. „Die Musiker werden bald vom Festland eintreffen, dann gibt es noch zwölf weitere Mäuler zu stopfen."

Unter den Pächtern von Kerrera gab es zwar viele Musiker, aber Magnus wollte, dass alle freihatten und an den Feierlichkeiten teilnehmen konnten. Zu diesem Zweck scheute der Laird auch keine Kosten. Er engagierte immer die besten Fiedler, die man in Oban finden konnte.

„Was gibt es noch zu erledigen?", fragte Lark die Köchin, während sie sich vom Tisch erhob.

„Die Blumendekoration. Heute Vormittag sind die Blumen aus Glasgow eingetroffen. Frag Annie, wenn du Hilfe brauchst, obwohl ich eigentlich keine der Küchenmägde entbehren kann."

„Nicht nötig. Wo sind die Vasen?"

„Im Lagerraum. Und nimm die guten Silbervasen, nicht die billigen Zinn- oder Glasdinger."

Lark nickte. Wie viele Vasen sie brauchte, hing von der Menge der Blumen ab. Darum beschloss sie, zunächst einen Blick in den Ballsaal zu werfen. Da Lark es gewohnt war, auf Zehenspitzen um Isla herumzuschleichen, lief sie leise und vorsichtig durchs Haus. Aber dann fiel ihr ein, dass die Herrin auf dem Weg nach Edinburgh war, und sie wurde mutiger. Sie wagte es sogar, die prachtvolle Haupttreppe zu nutzen, deren Stufen aus massivem Zedernholz bestanden.

Es war seltsam, wie die Abwesenheit einer Person einen Ort verändern konnte. Wenn Isla und ihr Gefolge nach Edinburgh aufbrachen, blühte das Schloss immer auf wie eine Blume im Frühling. Die Bediensteten unterhielten sich und lachten, die Türen blieben offen stehen und die Stimmung wurde festlich.

Lark lauschte dem Stakkato ihrer eigenen Schritte auf dem Marmorfußboden des großen Saals. Auf dem Weg zu den Blumen kam sie an Ölporträts und flämischen Teppichen vorbei, die an den mit Eichenholz getäfelten Wänden hingen. Im vergangenen Jahrhundert hatte sich hier nichts verändert.

In der kühlen Luft des zweistöckigen Saals waren die Blumen frisch geblieben. Und es waren so viele Blüten in so vielen Farben, dass es Lark fast den Atem verschlug. Sie beugte sich hinab und sog den honigsüßen Duft der Rosen ein. Der Laird hatte Unmengen scharlachroter Rosen bestellt. Sie hatten dieselbe Farbe wie die Uniformen britischer Soldaten. Islas Lieblingsblumen, fiel Lark betroffen ein.

„Ich erinnere mich, dass du Lavendel am liebsten magst."

Als Lark sich umdrehte, stand Magnus mit verschränkten Armen hinter ihr. Und er sah wesentlich entspannter aus, als sie erwartet hatte. „Lavendel, aye. Sowohl nützlich als auch schön. Wenn Rosen doch nur so pflegeleicht wären. Die Köchin hat mich gebeten, ihr mit den Blumen zu helfen …", plapperte Lark los. Magnus hatte sie überrumpelt.

„Du hast von Isla gehört."

„Ich habe gesehen, wie sie gegangen ist. Es tut mir sehr leid."

„Der Ball wird trotzdem stattfinden."

Sie lächelte mit einer Spur von Traurigkeit. „Das freut mich."

„Es ist ihr Pech, wenn sie den Ball verpasst."

Lark dachte über Magnus' Worte nach. Es lag keine Bitterkeit in seiner Stimme, nur Bedauern. Dadurch, dass Isla die Insel und ihre Bewohner mied, verpasste sie wirklich etwas. Ihre Abwesenheit würde zwar in aller Munde sein, aber niemand würde deswegen eine Träne vergießen.

„Granny und ich arbeiten an einem anderen, besseren Heilmittel", sagte Lark hoffnungsvoll, auch wenn sie weit von ihrem Ziel entfernt waren. „Wenn die Herrin zurückkehrt –"

„Falls sie zurückkehrt."

Die Blumen waren vergessen. Überrascht und erschüttert starrte Lark Magnus an.

„Es kann sein, dass Isla ein für alle Mal genug von Kerrera hat. Sie liebt Edinburgh nun mal."

„Auld Reekie?", fragte Lark fassungslos. Wie konnte man eine stinkende, schmutzige Stadt dem schönen Kerrera vorziehen?! Und selbst wenn Edinburgh schöner wäre, sollte man sein Herz doch an Menschen hängen, nicht an Orte. „Aber ihr Zuhause ist doch hier. Sie sind ihr Ehemann …"

Magnus sah Lark an, wie er es seit ihrer Kindheit getan hatte – bewundernd, aber auch unnachgiebig. Er wies sie mit seinem Blick in die Schranken. „Vorsicht, Lark!"

„Aber das ist es ja gerade, Magnus. Ich mache mir Sorgen. Eigentlich müsste Isla hier stehen und sich um den Blumenschmuck kümmern. Schließlich ist Ihnen dieser Anlass sehr wichtig."

„Du kannst Isla nicht die Schuld an allem geben. Es war unüberlegt von mir, sie zu heiraten, ohne zu wissen, wie ihr das Leben auf der Insel gefallen würde. Vielleicht sollte ich Kerrera verlassen und auch in die Stadt ziehen." Nach Edinburgh? Für immer? Lark umklammerte die Rose in ihrer Hand so fest, dass sich die Dornen in ihre Haut bohrten. Blut tropfte auf den cremefarbenen Leinenstoff ihrer Schürze.

„Lass los, Lark." Vorsichtig nahm Magnus ihr die Rose ab. Seine Ruhe war fast noch schwerer zu ertragen als sein Temperament. Anscheinend hatte er das Ganze bereits durchdacht und dieser Pächterball würde sein letzter sein. „Du bist noch nie in Edinburgh gewesen. Die Stadt hat auch ihre Reize."

Schweigend sah sich Magnus in dem langen, auf Hochglanz polierten Saal um. Bis auf die Festtafeln, die am Rand standen, war der Raum leer. In diesem Moment kamen der Butler und die Lakaien herein. Sie brachten das Silber und die Platzkärtchen für die reicheren Inselbewohner, die auf dem erhöhten Podest am anderen Ende des Saals speisen würden.

Lark drehte sich um und lief ohne ein weiteres Wort davon, während sie versuchte, ihre Gefühle in den Griff zu bekommen. Als sie den Lagerraum erreichte, begann Lark, die besten Vasen herauszusuchen. Ihr Kinn zitterte immer noch und ihre Vorfreude auf das Fest war getrübt. Die ganze Aufregung erschien Lark plötzlich albern in Anbetracht von Islas Abreise.

Das Schloss brauchte einen Erben. Eine Familie. Aber würde ein Kind Isla wirklich verändern? Sie schien nicht dafür geschaffen zu sein, Mutter zu werden – weder körperlich noch charakterlich. Nur Jesus Christus würde Isla von ihrer Unfruchtbarkeit und ihrem grenzenlosen Egoismus heilen können.

5

Meine Gedanken und ich waren von einer anderen Welt.
BEN JONSON

„Setz zu deinem schicken Kleid besser auch ein Lächeln auf", mahnte Granny ihre Enkelin.

Es war Mitte Mai und die beiden schlenderten in der langen Abenddämmerung den Pfad zum Schloss entlang. Während Lark mit beiden Händen den gebügelten Brokatstoff ihres Kleids umklammerte, versuchte sie, ihre verworrenen Gedanken zu ordnen. Sie würde Grannys Freude nicht trüben, indem sie ihr von Magnus' Worten erzählte. Die Nachricht von seiner bevorstehenden, vielleicht endgültigen Abreise nach Edinburgh würde Granny den festlichen Abend verderben.

„Sieh dir das mal an!", rief Granny staunend, als hätte sie das Schloss in all ihren achtzig Jahren noch nie beleuchtet gesehen.

Doch als Lark den Blick hob, stieg auch in ihr Freude auf. Es gab mit Sicherheit keinen prachtvolleren Anblick als Kerrera bei Nacht, wenn alle Türen und Tore weit offen standen und jede Ecke und Spalte beleuchtet war.

Lark und Granny waren nicht die einzigen auf dem Weg zum Ball – vor und hinter ihnen liefen noch mehr Inselbewohner in Sonntagskleidung. Aus allen Richtungen strömten sie herbei, bis sich eine lange Schlange am Haupteingang des Schlosses bildete. An diesem Abend war es ausnahmsweise windstill. Dafür waberten zahllose Gerüche durch die Luft – Rauch und Kerzenwachs und Rosen, gebratenes Fleisch und frisch gebackenes Brot.

Über ihnen ging der Vollmond auf – perfekt für ein romantisches Treffen in dem schönen gepflegten Garten mit dem Springbrunnen in der Mitte. Der Obergärtner hatte alle Blumenbeete zurechtgemacht und die austreibenden Pflanzen gestutzt. Er hatte sogar das hartnäckige Moos von den Steinbänken und Statuen gekratzt. Es war der einzige Abend, an dem die Pächter und Bediensteten den gepflegten Garten betreten durften. Vielleicht würden Lark und der Captain eine Runde darin spazieren gehen. Vielleicht konnte Lark ihn überzeugen, die *Merry Lass* für einen ehrlichen Verdienst zu nutzen und das Schmuggeln endgültig aufzugeben.

„Es wird Zeit, dass du heiratest, aye?", flüsterte Granny Lark ins Ohr, als Rory in Sicht kam. „Aber sieh dich nach einem nobleren Burschen um."

Der Captain bot einen beeindruckenden Anblick. Statt der Seemannskleidung und dem verbeulten Hut trug er eine schicke Weste, einen Mantel und eine salonfähige Reithose. Er sah mehr wie ein Gentleman als wie ein Schiffskapitän aus.

„Sein Bart müsste mal wieder gestutzt werden", raunte Granny im nächsten Atemzug. „Er sieht aus wie ein Pirat."

„Er ist ja auch einer. Das lässt sich nicht leugnen." Lark winkte Catriona und ihrer kleinen Familie zu, die in der Nähe standen. „Gut, dass die Insel klein ist und wir Vollmond haben. Dann werden auch alle den Weg nach Hause finden."

„Vor dem Morgengrauen geht sowieso niemand nach Hause."

„Wie bitte? Wirst du die ganze Nacht bleiben, Granny?"

„Tanzen, feiern und fröhlich sein? Natürlich – so lang, wie ich meine alten Augen offen halten kann. Jetzt, da die Herrin weg ist, könnte der Spaß sogar noch länger dauern."

Inzwischen hatten sie das kühle Foyer des Schlosses erreicht und traten wenig später in den vollen Ballsaal. Über ihren Köpfen hingen zwei venezianische Laternen. Die massiven Messingkronleuchter warfen einen märchenhaften Schein über die Versammlung.

Die Köchin stand neben einem langen Tisch und beobachtete wachsam die Diener, die gerade die Speisen auftrugen. Lark hob die Augen zur Minnesängergalerie, wo die Musiker ihre Geigen stimmten. Doch dann fiel Larks Blick auf Magnus und es verschlug ihr fast den Atem.

Als der Laird durch die gegenüberliegende Tür, die zur Haupttreppe und zu seinen Privatgemächern führte, eintrat, brachte er das Stimmengewirr im Ballsaal zum Verstummen.

Oh Magnus, sei vorsichtig! Der Laird trug die traditionelle schottische Tracht. Sein Kilt und Plaid waren heiderosa und seeblau kariert. Magnus sah darin wie ein schottischer Prinz aus. Lark wusste, warum er das tat. Er wollte seinen Vater ehren, den früheren Laird, der im Jakobitenaufstand von 1745 getötet worden war. In Larks Erstaunen mischte sich Bewunderung. Den anderen im Saal schien es genauso zu gehen. Lark war zwischen Ehrfurcht und Angst hin- und hergerissen.

Nach der Schlacht bei Culloden hatte der britische König jegliche Formen traditioneller schottischer Kleidung verboten. Bei Verstößen drohten harte Strafen. Magnus trug den Kilt aus Protest – das verstand Lark. Aber er hatte es sonst immer nur am Todestag seines Vaters getan. Bis jetzt.

Larks Blick flog über die Menge zu den Eingängen. Was, wenn jetzt ein Beamter hereinkommen würde? Sie erschauderte. Sechs Monate Gefängnis beim ersten Verstoß. Sieben Jahre Deportation beim zweiten. Bisher war Magnus einer Bestrafung entgangen. Aber obwohl er bei den meisten Bewohnern von Kerrera beliebt war, fürchtete Lark, dass jemand aus irgendeinem Grund einen Groll gegen den Laird hegen und ihn deshalb verraten könnte.

Das Festmahl begann, doch Lark hatte kaum Appetit. Sie schlürfte ein wenig Cider, während sie im Hintergrund blieb und verstohlen nach Männern des Königs Ausschau hielt.

Nach einer Weile kam Catriona zu Lark. Ihr runder Bauch hob sich deutlich unter dem Kleid ab. „Wie hübsch du in dem blauen Brokatstoff aussiehst, meine liebe Cousine. Aber warum machst du so ein langes Gesicht?"

„Es ist ein furchtbares Risiko, bei einem solchen Anlass im Kilt zu erscheinen."

„Pah! Zum Hades mit dem Kleidungsgesetz des Königs! Was soll das Theater um ein bisschen Stoff? Außerdem hat der Laird Wachen aufgestellt. Er ist ja nicht dumm. Hast du etwa nicht den alten Archie und den jungen Reginald gesehen? Beide ganz stolz im Kilt."

Trotzdem schickte Lark ein stilles Gebet zum Himmel. *Bitte, Herr. Magnus ist ein guter Mann, der eine große Verantwortung trägt. Er möchte mit seinem Kilt keinen Streit entfachen. Kerreras Wohlergehen und Sicherheit liegen ihm sehr am Herzen. Bitte lass niemanden ins Schloss, der Böses im Sinn hat.*

„Würden Sie mir die Ehre erweisen, Mistress MacDougall?", fragte der Captain mit einer leichten Verbeugung.

Geschmeichelt schob Lark ihre Bedenken beiseite und ließ sich von Rory auf die marmorne Tanzfläche führen, mitten in die Menge schwitzender Tänzer hinein. Ein schottischer Reel folgte auf den anderen, bis das Lieblingsstück des Lairds – das schnelle, lebhafte *Strip the Willow* – angestimmt wurde.

Die Anfangsnote wurde erwartungsvoll in die Länge gezogen. Diesen Reel tanzte der Laird normalerweise mit Lady Isla. Er war einzig und allein der Schlossherrin vorbehalten. Aber Isla war nicht da. Würde Magnus den Tanz aussetzen? Oder einen anderen Mann führen lassen?

Lark stand in der Nähe des Erkerfensters und wünschte Isla herbei. Es war eine unangenehme Situation. Diejenigen, die nicht wussten, dass Isla abgereist war, sahen sich suchend nach ihr um. Allmählich begriff jeder im Raum, dass etwas nicht stimmte.

Und Magnus?

Bevor Lark sich von dem letzten Reel erholen konnte, den sie mit Rory getanzt hatte, stand der Laird plötzlich vor ihr und forderte sie auf Gälisch zum Tanz auf. Da Lark wusste, wie viele Augenpaare auf sie und Magnus gerichtet waren, versuchte sie, ihren Schreck zu verbergen. Unsicher knickste sie. Doch als sie den dankbaren Ausdruck auf Magnus' stoischem Gesicht sah, fühlte sie sich ermutigt.

Lark hielt den Blick gesenkt und tanzte so elegant sie konnte. Magnus war leichtfüßig und hatte Spaß am Tanzen. Das konnte Lark deutlich spüren. Und hatte sie als achtjähriges Mädchen nicht in ebendiesem Saal tanzen gelernt – wie eine Lady, eine echte MacDougall –, als läge Gylen Castle nicht in Schutt und Asche? Lark fragte sich, ob Magnus auch daran zurückdachte. Damals hatte Lark so lange Drehungen und Schritte geübt und war ihrem Partner so oft auf die Füße getreten, bis sie die Tänze perfekt beherrscht hatte. Wenn sie doch nur in diese unschuldigen Tage zurückkehren könnte, als es noch keine unfruchtbaren Bräute und gescheiterten Träume, nagenden Hunger und schlaflose Nächte in ihrem Leben gegeben hatte.

Magnus und Lark wirbelten im Takt der Musik über die Tanzfläche. Das schnelle Stück stellte ihr Können und ihre Leichtfüßigkeit auf die Probe. Aber gleichzeitig war Lark auch stolz, mit dem attraktivsten Mann von Kerrera tanzen zu dürfen – vielleicht sogar von allen westlichen Inseln. Als Lark kurz zu Magnus aufblickte, bemerkte sie, dass seine Augen genauso warm und lebhaft waren wie die Musik. Larks Herz machte einen Satz. Es war so schön, gewollt zu sein. Auserwählt. Wenn auch nur für einen Tanz. Lark wurde von Kopf bis Fuß mit Freude erfüllt. Sie war völlig außer Atem und fühlte sich ganz kribbelig.

Magnus' und Larks Hände trafen sich und trennten sich wieder, während sie aufeinander zutraten oder sich voneinander entfernten. Dieser Moment, dieser Tanz gehörte ihnen allein. Insgeheim wünschte Lark, dass sie den langsameren *Strathspey* tanzen würden, wenn auch nur, um den flüchtigen Moment noch ein kleines bisschen in die Länge zu ziehen.

Nach dem Tanz würde sie sich in den Garten zurückziehen, um Luft zu schnappen und sich zu sammeln. Und um den Blicken derer zu entgehen, die jetzt dachten, dass Lark sich für etwas Besseres hielt.

*

Rory schluckte seine Überraschung und den letzten Schluck Ale hinunter, als Lark mit dem Laird auf die Tanzfläche trat. Magnus war heute in Bestform. Er trug seinen Kilt und durfte unter den schönsten Mädchen im Raum wählen. Rory ließ den Blick über die feiernde Menge schweifen. Er wusste genau, wer die größten Schwätzer und Klatschmäuler waren. Islas Abwesenheit war schon fraglich genug. Musste Magnus da auch noch ausgerechnet Lark an Islas Stelle auswählen? Warum hatte er nicht Granny oder eine andere alte Tante genommen, die über allen Klatsch erhaben war?

Aber Rory konnte dem Laird keine Vorwürfe machen. Lark *war* das hübscheste Mädchen. Und jeder mochte sie, weil sie offenherzig, voller Lebensfreude und Energie war.

Als die letzte triumphierende Note des Lieds verklang, machte Lark einen hübschen Knicks vor dem Laird. Rory versuchte, das seltsame Unbehagen in seinem Innern zu unterdrücken. Das missmutige Gefühl kam ungebeten und verdarb ihm den ganzen Spaß. Er wünschte fast, dass der Laird, der so leichtsinnig im Kilt erschienen war, erwischt werden würde. Oder dass Isla zurückkommen und den Ball aus Eifersucht für beendet erklären würde.

Rory hatte einmal miterlebt, wie Isla wegen einer Lappalie einen nicht sehr damenhaften Wutanfall bekommen hatte. Es hieß, dass sie die Bediensteten anfuhr, wenn diese den Tee auch nur ein paar Sekunden zu spät brachten. Rhona begegnete man ebenfalls mit großem Misstrauen. Die meisten Bediensteten waren loyal und verschwiegen, wenn sie ihre Herren mochten. Über unbeliebte Herren hingegen wurde viel getratscht.

Als ein neuer Tanz begann, forderte Rory Jillian auf. Sie hatte sich zurechtgemacht und trug ein ganz passables Kleid. Der Laird tanzte nun nicht mehr, sondern mischte sich unters Volk. Er hielt ein Kelchglas in der Hand und unterhielt sich mit verschiedenen Leuten.

Dafür, dass seine Frau fort war, wirkte Magnus erstaunlich fröhlich. Rorys Unbehagen wuchs. Er und Magnus hatten sich eigentlich nie gestritten. Worüber sollte Rory sich jetzt also beklagen? Magnus hatte sogar zugestimmt, die *Merry Lass* reparieren zu lassen.

Trotzdem …

Rory schaute sich nach Lark um. War sie gegangen? Vorhin hatte sie sich noch in einer ruhigeren Ecke mit ein paar Bekannten unterhalten.

„Sie ist im Garten", rief Jillian mit einem schlauen Grinsen über den Lärm hinweg.

Diese Frau konnte wirklich Gedanken lesen. Rory dankte ihr mit einem schiefen Lächeln, dann bahnte er sich einen Weg zu einer der Türen auf der anderen Seite des Saals. Er hoffte, dass der Garten leicht zu finden sein würde. Aber nein. Ein Labyrinth aus Korridoren im Kerzenschein lag vor ihm. Glücklicherweise traf er bald auf einen aufmerksamen Lakaien, der ihm den Weg wies.

Wenig später trat Rory ins Mondlicht hinaus. Jenseits der Gartenmauer glitzerte das silbrige Meer, wo Rory sich viel wohler fühlte als in diesem stolzen Schloss. Eine Weile blieb er neben einem Blumenspalier stehen und versuchte, sich zu orientieren. Das Plätschern eines Springbrunnens. Das Gurren von Tauben. Der Duft von Frühlingsblumen. All dies beruhigte seine Sinne und überlagerte den allgegenwärtigen Geruch von Seewasser und Fisch, den er so gut kannte.

Lark saß auf einer niedrigen Steinbank hinter dem Springbrunnen. Ihre Hände ruhten auf ihrem Schoß. Rory setzte sich neben sie. Ohne seine übliche Kopfbedeckung fühlte er sich irgendwie verloren. Wenn er nervös war, drehte er den Hut gerne in seinen Händen. Stattdessen pflückte er nun eine Blüte von einer nahen Kletterrose ab, die noch geschlossen war.

„Du vermisst das Meer", sagte Lark leise.

Konnte sie etwa auch Gedanken lesen? „Manchmal würde ich gerne von hier weg. Die Kolonien sehen."

„Amerika?"

„Aye. Dort gibt es keine Schlösser. Keine winzigen *Crofts*. Stell dir das mal vor. Fast nur Blockhütten. Kaum prachtvolle Häuser."

„Indianer."

Er nickte. „Wäre doch interessant, oder? Die zweimonatige Überfahrt wert."

„Wenn du sie überlebst", meldete sich Larks pragmatische Seite zu

49

Wort. Rory bevorzugte die träumerische Lark. „Warum fort von hier?", fragte sie. „Viele leben und sterben hier auf Kerrera, ohne je einen Fuß aufs Festland gesetzt zu haben."

„Und du? Was möchtest du?"

Lark lächelte. „Die See ist so unberechenbar. Falls wir es nach Amerika schaffen würden …" Sie zögerte.

Es gefiel Rory, dass sie *wir* sagte. „Du denkst an deinen Vater", warf er ein, während er seinen Kopf respektvoll senkte.

„Aye, immer." Lark nahm die Rose aus Rorys Hand und schnupperte daran. „Was würden wir dort tun? In Amerika, meine ich."

„Ein Stück Land für uns kaufen." Sein *uns* setzte eine Intimität voraus, derer er sich nicht sicher war. „In Amerika schmiedet man sein eigenes Glück, mithilfe des eigenen Verstands. Dort gibt es keine Lairds oder Philister."

„Hört sich sonderbar an. Schwierig."

„Nicht schwieriger als hier. Freier vielleicht."

„Du könntest hier freier sein, wenn du das Schmuggeln aufgeben würdest."

„Pah! Meine Schmuggelei hält die Inselbewohner am Leben." Rory schüttelte den Kopf. „Über so etwas Törichtes möchte ich nicht mal nachdenken. Zumindest nicht, bis ich nach Amerika aufbreche."

„Sind die Städte dort wie Auld Reekie?"

„Nein, sie sind nicht wie Edinburgh, obwohl manche große Namen haben. Philadelphia. New York. Boston. Es gibt eine Kolonie namens Carolina im Norden, eine schottische Hochburg an der Küste."

Lark sah ihn an. In ihren Augen funkelte Interesse. Oder war es Angst? „Reißende Ströme und Wälder, so weit das Auge reicht. Ich würde mich in Cape Fear niederlassen."

„Cape Fear?" Lark wich ein wenig zurück. „Hört sich beängstigend an."

Rory gluckste. „Ich weiß nicht, warum es so heißt."

„Dann solltest du es herausfinden."

„Und wenn ich es herausgefunden habe?"

Lark wandte den Blick ab. „Ich lasse Granny nicht im Stich."

„Vielleicht würde sie wollen, dass du gehst."

„Ich bin alles, was sie noch hat."

„Soll der Laird sich um sie kümmern."

„Das ist herzlos, Captain", sagte Lark so streng wie möglich.

„Granny hat der Familie des Lairds all die Jahre treu gedient. Und du auch. Aber deine Granny hat nicht mehr lange auf dieser Welt zu leben."

Schnell wechselte Lark das Thema. „Woher weißt du so viel über Amerika?"

„Ich bin viel unterwegs. Und lerne."

Sie seufzte. Rory wusste, dass es Lark schwerfiel, über ihren gewohnten Horizont hinauszublicken. Schließlich waren das Schloss und die *Croft* alles, was sie kannte. Dennoch teilte sie Rorys Fernweh nicht. Auch das wusste er. Lark war von einer unerklärlichen Zufriedenheit erfüllt, die Hunger und Ungewissheit und Mangel trotzte. Kerrera war ihr Zuhause, war es immer gewesen. Was immer die Insel ihr gab, Lark nahm es als ihr Schicksal an – sogar die Tatsache, dass ihre Familie Rang und Besitz verloren hatte.

Rory seufzte schwer. „Du und ich sind keine Kinder mehr."

„25. Manche bezeichnen mich schon als alte Jungfer. Trotzdem schaue ich in den Spiegel und erwarte, ein kleines Mädchen zu sehen."

„Die Bibel sagt, dass unser Leben bloß ein Hauch ist", sagte Rory. Er zitierte nur selten aus der Heiligen Schrift. „Ein Nebel im Wind."

„Zu kurz, um es damit zu verbringen, an furchterregende Orte zu segeln." Mit diesen Worten erhob sich Lark. Dabei hatte Rory gerade ihre Hand nehmen wollen. „Lass uns lieber reingehen. Sonst tratschen die Leute noch."

Bestimmt nicht so sehr wie über dich und den Laird, dachte Rory, sagte es aber nicht.

6

In seiner Gesellschaft bin ich tief betrübt
ob tausend zärtlicher Erinnerungen.
JANE AUSTEN

Am nächsten Tag brodelte die Gerüchteküche. Während man im Schloss noch mit dem Abbau beschäftigt war, wurde den Kranken und Gebrechlichen genauestens berichtet, was sie verpasst hatten. Wer mit wem getanzt hatte. Wer die Bowlenschüssel ausgetrunken hatte. Welche Leckerbissen aufgetischt worden waren. Wen der Laird für den ersten Reel ausgewählt hatte. Warum die Herrin von Kerrera nicht da gewesen war. Jillian erzählte Lark, dass man sogar in der *Thistle* darüber sprach.

Dabei spielte es keine Rolle, dass Magnus wie immer mit allen tanzwilligen Frauen getanzt hatte. Es war trotzdem ein Skandal, dass er Lark zum ersten Reel aufgefordert hatte.

„Wo kein Holz ist, erlischt das Feuer", murmelte Granny, während sie den Kessel über das Herdfeuer hängte.

Lark dachte über Grannys tröstliche Worte nach, während sie an diesem langen Sonntagnachmittag am warmen Herd saß und mehrere Tassen Tee trank. Der Küstenwind peitschte den Regen gegen die Fenster und Wolken verhängten die wunderschöne Aussicht.

Aus dem angrenzenden Schlafzimmer erklang Grannys leises Schnarchen. Lark saß mit ihrer Katze Tibby auf dem Schoß am Herd und versuchte, ein Buch zu lesen. Aber das Buch konnte Lark nicht fesseln. Bald wanderten ihre Gedanken zwischen der *Thistle*, wo der Captain wohnte, und dem Schloss hin und her. Was tat Magnus wohl den ganzen Tag lang, wenn seine Frau nicht da war?

Granny wachte grunzend auf. Lark hatte den Eindruck, dass Granny seit ein paar Tagen kurz davorstand, sich an ein Heilmittel für Isla zu erinnern. Aber welches? Lark hatte schon alles versucht und sogar die Schlossbibliothek nach Heilkundebüchern durchkämmt. Sie wollte unbedingt eine Lösung parat haben, wenn Isla zurückkehrte, vor allem, falls die Ärzte in Edinburgh ihr nicht helfen konnten.

Obwohl Lark das Schloss von ihrem Schaukelstuhl aus nicht sehen konnte, schien es seinen Schatten über sie zu werfen. Auch Magnus, der einmal fröhlich und sorglos gewesen war, schien unter diesem Schatten zu stehen. Seit seine Eltern und seine Schwester gestorben waren, hatte ihn seine Lebensfreude nach und nach verlassen. Alle hatten gehofft, dass Magnus' Heirat ihn aufheitern und neues Leben ins Schloss bringen würde. Lark war nicht die Einzige auf der Insel, die sich danach sehnte, dass Kerrera Castle wieder zu einem richtigen Familiensitz wurde.

Das ganze Gerede über sie und den Laird war wirklich lächerlich und würde bald verpuffen. Magnus war der Bruder, den Lark nie gehabt hatte. Ihre gemeinsame Vergangenheit und ihre Liebe zur wilden Schönheit der Insel verbanden sie. Als Magnus Kerrera kurz vor dem Erwachsenenalter verlassen hatte, war ein Teil von Lark gestorben. Während sie Tibby nachdenklich streichelte, kehrte Lark durch lange Korridore staubiger Erinnerungen in die Vergangenheit zurück. Magnus war damals in immer länger werdenden Abständen über ein Jahr lang fort gewesen. Er war als Junge gegangen und ohne Vorwarnung als Mann zurückgekehrt. Dadurch war die Mauer zwischen ihm und Lark immer höher geworden. Lark hatte es gespürt, aber sie war machtlos. Sie konnte die Mauer nicht einreißen oder überwinden, auch wenn es ihr fast das Herz zerriss.

Einmal hatte Magnus ihr einen Brief geschrieben. Aber sie hatte weder Tinte gehabt, um eine Antwort zu schreiben, noch Geld, um das Porto zu bezahlen. Also blieb sein Brief unbeantwortet. Irgendwann hatte Lark genug Geld beisammengehabt, aber Magnus hatte ihr nie wieder geschrieben. Den ersten und einzigen Brief hatte Lark aufbewahrt. Nach den vielen einsamen Jahren war die Tinte verblasst, aber die feinen Schnörkel von Magnus' Schrift waren noch deutlich erkennbar. Lark griff nach ihrer Bibel und schlug das Buch Prediger auf, wo der Brief zwischen den Seiten lag. Sie heftete den Blick auf die verschwommenen Wörter. In Wahrheit brauchte sie den Brief nicht zu lesen, weil sie ihn auswendig kannte.

Liebe Lark,

da es mir wie eine Ewigkeit vorkommt, seit ich Kerrera verlassen habe, schreibe ich Dir endlich. Ich muss ständig an Dich denken. Ein Teil von mir bleibt immer auf Kerrera zurück, wo mir der Wind die Gischt ins Gesicht weht statt den Rauch und Ruß der Stadt mit ihrem Straßengewirr. Bevor ich einschlafe und wenn ich aufwache, sehe ich Dich vor meinem geistigen Auge am Rand der Klippe von Kerrera stehen und hinter Dir das Meer. Du wartest dort auf mich, wie Du es früher getan hast. Dann, und nur dann, kann ich die seltsamen Gerüche und Geräusche von Edinburgh hinter mir lassen und in Gedanken die schreckliche Distanz überwinden.

Du hast einmal gesagt, dass Du die Insel nie verlassen würdest. Wenn ich doch auch nie gegangen wäre! Ich sehne mich danach, so frei wie Du zu sein, ohne Titel oder Verpflichtungen. Wenn es so wäre, würde ich nach Kerrera zurückkehren, wo Du auf mich wartest. Und dann würden wir gemeinsam ein neues, anderes Leben beginnen.   *Dein Magnus*

Der Brief lag offen auf Larks Schoß. Er war immer noch wie ein spitzer Dorn in ihrem Herzen. Während Lark das Papier wieder zusammenfaltete, gestattete sie sich eine letzte Erinnerung. Sie dachte an den Tag zurück, an dem Magnus ihr erzählt hatte, dass er heiraten würde. Es war im April ihres 19. Lebensjahrs gewesen. Ein harter, karger Winter war gerade einem wechselhaften Frühling gewichen.

War es Schicksal, dass Magnus sie ausgerechnet auf der Klippe antraf, von der er geschrieben hatte? Lark war gerade erst von einem Fieber genesen. Aus diesem Grund blieb sie am höchsten Punkt der

Klippe erschöpft stehen, um nach Luft zu ringen. Der Wind peitschte ihr ins Gesicht, sodass Lark sich nur mit Mühe auf den Beinen halten konnte. Und dann kam Magnus, um ihr die niederschmetternde Nachricht zu verkünden.

Über den Lärm der Falken und der tosenden Wellen rief er ihr zu: „Lark!"

Sie wandte sich um. Die Überraschung ließ eine kindliche Freude in ihr aufsteigen. Magnus war so lange fort gewesen. In den Monaten seiner Abwesenheit waren zwei Menschen gestorben und drei Babys geboren worden. Und er hatte viele Feiertage verpasst. Ein ganzes Jahr voller unausgesprochener Dinge lag zwischen ihnen.

Doch Magnus blieb in einiger Entfernung mit verschränkten Armen stehen, Nareen an seiner Seite. Sein Umhang wehte wie eine indigoblaue Fahne im Wind. Edinburgh hatte einen Fremden aus ihm gemacht. Seit jenem Augenblick empfand Lark eine heftige, bleibende Abneigung gegen die Stadt.

„Magnus?", fragte sie mit schwerem Herzen. War er es wirklich? Ja, aber nicht der Magnus, den sie gekannt und geliebt hatte – der junge Laird, ihr enger Freund.

„Ich bin gekommen, um meine bevorstehende Eheschließung bekannt zu geben." Ein plötzlicher Windstoß trug seine unwillkommenen Worte fast davon.

Lark trat einen Schritt näher. „Sie wollen heiraten?"

„Aye. Ein Mädchen aus Edinburgh." Er lächelte nicht. Aber warum? Sollten das nicht frohe Neuigkeiten sein?

Während Lark versuchte, seine Worte zu verarbeiten, blickte sie auf ihre abgetragenen Schuhe hinunter. Warum war sie so überrascht? Keine der Frauen auf der Insel wäre eine würdige Braut für Magnus.

Aber ein Mädchen aus der Stadt?

„Sie ist die Tochter eines alten Freunds meines Vaters, eines Richters am *Court of Session*. Isla Erskine-Shand."

Der stolze Name schien das einfache *Lark* zu spotten. Auf einmal begriff Lark, dass eine vorteilhafte Heirat das Ziel von Magnus' Ausbildung gewesen war. Magnus war nicht nur der Laird von Kerrera, er war auch ein aufstrebender Anwalt. Es hieß, dass er in der Kanzlei und vor Gericht feine Roben und eine gepuderte Perücke trug. Lark hatte ihn nie in diesem Aufzug gesehen, aber es hörte sich beeindruckend und wichtig an. Das war jedoch nicht der einzige Grund für diese Verbindung. Viele Lairds und Clanmitglieder wurden derzeit wegen ihrer Loyalität zu den Jakobiten verhaftet und vor Gericht gestellt. Lady Islas einflussreicher Vater würde Magnus sicherlich beschützen und Kerrera vor der Rache der Engländer bewahren. Wollte Magnus deshalb ausgerechnet jetzt heiraten, wo die Trauer um seinen Vater gerade erst beendet war?

Als Lark aufschaute, hatte sie ein wenig Angst davor, was sie in Magnus' Blick finden würde. Doch er starrte an ihr vorbei aufs Meer hinaus. Der feste Zug um seinen Mund zeugte von Entschlossenheit. Oder Resignation.

Lark schluckte schwer und presste dann widerwillig ein paar höfliche Worte hervor. „Ich freue mich für Sie beide." Ihre Knie zitterten und sie fühlte sich immer noch etwas fiebrig. Lark biss die Zähne zusammen, um nicht in Tränen auszubrechen. Sie hatte immer versucht, ehrlich zu sein, doch jetzt hatte sie gelogen.

„Ich wollte, dass du es als Erste erfährst."

Sollte sie sich jetzt geehrt fühlen? Magnus sah sie immer noch nicht an. Larks Blick fiel auf den Korb an ihrem Arm, der mit *Bannocks* gefüllt war.

„Du darfst es auch weitersagen", schloss Magnus. Er wusste natürlich, dass die ganze Insel bis Sonnenuntergang von der Heirat wissen würde, wenn Lark auch nur einer Person davon erzählte.

Lark nickte nur knapp. Sie wollte dieses qualvolle Wiedersehen möglichst schnell beenden. Doch dann wurde ihr schwindelig und sie schwankte. Sofort schoss Magnus vor, um sie zu stützen. Lark hatte nicht bemerkt, dass er so nah bei ihr stand.

Seine Berührung fühlte sich unerträglich heiß an. „Was hast du, Lark?"

„Nur ein abklingendes Fieber." Bevor er sein Mitgefühl oder etwas anderes äußern konnte, wechselte sie das Thema. „Werden Sie mit Ihrer Braut im Schloss leben?"

„Aye." Magnus ließ Lark wieder los. „Wir werden am ersten Juni in Edinburgh heiraten. Nach unseren Flitterwochen werden wir hierherkommen."

Flitterwochen. Wie schön das klang. So voller Emotionen. Wenn Lark heiraten würde, wollte sie ihre Flitterwochen auf Kerrera verbringen. Irgendwo in einer sonnigen kleinen Bucht, nur sie und ihr Bräutigam …

Larks Gesicht wurde heiß. „Die Arbeit wartet." Mit gesenktem Blick ging sie an Magnus vorbei.

„Lark …"

Widerwillig drehte Lark sich um, aber nicht, bevor sie eine Träne abgewischt hatte. Als Magnus sie so sah, schien er es sich anders zu überlegen. Wortlos wandte er sich ab. Eine Sekunde später kehrte Lark ihm ebenfalls den Rücken.

Das war ihre letzte Unterhaltung gewesen, bevor Magnus geheiratet hatte.

1

Verlorene Zeit wird nicht wiedergefunden.
BENJAMIN FRANKLIN

Im Destillierraum des Schlosses war es an diesem Mittag im Mai wunderbar ruhig. Der bevorstehende Kalenderwechsel war gerade in aller Munde und hatte den schalen Klatsch über den Pächterball abgelöst. Die Nachricht, dass ab September ein neuer Kalender gelten würde, hatte erst kürzlich die Insel erreicht. Das Jahr sollte nun nicht mehr im März, sondern im Januar beginnen. Außerdem würden sie im September elf Tage verlieren. König George schien zu glauben, dass er die Zeit umstellen konnte, wie es ihm gefiel. Und nun, da er den Segen des Parlaments hatte, mussten alle seine Untertanen dem Beschluss folgen. Ein ungewöhnliches Jahr stand ihnen bevor.

Larks Blick fiel auf die Tinktur, die Granny ihr gegeben hatte. Auf dem kleinen, mundgeblasenen Glasfläschchen klebte ein Pergamentetikett mit der Aufschrift *Fruchtbarkeitskräuter*. Als Lark an der Tinktur schnupperte, konnte sie einige Inhaltsstoffe erkennen. Wegerichsamen, um einer Fehlgeburt vorzubeugen. Mariendistel. Süßholz. Himbeerblätter. Als sie das Fläschchen wieder verschloss, roch sie Ingwer und Orangenwurzel. Ein starkes Mittel.

Lark öffnete einen Schrank und stellte das Fläschchen in eine kühle, dunkle Ecke. Wenn Isla zurückkehrte, würde ihr das Tonikum vielleicht helfen. Lark war Gott und ihrer Granny sehr dankbar. Es war eine große Erleichterung, endlich ein Mittel parat zu haben. Aber was, wenn Granny sich geirrt hatte? Wenn sie aus Versehen etwas Schädliches hineingemischt hatte? Ihr Geisteszustand hatte sich in letzter Zeit verschlechtert. Vor Kurzem hatte sie Salz anstatt Zucker in den Tee gegeben.

Entschlossen schob Lark ihre Sorgen beiseite und blickte durch das offene Fenster aufs Meer hinaus, das im Sonnenlicht glitzerte. Dann ging sie in den Küchengarten, um Unkraut im Petersilienbeet zu jäten. Bald waren ihre Hände braun von der Erde. Die Sonne wärmte ihr den Rücken.

Eine Woche war seit dem Pächterball vergangen und das Leben auf der Insel nahm wieder seinen gewohnten, verschlafenen Gang. Larks Kleid, das sie von ihrer Mutter geerbt hatte, lag wieder in der Truhe. Die *Merry Lass* war wieder in See gestochen, ohne dass ihr gut aussehender Kapitän sich von Lark verabschiedet hatte. Der Wechsel der Jahreszeiten hatte bei Granny einen Rheumaschub ausgelöst. Was Lady Isla betraf, hatte Lark bisher weder etwas von einer bevorstehenden Rückkehr gehört noch von einer Abreise des Lairds.

Magnus lebte sein Leben, als wäre nichts passiert. Er trug die Tracht der Inselbewohner und verhielt sich wie in alten Zeiten, bevor er geheiratet hatte. Nareen wich nicht von seiner Seite, egal ob Magnus zu Fuß ging oder ritt. Der Laird verbrachte viel Zeit damit, seine große Schafherde zu hüten. Lark hatte oft gesehen, wie er ein verletztes Lamm trug oder sich um ein Mutterschaf kümmerte, obwohl seine Angestellten stets in der Nähe waren. Auf diese Weise blieb Magnus mit der Insel und ihren Leuten verbunden. Die Insulaner, die sich nie trauen würden, Magnus in seiner Anwaltsrobe anzusprechen, zögerten keine Sekunde, wenn der Laird gewöhnliche Kleidung trug.

„Ich muss mit dir reden, Lark." Jillian war aus der Küche aufgetaucht und baute sich vor Lark auf. Ihr kräftiger Körper warf einen breiten Schatten über das Beet. „Ich habe eine Nachricht vom Captain."

Lark hielt inne und setzte sich auf ihre Fersen. „Was gibt's?"

„Er will in zwei Nächten in Cinnamon Cove anlegen und bittet dich, ihm von der Gylen-Ruine aus ein Lichtzeichen zu geben."

Cinnamon Cove war eine beliebte Anlegestelle unterhalb von Gylen Castle. Da die Ruine weit oben auf einer hohen Klippe stand, bot sie einen idealen Aussichtspunkt. Und es wäre ein Leichtes für Lark, die alte Steinschlosspistole ihres Vaters mitzunehmen, um das gewünschte blaue Signal zu geben. Aber nein, sie konnte es nicht tun.

Lark sah Jillian in die Augen. „Ich habe dir gesagt, dass ich nichts mehr damit zu tun haben will."

„Und warum nicht?"

„Ich habe kein gutes Gefühl dabei. Ich möchte aufrichtig und rechtschaffen leben."

„Pah! Lark, die Gerechte …", fauchte Jillian verächtlich. „Ich kann's nicht machen, weil ich helfen muss, die Waren an Land zu bringen. Jack Blaylock wird ein Feuer auf der Heide neben der Mühle anzünden, um die Philister in die Irre zu führen, falls welche da sind. Der Captain glaubt, dass es einen Spitzel unter uns gibt."

Erschrocken ließ sich Lark auf ihr Hinterteil fallen. Ihr dünner Unterrock war kein gutes Kissen. „Jemand von der Insel?"

„Aye. Wahrscheinlich in Balliemore."

„Ein Grund mehr, Nein zu sagen."

Jillian starrte Lark finster an. „Der Captain wird wütend auf dich sein, Lark MacDougall." Als die stämmige Magd sich zum Gehen wandte, erklang die Stimme der Köchin vom Schloss her. Sie rief Jillian in die Küche zurück. „Glaub mir, du wirst es noch bedauern."

*

Rory stand auf dem Achterdeck der *Merry Lass* und beobachtete ein paar schmuddelige Dockarbeiter von der Isle of Man beim Verladen der Ware. 50 Säcke Tabakblätter. 20 kleine Fässer Süßholz und Trockenpflaumen. Ein Dutzend Körbe Ton. 3 Fässer Melasse und schwarzer Pfeffer. 20 Fässchen Seife. 22 Ries Schreibpapier. 100 Eisenbarren.

Aufmerksam behielt Rory den Seidenballen und die Spitze im Auge. Sie waren für Lark bestimmt. Das Kleid, das sie beim Pächterball getragen hatte, war furchtbar abgetragen und zerknittert gewesen. Eine Antiquität. Rory wusste, dass Lark das Kleid sehr mochte, weil es ihrer Mutter gehört hatte. Aber er fand, dass Larks Schönheit nach etwas

Neuerem, Eleganterem verlangte. Wenn sie eine echte MacDougall war, sollte sie sich auch so kleiden.

„Bring den Seidenstoff und die Spitze in meine Kajüte", befahl Rory seinem Quartiermeister.

Die Erinnerung daran, wie Lark auf der Bank im Schlossgarten neben ihm gesessen hatte, war zuckersüß. Trotz ihrer Vorbehalte hatte Lark geradezu an seinen Lippen gehangen, als Rory von Amerika erzählt hatte. Seither hegte er wieder die leise Hoffnung, dass er Lark irgendwann vielleicht doch noch überzeugen könnte, die Insel zu verlassen. Lark wollte vor allem wegen ihrer Großmutter bleiben. Aber wenn die Alte starb …

Rory verwarf den unedlen Gedanken schnell wieder. Larks Angehörige waren ziemlich zäh, Granny zumindest. Bis sie starb, war Rory wahrscheinlich selbst ein alter Mann. Vielleicht waren Grannys Wundermittel und Zaubertränke daran schuld. Auf jeden Fall machte Rory einen weiten Bogen um Granny. Er mochte die alte Frau nicht besonders und sie ihn auch nicht. Larks Großmutter vergötterte Magnus. Sosehr Rory sich auch um Grannys Wohlwollen bemühte, er hatte einfach keine Chance neben dem Laird.

„Fast fertig, Captain", rief ein Maat.

Am frühen Nachmittag lief das Schiff vom Gelände des Schmuggelunternehmens *Ross, Black and Christian* aus. Die *Merry Lass* war heute Teil einer ganzen Schmuggelflotte – zwölf schwer beladene Schiffe, die auf den Südwesten Schottlands zusteuerten, um ihre Waren an verschiedenen Orten abzuladen. Rorys Mannschaft war so geübt, dass sie das Schiff innerhalb von einer Viertelstunde entladen konnte. Die Träger, die am Strand warteten, brachten die Fracht dann zu den Pferden, die von den Insulanern bereitgestellt wurden. Jede Sekunde zählte, wenn man nicht von den Steuereintreibern erwischt werden wollte.

Rory holte ein Fernrohr hervor und beobachtete das unruhige Meer und die zerklüfteten Inselchen vor der britischen Westküste, um nach Schiffen der Steuerbehörde Ausschau zu halten. Die Zollbeamten hatten die Erlaubnis, jedes Wasserfahrzeug nach Belieben zu betreten und zu durchsuchen. Magnus' Einfluss hatte sie bisher vor einer Verfolgung auf und um Kerrera bewahrt. Doch hier unten im Süden konnte der Laird die *Merry Lass* und ihre Crew nicht schützen.

„Alle Mann Segel reffen!", befahl Rory, bevor er die Luke öffnete und in seine Kajüte hinabging. Der Raum war so niedrig, dass Rorys Kopf fast die Decke streifte. Seine Hängematte schaukelte sanft hin und her, als das Schiff sich neigte. Das Ächzen des Holzes und das Quietschen der Takelage waren wie mürrische alte Freunde für ihn.

Während er an Lark dachte, öffnete Rory den Stoffballen und begutachtete die feine Spitze aus Brüssel, die obendrauf lag. Sie wäre sogar für ein Hochzeitskleid geeignet. Würde Lark sich über solchen Firlefanz freuen? Dumme Frage. Welche Frau würde das nicht? Rory hatte Isla in weniger hochwertigen Stoffen gesehen. Irgendwie gefiel ihm dieser Gedanke.

Sein Geschenk sollte ein persönliches Dankeschön an Lark sein. Für ihr Lichtzeichen von Gylen Castle aus. Wenn Philister in der Gegend waren, würde die *Merry Lass* vor der Küste warten, bis Fischerboote kamen, um die Waren an Land zu bringen. Das hatten sie schon oft getan, ohne erwischt zu werden.

Doch nun gab es die zusätzliche Bedrohung eines Spitzels. Hatte Jillian Lark gewarnt? Ihr gesagt, dass sie noch vorsichtiger sein musste? Der Einsatz war wirklich hoch und das Risiko, entdeckt zu werden, sehr groß. Lark hatte sich in letzter Zeit vom Freihandel distanziert. Würde sie sich wirklich weigern mitzumachen? Rory wusste sehr wohl, warum sie Bedenken hatte. Nicht nur wegen ihrer christlichen Überzeugungen.

Schmuggeln wurde mit dem Tod bestraft.

*

Gylen Castle sah in der Nacht völlig anders aus als bei Tag. Es strahlte etwas Unheimliches, Fremdes aus. Wie gelähmt stand Lark vor der finsteren Ruine und ließ den Blick über das Meer und die Küste schweifen. Kaum ein Lichtschimmer war zu sehen. Sie wünschte, der Mond würde die hellen Steine in sein magisches Licht hüllen und die Schatten vertreiben. Aber es war lange nach zwölf Uhr und die Nacht war so schwarz wie die Weste des Teufels, wie Granny jetzt gesagt hätte. In der Nähe einer Fensteröffnung lehnte Lark sich an die kühle Mauer der Ruine und wartete. Sie war hier, um Widerstand zu leisten – nicht nur gegen ihre eigene Beteiligung am Schmuggel, sondern auch gegen die Beteiligung der Inselkinder.

Es erschien ihr besonders falsch, am Sabbat zu schmuggeln. *Du sollst nicht stehlen.* Dieses Gebot hatte sie an diesen Ort begleitet und nagte an ihrem Gewissen. *Es ist einem Diebe nicht so große Schmach, ob er stiehlt, seine Seele zu sättigen, weil ihn hungert; und ob er ergriffen wird, gibt er's siebenfältig wieder und legt dar alles Gut in seinem Hause.*

Lark hatte ihr Leben lang geglaubt, dass der Freihandel nur zum Überleben diente. Sie kannte das schreckliche, nagende Gefühl von Hunger. Sie hatte die Gräber der Leute gesehen, die so ausgehungert gewesen waren, dass die nächste Krankheit sie hinweggerafft hatte. Der Laird gab sein Bestes, um den Inselbewohnern zu helfen, aber nur der König selbst hätte so viele Menschen für so lange Zeit ernähren können. Der Schmuggel war wie ein Geschenk Gottes, eine praktische Lösung. Und waren die Minister des Königs, die so hohe Steuern verlangten, etwa keine Diebe? Auch die amerikanischen Kolonien begehrten gegen ungerechte Steuern auf, hatte der Captain Lark erzählt. Trotzdem …

Eine Viertelstunde später erschien ein Dorfjunge an der Ruine. Ein junges, vielversprechendes Kind. Als er Larks Stimme hörte, zuckte er zusammen. „Bist du das, Brodie?"

„Meine Güte! Sie sehen wie der Geist von Gylen aus!", rief Brodie, während er erschrocken zurückwich. Er hielt eine Pistole in der Hand. „Ich muss das Lichtsignal geben."

„Ich bin hier, um dich davon abzuhalten. Du solltest nach Hause zurückkehren."

Brodie musterte sie skeptisch. Der Haarwirbel an seiner Stirn ließ ihn noch jünger aussehen. „Warum?"

„Es ist falsch. Und zu gefährlich. Angeblich gibt es einen Spitzel auf der Insel. Dadurch ist es besonders riskant, das Signal zu geben."

Der Junge dachte sichtlich beunruhigt über Larks Worte nach. Schlussendlich reichte er ihr die Waffe. „Aber der Captain wird wütend sein!"

Lark seufzte. Ja, der Captain war beinahe so Furcht einflößend wie der Laird, wenn er zornig wurde.

Gemeinsam schauten sie aufs Meer hinaus. Die Pistole in Larks Hand wurde schwerer und schwerer. Weit und breit war kein Schiff in Sicht, weder Freund noch Feind. Aber die *Merry Lass* musste irgendwo da draußen sein. Jede Sekunde konnte das Signal von der Mühle kommen, dass die Luft rein war. Dann sollte eigentlich die Pulverpfanne gefüllt und der Abzug gedrückt werden. Das blaue Licht, das bei einem Schuss aufleuchtete, war nicht zu übersehen. Aber heute Nacht würde es kein Licht geben.

Es war absolut still. Kein Windhauch regte sich. Plötzlich hörte Lark herannahende Schritte. Das Blut gefror ihr in den Adern. Der Spitzel? Schützend stellte sie sich vor Brodie und wartete ab. Sie hasste den metallischen Geschmack von Angst in ihrem Mund.

„Lark." Als sie die tiefe Stimme hörte, zitterten ihre Knie vor Erleichterung. Magnus?

„Was machen Sie denn hier?"

„Euch nach Hause schicken, wo ihr hingehört." Trotz der Dunkelheit konnte Lark erkennen, dass Magnus aufgebracht war. Er bebte förmlich vor Wut. „Was ist in dich gefahren, ein solches Risiko einzugehen?"

„Ich –", setzte Lark zu einer Erklärung an.

„Das reicht, Lark." Magnus machte einen großen Schritt auf sie zu und streckte eine Hand aus. „Ich will nicht, dass du neben dem Captain am Galgen endest, verstanden?"

„Aber so war es doch gar nicht. Brodie war entschlossen, das Lichtzeichen zu geben, aber ich habe es ihm ausgeredet."

„Glaubst du etwa, dass die Steuereintreiber und der Sheriff diesen Unsinn glauben würden? Mit der Pistole in der Hand bist du schon so gut wie verurteilt." Magnus entriss ihr die Waffe und steckte sie in seinen Gürtel. „Ihr beide werdet euch ab sofort aus dem Freihandel raushalten."

Lark fühlte sich wie ein gescholtenes Kind. Nach Magnus' Strafpredigt war sie den Tränen nahe.

Wenig später eilten die drei auf getrennten Wegen nach Hause. Würde es so zwischen ihnen enden? Mit einem Streit? Würde Magnus morgen abreisen und nie wiederkommen?

„Beeil dich!", rief er Lark noch über die Schulter zu.

Lark rang um Fassung und versuchte, sich zu orientieren. Sie musste sich vom regenglatten Rand der Klippe fernhalten und einen längeren Pfad entlanggehen, der durchs Landesinnere zum Schloss und zu ihrer *Croft* führte. Selbst im Dunkeln kannte Lark den Weg auswendig. Nach der Hälfte der Strecke konnte sie dank eines Lagerfeuers vage Umrisse am Strand ausmachen. Die *Merry Lass* hatte offenbar trotz des fehlenden Lichtsignals endlich angelegt. Nun wimmelte es am Strand von Menschen und Wagen und Pferden. Alle waren damit beschäftigt, die Waren auszuladen und möglichst schnell verschwinden zu lassen.

Waren sie alle Diebe?

Herr, vergib uns.

Als Lark am nächsten Morgen aufwachte, fiel ihr Blick auf ein leuchtend gelbes Kleid und ein Stück Spitze, das sie an die Schaumkronen auf den Wellen erinnerte. Der Kapitän der *Merry Lass* war wieder fort, aber er hatte ein Geschenk für sie hinterlassen. War er also doch nicht wütend auf sie?

Granny schnalzte missbilligend, aber auch etwas beeindruckt mit der Zunge. „Ein Mädchen wie du kann doch nicht so feine Sachen tragen. Du würdest die Steuereintreiber anziehen wie der Lavendel die Bienen. Und sie würden nicht lockerlassen, bis sie die Wahrheit herausgefunden haben. Was hat der Captain sich nur dabei gedacht? Außerdem siehst du blass aus in der Farbe. Gelb steht dir nicht, das müsste der Captain eigentlich wissen. Wir werden die Stoffe verstecken."

So landeten die feinen Stoffe unter der Kaminplatte. Doch bevor Lark traurig darüber sein konnte, klopfte es an der Tür. Ein Lakai aus dem Schloss?

„Ich habe eine Nachricht vom Laird. Er bittet Sie, bis morgen früh zu antworten."

Langsam brach Lark das Siegel mit dem Wappen der MacLeishs auf – einem Engelwesen in Gebetshaltung. Die Nachricht war an sie und Granny adressiert. Lark las die Worte laut vor. Dabei wurde ihre Stimme vor Erstaunen immer höher. „Ihre Anwesenheit wird in Edinburgh verlangt. Einzelheiten folgen. Wir reisen übernächste Woche ab."

Ungläubig starrten Lark und ihre Großmutter einander an. Edinburgh? Auld Reekie? Granny war vor Jahren einmal ans Festland gereist, aber Lark noch nie. Eine Überfahrt mit der Fähre stand ihnen bevor. Und eine lange Kutschfahrt. Lark war zwischen Furcht und Vorfreude hin- und hergerissen. Hoffte Magnus vielleicht, sie aus möglichen Auseinandersetzungen zwischen Schmugglern und Behörden herauszuhalten, indem er sie und Granny in die Stadt mitnahm?

„Der Wunsch des Lairds ist uns Befehl", murmelte Granny, während sie nach der Wäsche sah. „Ich vermute, dass es mit Lady Isla zu tun hat."

Mit einem Schlag war Larks Hochgefühl verschwunden. Natürlich. Was sonst? Hatte Isla sie nach Edinburgh bestellt? Unwahrscheinlich. Aber wenn doch, sollten sie besser die Fruchtbarkeitskräuter aus dem Destillierraum mitnehmen und alles andere, was nützlich sein könnte. Aber würde eine so große Stadt mit ihren vielen Ärzten nicht über Larks und Grannys Hausmittelchen, Kräuter und Heilpflanzen spotten?

„Wie weit ist es, Granny?"

„Gute 100 Meilen, schätze ich."

„Dann werden wir mehr als einen Tag brauchen."

„Aye."

„Eine anstrengende Reise für deine alten Knochen." Lark sah ihre Großmutter besorgt an. „Der Laird verlangt ziemlich viel von dir."

„Ach, ich bin doch nur Dekoration. Du kannst schließlich nicht allein mit dem Laird reisen. *Das* würde Gerede geben!" Granny grinste so breit, dass man ihre vielen Zahnlücken sehen konnte. „Vielleicht gefällt mir Edinburgh ja. Ich habe schon viel über das Schloss und andere wichtige Gebäude dort gehört. Es wäre schön, das alles zu sehen, bevor ich sterbe."

„Was denkst du? Worum geht es hier?"

Granny nahm Lark den Brief ab. „Wir werden es bald wissen."

8

Edina, Schottlands Lieblingsort!
Robert Burns

Wenn Lark Kutsche fuhr, was nicht häufig vorkam, wurde ihr von dem Holpern und Schaukeln immer schlecht. An diesem Tag war es nicht anders. Die Insel und das Festland waren in ein winterlich graues Gewand gehüllt. Eine steife Brise rüttelte an der Kutsche und gönnte den Insassen keinen Moment der Ruhe. Bei dem rauen Wetter ließen sie die Fensterläden geschlossen. Und das stickige, wenn auch sehr vornehme Innere der Kutsche interessierte Lark nicht.

Magnus saß ihnen gegenüber und beobachtete, wie Lark ein Stück Ingwer aus der Tasche holte und in den Mund schob. „Wir sind bald beim Wirtshaus", sagte er, um sie aufzumuntern.

Tatsächlich erreichten sie irgendwann die Herberge, aber nicht, bevor Lark ihr Mittagessen wieder verloren hatte. Mehrere endlose Wegstunden lagen bereits hinter ihnen. Lark war noch nie so froh gewesen, wieder festen, wenn auch schlammigen Boden unter den Füßen zu haben. Die Sonne ging gerade unter. Beeindruckt betrachtete Lark das bunte Schild, das im Wind schaukelte: *The Ospray Coaching Inn*. Im Vergleich zu diesem Wirtshaus war die *Thistle* eine heruntergekommene Absteige.

„Ich habe die besten Zimmer für Sie reserviert", sagte Magnus. Lark und Granny folgten einer Magd mit blütenweißer Schürze über polierte Holzstufen nach oben, während Magnus unten blieb, um eine Pfeife zu rauchen und ein Ale zu trinken.

Lark unterdrückte einen Ausruf des Staunens, als sie ihr Zimmer betraten. Die schüchterne Magd musterte die beiden Frauen, als fragte sie sich, was zwei Normalsterbliche an einem so vornehmen Ort zu suchen hatten. „Seine Lairdschaft hat Tee für Sie bestellt. Er wird gleich gebracht."

Entzückt schauten sie sich in dem Gemach aus glänzendem, mit Bienenwachs poliertem Holz und Brokat um. Grannys Geschnatter übertönte Larks hingerissenen Seufzer.

Wenig später wurde der Tee gebracht und dazu ein Teller mit Süßwaren, die Larks Magen wieder etwas beruhigten. Genüsslich streckten die beiden Frauen ihre Füße ans knisternde Feuer – aus Kohlen, nicht Torf – und schlürften mehrere Tassen Schwarztee, der mindestens genauso gut schmeckte wie der, den die Freihändler an Land schmuggelten.

„Ist es zu glauben, dass ich in meinem ganzen Leben noch nie die Insel verlassen habe?" Lark ließ den Blick durch den Raum schweifen und sog jedes Detail der luxuriösen Ausstattung in sich auf. Sie und ihre Großmutter würden wie immer ein Bett teilen. Aber es war ein großes Bett, ein Schrankbett mit Brokatvorhängen, welche die Kälte abhielten. „Eine Lady zu sein, wenn auch nur für einen Tag, ist ganz nach meinem Geschmack", gab Lark zu, während sie sowohl Sahne als auch Zucker in ihren Tee rührte.

„Wenn sich dein Magen beruhigt hat, aye. Gott sei Dank haben wir keine längere Schifffahrt vor uns."

Lark erschauderte. „Der Captain hat von den amerikanischen Kolonien erzählt. Er will dorthin."

„Dann lass ihn dort hinziehen mit all den anderen Verrückten und Verbrechern. Das ist nichts für ein Mädchen wie dich." Der entschlossene Zug um Grannys Mund zeigte, dass sie nichts weiter zu diesem Thema zu sagen hatte. „Lass uns jetzt lieber ins Bett gehen. Der Laird hat gesagt, dass wir morgen früh aufstehen müssen."

Dagegen hatte Lark nichts einzuwenden.

„Ich hoffe, das Zimmer war zu Ihrer Zufriedenheit", sagte Magnus am nächsten Morgen, als er Lark und Granny in die Kutsche half.

Larks überschwängliches Dankeschön wurde von Grannys knappem

Nicken unterstrichen. Aber um ehrlich zu sein, hatten sie beide kaum geschlafen. Das luxuriöse Bett war zu ungewohnt gewesen und sie waren förmlich in der weichen Daunenmatratze versunken. Außerdem waren alle möglichen Geräusche von der Straße zu ihnen heraufgedrungen – Stimmen und lautes Gelächter. Nicht das gewohnte unablässige Rauschen des Meeres und Heulen des Küstenwindes. Lark hatte lange wach gelegen und sich gefragt, ob sie wirklich die Tür abgeschlossen hatten, da immer wieder Schritte von lärmenden Gästen auf dem Gang zu hören gewesen waren.

Sie waren keine 2 Meilen gefahren, als Granny einschlief. Ihr Schnarchen wurde vom Rattern der Kutschenräder übertönt. Magnus öffnete das Fenster neben Lark, um die frühsommerliche Luft hereinzulassen. Nach einem kurzen Regenschauer war endlich die Sonne durch die Wolken gebrochen. Die Tropfen auf den Blättern und Grashalmen glitzerten in ihrem Licht.

„Ein Viertelpenny für deine Gedanken, Lark", sagte Magnus, während er sie vom gegenüberliegenden Sitz aus beobachtete.

„Eine Guinee für Ihre", erwiderte Lark, ohne ihren Blick von dem Herrenhaus abzuwenden, das in einiger Entfernung aufragte. Es erinnerte sie an Kerrera Castle.

Magnus schmunzelte und nahm den Hut ab, um ihn neben sich auf das lederne Sitzpolster zu legen. „Hast du die Insel noch nie verlassen?"

„Ist das so offensichtlich?"

„Aye. Ich weiß, dass du deine Bienen vermisst."

„Und ich weiß jetzt, was ich bisher verpasst habe … sehr wenig." Lächelnd wandte Lark ihren Blick wieder Magnus zu. „Ich mag mein schlichtes Leben."

„Obwohl das Blut der edlen MacDougalls in deinen Adern fließt."

„Das war einmal. Jetzt leben wir in einer Croft statt in einem Schloss."

„Und trotzdem beklagst du dich nie. Aber ich weiß, dass du ein wenig Luxus durchaus zu schätzen weißt."

Seine Worte schienen eine Anspielung zu sein. Lark wand sich innerlich. Wusste Magnus etwa von Rorys Geschenken? „Zugegeben, manchmal beneide ich andere um ein schönes Kleid oder eine Haarschleife – oder Sie um Ihre Bibliothek. Aber das war's dann auch." Lark blickte auf ihren Rock hinab. Sie war froh, dass sie heute ihr zweitbestes Kleid trug. Der hellgrüne Stoff erinnerte an frisches Moos und passte gut zu ihrem karierten Schultertuch. Außerdem hatte Lark etwas von der Spitze genommen, die der Captain ihr geschenkt hatte, um die Ärmel und das Mieder damit zu verzieren. Die gelbe Seide hatte sie jedoch in ihrem Versteck in der Hütte gelassen.

„Woher hast du die Spitze an deinem Kleid?"

Larks Wangen, die sich ohnehin schon warm anfühlten, wurden noch heißer. „Von einem gewissen Captain eines schnellen Schiffs."

„Der *Merry Lass,* nehme ich an."

Beunruhigt fragte Lark: „Ist es zu viel?"

„Nay. Es steht dir. Ich frage mich nur, was der Captain mit einem solchen Geschenk beabsichtigt. Eine Kiste Tee hätte es doch auch getan."

Lark hielt Magnus' Blick stand. War er verärgert?

„Tee habe ich auch bekommen", gestand Lark.

„Es ist leicht, mit Schmuggelware großzügig zu sein", sinnierte der Laird, während er den obersten Knopf seines Mantels schloss. Die Luft war feucht und kühl. „Ich habe kein Problem mit dem Captain, aber sein Ruf …"

Alkohol und Frauen?, dachte Lark. Doch ihre damenhafte Seite erlaubte es ihr nicht, so unverblümt zu sprechen. „Menschen ändern sich. Bessern sich."

„Viele sterben aber auch so, wie sie gelebt haben."

Magnus war heute scheinbar in nachdenklicher Stimmung. So frei hatten er und Lark sich seit Jahren nicht unterhalten. Das ließ Lark an alte Zeiten zurückdenken, die in ihrer Erinnerung in einen goldenen Nebel gehüllt waren. Vor Edinburgh. Vor Magnus' Arbeit als Anwalt.

„Du musst weg von der Insel und den Gefahren dort. Du solltest nicht mal ein Laken über einen Torfhaufen breiten oder ein Lichtsignal geben."

Lark seufzte. Die Geschenke, die Rory ihr neulich gemacht hatte, wirkten tatsächlich wie ein Bestechungsversuch. „Der Captain war so verärgert, als ich mich geweigert habe –"

„Der Captain untersteht mir." Magnus war offenbar wieder in seine Rolle als Laird und Anwalt geschlüpft. Er sprach nicht mehr als Larks alter Kindheitsfreund. „Er hat weder von dir zu verlangen, dass du mithilfst, noch sich zu beklagen, wenn du aussteigst."

Magnus' scharfer Ton weckte Granny auf. Doch im nächsten Augenblick sank ihr Kopf schon wieder langsam auf ihre Brust zurück. Nachdenklich strich Lark über die Spitze an ihrem Ärmel. Sie wünschte, Magnus' Gedanken lesen zu können. Er war seinem Vater so ähnlich, dass sie unwillkürlich an den früheren Laird denken musste. Es war schwer zu glauben, dass der starke, stattliche Mann im Kampf gefallen war. Er war eben doch nur ein Mensch gewesen.

„Ich habe immer schon Bedenken wegen deiner Beteiligung am Freihandel gehabt", fuhr Magnus fort. Als Lark den Mund öffnete, um ihm beizupflichten, unterbrach er sie. „Die meisten Frauen von Kerrera helfen zwar beim Schmuggeln, aber jetzt ist es doppelt so gefährlich wegen des unbekannten Spitzels." Magnus sah sie durchdringend an. „Versprich mir, dass du damit aufhörst."

Lark atmete tief ein, um ihre zunehmende Übelkeit zu unterdrücken. Ihr Mieder zwickte. „Ich verspreche es. Aber was ist mit Ihnen?"

Nachdenklich rieb Magnus sein stoppeliges Kinn. Er trug teure Lederhandschuhe. „Ich habe das Gefühl, dass Gott mich dazu auffordert, mit dem Schmuggeln aufzuhören. Der Allmächtige möchte, dass wir vollkommen rein und heilig sind. Seit ich George Whitefield in Glasgow predigen gehört habe, wird mir das immer klarer."

„Gehören Sie jetzt etwa auch zum *Holy Club*?", neckte Lark, um die düstere Stimmung aufzuheitern. „So wie Mr Wesley und die anderen?"

Magnus gluckste. Doch dann fuhr die Kutsche so ruckartig in eine scharfe Kurve, dass Lark fast von ihrem Sitz in Magnus' Schoß geschleudert wurde. In diesem Moment wurde Lark plötzlich klar, warum Magnus ihr jede Beteiligung am Freihandel verbot. Wegen Isla.

Weil Lark im Destillierraum arbeitete und Isla vielleicht irgendwie helfen konnte.

Waren sie nicht aus demselben Grund gerade auf dem Weg nach Edinburgh?

„Du bist hier", stellte Isla kühl fest, während sie auf ein Sofa im Salon des Stadthauses der MacLeishes deutete.

Sie waren erst vor einer Stunde angekommen, aber Lark hatte den Eindruck, dass Isla sie möglichst schnell wieder loswerden wollte. Magnus war einfach verschwunden, nachdem die Haushälterin Lark und ihre Großmutter in ihr Zimmer geführt hatte. Seine plötzliche, unbegründete Abwesenheit verunsicherte Lark. Und Granny war oben und machte ein Nickerchen, sodass Lark der Frau des Lairds nun ganz allein gegenüberstand.

„Darf ich vorstellen: mein Arzt, der renommierte schottische Wundarzt Dr. John Hunter", sagte Isla. „Er war es, der dich herbestellt hat." *Nicht ich,* schien Isla innerlich hinzuzufügen.

Ein zierlicher, gepflegter Gentleman erhob sich von einem Stuhl und verbeugte sich leicht. „Sie müssen Mistress MacDougall von Kerrera sein." Aus seinem Mund klang das wie ein Adelstitel. „Die Herrin des Destillierraums."

„Wie meine Großmutter vor mir, aye."

„Sie sind eine reizende Dame. Und noch so jung", sagte Dr. Hunter mit warmer Begeisterung. „Das hätte ich nicht erwartet."

Das verschmitzte Funkeln in den Augen des Arztes beruhigte Lark. Neben Isla wirkte der Doktor wie ein wärmendes Feuer. Aber wenn ihre Herrin plötzlich freundlich gewesen wäre, hätte das Lark ohnehin nur noch mehr verwirrt.

„Vielleicht können wir unsere Fertigkeiten verquicken, um meine Patientin erfolgreich zu behandeln. Gestatten Sie mir, zu erklären, was ich genau tue. Sind Sie mit dem Begriff *Accoucheur* vertraut?"

Obwohl Lark Französisch gelernt hatte, sagte ihr das Wort nichts. „Nay."

„So nennt man einen Arzt, der sich auf Geburtskunde spezialisiert hat. Eine Art männliche Hebamme, wenn Sie es so wollen."

Eine männliche Hebamme? Lark bemühte sich, ernst zu bleiben. Was würde die Inselhebamme wohl dazu sagen? Männer wurden aus solchen Dingen herausgehalten, zumindest auf Kerrera.

„Bitte, setzen Sie sich doch. Was haben Sie da in der Tasche?"

„Die Kräuter und Heilmittel aus dem Destillierraum", antwortete Lark.

„Hervorragend. Darf ich sie sehen?"

„Wo warst du den ganzen Nachmittag?", fragte Granny, als Lark in ihr Schlafzimmer im Stadthaus trat.

„Ich habe noch mal die Schulbank gedrückt und alles über männliche Hebammen gelernt."

„Wie bitte?" Granny blickte bestürzt drein. „Seit wann sind Männer bei einer Geburt dabei?"

„Stadtärzte anscheinend schon. Isla scheint es zu befürworten." Lark berichtete, was sie von Dr. Hunter erfahren und dem Arzt erzählt hatte. Sie war positiv überrascht, dass Dr. Hunter sich aufrichtig für ihre Meinung interessiert hatte. Er war auch nicht völlig ahnungslos, was Naturheilkunde betraf. „Er glaubt, dass wir die natürlichen Heilmittel des Allmächtigen mit wissenschaftlichen Methoden kombinieren müssen."

„Und was soll das heißen?"

„Dass wir die Fülle, die Gott uns in der Natur geschenkt hat, mit der modernen Medizin vereinen sollten. Dr. Hunter und ich sind uns nur in einem Punkt nicht einig geworden. Er meint, dass unfruchtbare Frauen Bettruhe halten und auf alle Aktivitäten verzichten sollten. Ich sage, dass sie durchaus spazieren oder reiten gehen können, wenn ihnen danach ist, und ihr Leben in vollen Zügen genießen sollten."

„Und Isla? Was hat sie gesagt?"

„Herzlich wenig. Sie hat die meiste Zeit nur ihre Hündchen gestreichelt und zugehört."

„Und der Laird?"

„Er kam erst gegen Ende rein." Lark schaute zum Fenster hinaus und wünschte, dass man dahinter mehr als Eisentore und überfüllte Straßen sehen könnte. „Der Laird war meiner Meinung, aber er respektiert Dr. Hunter. Er hat übrigens gesagt, dass er uns übermorgen in der Stadt herumführen wird, wenn wir uns ausgeruht haben."

„Wirklich?", fragte Granny erfreut. „Ich wollte immer schon die Altstadt sehen."

„Ich habe Hirschhornsalz dabei, um den Gestank zu überdecken. Vielleicht bleibe ich aber auch zu Hause und lasse dich und den Laird allein gehen."

„Willst du seine Gastfreundschaft beleidigen?"

In Wahrheit hatte Lark nicht den Wunsch, mehr von Edinburgh kennenzulernen, als sie von ihrem verrußten Fenster aus sehen konnte. Aber Granny zuliebe setzte sie eine interessierte Miene auf. „Nein, natürlich nicht. Ich komme mit."

9

Hoch und massiv, eng und gedrängt;
meine eigene romantische Stadt.
Sir Walter Scott

Magnus hatte an diesem Junitag auf schönes Wetter gehofft, aber es regnete. Trotzdem war Grannys Laune ungetrübt. Lark hingegen war ungewöhnlich ruhig. Sie betrachtete die schmutzigen Straßen und die schiefen Mietshäuser mit äußerster Skepsis, das Riechsalz immer in Reichweite.

„Es heißt, dass ein neuer Stadtteil gebaut werden soll", sagte Magnus fast schon entschuldigend. „Ein vornehmeres Viertel mit Parks und Stadthäusern. Sicherer. Sauberer. Die Stadtplaner nennen es schon das Athen des Nordens."

„Nun ja, ich werde das wohl nicht mehr erleben, aber Lark vielleicht", sagte Granny, die ihre Umgebung von der Kutsche aus mit lebhafter Neugier betrachtete. „Und wo in diesem Elend ist jetzt das Kaffeehaus, von dem Sie gesprochen haben?"

Magnus lächelte und wies den Kutscher an, in eine Seitengasse abzubiegen. Dort mussten sie erst einmal halten, weil eine eigensinnige Kuh und eine Horde Gänse den Weg blockierten. Danach liefen ein paar schmutzige, barfüßige Kinder bettelnd hinter der Kutsche her. Magnus gab ihnen alles Kleingeld, das er in der Tasche hatte, wenn auch nur, weil er Larks mitleidiges Gesicht sah. Er war es gewohnt, die Augen vor der Armut zu verschließen. Aber Lark … Sie streckte die Hand nach den zerlumpten Straßenkindern aus, die sich so sehr nach Aufmerksamkeit sehnten. Die schlichte Geste berührte Magnus zutiefst. Hatte das Stadtleben ihn schon zu sehr abgestumpft?

Die Kutsche hielt vor einem angesehenen Kaffeehaus, das gerne von Ärzten und Anwälten besucht wurde. Hier waren auch Damen willkommen. Lark starrte Magnus mit großen Augen an, als er die Kutsche nach Hause schickte und den beiden Frauen je einen Arm anbot. „Edinburgh besichtigt man besser zu Fuß. Außerdem ist es von hier nicht weit zum Stadthaus."

Magnus musste sich immer wieder vor Augen halten, dass Lark die Insel noch nie verlassen hatte. Sie hatte noch nie eine größere Stadt als Balliemore gesehen. Und sie hatte noch nie etwas anderes gekostet als die einfache Küche von Kerrera.

In Larks Stimme schwang wachsendes Erstaunen mit, als sie die Speisekarte vorlas. „Hammelkeule auf Kartoffelpudding garniert mit Bitterorangenschale."

„Das einfachste Essen ist immer noch das beste", warf Granny ein. Sie beachtete die Karte gar nicht, da sie ohnehin nicht lesen konnte. „Ich nehme den Hammel."

„Es gibt noch einen Ort, den ich Ihnen gerne zeigen würde", sagte Magnus, als sie das Kaffeehaus wieder verließen.

„Ach ja?", fragte Granny. „Wir sind doch schon überall gewesen, vom Holyrood Palace bis hin zum Schloss. Und bei allen Hausierern und Händlern dazwischen."

„Ein Buchladen", erklärte Magnus. „Er ist in derselben Straße wie unser Haus."

Lark lächelte. Sicherlich verstand sie seine Absicht. Lark liebte Bücher. Aber ihr einziger Zugang zu Literatur war die Schlossbibliothek, die zu besuchen sie nur selten Gelegenheit hatte.

Sobald sie den großen Laden betraten, in dem es nach Tinte und Leder roch, wusste Magnus, dass er sich nicht getäuscht hatte.

„Ich hätte nie gedacht, dass es einen Ort mit so vielen Büchern gibt", staunte Lark, während sie ihre bloßen Finger über die Buchrücken gleiten ließ. Ihre Lippen bewegten sich, als sie die Titel vor sich hin murmelte. Sie strahlte übers ganze Gesicht.

Granny setzte sich neben dem Eingang auf einen Windsor-Stuhl und sah ihnen zu. Nach einer Weile nickte sie ein. Lark nahm einen weinroten Gedichtband aus dem Regal. Sie liebte Poesie oder hatte sie zumindest als Kind geliebt. Der Hauslehrer hatte Lark und Magnus oft im Auswendiglernen gegeneinander antreten lassen.

Nun stand Lark im schwachen Licht eines Fensters und hielt mit glühenden Augen das Buch in die Luft. „Thomas Blacklock."

„Der blinde Poet?"

Lark pustete den Staub vom Einband und drückte das Buch an die Brust. Ihre Worte waren nur ein Flüstern, als sie das fromme Gedicht rezitierte: „Oh komm und regiere über mich. Öffne mein Herz, entfache jede Ader. Lass dein Licht durch meine Werke leuchten …" Larks Stimme verstummte einladend.

Ohne zu zögern, fuhr Magnus fort: „Durch jede meiner niederen, selbstsüchtigen Taten; erwärme meine Seele mit deinem Wesen und mache mich ganz Dein." Bevor Lark den Blick abwandte, konnte Magnus das gefühlvolle Flackern in ihren Augen sehen. Er selbst hatte auch einen Kloß im Hals und starrte blind auf die Bücherwand vor ihnen.

„Behalte es", sagte Magnus, als Lark das Buch zurückstellen wollte. „Es gehört dir."

„Mir?", wiederholte sie ungläubig.

Das alte Gedicht hatte bei ihnen beiden einen Nerv getroffen. Magnus nickte bloß. Er vermisste die Insel – die alten Zeiten – so sehr, dass er nicht zu sprechen wagte. Einen Augenblick lang schien die Zeit stillzustehen, um dann wieder in ihren gewohnten, flüchtigen Trott zu fallen.

„Danke", hauchte Lark. Wenn sie glücklich war, war auch er glücklich.

*

Nach Edinburgh wirkte der Küstenwind auf Kerrera frischer, der Himmel blauer und die Klippen majestätischer. Lark kehrte mit neuer Wertschätzung für die Insel und ihre Arbeit in den Destillierraum zurück. Den Gedichtband bewahrte sie in ihrer Rocktasche auf. Auf die erste Seite hatte sie das Datum ihres Besuchs im Buchladen ge-schrieben: *8. Juni 1752.*

Insgeheim betete sie jedoch: *Herr, lass mich nie mehr nach Edinburgh zurückkehren.*

Ein Besuch hatte Lark genügt. Nein, es war sogar ein Besuch zu viel gewesen. Es waren nicht nur der Ruß und der Schmutz und die Not, die sie auf den Gesichtern der Straßenkinder gesehen hatte. Auch nicht die zerlumpten, torkelnden Betrunkenen in den dunklen Ecken der Stadt. Es war vor allem das, was sie innerhalb der vier Wände des Stadthauses der MacLeishes empfunden hatte. Die stille Verwirrung des Arztes. Islas bedrückende Anwesenheit. Magnus' Rastlosigkeit. Larks eigene widersprüchliche Gefühle.

Magnus und Isla waren immer noch in Edinburgh. In den folgen-den zwei Wochen wartete Lark auf ihre Rückkehr sowie auf die des Captains, bis Jillian am nächsten Sabbat vor der Tür stand.

„Der Captain wartet in der Höhle auf dich. Er sagt, er muss drin-gend mit dir sprechen."

Nachdem Lark ihr gedankt hatte, war Jillian auch schon wieder fort. Da Granny schlief, konnte Lark ohne weitere Erklärungen ihr Schul-tertuch umlegen und zur Tür hinausschlüpfen. Wo war die *Merry Lass*? Wahrscheinlich wollte der Captain die nächste Schmuggelaktion pla-nen. Es war nun endgültig an der Zeit, dass Lark aus dem Freihandel ausstieg. Magnus' strenge Worte hatten sie in ihrem Vorhaben bestärkt.

Der Wind zerrte an ihren Kleidern, als Lark den steilen Pfad zum Strand hinabstieg. Hinter ihr lag Kerrera Castle. Als Lark den weichen Sand erreichte, hatte sich ihr sorgfältig geflochtener Zopf gelöst, sodass ihr der Wind ihre kupferroten Strähnen ins Gesicht peitschte. Lark bückte sich und zog die Schuhe aus, um schneller laufen zu können. Der Eingang zur Höhle war mindestens noch eine Viertelmeile entfernt.

Der Captain hatte ihr kleines Treffen gut geplant. Es war Ebbe. Als Lark letztes Mal am Strand gewesen war, hatte sie zwei Steuerbeam-te mit ihren langen Stäben in der Nähe gesehen. Sie hatten im Sand nach versteckter Schmuggelware gesucht. Wenn die Bedrohung durch die Steuereintreiber zu groß wurde, verbreitete der Captain gerne die schaurige Legende von Auld Mort – dem Geisterhund von Kerrera mit den teuflischen Augen und dem tödlichen Biss. Wer Auld Mort begegnete, starb angeblich innerhalb von einem Jahr. Einmal hatte Rory sogar einem schwarzen Widder eine Laterne um den Hals gehängt, um die Legende zum Leben erwachen zu lassen.

Als Lark klein war, hatten sich ihr bei der Geschichte immer die Nackenhaare gesträubt. Und auch jetzt erschauderte sie und wandte sich ängstlich um, als sie die Schritte eines Tiers hinter sich hörte. Doch es war bloß Nareen, die ohne den Laird immer schrecklich einsam war. Da Lark mit dem Collie aufgewachsen war, hing die Hündin an ihr. Nareen schlief sogar auf Larks Türschwelle.

„Komm mit, Nareen. Dein Herrchen ist bestimmt bald wieder zu Hause."

Da es ziemlich stürmisch war und darüber hinaus Sonntag, war der Strand menschenleer. Lark lief an mehreren kleineren Höhlen vorbei, die nur selten als Warenversteck dienten, weil sie sich bei Flut mit Wasser füllten.

„Wie ich sehe, haben wir Gesellschaft", erklang die missmutige Stimme des Captains aus dem hinteren Bereich der Höhle. „Die Töle von Kerrera."

Nareen schien Rorys Abneigung zu spüren. Sie schlich an den Rand der Höhle und legte sich in eine Mulde.

„Sie ist eine angenehme Gefährtin", schoss Lark zurück. Sie war auf eine Auseinandersetzung vorbereitet. „Wesentlich angenehmer als Auld Mort."

Rory gluckste und setzte sich auf eine umgedrehte Wanne. „Geht's dir gut?" Als sie nickte, heftete er seinen Blick auf den Eingang der Höhle. „Die Landcrew kommt bald. Wir haben den Spitzel gefunden."

Lark blieb stehen. „Wer ist es?"

„Der klumpfüßige Bauer, Kerr. Hat wohl eine Belohnung gewittert. Wir werden ihn bald auspeitschen."

„Aber er ist gelähmt –"

„Und gefährlich." Der Captain spuckte in den Sand. „Wäre es dir lieber, wenn wir seine Schafe vergiften oder seinen Heustock anzünden?"

„Weder noch", erwiderte Lark vehement.

„Was habe ich da gehört? Du warst in Auld Reekie?"

„Nur kurz. Wegen Isla."

„Stehst du jetzt auch zu *ihrer* Verfügung?"

Lark straffte die Schultern. „Was meinst du damit?"

„Erst der Laird, jetzt auch noch die Lady."

„Ich tue, was ich kann." Der vorwurfsvolle Ton in Rorys Stimme war verletzend. Unwillkürlich griff Lark in ihre Tasche und strich über den Gedichtband. „Ich habe die Spitze getragen, die du mir gegeben hast. Sie ist angemessen für die Stadt."

„Aye, ist sie. Was ist mit der gelben Seide?"

„Granny hat gesagt, dass ich sie verstecken soll."

Rory verzog das Gesicht. „Was hat dein Besuch in Edinburgh ergeben?"

„Der Arzt hat alles im Griff." Lark hatte das Gefühl, Islas Vertrauen zu brechen, wenn sie über diese Dinge sprach. „Eigentlich geht es dich nichts an."

Der Captain trat vor sie und legte seine schwielige Hand an ihre Wange. „Sei nicht böse auf mich, Lark. Wir haben nur wenig Zeit. Was ich will, sind süße Worte. Und das hier." Er drückte seine Lippen auf ihre. Der Griff der Pistole, die in seinem Gürtel steckte, fühlte sich ebenso hart an wie sein Kuss.

Rum. Tabak. Verlangen und Ungeduld. Rorys Mund bewegte sich besitzergreifend über ihren. Lark war zwischen seinen Armen eingepfercht, da er seine Hände gegen die feuchte Höhlenwand stützte.

Larks erster Kuss. Aber er war ganz anders, als sie ihn sich vorgestellt hatte. Nicht sanft und genussvoll, wunderschön und zärtlich. Bloß rau und stürmisch wie der Meereswind. Aber obwohl der Kuss so ungestüm war, berührte er Lark nicht mehr als der Wangenkuss eines Onkels oder Bruders. Nicht wie der Kuss eines Liebhabers. Merkte der

Captain überhaupt, dass sie seinen Kuss nicht erwiderte? Und wenn ja, störte es ihn?

Als Nareen knurrte, zuckte Lark zusammen. Der Captain trat einen Schritt zurück und zog die Pistole aus dem Gürtel. Dann schauten sie gespannt in die Richtung, aus der Stimmen zu hören waren. Kurz darauf erschien ein halbes Dutzend Träger und Wachen am Eingang der Höhle. Lark kannte und mochte die meisten von ihnen. Sie waren ebenfalls Inselbewohner und dem Laird treu ergeben. Und sie alle zogen den Hut, als sie Lark sahen – eine Geste, die im starken Kontrast zum ungehobelten Benehmen des Captains stand.

Rory kletterte auf einen Felsen. „Wir haben 300 Fässer Brandy an Land zu holen, die noch an Bord der *Merry Lass* sind, weil der Spitzel die Philister informiert hat. Unser Plan ist, die Steuereintreiber mit erlesenen Spirituosen in der *Thistle* festzuhalten, bis die Fracht sicher abtransportiert wurde."

Die Männer nickten und stellten ein paar Fragen. Lark zog sich schweigend an den Rand der Höhle zurück und ließ sich neben Nareen in den Sand fallen. Hier war sie wenigstens vor dem schneidenden Wind geschützt.

„Keine Lichtsignale mit Pistolen, keine Laken auf Torfhaufen oder Feuer auf den Klippen. Ich werde um Punkt Mitternacht in die Black Cave kommen, wenn an Land und auf See alles ruhig ist." Der entschiedene Blick des Captains fiel auf Lark, die das feuchte Fell des Collies streichelte. „Da der Laird fort ist, muss Lark dafür sorgen, dass die Stalltüren unverschlossen bleiben. Wir brauchen die Kutschpferde des Lairds."

Lark erstarrte, während sie gegen ihre Schuldgefühle ankämpfte. *Wer gestohlen hat, der stehle nicht mehr,* sagte die Bibel. Und dann waren da noch Magnus' strenge Worte. Andererseits war es doch wirklich keine große Sache, die Stalltüren offen zu lassen. Natürlich wurden die Pferde des Lairds gebraucht. Magnus hatte früher auch nichts dagegen gehabt. Aber …

War es ein Wunder, dass Lark verwirrt war?

Das Treffen war beendet und die Crew brach auf, um ihre Helfer über den festgesetzten Ort und Zeitpunkt zu informieren.

„Ich muss aussteigen", sagte Lark zu Rory. Ihre Worte wurden fast von der rauschenden Brandung übertönt.

„Du musst?" Rory sprang von seinem Felsen.

Sie hatte jetzt seine volle Aufmerksamkeit. Aber wie sollte sie ihren Sinneswandel einem Mann erklären, der nie einen Fuß in die Kirche setzte? „Ist Schmuggeln nicht Diebstahl? Betrügen wir damit nicht den König und jeden Bürger dieses Landes?"

Rory verschränkte die Arme und überkreuzte die Beine. „Komischerweise hattest du keine Probleme mit den schönen Sachen, die ich dir mitgebracht habe."

Lark wurde rot. Die kühle Luft in der Höhle fühlte sich plötzlich warm an. „Na gut, da ist was dran. Es sind die 300 Anker Brandy, die mich beunruhigen. Seit ich am Cowgate in Edinburgh gewesen bin und die Betrunkenen gesehen habe, die wie blind umhertaumeln –"

„Es ist also die Art der Fracht, ja?"

„Wenn es Hafer oder Melasse oder Tee ist, kann ich es verstehen. Ich habe genug Hunger erlebt, um den Schmuggel von Grundnahrungsmitteln gutzuheißen. Aber die anderen, unnötigen Dinge … die französische Seide und die Spitze. Der Alkohol."

Zu ihrer Überraschung zuckte Rory bloß mit den Schultern, kam zu ihr herüber und setzte sich neben sie. Er lehnte sich an die Wand und legte die Pistole neben sich in den Sand. „Es gibt eine Lösung, weißt du? Wir könnten all das hinter uns lassen – die feuchten Höhlen und nächtlichen Gefahren, die offenen Ställe und schlaflosen Nächte."

„Nach Amerika auswandern, meinst du."

„Du hast es nach Auld Reekie geschafft."

„Die 100 Meilen nach Edinburgh sind nur ein Katzensprung im Vergleich zur Überfahrt nach Amerika."

„Dir fehlt es an einer Vision, Lark. An Vorstellungskraft." Rory nahm Larks Hand und umschloss ihre schmalen Finger mit seiner schwieligen Hand. „Überleg doch mal, was uns dort erwarten würde."

„Cape Fear."

„Aye. Ein Entdecker hat es so genannt, weil die Küste schwer zu navigieren war. Das ist alles."

Er hatte es also tatsächlich in Erfahrung gebracht. Rorys Hand schloss sich fester um ihre, als wolle er sie mit sich reißen. Fort von diesem geliebten Strand ins Unbekannte, Unerprobte. Auf den ersten Blick wirkte der Captain faszinierend und aufregend. Aber auf den zweiten Blick erkannte Lark, dass er gefährlich war. Ihre Alarmglocken schrillten.

Lark riss sich los und rappelte sich auf. Dabei weckte sie die schlafende Hündin. „Ich gehe jetzt besser. Granny fragt sich bestimmt, wo ich bin." Am Eingang der Höhle wandte Lark sich noch einmal um. „Ich kann nicht tun, worum du mich gebeten hast. Nicht einmal die Stalltüren ein letztes Mal offen lassen, auch wenn es noch so einfach klingt."

Rory verschränkte die Arme und blieb vollkommen ruhig. Das verwirrte Lark noch mehr.

„Pass auf dich auf, aye?", sagte sie, bevor sie davoneilte.

Endlich hatte Lark die riskante Schmuggelei ein für alle Mal aufgegeben. Aber nicht den Captain.

10

Der ist am glücklichsten, er sei ein König oder ein Geringer,
dem in seinem Hause Wohl bereitet ist.

Johann Wolfgang von Goethe

Magnus betrat die Eingangshalle des Schlosses, dicht gefolgt von Isla, die eins ihrer Schoßhündchen auf dem Arm trug. Rhona lief ihrer Herrin mit dem anderen Mops nach. Hinter ihnen schwärmten die Lakaien mit dem Gepäck aus. Sie hatten zwei Truhen mehr zu schleppen als bei Islas Abreise. Magnus' Schwiegereltern verwöhnten ihre Tochter gerne und ließen sie nie ohne zusätzliches Gepäck ziehen. Bald würden sie einen extra Pferdewagen nur für Islas Sachen brauchen.

Bevor Isla mit ihrer Zofe die Treppe hinaufstieg, grüßte sie Mistress Baird. „Bitte lassen Sie das Abendessen in mein Zimmer bringen. Dr. Hunter hat mir Bettruhe verordnet."

„Sehr wohl, Herrin." Die Haushälterin warf Magnus ein angespanntes Lächeln zu, bevor er in sein Studierzimmer ging. „Willkommen zurück, Sir."

An der Türschwelle hielt Magnus inne und starrte auf das Fass, das mitten im Raum stand. „Ein wenig Eau de Vie?", witzelte er. „Ich nehme an, dass die Kutschpferde heute Morgen ziemlich erschöpft sind."

„Ja, allerdings. Am Strand hat bis in die frühen Morgenstunden ein reges Treiben geherrscht." Die Haushälterin kam näher. „Möchten Sie heute Abend allein im Speisesaal essen?"

„Nay. Ich bevorzuge das Studierzimmer." Magnus öffnete seinen Umhang. Er hatte die reichhaltige Kost von Edinburgh satt. „Etwas Einfaches. *Bannocks*. Käse. Was immer die Köchin im Haus hat."

„Sehr wohl, Sir. Ich werde mich darum kümmern."

Magnus ging zum größten Fenster des Studierzimmers hinüber. Von hier aus hatte man zweifelsohne die beste Aussicht, abgesehen von seinem Schlafzimmer im Turm. Magnus konnte den gesamten gepflegten Garten überblicken. Dahinter erstreckten sich das weite Meer und die Küstenlinie. Wenn Magnus sich nach links beugte, konnte er fast über die Mauer in den Küchengarten und den Destillierraum dahinter blicken.

Lark war wahrscheinlich noch bei der Arbeit. Es war erst zwei Uhr nachmittags. Magnus hatte somit noch genug Zeit, um über die Insel zu reiten und in Erfahrung zu bringen, was sich seit seiner Abreise ereignet hatte. Plötzlich wurde Magnus von einer Zufriedenheit erfüllt, die er in der Stadt nie empfand. Seine Gedanken und seine Seele kamen zur Ruhe. Er war zu Hause.

Eine halbe Stunde später und nach einer Kostprobe aus dem Fass, das der Captain ihm hinterlassen hatte, steuerte Magnus auf die Ställe zu. Auf dem Weg kam er am Destillierraum vorbei. Larks tiefe, melodische Stimme drang zu ihm nach draußen und ließ ihn auf dem Muschelpfad innehalten. Sie liebte es, bei der Arbeit zu singen.

Magnus ging einen Schritt auf den Destillierraum zu. Aber eigentlich hatte er nichts mit Lark zu besprechen – außer über Gerüchte. Jillian hatte einem Hausmädchen und das Hausmädchen wiederum Magnus' Diener erzählt, dass der Captain davon sprach, Lark in die Kolonien mitzunehmen. Als Magnus das gehört hatte, war er zutiefst bestürzt gewesen. Aber sollte er nicht froh sein, den führenden Schmuggler der Insel loszuwerden? Außerdem war Lark eine freie Frau. Sie konnte heiraten, wen sie wollte. Auch einen prinzipienlosen Schiffskapitän.

Larks Gesang verstummte. Magnus hörte, wie sich ein Schrank öffnete und schloss. Da Lark erst kürzlich mit ihrer Granny in Edinburgh gewesen war, hatte Magnus keinen Grund, sie aufzusuchen. Außer um sie zu fragen, ob das Gerücht über Amerika stimmte.

Und um in den Genuss ihrer Gesellschaft zu kommen.

Ich bewahre dein Wort in meinem Herzen, damit ich nicht gegen dich sündige, mahnte ihn eine Stimme in seinem Innern. Mit einem sehn-süchtigen Seufzen lief Magnus weiter.

*

„Meine Herrin hat gesagt, dass Sie sofort Dr. Hunters Anweisungen lesen sollen." Rhona reichte Lark eine versiegelte Nachricht.

Die Handschrift des Arztes entsprach seinem Charakter. Energisch. Präzise. Kühn. Er gab Lark detaillierte Anweisungen für Islas neue Kur: Absolute Bettruhe. Eine Tasse starken Brennnesseltee nach dem Aufwachen, gesüßt mit etwas Inselhonig. Eine Dampfinhalation mit verschiedenen Kräutern. Keine Süßigkeiten. Täglich frischen Quark und Fisch. Vor dem Schlafengehen zwei Tassen eines kalten Fruchtbarkeitstranks, der aus Klettenwurzel, Mariendistel und Himbeerblättern bestand. Und mindestens zehn Stunden Schlaf am Tag.

Würde Isla dadurch nicht zur Invalidin werden?

„Also?", fragte Rhona mit verschränkten Armen.

„Also … was?", gab Lark in einem seltenen Anflug von Gereiztheit zurück.

„Sie müssen mir die verschriebenen Kräuter geben."

„Das werde ich, sobald ich mit dieser Arbeit fertig bin." Lark deutete auf ihren vollen Arbeitstisch. Eine große Schüssel, ein Sack Salz und eine Vielzahl getrockneter Blumen und Kräuter ließen nicht viel Platz für Rhonas Auftrag.

„Kommen Sie in einer Stunde zurück, dann gebe ich Ihnen, was Sie brauchen."

Rhona sah sich misstrauisch um. „Was stinkt hier so?"

„Baldrianwurzel. Ein Beruhigungsmittel." Die Zofe bedeckte ihre Nase mit einem Taschentuch und eilte davon.

Da Lark nun Rhonas Auftrag im Hinterkopf hatte, beeilte sie sich, mit ihrer Arbeit fertig zu werden. Sie vermengte verschiedene Blätter und Blüten mit Meersalz, um eine Duftmischung herzustellen, die sogar Isla mochte. Als Lark damit fertig war, blieb ihr noch genügend

Zeit. Sie räumte den Tisch auf und begann mit dem Rezept des Stadt-
arztes. Gleichzeitig bat sie Gott wieder einmal um ein Wunder.

*

Magnus zog seinen nassen Hut aus und klopfte die Regentropfen am
Türrahmen ab. Dann betrat er die *Thistle,* in der es wie üblich nach
Schnaps und Fisch stank. An diesem verregneten Tag war der Schank-
raum voll. Der Captain saß an seinem Stammplatz. Magnus hatte gehört, dass die Steuereintreiber hier gewesen waren, weil ein mutmaß-
licher Spitzel ihnen einen Tipp gegeben hatte. Es war reichlich Alkohol
geflossen, um die Beamten von der lukrativen Schmuggelaktion fernzuhalten, von der Magnus' Pferde immer noch erschöpft waren. Das
selbstgefällige Lächeln des Captains bestätigte, dass alles gut gelaufen
war.

Da Magnus nur selten in die *Thistle* kam, hatte er keinen Stammplatz. Er sehnte sich nach seinem ruhigen, gemütlichen Studierzimmer.
Nach einem Besuch in der Taverne hatte er oft das Bedürfnis, im
nächsten See baden zu gehen.

„Ho, Eure Lairdschaft!", riefen mehrere Stimmen. Magnus grüßte
mit einem Nicken zurück, bevor er auf den Captain zusteuerte.

Sogleich brachte man ihm einen zusätzlichen Stuhl und ein Pint Ale.

„Was führt dich denn hierher?", fragte Rory.

„Hab von der Schmuggelaktion gehört."

„300 Fässer sind auf dem Weg ins Binnenland."

„Bis auf das Fass in meinem Studierzimmer."

„Aye. Die Philister haben die Insel wieder verlassen und um den
Spitzel haben wir uns gekümmert. Auf Larks Bitte hin haben wir ihn
bloß ausgepeitscht."

„Sie hat darum gebeten, ihn auszupeitschen?", fragte Magnus zweifelnd.

„Nay." Der Captain lachte und bestellte noch ein Ale. „Sie hat mich
gebeten, den Mann zu verschonen, weil er gelähmt ist. Aber du weißt

ganz genau, dass er bestraft werden musste. Wer ein so loses Mundwerk hat, verdient eine Abreibung."

Magnus nahm einen langen Schluck von seinem Ale. Rorys Worte lagen ihm wie ein Stein im Magen. Als Laird sorgte Magnus sich in erster Linie um das Wohlergehen seiner Untertanen. Und doch saß er hier und hörte von einer Auspeitschung, die wahrscheinlich mehr ein Racheakt gewesen war.

„Ich mache mir vor allem um Lark Gedanken", sagte Magnus.

Die Selbstgefälligkeit des Captains verwandelte sich in Besorgnis. „Geht es ihr gut?"

„Aye." Larks warme Singstimme hallte noch in Magnus nach. Er kam direkt auf den Punkt: „Ich will nicht, dass sie weiterhin in den Freihandel verstrickt wird."

„Nay? Ich habe Lark gestern gebeten, deine Stalltüren unverschlossen zu lassen. Aber sie hat sich geweigert."

„Richtig so."

„Da es deine Ställe und Pferde sind, ist es doch eigentlich egal. Ich weiß noch genau, wie du vor einem Jahr beim Verstoß gegen das Kleidungsgesetz erwischt wurdest. Damals bist du ungeschoren davongekommen."

„Aber schmuggeln ist schlimmer, als einen Kilt zu tragen. Dafür würde man dich wahrscheinlich hängen."

Der Captain zuckte die Schultern. „Das Risiko nehme ich in Kauf."

„Schön, aber halt Lark da raus." Magnus unterstrich seine Worte mit einem direkten Blick, dem der Captain auswich. „Sie würden keine Frau hängen", erwiderte er und nahm einen großen Schluck Ale, das Gesicht immer noch abgewandt.

„Doch, das würden sie. Ich habe es selbst gesehen auf dem Grassmarket in Edinburgh." Es war ein öffentliches Spektakel gewesen, dem Magnus nicht hatte beiwohnen wollen. Obwohl er die Frau nicht gekannt hatte, war ihm speiübel gewesen.

„Wenn das Wetter aufklart, werden wir zur Isle of Man segeln." Der Captain hatte seine gute Laune wiedergefunden. „Schmuggelware aus

Ostindien und Holland. Tabak aus Virginia – feine Zigarren und lose Blätter. Spanischer Brandy aus Barcelona."

„Ich würde lieber die Finger vom Alkohol lassen. Er treibt Leute in die Abhängigkeit. Außerdem habe ich in Edinburgh gehört, dass die Regierung mehr Schiffe in den Kanal schicken will, um die Schmuggler abzufangen, die auf die Isle of Man Waren einschleusen."

Der Captain lehnte sich in seinem Stuhl zurück. „Wie gesagt, das Risiko nehme ich in Kauf."

„Meinetwegen. Aber ohne Lark", wiederholte Magnus, bevor er ging.

11

Ich verlange von den Leuten gar nicht, dass sie mir genehm sind,
denn das erspart mir die Unannehmlichkeit, sie zu mögen.

JANE AUSTEN

„Die Herrin verlangt nach Ihnen." Rhona wirkte nicht besonders erfreut über die ungewöhnliche Nachricht, die sie Lark überbrachte.

Überrascht wischte Lark die Hände an ihrer Schürze ab, bevor
sie den Destillierraum verließ und Islas Zofe folgte. Sie betraten das
Schloss durch die Gartentür, die sich unter dem Studierzimmer des
Lairds befand. Magnus stand mit einem Buch in der Hand am Fenster
und blickte auf die beiden Frauen herab. Seine Miene war undurchdringlich. Aber vielleicht hatte Lark ihn auch einfach nur zu flüchtig
gesehen, um seinen Gemütszustand zu erkennen.

Das dämmrige Innere des Schlosses stand in starkem Kontrast zu
dem heiteren, sonnenhellen Garten. Oder lag es daran, dass Isla da
war? Lark schob den Gedanken schnell beiseite. Sie erblickte Magnus, der gerade in den Flur zu seinem Turmzimmer abbog. Lark war
verwirrt. Irgendetwas stimmte hier nicht. Die Stimmung im Schloss
wirkte heute besonders bedrückend, fast schon feindselig. Die Bediensteten liefen mit gesenktem Blick und auf Zehenspitzen umher.

Rhona kündigte ihre Ankunft an Islas Schlafzimmertür mit einem
scharfen Klopfen an. In dem großen Raum war es sogar noch dunkler als im Flur. Die Vorhänge waren zugezogen und nur eine einzige,
qualmende Kerze brannte. Lark empfand fast schon Ekel gegen die
abgestandene Luft, die nach … Laudanum roch?

„Endlich. Wie kann man nur so lang brauchen, eine Treppe hinaufzu-
steigen?", fragte Isla ungeduldig, aber weniger temperamentvoll als sonst.

Lark verkniff sich eine unüberlegte Antwort. Stattdessen ließ sie ihren Blick von dem zerwühlten Bett, in dem Isla gewöhnlich lag, zu einem Sofa unter dem Fenster schweifen, wo die Herrin jetzt mit einem Mops auf dem Schoß ruhte. Lark verspürte den überwältigenden Drang, die Vorhänge und Fenster aufzureißen. Stattdessen wandte sie ihre Aufmerksamkeit einer kleinen verdächtigen Glasflasche zu, die rechts neben dem Sofa stand. Lark hatte kein gutes Gefühl. Doch Islas nächste Worte erschreckten sie noch mehr.

„Ich schlafe so unruhig, dass ich Dr. Burns gerufen habe."

Den größten Schwindler der Insel? „Burns …" Lark weigerte sich, ihn Doktor zu nennen. „Ihm fehlt die nötige Ausbildung. Dr. Hunter ist viel qualifizierter."

„Aber er ist nicht hier, oder? Ich brauche Linderung. Nicht einmal deine Kräuter helfen." Isla streichelte den schlafenden Mops. „Schau mich nicht so an. Dieser finstere, verurteilende Blick erinnert mich an Magnus."

Rhona verschwand in den Ankleideraum, um sich um etwas anderes zu kümmern. Lark ging indes zu dem Tisch mit der seltsamen Flasche hinüber. „Sie müssen den Heiltränken, die ich für Sie hergestellt habe, bloß etwas Zeit geben", sagte sie mit sanfter Stimme. „Meine Kräuter sind viel besser für Sie als das hier." Lark nahm die Tinktur – in Wein gelöstes Opium – in die Hand und hielt sie prüfend in die Höhe. Erneut erschrak sie. War die Flasche etwa voll gewesen? Sie war fast leer.

„Wird dieser Wirkstoff nicht aus Mohnblumen hergestellt?", fragte Isla. „Die wachsen doch auch im Küchengarten, richtig? Die mit den leuchtend roten Blüten."

„Das sind gewöhnliche Mohnblumen. Sie sind nicht für medizinische Zwecke geeignet."

„Was ist dann mit diesem Opiumtee, den die Köchin erwähnt hat?"

Lark unterdrückte ein Seufzen. Margaret sprach oft zu unüberlegt. „Opiumtee verabreiche ich nur bei besonders hartnäckigen Schmerzen und Beschwerden. Das Rheuma der Köchin zum Beispiel."

„Na dann. Was der Köchin guttut, ist sicherlich auch gut für mich."

Lark musterte die Flasche. „Wie viel haben Sie davon eingenommen?"

Isla zuckte mit ihren knochigen Schultern und gähnte. „Genug, um herrlich schläfrig zu sein."

„Was sagt Ihr Ehemann dazu?" Lark stellte die Tinktur ab. Sie wollte nicht in einen Ehestreit verwickelt werden, aber sie machte sich zunehmend Sorgen um alle Beteiligten.

Auf lange Sekunden der Stille folgte eine unerwartete Antwort. „Ihr Ehemann hat Dr. Burns weggeschickt und seine hochgefährlichen Arzneimittel mit ihm. Außer diesem hier, das vor mir versteckt wurde." Magnus schob sich an Lark vorbei und schnappte sich die Tinktur. Dann betrachtete er die Flasche mit kritischem Blick.

„Dr. Burns hat mir mehr geholfen als Dr. Hunter und dein Destillierraum-Mädchen zusammen." Islas Stimme stieg an wie eine Welle, die auf den Strand zurollte. „Willst du mir wirklich meinen einzigen Trost versagen?"

„Es gibt andere Möglichkeiten, Trost zu finden." Magnus lief zu einem Fenster und riss die Vorhänge auf. Das Sonnenlicht, das hereinströmte, war so hell und intensiv, dass Isla zusammenzuckte. „Es ist Juli, Kerreras wärmster Monat. Warum reitest du nicht aus oder gehst spazieren? Kümmerst dich um die Belange der Dorfbewohner? Genießt den Garten, den ich als Hochzeitsgeschenk für dich anlegen ließ?"

Isla starrte Magnus fassungslos an. Lark, die seine Launen gewohnt war, stand vollkommen still da, während ein kleiner Krieg um sie tobte.

Mit verschränkten Armen erklärte Isla: „Dr. Hunter hat mir absolute Bettruhe verordnet."

„Auch Bettruhe muss mal ein Ende haben." Magnus reichte Lark die Flasche. „Schließ sie im Destillierraum ein oder wirf sie ins Meer. Was immer du willst." Dann wandte er sich wieder zu Isla um und setzte ihr ein Ultimatum: „Ich erwarte dich heute Abend um Punkt acht Uhr angezogen im Speisesaal. Wir haben Gäste."

„Gäste!" Isla sprach das Wort wie eine Verwünschung aus. „Ich bin nicht in der Verfassung, Gäste zu empfangen."

„Dann lass dir von deiner Zofe helfen." Magnus sah sich mit unheilvoller Miene im halbdunklen Zimmer um. „Wo ist sie überhaupt?"

„Hier, Sir."

Lark hatte Rhona noch nie so kleinlaut erlebt. Die Zofe stand mit gesenktem Kopf in der Tür, als warte sie auf ihre Hinrichtung. Sogar Lark hatte Bedenken. Isla war wirklich nicht in der Verfassung, am Tisch zu sitzen, auch nicht mit der Hilfe ihrer Zofe. Lark warf Magnus einen warnenden Blick zu.

Doch er schien ungerührt. „Wenn deine Herrin nicht zur vereinbarten Uhrzeit bereit ist, werde ich dich morgen früh nach Edinburgh zurückschicken." An Lark gewandt fügte Magnus hinzu: „Wir werden dich nicht länger aufhalten. Du kannst jetzt mit deiner Arbeit fortfahren oder womit auch immer du beschäftigt warst, bevor du unnötigerweise unterbrochen wurdest."

Lark nickte und floh dann, so schnell sie konnte, aus dem Schlafgemach. Nareen saß im Flur und wedelte freudig mit ihrem buschigen Schwanz. Doch sie folgte Lark nicht, sondern wartete auf ihr Herrchen, als könne sie seine schlechte Laune spüren.

Mit der Flasche in der Hand eilte Lark aus dem Schloss, vorbei an Lakaien und Mägden und durch ein Labyrinth aus Korridoren. Sie blieb erst stehen, als sie den Rand der Klippe erreicht hatte. Als sie in den steilen Abgrund blickte, wurde ihr schwindelig. Wenn sie auch nur einen Schritt weiterging, würde sie rund sechzig Meter in die Tiefe stürzen. Unten rauschte die tosende Brandung. Lark schleuderte die Flasche so weit sie konnte von sich. Am liebsten hätte sie das Gleiche mit Magnus' hitzigem Unmut, Islas schrecklicher Lage und Rorys unerträglichem Gerede über Amerika getan.

Schließlich holte Lark ein Notizbuch aus dem Regal und setzte sich auf eine geschützte Gartenbank. Während sie dort zwischen den Bienen saß und die Sonne ihre wärmenden Strahlen aussandte, suchte Lark verzweifelt nach einer Lösung. Das Buch enthielt alle möglichen Rezepte, die Lark selbst aufgeschrieben hatte. Viele davon hatte ihre Granny ihr weitergegeben.

Herr, das richtige Heilmittel. Bitte.
Ein Rezept trug die Überschrift *Mutterleib*. Mariendistel. Himbeerblätter. Orangenwurzel. War dies das Mittel, das Granny ihr gegeben
hatte? Lark holte die Flasche aus dem Schrank und entkorkte sie, um
noch einmal daran zu schnuppern. Dann goss sie ein paar Tropfen auf
ein weißes Leintuch.

Die Inhaltsstoffe stimmten mit dem Rezept im Buch überein, bis auf
eine Zutat, die Lark nicht identifizieren konnte. Sosehr sie sich auch
bemühte, sie erkannte den Geruch nicht. Aus diesem Grund musste
die Flasche auch weiterhin im Schrank bleiben. Lark konnte das Mittel
auf keinen Fall verabreichen, bevor sie alle Zutaten kannte. Und Granny konnte sich leider nicht erinnern.

*

Magnus musterte Isla im weichen, goldenen Kerzenlicht. Sie saß zu
seiner Rechten und gab ihr Bestes, um höflich zu ihren Gästen zu sein.
Ohne Erfolg. Die Silbergabel in ihrer schmalen Hand zitterte, wie Magnus nach längerer Beobachtung bemerkte. Es war offensichtlich, dass
sie keinen Appetit hatte. Aber am meisten beunruhigten ihn Islas glasi-
ge Augen, in denen ein bekümmerter Ausdruck lag. Die Nachwirkungen der Opiumtinktur?

Es kam Magnus sehr gelegen, dass ihre Gäste in Hochstimmung
waren. Sie hatten reichlich gegessen und getrunken und waren so beschäftigt mit sich selbst, dass sie Islas schlechte Verfassung gar nicht zu
bemerken schienen. Je länger Magnus seine Frau beobachtete, desto
mehr erweichte sich sein Herz für sie, sodass er ausnahmsweise Mitleid
empfand. Wie mochte es sich wohl anfühlen, unfruchtbar zu sein? Den
Gesprächen über die Kinder der anderen an diesem vollen Tisch zu
lauschen, ohne mitreden zu können? Auch wenn Kinderlosigkeit nicht
mehr so verschmäht war wie im Alten Testament, war es trotzdem eine
schwere Bürde. Und obwohl Magnus seine Frau nicht direkt herab-
gesetzt hatte, war sein Schweigen oft genauso kalt und schroff gewesen.

Hatte er Isla nicht sogar manchmal insgeheim verachtet?

Ihr Männer, liebet eure Weiber und seid nicht bitter gegen sie.

Bedauerlicherweise hatten Magnus und Isla – wie so viele Adlige – nicht aus Liebe geheiratet. Gedankenversunken beendete Magnus das lange Abendessen. Als die Teller abgeräumt wurden, zogen sich die Damen ins angrenzende Wohnzimmer zurück, während die Herren im Speisesaal blieben, um Männerthemen zu besprechen und eine Pfeife zu rauchen. Magnus konnte Isla durch die offene Tür sehen. Sie saß auf einem Sofa und sah nun etwas gefasster aus. Rhona blieb immer in ihrer Nähe. Magnus war froh, dass seine Frau nicht das aufrührerische Geschwätz des prahlerischen Lairds von Mull mit anhören musste.

„Ich habe es lieber mit Schafen als mit Menschen zu tun", sagte Hugh Sinclair jetzt. „Die Kleinbauern und *Crofter* müssen weichen. Ich habe kürzlich fünfundvierzig Familien den Räumungsbescheid gegeben."

Fünfundvierzig Familien? Rund zweihundert Personen? Magnus war wie vom Blitz getroffen. „Ist es nicht etwas unbesonnen, so viele Menschen fortzuschicken?", fragte er leise. „Haben sie nicht das Recht, auf dem Land ihrer Vorfahren zu arbeiten und ein ehrliches, unabhängiges Leben zu führen?"

„Aye, auf meine Kosten", knurrte Sinclair. „Ich habe vor, die kleinen *Crofts* in größere, profitablere Bauernhöfe umzuwandeln."

„In Schaffarmen? Und was ist mit den Kindern und alten Leuten?"

„Die können sich ja ans Hilfskomitee wenden. Oder auswandern. Die Tore von Kanada und Amerika stehen weit offen."

„Soweit ich weiß, sind schon viele vertriebene Kleinbauern auf dem Schiff der Cholera zum Opfer gefallen. Oder sie wurden an fremden Ufern ausgesetzt und sich selbst überlassen."

„Es ist ihre Entscheidung, ob sie auswandern oder nicht. Sie können ja ebenso gut in die Städte ziehen. Glasgow. Edinburgh. Aberdeen." Sinclair trank erst einen Schluck von seinem Brandy, den er in einer Hand hielt, und zog dann an der Pfeife in seiner anderen Hand. „Glauben Sie mir, Sie werden irgendwann das Gleiche tun. Sie können viel mehr Gewinn erwirtschaften, wenn Sie Ihre Pächter rauswerfen, statt sie auf dieser felsigen Insel zu behalten. Wie viele Einwohner hat Kerrera?"

Magnus zögerte. Die anderen Männer um sie her waren in ähnlich hitzige Gespräche vertieft. „Bei der letzten Zählung dreihundertsechsundzwanzig Seelen."

„In der Tat eine kleine Insel. Man sagt, dass Sie ohne die mageren Ernteerträge von Kerrera beträchtliche Schulden hätten."

„Glauben Sie nicht alles, was Sie hören", erwiderte Magnus. „Die Fischerei ist unser wichtigstes Standbein. Und die Schafzucht. Beide sind stabil."

„Was ist mit dem Freihandel, der auf den westlichen Inseln blüht? Es sind viele Dragoner unterwegs und so mancher Steuereintreiber hat sich schon unerkannt unters Volk gemischt."

„Ich warne die Inselbewohner jetzt verstärkt vor dem Freihandel. Ich hoffe, sie davon abzubringen. Aber es ist eine langjährige Tradition, die seit mehreren Generationen in ganz Britannien gepflegt wird, ob es uns gefällt oder nicht."

„Für sie heißt es: schmuggeln oder verhungern. Das verstehe ich ja. Aber der Freihandel ist eine gefährliche Angelegenheit für alle Beteiligten. Noch ein Grund, die Inselbewohner loszuwerden – und damit auch die Sorgen, die sie Ihnen bereiten."

Schweigend versuchte Magnus, Sinclairs Worte zu verdauen. Indes kehrte das Gespräch zu banaleren Themen zurück. Als die Herren zu den Damen hinübergingen, schien Isla wieder fast die Alte zu sein. Sie wedelte mit dem Spitzenfächer, den Magnus ihr zum Namenstag geschenkt hatte, und sprach über ein bevorstehendes Fest in Edinburgh.

Für Anfang Juli war es ziemlich stickig im Wohnzimmer. Magnus schwitzte unter seinem hohen Kragen. Abgesehen vom Pächterball unterhielten sie nur selten Gäste auf Kerrera. Die meisten gesellschaftlichen Ereignisse hoben sie sich für Edinburgh auf. Dieser Abend war jedoch Pflicht. Die Lairds aus der Region trafen sich, um regionale Angelegenheiten zu besprechen.

Die Uhr schlug Mitternacht. Nachdem Isla und die Gäste sich in ihre Zimmer zurückgezogen hatten, schaute Magnus zum Fenster hinaus. Durch die pechschwarze Nacht leuchtete ein winziges Licht zu ihm herauf. Es kam aus Larks *Croft*. Magnus ließ den Blick über den Strand schweifen und suchte jede Felszunge und Sandbank ab.

Er hatte gehört, dass der Captain bald wieder anlegen würde. Wusste MacPherson von der verstärkten Präsenz der Dragoner und Steuerbeamten? Vielleicht spielte es keine Rolle. Was Gefahren betraf, legte der Kapitän der *Merry Lass* eine unglaubliche Gleichgültigkeit an den Tag. War ihm sein Leben wirklich so egal? Und würde er Magnus' Warnung beherzigen und Lark aus dem Schmuggel raushalten?

Das Licht in Larks *Croft* beunruhigte Magnus, als wäre es eine Art Signalfeuer – ein Vorbote der bevorstehenden gefährlichen Schmuggelaktion. Er verließ das Wohnzimmer und teilte seinem Diener mit, dass er bald zurück sein würde. Dann lief er den Pfad zu der beleuchteten Hütte entlang.

Nach einem leisen, aber deutlichen Klopfen öffnete Magnus die Tür. Granny saß mit einer Tasse Tee am Fenster. Sie wirkte keineswegs überrascht, Magnus zu so später Stunde zu sehen. Stattdessen hieß sie ihn mit ihrem zahnlosen Lächeln willkommen. „Kommen Sie herein, Junge, und ruhen Sie sich etwas aus. Ich kann wegen meinem Rheuma nicht schlafen." Granny musterte Magnus von oben bis unten. „Sie sehen aus wie Bonnie Prince Charlie in Person."

„Wir haben Gäste", sagte Magnus nur, während er sich unauffällig in der winzigen Hütte umsah. Wo war Lark?

„Sie ist mit der Hebamme unterwegs. Bei ihrer Cousine haben die Wehen eingesetzt."

Erleichterung und Enttäuschung machten sich in Magnus breit. Erleichterung, dass Lark sich nicht am bevorstehenden Schmuggeldebakel beteiligte. Enttäuschung, dass sie nicht hier war und wie in alten Zeiten mit leuchtenden Augen in der Ecke saß und Tee trank.

„Setzen Sie sich doch."

Während Magnus sich setzte, stand Granny langsam auf und servierte ihm das dampfende Getränk in einer angeschlagenen Keramiktasse, die einmal Larks Vater gehört hatte. Die winzigen Risse in der Salzglasur zeugten von dem hohen Alter und ständigen Gebrauch der Tasse. Der Henkel war so groß, dass vier seiner Finger hindurchpassten. Lachlan MacDougall war ein stattlicher Mann gewesen. Gut aussehend. Bevor das Meer ihn verschlungen und nie wieder ausgespuckt hatte.

Granny beobachtete Magnus mit ihren klugen Augen. „Sie haben den gleichen Gesichtsausdruck, den Sie schon als kleiner Junge hatten, wenn Sie etwas bedrückte."

„Sie haben gute Augen."

„Eigentlich nicht. Manchmal spüre ich die Dinge einfach. Was bedrückt Sie so, Mylaird? Der Zustand Ihrer Ladyschaft? Ihr Wunsch nach einem Erben?"

„Immer." Magnus war der letzte Nachkomme seines Clans. War es da verwunderlich, dass er sich ein Kind wünschte? Aber das Schloss blieb leer, während eine schlichte Hütte im Süden Kerreras aus allen Nähten platzte. Und Lark war gerade dort, um ein weiteres Baby willkommen zu heißen. Magnus trank etwas von dem Tee, der ihm besser bekam als all die schweren Speisen, die ihm an diesem Abend auf prachtvollen Porzellantellern serviert worden waren. „Aber da ist noch etwas anderes. Etwas, das ich nicht benennen kann. Ein dunkler Schatten. Eine Vorahnung."

Normalerweise wusste Magnus, was der Grund für seine düstere Stimmung war. Aber diesmal nicht. Es kam ihm so vor, als stünden sie alle am Rande eines unsichtbaren Abgrunds. Einer erschütternden Veränderung.

„Sie sind so tief mit Kerrera verwurzelt, dass es kein Wunder ist, dass Sie ein besonderes Gespür für solche Dinge haben. Ich weiß noch genau, wie es mit Lachlan war."

Magnus stellte wie betäubt die Tasse ab, während Granny fortfuhr, über Larks Vater zu sprechen.

„Am Vorabend seines Todes saßen Sie hier, genau wie jetzt, und sahen zweimal so bekümmert aus, obwohl noch nichts passiert war. Wir hatten die Nachricht noch nicht erhalten."

Zwölf Jahre war es her. Granny hatte recht. Die Vorahnung, die Magnus damals gehabt hatte, war ähnlich gewesen. Unerklärlich. Intensiv. Ein gewaltiger Sturm – einer der schlimmsten in der Geschichte von Kerrera – war damals aufgezogen und hatte verheerende Schäden angerichtet. Magnus hatte erneut eine seltsame Vorahnung gehabt, bevor sein eigener Vater im Kampf gefallen war. Und bevor seine Mutter und seine Schwester gestorben waren.

Während Magnus noch darüber nachdachte, verstärkten sich seine seltsame Rastlosigkeit und Angst. Er musste an eine passende, oft vernachlässigte Schriftstelle denken:

Denn wir haben nicht mit Fleisch und Blut zu kämpfen, sondern mit Fürsten und Gewaltigen, nämlich mit den Herren der Welt, die in der Finsternis dieser Welt herrschen, mit den bösen Geistern unter dem Himmel.

Granny sah Magnus an, als wäre er der Reverend von Kerrera. „Wir können nichts tun, als alles im Gebet vor Gott zu bringen", sagte sie schließlich.

Bereitwillig senkte Magnus den Kopf. Auch wenn er die Worte nur mühsam über die Lippen brachte, kamen sie aus tiefstem Herzen: „O du allmächtiger Gott, der du ein starker Turm für alle bist, die auf dich vertrauen. Bitte bewahre uns jetzt und in Ewigkeit …"

12

Ohne Hoffnung würde das Herz brechen.
SCHOTTISCHES SPRICHWORT

Lark lächelte, als das lange erwartete Kind an diesem regnerischen Juli-tag endlich das Licht der Welt erblickte. „Vielen Dank", murmelte sie sowohl Gott als auch der Hebamme zu, die den kleinen Jungen ge-waschen und eingewickelt hatte und ihn jetzt in Larks wartende Arme legte. Lark senkte den Kopf und atmete den unbeschreiblichen Duft des Neugeborenen ein, während die Hebamme sich um die glückliche Catriona kümmerte.

Die zweitägige Tortur war eine Geduldsprobe für alle gewesen, ob-wohl Lark nur wenig dazu beigetragen hatte. Sie hatte bloß die Kom-mandos der Hebamme befolgt.

„Überkreuz bloß nicht die Arme oder Beine. Und schließ alle Fens-ter und Türen auf, aye?", hatte die Hebamme Lark angewiesen, als Ca-trionas Wehen eingesetzt hatten. „Das Baby soll ungehindert in die Welt eintreten können."

Lark hätte sich fast geweigert, als die Hebamme auch noch ver-langt hatte, den kleinen Spiegel zu verdecken und alle Flaschen und Gefäße im Haus offen zu lassen. Aberglaube war auf Kerrera weit verbreitet. Doch Lark begegnete ihm nun mit kritischem Blick. Hat-te ihr kurzer Aufenthalt in Edinburgh bei Dr. Hunter sie zu einer Skeptikerin gemacht? Nicht ganz. Sie konnte sich immer noch keine männliche Hebamme vorstellen, ob mit oder ohne Ausbildung in Edinburgh.

Um die Feen zu vertreiben, hatte Lark ihrer Cousine das übliche Tonikum aus Vogelbeeren gegeben. Obwohl Lark auch an der Existenz von Feen zweifelte, glaubte sie fest daran, dass die Beeren die Schmerzen bei der Geburt linderten.

„Willkommen, kleiner Unbekannter", flüsterte sie, während sie das Baby in ihren Armen wiegte. Dann erblickte sie den Vater, Kenneth, der gerade zum Fenster hereinschaute.

Sein bärtiges Gesicht strahlte vor Freude und er ließ das kleine Bündel in Larks Armen nicht aus den Augen. Auch Lark war so glücklich, dass sie beinahe ihre Zahnschmerzen vergessen hätte. Sobald sie wieder zu Hause war, würde sie sich darum kümmern. Jetzt gab sie sich erst einmal ganz der Freude über das Neugeborene hin, obwohl sie eine lange, schlaflose Nacht hinter sich hatte und zu spät zur Arbeit kommen würde. Glücklicherweise schalt Magnus sie nie dafür. Er war ein gütiger Laird, für den die Bedürfnisse der Insulaner an erster Stelle standen. Wenn Lark zum Schloss zurückgekehrt war, würde sie Magnus Bericht erstatten müssen.

Herr, bitte hilf mir dabei.

Eine Welle der Furcht, die im Widerspruch zu diesem glücklichen Moment stand, ergriff Lark. Bald würde sie vor Magnus stehen, um ihm das Geburtsdatum sowie den Vor- und Nachnamen des Babys mitzuteilen. Er würde die Daten dann in ein Buch eintragen.

Säugling, Duncan. 5. Juli 1752.

Der Laird würde Catriona und Kenneth auch ein Geschenk zukommen lassen, für gewöhnlich eine Silbermünze. Lark kannte Magnus so gut, dass sie sein erzwungenes Lächeln durchschauen würde.

„Wir essen jetzt Haferbrei", sagte die Hebamme, bevor sie zum Herd hinüberging, auf dem ein Kessel zischte.

Lark legte das Neugeborene in Catrionas Arme. „Ein entzückender kleiner Bruder für deine zwei Großen."

„Ich mag es nicht, wenn die Wiege zu lange leer bleibt. Ein Haus, so bescheiden es auch sein mag, ist schöner mit Kindern." Catriona sah Lark an.

„Oh ja", seufzte Lark, während Kenneth mit einer Wiege aus stabilem Eichenholz und Eisennägeln hereinkam. Lark blieb, solange sie konnte. Aber sie wurde nicht wirklich gebraucht, weil die Hebamme ebenfalls da war. Aus diesem Grund brach Lark am frühen Abend auf. Über einen kurvigen Pfad stapfte sie durch dicken Nebel, der einen feuchten Schleier auf ihrer Haut hinterließ.

Noch nie hatte Lark das Leid des Lairds und seiner Frau so schmerzlich empfunden wie jetzt. Das Glück von Catrionas Familie hatte Larks Sehnsucht nur verstärkt. Sollte ein Wunder geschehen und ein Erbe für Kerrera geboren werden, würde die ganze Insel frohlocken. Aber Isla würde mit Sicherheit Dr. Hunter rufen. Und der Stadtarzt mied Hebammen. Ohne Zweifel würde Lark nur aus zweiter Hand von der Geburt erfahren. Sie würde den Triumph und die Freude, die sie heute in Catrionas Gesicht gesehen hatte, bei Isla nicht miterleben. Ebenso wenig Magnus' tiefen Stolz und große Freude. Lark hatte oft das Gefühl, am Rande zu stehen und anderen dabei zuzusehen, wie sie ihr Leben lebten. Vor allem in derart privaten Momenten, die ein Leben so drastisch veränderten. Obwohl Lark diese Tatsache seit ihrer Kindheit als gegeben akzeptiert hatte, schmälerte es keineswegs ihre Sehnsucht.

Sollte Lark sofort zu Magnus gehen? Eigentlich wollte sie bloß ihren schmerzenden Zahn mit Olivenöl betäuben und sich dann in ihr gemütliches, vertrautes Schrankbett fallen lassen, um zu schlafen. Bis der Hahn krähte und sie wieder in den Destillierraum musste.

Wäre die Nacht klar gewesen, hätte Lark die Lichter des Schlosses sehen können und das Zwinkern von Balliemore in der Ferne. Aber durch den Nebel hörte sie nur gedämpfte Stimmen. Laute, panische Stimmen.

Lark zog das Tuch fester um ihre Schultern und beschleunigte ihren Schritt, während sie sich ausmalte, was Schreckliches passiert sein könnte. Als sie sich dem Kap näherte, lichtete sich der Nebel wie ein fadenscheiniger Vorhang. Ein halbes Dutzend Personen stand am Rand der Klippe hinter der beleuchteten Fassade des Schlosses und spähte in den Abgrund. Einer von ihnen hielt eine Laterne in der Hand. Der Sheriff? Er setzte eigentlich nur vom Festland über, wenn ein Verbrechen begangen worden war. Und das kam nicht oft vor.

Aye, es war der Sheriff. Seine stämmige Silhouette war unverkennbar. Mistress Baird, die Haushälterin, stand mit mehreren kreideweißen Mägden hinter ihm – darunter auch die völlig aufgelöste Rhona. Magnus war ebenfalls da. Er stand viel zu nah am Rand der Klippe. Trauer und Fassungslosigkeit waren ihm ins Gesicht geschrieben. Sein Diener, Brown, stand dicht neben ihm.

War jemand die Klippe hinabgestürzt? Oder – *Herr, bitte nicht!* – gesprungen?

Rhonas Schrei bestätigte, dass etwas Furchtbares passiert sein musste. Die Zofe streckte den Arm in Larks Richtung und zeigte mit dem Finger auf sie. Sofort kamen zwei Männer des Sheriffs auf Lark zu und umringten sie, als wären sie überzeugt, dass Lark fliehen würde. Ihre kalten Hände umschlossen Larks bloße Handgelenke und ließen sie erneut erschaudern.

„Es war das Destillierraum-Mädchen, ich sage es Ihnen! Sie hat das Mittel hergestellt und zurückgelassen, sodass meine Herrin es getrunken hat und dann in den Tod gestürzt –"

„Ruhe!" Magnus wirbelte herum. Seine Miene war ebenso wütend wie bekümmert. „Es werden keine voreiligen Schlüsse gezogen. Wo warst du denn, als deine Herrin den Destillierraum geplündert hat? Nun sag schon!" Dann wandte Magnus sich an die Männer, die Lark festhielten. „Lassen Sie sie los. Es wird niemand beschuldigt, bevor alle Fakten geklärt sind."

Grannys Heilmittel. Lark hatte nicht vorgehabt, es einzusetzen. Nicht, bevor sie alle Zutaten kannte. Würde man Granny die Schuld geben?

Die rauen Hände ließen Lark los, doch die Männer blieben links und rechts von ihr stehen. Sie schwankte. Nach einer schlaflosen Nacht und zu wenig Essen nahm die Erschöpfung nun überhand. Lark stemmte die Füße in den schlammigen Boden, während sie versuchte, die Szene vor sich zu begreifen. Aber ihre Gedanken waren zu langsam, um Schritt zu halten.

Isla? Fort? Ihre kleinen Schoßhündchen standen gefährlich nahe am Abgrund. Ihr heiseres Bellen verwandelte sich allmählich in ein klagendes Jaulen, das sich mit Rhonas Schluchzern mischte. Bei dem schaurigen Konzert sträubten sich Larks Nackenhaare. Sie atmete tief durch und versuchte dann erneut, die unheimliche Szene zu begreifen. Gleichzeitig zwang sie ihr pochendes Herz, in seinen normalen Rhythmus zurückzufallen.

Da drüben, hinter einem Felsvorsprung, lag ihr Zuhause. Dort war Granny. Ging es ihr gut? Lark atmete die feuchte Luft ein, doch sie schien in ihren Lungen zu gefrieren. Als Lark den Blick übers Meer schweifen ließ, konnten ihre betäubten Sinne plötzlich Islas leblosen Körper ausmachen. Die Wellen umschlangen sie in einer schaumigen Umarmung.

„Geh nach Hause, Lark." Magnus stand vor ihr. Der aufkommende Wind zerrte an seinem Umhang. Sein Gesicht war grimmig und sein Ton bestimmend.

Mit zugeschnürter Kehle presste Lark hervor: „Es ist furchtbar." Dann eilte sie davon. Dabei machte sie einen großen Bogen um Rhona, die anderen Bediensteten, den Sheriff und alle, die dort versammelt waren.

Eilig lief sie den Hügel hinab. Nachdem sie die Tür der *Croft* mit einem kräftigen Stoß geöffnet hatte, ließ sie sich schluchzend in Grannys Arme fallen. Dann erzählte sie ihr alles.

*

Der Ballsaal des Schlosses erinnerte an einen Gerichtssaal. Als das Licht der Morgendämmerung am folgenden Tag durch die gekuppelten Fenster fiel, schloss der Sheriff gerade die Befragung der Bediensteten ab. Lark war als Letzte an der Reihe. Sie setzte sich auf den Stuhl, den der Sheriff ihr anbot. Magnus saß neben ihr.

„Wo waren Sie die letzten zwei Tage?", begann der Sheriff.

„Am Wochenbett meiner Cousine", antwortete Lark mit gesenktem Blick.

„Was für eine Beziehung hatten Sie zu der Toten?"

Magnus zuckte zusammen. Warum nicht *Verstorbene*? Oder *ehemalige Herrin*? Aber der Sheriff nahm eben kein Blatt vor den Mund.

„Ich kannte sie kaum. Meistens bin ich im Destillierraum."

„Aber Sie haben das Tonikum hergestellt, das Lady Isla laut ihrer Zofe getrunken hat, richtig?"

„Ich habe ihr das Tonikum nicht gegeben. Es wurde in einem Schrank aufbewahrt."

Aye, Lark. Lass dich nicht von ihm in die Enge treiben. Magnus verschränkte die Arme, während er Lark im Stillen anfeuerte.

„Warum wurde das Mittel im Schrank aufbewahrt? Auf dem Etikett stand ‚Fruchtbarkeitskräuter', oder?"

„Aye, aber ich kenne die Bestandteile nicht –"

„Was meinen Sie damit? Warum kennen Sie die Zutaten nicht? Sie –"

„Bedrängen Sie sie nicht, Sheriff." Magnus sprach mit ruhiger Stimme, aber sein Inneres war in Aufruhr. „Es ist egal, wer das Mittel hergestellt hat, wenn es nicht ausgegeben wurde."

Der Sheriff schnaubte gereizt. Vermutlich war er verärgert über die schlaflose Nacht. „Na gut, Mylaird. Können Sie mir dann bitte den fraglichen Schrank zeigen?"

Sie verließen den Saal, um in den Destillierraum zu gehen, der seltsam bedrückend wirkte. Isla hatte ihn als Letzte betreten. Lark schien sich zu bemühen, gegen ihren Schock anzukämpfen. Sie krampfte ihre zitternden Hände zusammen, als sie den Raum betraten. Mehrere Schränke standen offen. Kräuter und andere Vorräte lagen am Boden verstreut. Islas Werk?

„Wird der Destillierraum nicht abgeschlossen?" Die bohrende Frage war an Lark gerichtet, aber Magnus konnte sich nicht zurückhalten.

„Normalerweise schon. Aber die Köchin hat Ihnen doch erzählt, dass sie ein paar Zutaten gebraucht hat und Mistress Baird den Raum deswegen aufgeschlossen hat. Danach wurde vergessen, den Raum wieder abzuschließen. Soweit ich weiß, ist Vergesslichkeit kein Verbrechen."

Rhona hatte noch keine vernünftige Erklärung dafür abgegeben, warum ihre Herrin für längere Zeit allein gewesen war, obwohl Magnus die Zofe angewiesen hatte, besonders wachsam zu sein. Zuletzt hatte Magnus seine Frau schlafend gesehen. Rhona hatte sicherlich ihre Pflichten vernachlässigt.

„Haben Sie hier Arzneimittel – Kräuter und Heilpflanzen –, die als giftig gelten, Miss MacDougall?"

„Ja", sagte Lark, während sie dem Sheriff direkt in die Augen sah. „Sogar die gewöhnliche Vogelbeere ist gefährlich, wenn man sie nicht kocht oder gefriert. Erst dann ist sie von Nutzen. Ich achte darauf, dass nichts missbraucht oder falsch angewendet wird, Sir."

„Wie lange arbeiten Sie schon im Destillierraum?"

„Seit ich 21 bin. Aber ich habe es von klein auf von meiner Großmutter gelernt. Sie war vor mir für den Destillierraum zuständig."

Der Sheriff sah zu Magnus hinüber, als wartete er auf seine Bestätigung.

„Lark ist im Schloss aufgewachsen. Sie wurde mit meiner Schwester und mir unterrichtet", erzählte Magnus ihm. „Ihre Mutter war auch bei uns angestellt."

„Und Ihr Vater?", erkundigte sich der Sheriff.

„Ein Fischer", antwortete Lark. „Er ist auf See ertrunken."

„Ein Fischer …" Der Sheriff schloss einen Schrank und stieg dann über einen zerbrochenen Tonkrug. „*Und* Freihändler, nehme ich an."

Alles in Magnus sträubte sich gegen diesen Vorwurf, doch er hielt den Mund. Er war immer noch überrascht, dass der Sheriff bereits auf Kerrera gewesen war, als man ihn wegen Isla gerufen hatte. Der Gesetzeshüter hatte in der *Thistle* geweilt und seine Zeit damit verbracht, mit den Dorfbewohnern über die Vorgänge an der Küste zu sprechen. Wahrscheinlich hatte er einen Hinweis von einem anderen Spitzel erhalten.

„Wussten Sie, dass die Herrin von Kerrera Laudanum nahm?", fragte der Sheriff, während er einen Besen aufstellte.

„Aye", antwortete Lark.

„Wussten Sie auch, dass sie Laudanum vom Inseldoktor bekommen hatte?"

„Burns hatte es ihr gegeben, aye. Aber er ist kein Doktor", sagte Lark in ungewöhnlich abschätzigem Tonfall. „Nicht wie der Arzt, den die Herrin in Edinburgh hatte."

„Wirkte Ihre Herrin sehr beeinträchtigt, als Sie sie zuletzt gesehen haben?"

„Durch das Laudanum? Nun ja, sie wirkte …" – Lark warf Magnus einen kurzen Blick zu – „müde … etwas aus dem Lot."

„Aus dem Lot? Als hätte sie zu viel genommen?"

„Möglicherweise. Fragen Sie am besten ihre Zofe. Ich war nicht oft bei der Herrin."

„Die Zofe behauptet, dass die Herrin das ganze Laudanum aufgebraucht hatte. Dann ist sie in den Destillierraum gegangen, um nach mehr zu suchen." Der Sheriff holte ein Fläschchen aus der Tasche. „Diese leere Flasche wurde am Rand der Klippe gefunden. Und die Tür des Destillierraums stand offen."

„Es tut mir leid, das zu hören."

„Das alles wäre meiner Ansicht nach nie passiert, wenn Sie hier gewesen wären oder man die Tür abgeschlossen hätte." Sein Ton war vorwurfsvoll. Lark wurde rot.

Magnus schob mit dem Fuß eine scharfkantige Tonscherbe zur Seite. „Der Schaden, der hier drinnen angerichtet wurde, zeugt von Verzweiflung. Meine Frau – Gott hab' sie selig – ist nicht hier, um uns zu erzählen, was passiert ist. Viele Faktoren haben bei dieser Katastrophe eine Rolle gespielt. Larks Abwesenheit. Die Vergesslichkeit der Haushälterin und der Köchin. Die Unachtsamkeit der Zofe. Mein eigener Ausritt nach Balliemore wegen einer geschäftlichen Angelegenheit. Und auch wenn es hart klingen mag, trifft meine Frau die größte Schuld. Niemand hat sie gezwungen, den Destillierraum zu plündern oder zu nah an den Rand der Klippe zu gehen."

Obwohl Magnus ruhig und gleichmäßig sprach, hatten seine Worte die Wucht eines Faustschlags. Einer Tür, die zugeschlagen wurde. Magnus MacLeish hatte mit dem Thema abgeschlossen, auch wenn der Sheriff noch nicht so weit war.

„Sie dürfen gehen", sagte der Sheriff nun zu Lark.

Mit einem Nicken verließ sie den Raum. Die beiden Männer sprachen im Hof hinter dem Destillierraum weiter.

„Die Familie Ihrer Frau ist also auf dem Weg hierher?", fragte der Sheriff.

„Aye. Ich habe letzte Nacht eine Nachricht nach Edinburgh geschickt."

„Wird es eine Art Beerdigung geben, auch wenn man die Leiche nicht bergen kann?"

„Ich wurde noch nicht in die Pläne der Familie eingeweiht. Wenn, dann wird die Beerdigung in Edinburgh stattfinden." Isla hätte nicht auf Kerrera beerdigt werden wollen. Das hatte sie Magnus mehr als einmal klargemacht. Er hatte sich damit abgefunden, auch wenn es ihn anfangs verletzt hatte.

„Ich werde zu gegebener Zeit zu der Familie Kontakt aufnehmen", sagte der Sheriff, bevor er sich zum Gehen wandte.

*

Ganz Kerrera versank in Trauer. Alle Uhren wurden angehalten und alle Bewohner kleideten sich schwarz. Sämtliche Briefe wurden auf schwarz umrandetem Papier geschrieben und mit schwarzem Wachs versiegelt. Der Ausrufer von Balliemore verkündete überall in der Kleinstadt die schockierende Nachricht von Islas Tod.

Es war nicht üblich, dass ein Ehemann der Beerdigung seiner Frau beiwohnte. Magnus würde zu Hause hinter verschlossenen Türen bleiben. Aber würde es überhaupt eine Beerdigung geben? Wie die Leute, die auf See verschollen waren, würde Isla kein Grab und keinen Grabstein haben.

„Die Familie ist da", berichtete Jillian, als sie Lark am Sabbat nach Islas Tod besuchte. „Ich bezweifle, dass sie lange bleiben werden. Islas Mutter trägt die Nase ganz schön hoch. Und ihr Vater hat immer eine Pfeife in der Hand. Ich kann den Rauch bis in die Küche riechen."

„Sie tun mir leid. Immerhin haben sie ihr einziges Kind verloren", sagte Lark leise. Es war schlechtweg wider die Natur, von einem so jungen Menschenkind Abschied nehmen zu müssen, das sein ganzes Leben noch vor sich gehabt hatte. Mit ihr endete der Stammbaum von Islas Familie.

„Der Laird hat den Destillierraum verschlossen", erzählte Jillian. „Du sollst mit deiner Granny zu Hause bleiben."

Als Jillian gegangen war, fragte Granny Lark: „Was denkst du, warum hat er das getan?" Die beiden Frauen setzten sich an den Herd, wo ein Torffeuer die Kälte des langen Regenschauers abwehrte. Das Wetter war untypisch für Juli. „Du glaubst doch nicht, dass Magnus sich jetzt gegen uns gewandt hat, oder?"

Lark massierte ihre pochenden Schläfen, während sie versuchte, nicht zu viel über Grannys Worte nachzudenken. „Der Sheriff ist noch da. Er versucht immer noch herauszufinden, was passiert ist. Ich weiß, dass der Laird uns vor ihm schützen will."

„Bin ich froh, wenn der Sheriff endlich aufs Festland zurückkehrt."

„Jillian hat gesagt, dass der Captain schon längst die nächste Schmuggelaktion durchführen wollte."

„Na, er sollte besser abwarten, bis der Sheriff weg ist."

„Denkst du, der Captain weiß von Isla? Er war jetzt über eine Woche fort."

Granny musterte Lark mit zusammengekniffenen Augen. „Zählst du etwa die Tage?"

Lark wurde rot. „Er war bloß so lange weg, dass ich mir Gedanken mache. Ich habe nicht gesagt, dass ich ihn vermisst habe."

„Hast du ihn denn vermisst?"

Lark zuckte mit den hängenden Schultern, sodass ihr Schultertuch ein wenig verrutschte. „Ich weiß es nicht. Er bringt mich völlig durcheinander."

„Oh weh! Hört sich nach Liebe an."

„Aber würde ein Mann so lange fortbleiben, wenn er eine Frau liebt?"

„Ein Seefahrer vielleicht." Granny seufzte. „Du hast nicht viele Optionen hier auf Kerrera. Aber der Captain scheint mir einfach nicht der Richtige für dich zu sein."

Lark wusste, warum. Wollte sie wirklich einen Mann heiraten, der mehr unterwegs war als zu Hause und dem jederzeit etwas Schlimmes zustoßen konnte? Einen Mann, der *stahl?*

Grannys Miene verdunkelte sich. „Ach, ich mache mir weniger um den Captain Sorgen als um den Laird."

„Wegen seines anhaltenden Unglücks?"

„Aye. Er hat alle verloren, die ihm lieb und teuer waren. Seine Eltern. Seine Schwester. Seine Frau. Seine Kinder."

„Granny, er wird das schon überstehen. Magnus ist nicht der Typ, der lange Trübsal bläst."

„Aye, er ist noch jung. Und gut aussehend. Irgendwann wird er bestimmt wieder heiraten. Dann werden ihm diese schrecklichen Ereignisse nur noch wie ein böser Traum vorkommen."

„Ich hoffe es", murmelte Lark. Aber jetzt würde Magnus erst einmal trauern.

Es war ungewohnt, nicht in den Destillierraum zu gehen. Lark vermisste ihre Arbeit. Andererseits war der Gedanke, dass Isla unmittelbar vor ihrem Tod dort gewesen war, ziemlich verstörend. Würde der Destillierraum für immer mit diesem Makel behaftet sein?

Herr, hilf uns. Heile Magnus' trauerndes Herz. Tröste Islas Eltern in ihrem Leid. Verwandle das Schloss wieder in einen friedlichen, glücklichen Ort. Dein Wille geschehe.

Ein Tag nach dem anderen verging und der Sommerregen schien kein Ende zu nehmen. Lark beschäftigte sich mit Handarbeiten. Das Stricken hatte eine beruhigende, tröstliche Wirkung. Sie genoss das angenehme Gefühl des Wollfetts auf ihren Händen und die Wärme des Torffeuers, die durch ihren Rock drang.

Es war beinahe zehn Uhr an einem Freitagabend. Grannys Strickarbeit ruhte auf ihrem Schoß, während ihre Augen langsam zufielen und ihr Kinn auf die Brust sank. Lark war ebenfalls schläfrig. Ihr Körper und ihre Gedanken hatten sich inzwischen ein wenig beruhigt.

Plötzlich schallte ein Klopfen wie ein Gewehrschuss durch die Hütte. Granny schrak auf und Lark legte hektisch ihre Strickarbeit beiseite.

Dann öffnete sie vorsichtig die Tür. Vor ihr stand der Sheriff in Begleitung von zwei Männern. Regen tropfte von ihren Hutkrempen.

Sofort bekam Lark es mit der Angst zu tun. Der Sheriff lächelte nicht und grüßte sie auch nicht. Sein Ton war so schroff wie an jenem Tag im Destillierraum. „Lark MacDougall, ich verhafte Sie wegen des Todes von Isla MacLeish."

Hinter ihr begann Granny, auf Gälisch zu schimpfen. Ihre Tirade war beinahe genauso beängstigend wie die schweren Handschellen, die sich nun um Larks Handgelenke schlossen. Die Anklage des Sheriffs war wie ein Schlag in die Magengrube. Zornige Worte lagen Lark auf der Zunge, aber sie brachte keinen Ton über die Lippen.

Granny klammerte sich an Larks Schultertuch, als könnte sie die Trennung so verhindern. Lark wollte die Arme nach ihr ausstrecken, sie umarmen, aber ihre gefesselten Handgelenke hinderten sie daran.

„Bete", konnte Lark nur atemlos stammeln. Für mehr blieb keine Zeit, da die Männer sie sogleich unsanft nach draußen beförderten. Granny blieb weinend und klagend an der offenen Tür zurück.

Es war spät. Lark war erschöpft und völlig durcheinander. Aber unschuldig. Zugegeben, sie empfand kein tiefes, aufrichtiges Bedauern für Isla. Lark hatte in erster Linie Mitleid mit Magnus. Aber sie hatte Isla auch nie etwas Böses gewünscht.

Warum also die Handschellen? Warum der beängstigende nächtliche Marsch über die Insel? Warum die unruhige Überfahrt über die Meerenge von Lorn ans Festland, bei der ihr die Gischt ins heiße Gesicht spritzte? Obwohl Lark ihr Schultertuch trug, konnte sie nicht aufhören zu zittern – mehr wegen des Schocks als wegen der Kälte.

Doch Lark hatte eine Hoffnung, die sie über Wasser hielt.

Magnus würde bald alles richtigstellen.

13

Stolze Menschen brüten über ihren Kümmernissen.

EMILY BRONTË

Die Zelle war winzig. Am Boden lag etwas schmutziges Stroh. Lark war noch nie in einem Gefängnis gewesen. Das Zuchthaus war schließlich nur für Diebe und Landstreicher und Wahnsinnige. Es war bitterkalt und die zugige Luft stank widerlich. Als der Schlüssel des Gefängniswärters hinter Lark im Schloss klirrte, kam sie wieder zur Besinnung. Zwei Männer starrten sie aus der gegenüberliegenden Zelle an, während ein Dritter laut schnarchte. Die anderen beiden Zellen waren leer, aber genauso schmutzig und ekelerregend.

Lark wurde schlecht vor Angst. Sie ballte die Hände zu Fäusten, sodass sich ihre Nägel in die kalten Handflächen bohrten. Angestrengt versuchte sie, die wenigen Informationen, die sie erhalten hatte, zusammenzufügen.

„Man wirft Ihnen vor, mitschuldig am Tod der Frau des Lairds zu sein."

Wie war das möglich, wenn sie sich am anderen Ende der Insel befunden hatte? Larks wirre Gedanken kehrten zu Catriona und ihrem Baby zurück. Lark hatte vorgehabt, die beiden am nächsten Tag noch einmal zu besuchen. Sie hatte sich schon darauf gefreut, ihre glücklichen Gesichter zu sehen. Inzwischen wussten bestimmt alle von ihrer misslichen Lage. Außer dem Captain, der wahrscheinlich immer noch fort war. *Lieber Vater im Himmel, bitte hilf mir.*

*

Das Anlegen verlief reibungslos. Es war eine mondlose Nacht. Die *Merry Lass* glitt mühelos in eine abgelegene Bucht an der Westküste von Kerrera. Rorys Mannschaft war begeistert von der Qualität der Ware. Seide und Satin. Tabak. Madeirawein. Salz und Gewürze.

Rory stand am Deck, hin- und hergerissen zwischen Euphorie und Bangen. Er war noch etwas schwach auf den Beinen. Ein Fieber hatte ihn gezwungen, länger als geplant auf der Isle of Man zu bleiben. Rory stützte seine schwieligen Hände auf das Seitendeck des Schiffs, während die Träger ausschwärmten, um die Waren an Land zu bringen.

Als Rory in seine Tasche griff, stieß er auf das Geschenk, das er Lark mitgebracht hatte. Er hatte es bei einem Silberschmied gegen ein Fass seines besten Brandys eingetauscht. Hoffentlich würde Lark nicht nach dem Tausch fragen. Sie verabscheute Alkohol, sogar Whisky, wenn er nicht für medizinische Zwecke gebraucht wurde.

Wachsam ließ Rory den Blick über die zerklüftete Küstenlinie gleiten, um nach einem Licht oder einer Bewegung Ausschau zu halten. Plötzlich blitzte das Feuer einer Muskete in der Dunkelheit auf und ein Bleigeschoss flog durch die Luft. Rory fluchte, als der Anführer der Träger mit dem Fass auf seiner Schulter vornüber ins seichte Wasser fiel.

„Feind in Sicht!", schrie jemand.

Dann brach das absolute Chaos aus. Die systematische Schmuggelaktion geriet völlig außer Kontrolle und die Ware wurde einfach zurückgelassen, als die Crew wie eine Horde Schiffsratten auseinanderstieb.

Rory blickte erneut zu der dunklen Felswand auf. Ein Dutzend Fackeln sowie die grimmigen Gesichter des Sheriffs und seiner Männer funkelten ihm entgegen.

Schnell trat er einen Schritt zurück, drehte sich um und rannte übers Deck, bevor er über die Reling sprang und mit einem lauten Platschen im Wasser landete.

*

Jedes Mal, wenn sie die Schlüssel rasseln hörte, schöpfte Lark neuen Mut. Würde Magnus jetzt kommen? Er hatte viel Einfluss und war überall hoch angesehen. Die wenigen Bagatelldelikte auf Kerrera waren bisher nie bis ans Festland durchgedrungen. Der Laird hatte immer alles vor Ort geregelt.

Aber was Lark vorgeworfen wurde, war ein schlimmeres Vergehen.

Als sie spürte, wie ein Insekt über ihren nackten Arm lief, erschauderte Lark und setzte sich auf. Unmittelbar vor der Eingangstür des Gefängnisses schien es einen Tumult oder gar ein Handgemenge zu geben. Ein wütender Schrei und das gelbe Licht einer Laterne rissen Lark endgültig aus ihrem benommenen, schlaftrunkenen Zustand.

Wenig später wurde ein gefesselter Mann hereingeführt. Mit der Kapuze auf dem Kopf sah er wie ein Sträfling auf dem Weg zum Galgen aus. Der Mann wurde in die Zelle neben Lark gebracht, ohne dass sie einen näheren Blick auf ihn werfen konnte. Dann wurde die Zellentür mit einem lauten Knall geschlossen.

Hellwach ließ Lark sich wieder auf ihr Lager aus schmutzigem Stroh sinken. Nach einer Weile kam auch der neue Gefangene zur Ruhe. Aber Lark konnte nicht schlafen. Sie hatte Hungerkrämpfe und die Männer schnarchten zu laut. Larks anfängliche Panik hatte sich gelegt, nachdem sie viel gebetet hatte. Aber jetzt konnte sie nicht einmal mehr beten. War der Herr in dieser schimmligen, dunklen Zelle wirklich bei ihr? Larks Gebete schienen nur bis zum Dach des Gefängnisses durchzudringen.

Warum konnte sie sich nicht erinnern, wie lange sie schon hier war? In der fensterlosen Zelle herrschte immer Dunkelheit. Und Larks innere Uhr funktionierte nicht mehr.

„Lark?" Es musste ein Traum sein. Jillian stand auf der anderen Seite der Gitterstäbe und starrte Lark mit entsetzter Miene an. Sie trug ein schmutziges Kleid und einen Hut, der wie der Hut des Captains aussah.

Lark richtete sich mühsam auf und versuchte, einen festen Stand zu bekommen.

„Ich weiß gar nicht, mit wem ich zuerst reden soll", sagte Jillian, während ihr Blick zwischen Lark und der Nachbarzelle hin und her schwang.

„Hör auf, in Rätseln zu sprechen", erklang eine vertraute, verärgerte Stimme.

Der Captain? Lark schloss die Augen, als sie begriff, in welcher Lage sie sich befanden.

„Wer hätte gedacht, dass ihr beide mal Seite an Seite im Zuchthaus landen würdet?", sagte Jillian mit einem ironischen Grinsen. „Ihr seid wohl wirklich füreinander bestimmt."

Einen Augenblick herrschte Stille. „Lark, bist du etwa hier?"

„Leider ja", antwortete sie. Die zwei kleinen Worte drückten nicht annähernd die überwältigende Angst aus, die Lark empfand. Panik schnürte ihr die Kehle zu und ließ ihre Stimme schwach und zittrig klingen. Und ihr Körper war vor Erschöpfung völlig kraftlos.

Als Rory fluchte, zuckte Lark zusammen, obwohl sie selbst Lust hatte, laut zu schimpfen. Und zu schluchzen. Stattdessen biss sie sich auf die Lippe. Die Stelle über ihrem faulen Zahn war schon ganz wund, weil sie so viel darauf herumgekaut hatte.

„Wie um Himmels willen bist du hier gelandet?" Rorys Stimme klang jetzt näher. Er musste dicht an der Wand zwischen ihren Zellen stehen. „Warum bist du nicht auf Kerrera?"

Lark sackte in sich zusammen. Ihre Augen brannten und ihre Kehle schmerzte so sehr, dass ihre Stimme versagte.

Im Flüsterton antwortete Jillian, die ebenfalls schockiert wirkte: „Sie ist hier, weil Isla sich von der Klippe neben dem Schloss gestürzt hat und ihre Familie jemandem die Schuld geben will."

Bitte nicht, Herr! Ich bin also der Sündenbock?

„Wo ist der Laird?", fragte der Captain so ruhig, als glaubte er, dass die Zellentüren bei Magnus' Erscheinen einfach auffliegen würden.

„Er trauert", erwiderte Jillian mit gerunzelter Stirn. „Und spielt den Gastgeber für die Familie der Herrin."

Lark erstarrte bei der Vorstellung, Islas verzweifelte Angehörige empfangen zu müssen. Armer Magnus! „Wie geht es Granny?"

„Sie hat mir ein paar *Bannocks* für dich mitgegeben, aber der Wärter hat sie sich unter den Nagel gerissen. Sie sagt, dass du keine Angst haben sollst. Der Allmächtige hat alles in der Hand."

„Was ist mit der *Merry Lass* passiert?", fragte Lark den Captain, während sie die Arme verschränkte, um sich, so gut es ging, warm zu halten. „Warum bist du hier?"

„Anscheinend hat der Sheriff von unserer Aktion Wind bekommen."

Der Captain war noch nie erwischt worden. Manche behaupteten, er hätte die verblüffende Fähigkeit, sich unsichtbar zu machen. Wieder und wieder hatte er sich dem Gesetz entzogen. „Ich bete, dass das Gericht nachsichtig ist", seufzte Lark leise.

„Am meisten mache ich mir um die *Merry Lass* Sorgen."

„Meine Güte!", rief Jillian aus. „Dein Leben ist ja wohl mehr wert als der blöde Kahn."

„Sie ist alles, was ich habe", schoss der Captain zurück. „So bescheiden sie auch sein mag."

„Nun, sie wurde von den Philistern beschlagnahmt. Es ist so ziemlich unmöglich für den Laird, dich *und* dein Boot zu befreien."

„Aber nicht für Gott", erwiderte der Captain in einem seltenen Anflug von Frömmigkeit.

Während Lark zuhörte, stürzten quälende Fragen auf sie ein. Wenn der Handel mit Schmuggelware eine Sünde war, konnten der Captain und andere Freihändler dann überhaupt mit Gottes Hilfe rechnen? War es wirklich falsch zu schmuggeln, auch wenn das Volk durch korrupte Steuern zugrunde ging? Was war das geringere Übel?

„Was dich betrifft, Lark …", begann Jillian, nachdem sie einen flüchtigen Blick zur Gefängnistür geworfen hatte. „Deine Lage ist etwas komplizierter. Wenn der Laird dir hilft, sieht es so aus, als würde er seine eigene Frau verraten."

Lark war wie betäubt. Leider hatte Jillian recht.

„Außerdem sollen sowohl der Richter als auch die Geschworenen aus Edinburgh herbestellt werden."

Lark sah Jillian forschend an. Woher wusste sie das?

„Erstaunlich, was man gierigen Wärtern mit ein paar *Bannocks* entlocken kann", fuhr Jillian grinsend fort. „Sie haben mir sogar noch mehr Neuigkeiten versprochen."

Benommen sank Lark in die Hocke.

„Das heißt, das Gericht wurde von Islas Vater gekauft – dem hoch erhabenen richterlichen Mitglied des *Court of Session*", spottete der Captain.

„Aye, so in der Art. Du wirst nicht lange auf deine Verhandlung warten müssen, Lark. Die Hausierer und Krämer in Auld Reekie, die ihre Schmierblätter für einen halben Penny verkaufen, werden die Nachricht schon bald lauthals verkünden."

Lark hatte bei ihrem Besuch in der Stadt den seriöseren *Edinburgh Evening Courant* gelesen und über die Vielzahl an Nachrichten gestaunt. Zweifelsohne würde die Geschichte von Islas Tod ebenfalls gedruckt werden. Das schien die Anklage irgendwie verbindlicher zu machen. Larks Name würde schwarz auf weiß mit dem tragischen Umstand in Verbindung gebracht werden.

„Und niemand sagt, dass Isla selbst schuld ist. Nur, dass du sie vergiftet hast –"

„Halt die Klappe!" Rorys Stimme schwoll an wie ein stürmischer Küstenwind. „Komm bloß nicht wieder, solang du nichts als schlechte Neuigkeiten hast, aye?"

Jillian reckte das Kinn, machte auf dem Absatz kehrt und verschwand. Die darauffolgende Stille wurde nur von dem rasselnden Husten eines anderen Häftlings unterbrochen.

„Hier, Lark", sagte der Captain mit sanfter, wohltuender Stimme, während er eine seiner schwieligen Seefahrerhände durch die Gitterstäbe streckte.

An seinen Fingern baumelte … eine Kette?

„Man kann es hier im Dunkeln nicht sehen, aber die Perlen sind aus einem warmen, kräftigen Rosarot. Koralle, weißt du", erklärte Rory voller Stolz. Dann fügte er bescheidener hinzu: „Es ist zwar nicht die Lorn-Brosche – die *Braiste Lathurna* –, aber trotzdem sehr hochwertig."

Lark drückte das kostbare Geschenk dankbar an ihre Brust. Sicherlich hatte Rory ihr die Kette in einem ruhigeren, schöneren Moment geben wollen. Vielleicht sogar mitsamt einer aufrichtigen Liebeserklärung. Als Lark den Verschluss der Kette ertastete, der vermutlich aus geschnitztem Silber war, wurde sie von ehrfürchtigem Staunen ergriffen. Die Halskette ihrer Mutter war nur mit einem einfachen Bindeverschluss versehen.

„Vielen Dank, Rory." Zum ersten Mal sagte sie seinen Vornamen, statt ihn *Captain* zu nennen. Es war das einzige Geschenk, das sie ihm jetzt machen konnte.

Rorys Stimme wurde rau. „Du weißt, was man über Korallen sagt. Sie bewahren vor Krankheit und bieten Schutz auf See."

„Aye." Korallenschmuck wurde sowohl von Kindern als auch von Erwachsenen getragen. Aber rosarote Perlen wie diese hatte Lark noch nie gesehen. Orangene Korallen waren viel verbreiteter. Doch alle Korallen waren bekanntermaßen sehr zerbrechlich. Vergänglich. So zerbrechlich und vergänglich, wie Lark sich im Moment fühlte.

„Du kannst sie erhobenen Hauptes tragen. Immerhin bist du eine MacDougall."

Lark sollte die Kette im Gefängnis tragen? Damit sie von den gierigen Wärtern gestohlen wurde?

„Besiegen oder sterben, richtig?", sagte Rory unbeirrt, als Lark schwieg. Das war das Motto des MacDougall-Clans. Granny murmelte es oft vor sich hin. Die Erinnerung versetzte Lark einen Stich. In Zeiten des Hungers oder der Krankheit hatte Granny sich selbst und Lark oft ermutigt, indem sie das Motto des Clans zitiert hatte. Oder Bibelverse.

Aber Lark brachte die Worte gerade nicht über die Lippen.

*

Wieder war Magnus in Trauer. Und das Schloss gönnte ihm keine Pause. In jeder Ecke schien eine noch dunklere Erinnerung auf ihn zu lauern. Erst seine Familie. Jetzt seine Frau. Wenn Magnus morgens aufwachte, fiel es ihm schwer aufzustehen. Eine traurige Erinnerung nach der anderen drohte ihm den Boden unter den Füßen wegzuziehen. Die Trauer verfolgte ihn förmlich.

Jeder Todesfall in seiner Familie war anders gewesen. Dadurch hatte Magnus auch jedes Mal auf andere Weise getrauert. Und jetzt Isla. Was hatte sie bloß zu dieser Verzweiflungstat getrieben? Die sechste Fehlgeburt? Ihre Schwäche für Opium? Vermutlich beides. Aber in jedem Fall war Isla durch eigene Hand gestorben.

Nicht durch Larks.

Wie hätte er als Islas Ehemann dieses Drama verhindern können? Magnus hatte gesehen und gefühlt, wie sich das schwache Band zwischen ihm und seiner Frau aufgelöst hatte. An jenem verhängnisvollen Tag war er ausgeritten, um einen Bauern zu besuchen, der seine Pacht seit über einem Jahr nicht bezahlt hatte. Wäre Magnus doch bloß im Schloss geblieben oder auf dem Heimweg nicht noch in der *Thistle* vorbeigegangen, um sich nach ein paar verschwundenen Schafen zu erkundigen. Wäre er doch nur nach Hause zurückgekehrt, statt Islas Launen aus dem Weg zu gehen. Dann wäre sie vielleicht noch am Leben.

Magnus saß mit der Gabel in der Hand am Tisch und starrte ins Kerzenlicht. Die Köchin hatte extra sein Lieblingsgericht zubereitet: Putenbraten mit Wurstfüllung, Rüben und Kartoffeln. Magnus aß an seinem Schreibtisch. Neben seinem Stuhl lag Nareen. Ihr Kopf ruhte auf ihren Pfoten, während sie jede Bewegung ihres Herrchens genau beobachtete.

„Bitte schön", murmelte Magnus, während er den unberührten Putenschenkel von seinem Teller auf den Steinboden gleiten ließ.

Seit Islas Eltern wieder abgereist waren, hatte Magnus das Schloss nicht verlassen. Er hielt sich meistens in seinem Studierzimmer auf, las in der Bibel und schottete sich von der Außenwelt ab. Ein Abschnitt aus Jeremia ließ ihn nicht mehr los, vor allem der Vers:

Tretet auf die Wege und schauet und fraget nach den vorigen Wegen, welches der gute Weg sei, und wandelt darin, so werdet ihr Ruhe finden für eure Seele!

Magnus fühlte sich zum Handeln aufgefordert. Er musste einen Kurs einschlagen, einen Weg wählen. Aber welchen? Seine größte Sorge galt Lark.

Vorgestern Abend war Magnus den schlammigen, kurvigen Klippenpfad zur *Croft* hinabgegangen, um nach Granny zu schauen. Die alte Frau saß strickend am Feuer, wie sie es früher oft getan hatte. Trotzdem stiegen Magnus bei dem einsamen Anblick Tränen in die Augen. Larks Abwesenheit war in der winzigen Hütte deutlich zu spüren.

„Brauchen Sie noch etwas?", fragte Magnus von der Tür aus, während er die Hände hinter dem Rücken zu Fäusten ballte. „Irgendetwas?"

„Sie wissen genau, was ich brauche", erwiderte Granny ruhig. Dann bedeutete sie ihm einzutreten.

Schweigend setzte Magnus sich auf den Platz, an dem Lark immer gesessen hatte, da es in der kleinen *Croft* nur wenige Stühle gab.

„Aber Sie können mir Lark nicht zurückbringen. Sie sind in Trauer", sagte Granny, ohne den Blick von ihrer Handarbeit zu heben. „Und Sie können nicht ans Festland übersetzen und sich in gerichtliche Angelegenheiten einmischen, die Ihre Frau betreffen – Gott hab' sie selig."

„Aber irgendetwas kann ich bestimmt tun."

„Sie können beten."

„Das mache ich schon."

„Manchmal ist das genug."

Magnus starrte in das Torffeuer, das durch die Feuchtigkeit stark qualmte. Würde dieser ungewöhnliche Sommerregen je aufhören? „Es heißt, dass Lark für die Verhandlung nach Glasgow gebracht wird."

Nun sah ihn Granny fast schon misstrauisch an. „Warum Glasgow?"

„Der Staatsanwalt hat den Fall ans Kriminalamt der Krone in Edinburgh übergeben und empfohlen, die Anklage in Glasgow vor Gericht zu bringen. Die Strafverfolgung fällt jetzt nicht mehr in den Zuständigkeitsbereich des örtlichen Sheriffs. Die Anklage lautet auf …", die Worte blieben ihm im Hals stecken, „… auf Totschlag." Als Magnus sah, dass Granny ihm nicht folgen konnte, versuchte er, sich einfacher auszudrücken. „Lark kommt vor einen Richter und eine Gruppe von

Geschworenen. Bei schweren Straftaten gibt es keinen Strafverteidiger, also niemanden, der für Lark eintreten wird."

Diese Tatsache hatte Magnus immer schon gestört, aber noch nie so sehr wie jetzt. Seine größte Sorge war, welche Fäden Islas Eltern hinter den Kulissen ziehen würden. Außerdem machte er sich Gedanken wegen der Zeugin, Rhona. Als Magnus die letzte Ausgabe des *Edinburgh Evening Courant* gelesen hatte, war rasende Wut in ihm aufgestiegen. Durch viel Gebet war es ihm gelungen, seinen Zorn zu bändigen, aber nun brach er wieder mit aller Kraft hervor.

Die Zeitung erwähnte mit keinem Wort, dass Isla in den Tod gesprungen war. Stattdessen hieß es, sie sei vergiftet worden. Der Verdacht wurde ganz klar auf Lark gelenkt. Die Formulierung der Zeitung war absolut irreführend. Offensichtlich wollten Islas Eltern nicht, dass ihr Name durch den selbst verschuldeten Tod ihrer Tochter besudelt wurde.

„Was ist mit dem Captain?", fragte Granny, ohne mit dem Stricken aufzuhören.

„Ich habe nichts von ihm gehört, außer, dass er vor das örtliche Gericht von Oban kommen soll."

„Besser für ihn, oder?"

„Nicht unbedingt", erwiderte Magnus.

„Ich möchte nach Glasgow fahren."

„Ich rate Ihnen dringend davon ab", sagte Magnus in seinem Anwaltston. Die Reise nach Edinburgh hatte der alten Dame viel abverlangt. Nach ihrer Rückkehr hatte sie einen heftigen Fieberschub gehabt. Glasgow würde ihr vielleicht den Rest geben.

„Dann werde ich hierbleiben und weiter dafür beten, dass Gottes Wille geschehen möge", sagte Granny. Auf ihrem runzligen Gesicht spiegelten sich Kummer und Resignation. „Seine Wege sind unergründlich. Sogar für eine alte Frau wie mich, die Gottes Wirken ihr Leben lang beobachtet hat."

Nachdenklich verließ Magnus die Hütte und trat in die mondlose Nacht hinaus. Was war Gottes Wille? Würde der Allmächtige Lark retten und sie nach Kerrera zurückbringen?

Schlussendlich kehrte Magnus widerwillig zum Schloss zurück. Wann hatte sein Zuhause aufgehört, sein Zufluchtsort zu sein, und war stattdessen zu einer Art Mausoleum geworden?

Als spürte sie seine Unruhe, bog Nareen in den Schlossgarten ab. Jetzt, Mitte Juli, stand der Garten in voller Blüte. Und nachts waren die Gerüche noch intensiver. Die Beete sahen verwahrlost aus und die Kräuter mussten dringend geerntet werden. Lark war in der sommerlichen Blütezeit immer überglücklich gewesen. Sogar die Bienen schienen ihre Abwesenheit zu spüren. Oder bildete Magnus sich das bloß ein? Bei dem strömenden Regen blieben die Bienen natürlich lieber in ihren Körben und warteten auf besseres Wetter. Und auf Larks Rückkehr.

Vor Magnus lag der Destillierraum. Eine durchnässte Kletterrose rankte sich um die geschlossene Eichentür. Während Magnus mit der rechten Hand nach dem Türknauf griff, kramte er mit der linken den Schlüssel hervor. Ein Dutzend unterschiedlicher Gerüche strömte ihm entgegen, als er die Tür öffnete. Lavendel. Hirschhorn. Rosen.

Lark.

Magnus stand in der offenen Tür und kämpfte gegen die gähnende Leere in seinem Innern an. Jahrelang hatte Lark den Destillierraum geziert, ihre einfachen Lieder gesungen, den Bienen zugeflüstert und ihre Pflichten mit tanzender Leichtigkeit erfüllt. Ohne sie wirkte der Ort … verwunschen. Magnus' Trauer verwandelte sich in einen glühenden Schmerz.

Während er sich mit der Schulter an den hölzernen Türrahmen lehnte, wurde er erneut von Schuldgefühlen übermannt.

Isla zu verlieren war erträglich.

Lark zu verlieren nicht.

14

Ein Freund bei Gericht ist mehr wert als bares Geld.
<small>SCHOTTISCHES SPRICHWORT</small>

Eine Woche war vergangen, wie Lark dank des Captains wusste. Sein bemerkenswertes Zeitgefühl, das er auf hoher See entwickelt hatte, funktionierte auch in ihren fensterlosen, nasskalten Zellen. Rorys Gesellschaft munterte Lark etwas auf, auch wenn private Gespräche unmöglich waren, weil die anderen Häftlinge jedes Wort mithörten.

Jillian kehrte nicht zurück. Auch sonst kam niemand aus Kerrera. Larks Hoffnung, Magnus zu sehen, schwand allmählich dahin. War vielleicht kein Besuch erlaubt?

Da Lark keine Waschgelegenheit hatte, war sie froh, dass niemand sie sehen konnte – nicht einmal der Captain. Rory und Lark saßen meist an den Gitterstäben zwischen ihren Zellen, um miteinander zu reden. Lark war unendlich dankbar für seine Gegenwart.

Aber sie sehnte sich nach ihrer Arbeit. Wie gerne würde sie jetzt das vertraute Gewicht von Mörser und Stößel in ihrer Hand fühlen, das sanfte Summen der Bienen hören und den sommerlichen Duft des Gartens einatmen. Ihr früheres Leben, das ihr manchmal so banal vorgekommen war, schien jetzt wie ein herrlicher Traum. Lark vermisste die Insel schmerzlich. Das Schloss. Das Meer. Ihre schlichte Arbeit.

Magnus.

„Der Laird ist nicht gekommen", sagte der Captain und sprach damit Larks heimliche Gedanken aus.

„Hast du ihn wirklich erwartet, obwohl er in Trauer ist?", fragte sie leise.

„Ich hätte schon erwartet, dass er den Lebenden beisteht, aye."

Lark hörte ein raues Lachen. „Du wirst nicht mehr lange zu den Lebenden zählen, Mann. Der Wärter hat gesagt, dass du bald vor Gericht kommst", sagte der Häftling auf der anderen Seite des Gangs, der zu ihnen herüberstarrte. Er war erst in der vergangenen Nacht ins Gefängnis gekommen. „Und du weißt genau, welche Strafe auf Freihandel steht."

Lark wich von den Gitterstäben zurück, sank aufs Stroh und schlang ihr schmutziges Schultertuch um sich.

„Zuerst müssen sie mich schuldig sprechen", erwiderte der Captain.

„Aye. Aber du wurdest auf frischer Tat ertappt, sagt man. An deiner Stelle würde ich um Gnade winseln."

Lark hörte das Knarren der Gitterstäbe, als Rory sich dagegenlehnte. „Da du hier im Glashaus sitzt und mit Steinen wirfst, warum bist du hier?"

„Schafklau."

„Pranger. Auspeitschung. Vielleicht hängt man dich auch."

Der Mann grunzte. „Ist mein erstes Vergehen. Wahrscheinlich nur eine Geldstrafe. Aber das Mädchen da …" Lark spürte seinen bohrenden Blick, obwohl sie die Augen auf den strohbedeckten Boden gerichtet hatte. „Sie sitzt wegen Mordes –"

„Nay", unterbrach ihn der Captain. „Sie hat nichts damit zu tun."

Kein weiteres Wort wurde gesagt. Der strömende Regen nahm zu, bis es sich anhörte, als ob tausend winzige Hämmer auf das undichte Dach einschlügen. Das Abendessen bestand aus durchnässtem Hartkeks aus der schmierigen Hand des Gefängniswärters. Schiffsrationen, sagte der Captain. Da Larks Kleid immer lockerer saß, aß sie, ohne sich zu beklagen. Wenig später schlief sie in der kühlen Abendluft ein.

Am nächsten Morgen würde sie von hier fort sein.

Da Larks Verhandlung bevorstand, wurde sie nach Glasgow gebracht, das ihr im Gegensatz zu Edinburgh völlig fremd war. Einst eine kleine Handelsstadt war Glasgow nun ebenso für seine feinen Leinen- und Wollstoffe wie für das verschmutzte Trinkwasser aus dem Clyde bekannt. Die Stadt wurde von Tabaklords beherrscht, die ihr Vermögen durch den Handel mit den amerikanischen Kolonien gemacht hatten. Sie gaben den Straßen Namen wie *Virginia* und bauten palastartige Häuser. Außerdem blühte die Schiffbauindustrie. Der Anblick von so vielen Mästen und Segeln erinnerte Lark an den Captain, der nun nicht mehr bei ihr war.

Lark saß mit zusammengekniffenen Augen auf dem Wagen, der für den Gefangenentransport genutzt wurde. Nach dem langen Aufenthalt in der dunklen Zelle blendete sie das schwache Sonnenlicht. Die schiefen Steingebäude in der schmutzigen, überfüllten Stadt sahen aus, als wären sie aus Bauklötzen errichtet worden. Bettelnde Kinder starrten Lark an oder liefen hinter dem Wagen her, als wüssten sie, dass Lark die schöne Korallenkette in ihrer Tasche versteckt hatte. Benebelt vom üblen Geruch der Stadt bedeckte Lark ihre Nase mit dem Schultertuch.

Der Gestank in der Zelle war noch schlimmer. In Glasgows überfülltem Gefängnis wurde Lark wie jeder andere Gefangene behandelt, der auf seinen Prozess wartete. Dutzende Fälle kamen hier jeden Tag vor Gericht. Manche Verhandlungen dauerten nur wenige Minuten. Aber nur wenige waren von so großer Tragweite wie Larks.

„Dich wird man schon bald vor Gericht bringen", sagte der Gefängniswärter auf seiner nächtlichen Runde, während er eine Laterne in die Höhe hielt und Lark musterte. „Sonst verreckst du vorher noch am Gefängnisfieber."

Seine furchtbaren Worte legten sich wie ein Schatten über Lark. Endlich ging der Wärter weiter, sodass ihre Zelle wieder in Dunkelheit gehüllt wurde. Sie hatte sich noch nie so gedemütigt gefühlt. Ihre Haut juckte und brannte. Ihre Kleidung starrte vor Dreck. Würde es dem Richter nicht noch leichter fallen, Lark zu verurteilen, wenn sie schon wie eine Verbrecherin aussah? Ihr Gesicht wurde schamrot, als unzählige forschende Blicke aus den umliegenden Zellen jeden Zentimeter ihres ungewaschenen Körpers musterten, während der Gefängniswärter seine letzte Runde drehte. Lauter fremde Gesichter. Und Lark hatte keinen blassen Schimmer, wie das Gerichtsverfahren ablaufen würde.

Magnus kannte sich damit aus. Aber er war nicht hier. Waren Grannys Befürchtungen wahr? Hatte der Laird sich von ihnen abgewandt?

Als Lark am nächsten Vormittag aus ihrer Zelle geführt wurde, senkte sie den Kopf und murmelte ein leises Gebet.

Sobald Lark einen Fuß in den Gerichtssaal setzte, verstummte der lärmende Trubel. Kräuter und duftende Blüten waren überall in dem großen Raum verstreut. Als Schutz vor Krankheiten? Oder einfach nur, um den Gestank der ungewaschenen Häftlinge zu überdecken?

Dreizehn Fremde, vermutlich die Geschworenen, saßen im vorderen Bereich des Saals. Ein pockennarbiger Beamter hielt einen dicken Stapel Gerichtspapiere in der Hand. Er las – nein, schrie – die Anklage gegen Lark: „Die Gefangene, Lark MacDougall, unverheiratet, wird des Totschlags angeklagt."

Einige Zuschauer in der Galerie begannen, Lark lauthals zu beschimpfen, bis der Richter mit dem Hammer auf den Tisch schlug. Wenn ihr doch nur jemand zur Seite springen und sie verteidigen würde! Unter dem schmutzigen Mieder pochte Larks Herz so heftig, dass sie kaum atmen konnte.

„Ihr Name, Miss?", fragte ein Herr mit ausdrucksloser Miene und einer Perücke auf dem Kopf. Lark vermutete, dass er der Gerichtsschreiber war. Es war wohl egal, dass man ihren Namen gerade erst verkündet hatte. Lark wurde gezwungen, vor dieser Furcht einflößenden Versammlung zu sprechen. „Alter und Beschäftigung?"

Stammelnd beantwortete Lark die Fragen. Es ärgerte sie, dass ihre Stimme bebte. Dann wurde der Name des Opfers verlesen. Ein spitzer Schrei hallte durch den Gerichtssaal. Larks Blick fiel auf eine verschleierte, schwarz gekleidete Frau. Rhona. Würde Islas Zofe etwa als Zeugin auftreten? Rhona schaute Lark an, als wäre sie eine Schwerverbrecherin.

Herr, bitte nicht!

Der Prozess begann auf unsicherem Fuß. Benommen umklammerte Lark die Enden ihres Schultertuchs, um nicht ohnmächtig zu werden, während die Fragen auf sie niederprasselten.

„Sie sagen also, dass es zwischen dem Destillierraum-Mädchen und Ihrer Herrin Probleme gab?", fragte der Staatsanwalt Rhona.

„Oh ja", erwiderte Rhona und tupfte sich die Augen mit einem Taschentuch ab. „Ich habe Mistress MacDougall wiederholt um ein Heilmittel für meine Herrin gebeten."

„Um was für eine Krankheit handelte es sich?"

„Ein körperliches Frauenleiden. Meine Herrin hatte sechs Babys verloren, wissen Sie."

Ein bestürztes Raunen ging durch den Saal.

„Und da Mistress MacDougall nicht willens war zu helfen, entstand Feindschaft zwischen der Verstorbenen und Mistress MacDougall?"

„Es hat meine Herrin fast in den Wahnsinn getrieben."

„Würden Sie sagen, dass dies der Grund war, warum Ihre Herrin am Tag ihres Todes in den Destillierraum ging und nach einem Heilmittel suchte?"

Rhonas dunkler Schleier bewegte sich, als sie nickte. „In der Tat. Meine Herrin hatte ein sanftes, äußerst entgegenkommendes Wesen. Und sie hatte so große Angst vor Mistress MacDougall, dass sie sich in den Destillierraum schlich, als das Mädchen fort war. Meine Herrin brauchte dringend Linderung und hoffte, sie im Destillierraum zu finden."

„Aber stattdessen fand sie dieses Fläschchen hier?"

Eine grüne Glasampulle wurde in die Höhe gehalten. Grannys geheimnisvolle Mixtur mit der Aufschrift *Fruchtbarkeitskräuter*.

Rhona nickte und räusperte sich. Mit erhöhter Stimme fuhr sie fort: „Das ist pures Gift. Mistress MacDougall hat es ganz offen stehen lassen, um meiner Herrin zu schaden."

„Und Mistress MacDougall hat diese Tinktur, dieses Gift, hergestellt?"

„Ja, das hat sie. Man kann meiner Herrin nicht verübeln, dass sie das Mittel genommen hat. Sie war verzweifelt. Und Mistress MacDougall wusste das. Sie hätte meiner Herrin ebenso gut einen Dolch ins Herz rammen können."

Was für eine Bosheit und Ungerechtigkeit! Lark biss die Zähne so fest zusammen, dass ihr Kiefer schmerzte.

„Also trank Ihre Herrin aus Verzweiflung den Inhalt dieser Flasche?",
fuhr der Mann fort.

„Ganz genau, Sir. Aber was war auch anderes zu erwarten, wenn
man bedenkt, was das Etikett versprach?"

„Und wo waren Sie, als sich dieser tragische Vorfall ereignete?"

„Im Ankleideraum meiner Herrin, Sir, um meinen Pflichten nachzugehen."

„Wann bemerkten Sie, dass Ihre Herrin nicht mehr im Schlafzimmer war?"

„Als es Zeit fürs Abendessen war, Sir. Gegen acht Uhr."

„Wo war der Laird?"

„Er war geschäftlich in Balliemore, Sir."

„Folglich gingen Sie Ihre Herrin suchen, als Sie bemerkten, dass sie
nicht da war?"

„Ja, Sir. Ich fand sie auf der Klippe beim Schloss. Das Gift hatte sie
um den Verstand gebracht. Sie stand viel zu nah am Rand der Klippe,
mit dem Rücken zum Meer. Ihre Beine zitterten. Ich konnte sehen,
dass sie ein wenig schwankte, deshalb rief ich ihr zu, dass sie ins Schloss
kommen sollte."

„Wie hat sie reagiert?"

„Sie weinte bitterlich, wissen Sie."

„Und dann?"

„Ich habe die Hände nach ihr ausgestreckt. Aber sie trat einen Schritt
zurück, als hätte sie vergessen, wo sie stand. Und dann …", Rhona
schluchzte leicht, „… dann ist sie nach hinten in den Abgrund gestürzt.
Es ging alles so schnell. Wenn meine Herrin nicht das Gift getrunken
hätte, das Mistress MacDougall für sie gebraut hat –"

„Das war alles, Miss Gilliam. Nun werden wir einen anderen Zeugen befragen."

Lark hielt die Luft an, als Dr. Hunter vortrat. Er gab eine lange, wis-
senschaftliche Erklärung für Islas Unfruchtbarkeit ab und die Niedergeschlagenheit, die daraus resultierte. Als er den Zeugenstand verließ,
betrachtete er Lark mit einem Ausdruck distanzierten Mitgefühls.

„Erheben Sie sich", rief der Gerichtsdiener.

Sogleich standen alle Anwesenden auf, als hätte der König höchstpersönlich den Gerichtssaal betreten. Aber es war nur Islas Vater, der Richter vom *Court of Session* in Edinburgh. Lark musste an die seltenen Besuche von Islas Vater auf Kerrera Castle denken, bei denen sie ihn immer nur von Weitem gesehen hatte. Jetzt war er von Kopf bis Fuß schwarz gekleidet und bot einen einschüchternden Anblick. Islas Mutter war nicht dabei. Sie war zu erschüttert. Außerdem war das Spektakel im Gerichtssaal vermutlich unter ihrer Würde.

Lark bemerkte die Zeitungsverkäufer, die alles mit offenem Mund mitverfolgten. Noch vor dem Abend würden sie ihre Zeitungen überall in der schmutzigen Stadt verteilen und ihre Taschen mit Geld füllen.

Larks Kehle war staubtrocken und alles drehte sich, als sie endlich in ihre Zelle zurückgebracht wurde. Wenn es keine weiteren Zeugen gab, würde das Urteil wahrscheinlich am nächsten Tag verkündet werden, hatte der Wärter gesagt. Bei diesem Gedanken schlug Lark das Herz bis zum Hals. Dicke Tränen ließen ihren Blick verschwimmen, sodass sie über einen Nachttopf stolperte, als die Eisentür hinter ihr zugeschlagen wurde. Erschöpft ließ sich Lark auf die harte Zellenbank fallen. Es schien keine Hoffnung mehr für sie zu geben.

Verbannung? Gefängnis? Galgen? Deportation nach Übersee?

Lark konnte nur hoffen und beten, dass man sie aus Mangel an Beweisen freisprechen würde.

Was wirklich mit Isla geschehen war, würde wohl immer ein Rätsel bleiben. Lark bezweifelte, dass Grannys Tinktur schuld war. Vielleicht war es die Kombination mit den anderen Medikamenten und Wirkstoffen gewesen, die Isla eingenommen hatte. Kräuter waren zwar kraftvoll, aber sie hatten selten eine tödliche Wirkung. Es war, wie Jillian gesagt hatte: Islas einflussreiche Eltern wollten einen Sündenbock – jemanden, dem sie die Schuld am Tod ihrer Tochter geben konnten. Sie konnten nicht mit der Schande leben, dass ihre Tochter sich selbst getötet hatte. Jemand anderes musste die Verantwortung tragen, damit der gute Ruf von Islas Familie unbefleckt blieb.

Lark war am Boden zerstört. Die Lügen und Halbwahrheiten, die Rhona erzählt hatte, lasteten schwer auf ihr. Und es war klar, dass Islas Vater sowohl den Richter als auch die Geschworenen allein schon durch sein Erscheinen beeinflussen konnte.

Unruhig wälzte Lark sich auf der Pritsche hin und her und versuchte, das Rasseln der Ketten sowie das Stöhnen und Schimpfen aus den anderen Zellen auszublenden. Irgendwann wurde das Abendessen gebracht. Es war kaum genug, um ein Vögelchen am Leben zu halten, wie Granny gesagt hätte. Aber Lark hatte ohnehin keinen Appetit.

Lass das Stöhnen der Gefangenen zu dir dringen!

15

Es ist ein kompliziertes Thema, das einer sorgfältigen Analyse bedarf.
GEORGE WASHINGTON

An dem Tag, als das Urteil verkündet wurde, platzte der Gerichtssaal aus allen Nähten. Es waren zahllose Zeitungsverkäufer da und Spannung hing in der stickigen, übel riechenden Luft. Lark spürte diese Spannung sofort, als sie den überfüllten Raum betrat.

Sie setzte sich mit dem Rücken zu den Gaffern. Ihre Handgelenke steckten in Handschellen. Stimmte es, dass man für Mord mit einem M auf den Daumen gebrandmarkt wurde? Lark hatte so etwas noch nie gesehen, aber eine vage Erinnerung stieg in ihr auf. In der Spülküche des Schlosses hatte einmal eine Magd gearbeitet, die ihre Daumen immer versteckt hatte. Damals war das Gerücht umgegangen, sie sei eine Diebin, die eine silberne Sauciere geklaut hatte. Die Köchin hatte den Laird gebeten, das Mädchen einzustellen, was er auch sogleich getan hatte. Was aus ihr geworden war, wusste Lark nicht mehr.

Würde Lark bald auch ihre Daumen verstecken? Besser als gehängt zu werden. Oder deportiert. Am liebsten wäre Lark aus dem vollen Saal gerannt und auf ihre geliebte Insel zurückgekehrt. Mit jedem Hammerschlag des Richters wuchs ihre Verzweiflung. Dann entbrannte auch noch ein Streit in der Galerie.

Schlussendlich wurde Rhona erneut zur Befragung hereingeführt. Lark hielt den Kopf gesenkt und heftete den Blick auf einen Rosmarinzweig zu ihren Füßen. Sein würziger Duft war längst verflogen. Larks Herz sehnte sich nach der Einsamkeit, der Stille und dem Wohlgeruch des Schlossgartens. Nach dem tröstenden Summen der Bienen. Ihre Heimat schien ihr jetzt wie der Himmel auf Erden.

Rhona schluchzte wieder. Wenn Lark sich doch nur die Ohren zuhalten könnte. Vermisste Rhona ihre Herrin wirklich oder simulierte sie nur? Natürlich war es schrecklich, dass sie Islas letzte Momente miterlebt hatte. Aber Lark hatte keine echte Zuneigung zwischen den beiden Frauen gespürt, als Isla noch am Leben gewesen war. Das Verhältnis war oft gespannt gewesen.

Die Geschworenen flüsterten miteinander, als Rhona an ihren Platz zurückkehrte. Sie saß rechts hinter Lark in der ersten Reihe. Lark blickte auf. Ihr schmerzender Zahn pochte im gleichen Rhythmus wie ihr Kopf. Der Richter blätterte Gerichtspapiere durch, während der Schreiber sich eifrig Notizen machte.

„Keine weiteren Zeugen?", fragte ein Beamter mit lauter Stimme, während er die große Versammlung mit unheilvollem Blick musterte.

„Doch."

Lark erstarrte, als die tiefe, sonore Stimme hinter ihr erklang. Ein erschrockenes Flüstern ging durch die Reihen. Dann hörte Lark ein lautes Rascheln. Offenbar erhoben sich viele Leute, obwohl niemand sie dazu aufgefordert hatte.

Die kehlige Stimme ertönte erneut: „Ich rufe mich selbst als Zeugen auf!"

Lark blickte über die Schulter, während ein Gefühlssturm in ihrem Innern tobte. Sie hatte Mühe, auf den Beinen zu bleiben. Ihr war schwindelig und schlecht. Sie konnte es kaum fassen. Magnus bahnte sich einen Weg durch den vollen Gerichtssaal. Seine Präsenz war so eindrucksvoll, dass er alle anderen im Saal in den Schatten stellte. Aus diesem Grund erhoben die Leute sich auch ohne offizielle Aufforderung. Magnus' mittellanges Haar, das während der Trauer nicht geschnitten worden war, rahmte sein Gesicht ein. Er hatte es nicht wie sonst zusammengebunden. Bartstoppeln bedeckten seine Wangen. Entschlossen baute Magnus sich mit seiner hochgewachsenen und schlanken, aber kräftigen Statur vor den Richtern und Geschworenen auf. Er schien bereit, es mit dem ganzen Gerichtssaal aufzunehmen.

Lark entging nicht seine schwarze Armbinde, das einzige Zeichen der Trauer. Hoffnung keimte in ihr auf. Es war nur ein winziger Funke, aber …

„Du kilttragender Jakobit!", erklang ein höhnischer Ausruf aus der Galerie. Wusste jemand unter den Zuschauern von Magnus' Gewohnheiten und politischen Tendenzen?

Zornig blickte der Richter in die Menge. War er wütend über den Zwischenruf oder darüber, dass Magnus verbotene Kleidung trug? Lark wandte die Augen vom Richter ab, um den Laird anzusehen. Sie wusste, was auf dem Spiel stand.

Der Richter funkelte Magnus an. „Ein Zeuge, sagen Sie? Wie ist Ihr Titel?"

Fast musste Lark lächeln. Magnus sah aus wie ein Prinz. Aber er war auch wütender und bekümmerter, als sie ihn je gesehen hatte.

„Ich bin Magnus MacLeish. Der Laird von Kerrera und Ehemann der Verstorbenen."

Ein schockiertes Murmeln ging durch den Saal.

„Der Sohn von Wallace MacLeish, gefallen in Culloden", sagte der Richter langsam.

„Ebendieser, aye", erwiderte Magnus. Ohne Lark anzusehen, stellte er sich zwischen sie und die Geschworenen, als könnte er Lark so vor den Leuten schützen, die sie verurteilen wollten.

Die subtile Geste ließ Larks Herz höherschlagen und die Szene vor ihr nur noch verschwommen wahrnehmen. Mit feuchten Augen musterte sie seine breiten, vertrauten Schultern. Als Magnus sprach, konnte Lark ihm kaum folgen, obwohl der Klang seiner Stimme sie zutiefst berührte.

„Geehrte Geschworene, ich bitte Sie eindringlich …"

Lark schluckte und versuchte, sich zu konzentrieren. Magnus sprang tatsächlich für sie in die Bresche. Jedes Wort, das er sagte, entsprach der Wahrheit. Er widerlegte Rhonas Lügen und Halbwahrheiten, ohne sie anzuprangern. Es war mucksmäuschenstill, während Magnus sprach. Alle lauschten gespannt. Aber nicht alle stimmten Magnus zu.

Rhona war aschfahl. Das Gesicht des Richters hingegen wurde immer röter. Sogar der Gerichtsschreiber, der im Laufe der Zeit sicherlich abgestumpft war, stand nur mit offenem Mund da und hörte wie gebannt zu. Aber der Grund dafür war nicht nur, dass Magnus eloquent, überzeugend und energisch war. Er trug auch einen Kilt. Und er war der Witwer des Opfers. Während manche hin und wieder Beifall klatschten, blickten andere fast schon mordlustig drein.

„Geschwätziger Jakobit!", rief jemand von den unteren Plätzen.

Darauf folgten mehrere Ausrufe zu Magnus' Gunsten. Dann brach das absolute Chaos aus. Rings um Lark begannen die Leute, einander zu schubsen, zu schlagen, zu treten und zu beißen.

Schnell ließ Lark sich auf die Knie fallen und kroch hinter die Anklagebank. Ihr Blick schweifte vom stoischen, verstummten Magnus hinüber zum Richter, der die Kontrolle über den Gerichtssaal verloren hatte. Er rief wiederholt zur Ordnung auf und schlug mit dem Richterhammer auf den Tisch ein. Doch seine Bemühungen gingen im Lärm der streitenden Menge unter. Rhona und einige andere skandalhungrige Frauen, die als Zuschauerinnen gekommen waren, flohen zu einer nahe gelegenen Tür hinaus.

Sollte Lark ihnen folgen? Zitternd rappelte sie sich auf und sah, dass Magnus in ihre Richtung kam. Doch als neben Lark ein korpulenter Mann umgeschubst wurde, eilte Magnus hin und half ihm auf. Im nächsten Moment kassierte derselbe Mann einen Tritt ans Schienbein. Ein junger Bursche schnappte sich indes einen der ledernen Feuerlöscheimer und kippte ihn den Geschworenen über. Eine Bank wurde umgeworfen und irgendjemand begann, die Leute von der Galerie aus mit faulen Kartoffeln und Rüben zu bewerfen. Schmerz durchzuckte Larks Schulter, als sie von einer Kartoffel getroffen wurde.

Rechts von ihr war eine offene Tür. Lark wollte fliehen, aber ihre Handgelenke waren gefesselt. Dann stieg ein beißender Geruch in ihre Nase. Rauch?

„Feuer!", schrie jemand.

In diesem Moment schubste jemand Lark von hinten. Ihr wurde schwarz vor Augen.

Wer hätte gedacht, dass ein Schlag auf den Kopf Glück im Unglück sein konnte?

„Ich untersuche keine Patientin, von der ich am Ende noch die Krätze kriege. Außerdem ist die Wunde zu verklebt." Die schnarrende Stimme weckte Lark aus ihrer Ohnmacht. Ein Arzt? „Sehen Sie zu, dass sie gebadet wird – mit Seife. Und ich bestehe auf saubere Kleidung."

„Wie Sie wünschen, Sir", sagte eine beflissene weibliche Stimme. „Dann dauert es noch eine halbe Stunde."

Lark wurde ausgezogen und geschrubbt. Fast verbrüht. Die Wunde an ihrem Hinterkopf brannte wie Feuer und ihr Zahn tat immer noch weh, aber sie war unendlich dankbar für das Bad. Als die Gefängnisschwester ihr die Haare wusch, biss Lark die Zähne zusammen.

„Ich gebe Ihnen ein paar schlichte Sachen von den Quäkern. Die *Religiöse Gesellschaft der Freunde* bringt oft Spenden her."

Lark betrachtete das olivgrüne Kleid, das unscheinbare Leinencape und die weiße Haube. Sie saß in einem einfachen Unterhemd und einem lockeren Mieder auf einem Stuhl und zitterte. Der Abschied von ihrem schmutzigen Schultertuch war bittersüß. Das Tuch schien zu ihrem früheren Leben zu gehören, nicht zu ihrem neuen, unbekannten Dasein. Benommen von all den turbulenten Ereignissen starrte Lark die dünnen, weißen Strümpfe und abgetragenen, flachen Schnallenschuhe an. Sogar eine schlichte Leinenschürze war dabei.

Wenig später kam der Arzt herein. Als er ihre Kopfwunde untersuchte, schnalzte er missbilligend mit der Zunge. Dann trug er eine Salbe auf und zog Larks faulen Zahn. Schlussendlich erklärte er sie für transportbereit. Die Schwester band Larks Haar zu einem so strengen Knoten, dass ihre Kopfhaut noch mehr schmerzte.

Bevor die Schwester ging, zwang Lark sich, ihr die beängstigende Frage zu stellen: „Was meinte der Arzt mit *transportbereit?*"

„Als die Ordnung im Gerichtssaal wiederhergestellt war, hat der Richter das Urteil verkündet. Da Sie bewusstlos waren, hatte man Sie vorher rausgebracht", erklärte die Schwester. „Sie wurden der Beihilfe zum Verbrechen für schuldig befunden. Man wird Sie bald auf ein Deportationsschiff bringen. Ich weiß nicht genau, wohin." Larks Magen krampfte sich zusammen, während ihr Verstand versuchte, die furchtbare Nachricht zu begreifen. Dann fiel ihr Magnus ein.

„Was ist mit dem Laird von Kerrera passiert? MacLeish?"

Die Schwester sammelte Larks schmutzige Kleider auf. „Der Laird wurde in die Master's Side des Glasgow Cross gebracht."

„Die Master's Side?"

„Aye. Der Gefängnisbereich für angeklagte Gentlemen. Sie sind hier auf der Seite des einfachen Volks."

„Angeklagt?" Lark musterte die Frau in der Hoffnung, dass es sich bloß um einen üblen Scherz handelte. „Weil er mich verteidigt hat?"

„Nay. Weil er gegen das Kleidungsgesetz verstoßen hat. Seiner Lairdschaft wurde vorgeworfen, auch bei früheren Gelegenheiten bereits einen Kilt getragen zu haben. Zwei Zeugen sind aufgetreten und haben es geschworen. Jetzt soll der Laird in die Überseekolonien des Königs gebracht werden."

Gebracht? Verbannt! Sprachlos vor Entsetzen sah Lark zu, wie die Schwester die Zelle verließ. Das Klicken des Schlosses verriet Lark, dass sie wieder eingesperrt war. Wie sie dieses Geräusch hasste. Alles, was ihre behütete Welt ausgemacht hatte – Magnus und Kerrera, die *Croft* und das Schloss –, war verloren.

*

Ein kräftiger Westwind wehte ihm feuchte, salzige Luft ins Gesicht, als er auf dem überfüllten Pier von Glasgow am Ufer des Clyde stand. Magnus schaute an dem eindrucksvollen Zollamt und Heuerbüro, einer großen Segeltuchfirma und unzähligen Lagerhallen vorbei auf die unzähligen Schiffsmasten, die sich vor ihm erstreckten. Jedes dieser Schiffe würde ein anderes Ziel ansteuern.

Neben Magnus stand sein langjähriger Vertrauter und Verbündeter, Richard Osbourne. Er war einer der Tabaklords, die Handel mit den amerikanischen Kolonien trieben. Er hatte sein Vermögen mit Tabak,

Zucker, Pferden und Sklaven gemacht. Mit Letzterem hatte Magnus seine Schwierigkeiten, aber er war froh, einen einflussreichen Freund an seiner Seite zu haben. Gott allein war es zu verdanken, dass Magnus' Brief den Glasgower Wohnsitz der Osbournes rechtzeitig erreicht hatte und die beiden Männer sich jetzt treffen konnten.

„Mein Antrag auf Begnadigung besagten Mädchens wurde zwar abgelehnt, aber ich habe ein paar Dinge in Erfahrung bringen können." Osbourne deutete auf die Schaluppe vor ihm. „Miss MacDougall soll mit hundertdreißig anderen verurteilten Frauen auf die *Neptune* gebracht werden. Was dich betrifft, so hoffe ich, einen Platz auf der *Bonaventure* sichern zu können. Das ist eine meiner Fregatten, die umgerüstet wurden, um Vorräte auf die Westindischen Inseln zu transportieren."

Magnus wand sich innerlich. „Man kann also nichts mehr für Lark MacDougall tun?"

Osbourne seufzte. „Ich habe getan, was ich konnte, aber ohne Erfolg. Fast hätte ich den Arzt bestochen, damit er sie für nicht transportfähig erklärt. Leider wurden die Geschworenen von deinem Schwiegervater beeinflusst, deshalb ist Miss MacDougalls Verurteilung unwiderruflich. Sie wird nicht gebrandmarkt, aber als Vertragsdienerin deportiert." Er sah Magnus beunruhigt an. „Im Moment mache ich mir jedoch größere Sorgen um dich."

„Vielleicht gelingt es dir ja, meine Verurteilung anzufechten." Magnus schlug einen hoffnungsvollen Ton an, obwohl seine Zuversicht schwand. „Dein Antrag auf zwei Stunden Freigang wurde immerhin gewährt."

„Aye. Aber der Richter, der Miss MacDougalls Prozess geführt hat, ist ein fanatischer Antijakobit. Und wenn er erfährt, was wir vorhaben, könnte er unsere Pläne durchkreuzen."

„Er ist also ein Kilthasser, wie ich befürchtet hatte. Und ein leidenschaftlicher Anhänger der britischen Krone."

„Aye." Ein anerkennender Ausdruck trat auf Osbournes Gesicht. „Es war ziemlich gewagt von dir, in einen unbekannten Gerichtssaal zu stürmen, um eine Angeklagte zu verteidigen."

„Vielleicht auch töricht. Aber ich musste es tun. Sie kommt aus Kerrera, so wie ich. Unsere Familien sind seit Generationen miteinander verflochten. Und die Wahrheit ist, dass Miss MacDougall nichts mit dem Tod meiner Frau zu tun hatte. Ich kann nicht tatenlos zusehen, wenn das Leben einer Unschuldigen meinetwegen in Gefahr ist. Es war ein offenkundiges Fehlurteil."

„Aye, das war es. Die ganze Angelegenheit ist ein abscheulicher Verstoß gegen das biblische Gebot, kein falsch Zeugnis zu reden. Aber an unseren Gerichten stehen Meineide, Bestechung und dergleichen nun mal an der Tagesordnung." Osbourne blinzelte über das Wasser, auf dem sich die Sonnenstrahlen spiegelten. „Wenn du mit der *Bonaventure* übersetzen darfst und wie gehofft auf meine Plantage in Jamaika kommst, kannst du dort als Geschäftsführer arbeiten. Ich denke, dass dir diese Arbeit liegen würde. Und nach Ablauf der zweijährigen Strafe kannst du nach Schottland zurückkehren."

„Es wird nichts mehr da sein, zu dem ich zurückkehren könnte." Dieser Gedanke war so erdrückend, dass Magnus kaum weitersprechen konnte. „Ich weiß genau, was mit dem Eigentum von Jakobiten passiert. Es wird beschlagnahmt und verkauft."

„Stimmt. So ist das schon einigen Landbesitzern aus den Highlands und Lowlands widerfahren."

Magnus heftete den Blick auf einen abfahrenden Frachtkahn, der tief im Wasser lag. „Erzähl mir mehr von der Überfahrt. Was transportiert die *Bonaventure*? Wann läuft sie aus?"

„Das hängt von verschiedenen Faktoren ab. Meine Plantage auf Jamaika benötigt dringend Arbeiter und Vorräte. Ich möchte ein paar Männer anwerben, die sich mit Landwirtschaft und Gartenbau auskennen. Zu diesem Zweck habe ich auch die Erlaubnis, einige männliche Häftlinge mitzunehmen. Auf dem Achterdeck des Schiffs wird ein Topfgarten angelegt. Dort ist genug Platz für verschiedene Obst- und Gemüsepflanzen sowie ein paar Kräuter. Die können in Virginia – meinem größten Anwesen – oder auf Jamaika als Nahrungs- und Heilmittel genutzt werden."

Magnus schickte ein stilles Stoßgebet zum Himmel, bevor er fortfuhr. „Miss MacDougall war die Herrin des Destillierraums von Kerrera Castle, wie schon ihre Großmutter vor ihr. Und sie hat sich um die Bienen gekümmert. Sie ist hoch qualifiziert. Warum stellst du nicht eine Frau für die Pflege deines Schiffsgartens ein?"

„In der Tat, warum nicht?" Osbourne sah Magnus eindringlich an. Ein ironisches Lächeln umspielte seine Lippen. „Vielleicht ist es noch nicht zu spät. Ich werde versuchen, Miss MacDougall von der *Neptune* auf die *Bonaventure* versetzen zu lassen. Ein weiblicher Sträfling ist ohnehin leichter zu handhaben als ein männlicher. Vielleicht wäre diese Regelung also für uns beide von Vorteil."

Die zwei Freunde schwiegen eine Weile. Als hinter ihnen ein Tumult entstand, wandten sie sich um. Eine Kutsche fuhr vorbei, an deren Außensitzen rund ein Dutzend Frauen gefesselt waren. Auf dem Kutschbock saß ein Gefängniswärter, der Tabak kaute und seine Fracht dabei misstrauisch im Auge behielt. Eine der Frauen hielt ein Baby im Arm, das so kläglich weinte, dass Magnus die Zähne zusammenbiss. Die Kutsche hielt vor einem kleinen Boot, das am Ende des Piers lag und darauf wartete, die Frauen zum Schiff hinüberzubringen.

Wieder umspielte ein schiefes Lächeln Osbournes Mund, während er das betreffende Schiff musterte. „Könnte es sein, dass die *Neptune* direkt vor unseren Augen liegt? Und das Mädchen vielleicht auch hier ist?"

Verblüfft beobachtete Magnus den Pferdewagen. Lark war die sechste Frau, die abstieg. In ihrer Quäkerkleidung hätte Magnus sie fast nicht erkannt. Geistesabwesend blickte sie in seine Richtung, um ihn eine Sekunde später mit großen Augen anzustarren.

„Schau gefälligst nach unten", fuhr der Wärter sie an. Dann wurden die Frauen über den Steg geführt und in das kleine Boot befördert. Da ihre Hände in Eisen steckten, war das nicht ungefährlich.

Lark schaute auf ihre Zehenspitzen hinab, während Magnus wie gelähmt dastand. Eine seltsame Mischung aus Wut und Hilflosigkeit übermannte ihn, als Lark über das unruhige Wasser fortgerudert wurde.

Auf der anderen Seite wartete ein grimmiger Matrose, um die Frauen an Bord des riesigen Schiffs zu hieven. Mit hängenden Schultern stellten sich die Gefangenen in einer Reihe hinter einem Amboss auf, wo ihre Eisen gelöst wurden. Das laute Klirren hallte übers Wasser und vermischte sich mit den Schreien der Möwen und den Rufen der Besatzung. Als der Gefängniswärter seinen Lohn von einer halben Krone pro Kopf erhalten hatte, kehrte er mit dem leeren Boot ans Ufer zurück.

„Eine elende Angelegenheit", schloss Osbourne. „Selbst wenn die Frauen ins schöne Virginia gebracht werden."

16

Wahres Glück beruht nicht auf der Vielzahl von Freunden,
sondern auf deren Wert und Auswahl.
Ben Jonson

Als die verhassten Eisen mit einem lauten Klirren von ihren Handgelenken fielen, blickte Lark über die Reling zu Magnus hinüber. Er stand neben einem wichtig aussehenden Gentleman auf dem überfüllten Kai. Ihr Herz zog sich zusammen. Magnus hatte nicht weniger überrascht ausgesehen als Lark. Sie hätte den Laird in seiner schlichten Kleidung fast nicht wiedererkannt. Fort war Magnus' prachtvolle schottische Tracht in ihren Blau- und Grautönen, sein *Sporran* und sein *Sgian Dubh*, die Kiltstrümpfe und traditionellen Schnürschuhe. Was war wohl mit den Sachen geschehen? Und warum durfte Magnus das Gefängnis verlassen? War er entlassen worden? Oder hatten seine einflussreichen Freunde ihn herausgeholt?

Die vielen ungeklärten Fragen flößten Lark noch mehr Angst ein. Vielleicht würde sie Magnus nie wiedersehen. Es war so ungerecht, dass er eingesperrt worden war. Verbannt, weil er die Kleidung seines Volks getragen hatte. Oder hatte es mehr damit zu tun, dass er Lark zu Hilfe gekommen war?

Von Anfang an hatte Lark versucht, Gott keine Vorwürfe zu machen. Aber jetzt, wo die Furcht allgegenwärtig war und sie jegliche Hoffnung verloren hatte, nahmen die finsteren Gedanken überhand. Lark war unschuldig. Keine Kriminelle, die man in ein wildes, unwegsames Land verbannen musste. Alles, was ihr lieb war, befand sich auf Kerrera. Sie konnte sich keine schlimmere Strafe vorstellen, als alles Geliebte und Vertraute zurücklassen zu müssen. Warum ließ Gott das zu? Hatte Lark nicht genug gebetet? Dem Herrn nicht genug vertraut? Wollte er sie bestrafen?

Ein klägliches Weinen riss Lark aus ihren quälenden Gedanken. Neben ihr stand eine blasse, schwächliche Frau mit einem hübschen Baby, das seine nackten, speckigen Ärmchen nach Lark ausstreckte. Vorsichtig nahm sie seine winzigen Finger in ihre, unsicher, wie die Mutter reagieren würde. Das Baby belohnte Lark mit einem strahlenden Lächeln – eine willkommene Atempause von seinem Geheul.

Die Mutter des Kleinen sah Lark mit stumpfen Augen an. „Hast du keine Kinder?"

„Nay."

„Er mag dich, der kleine Larkin."

Larkin also? Lark versuchte, trotz ihres momentanen Elends zu lächeln. Dann spähte sie über den roten Schopf des Babys zu Magnus hinüber. Er war immer noch auf dem Kai, hatte ihr aber den Rücken zugewandt. Der Anblick zerriss Lark fast das Herz, auch wenn seine Haltung vermutlich unbeabsichtigt war.

„Du kannst ihn nehmen, wenn du willst." Die Frau streckte Lark das Baby mit ihren dürren Armen entgegen.

Als Lark den Säugling auf den Arm nahm, staunte sie über sein stattliches Gewicht. Der kleine Larkin gluckste vergnügt. Die anderen Frauen schienen erleichtert zu sein, dass sein Gequengel endlich aufgehört hatte. Larkins weiche Hand strich über Larks gerötete Wange und seine hellen Augen musterten neugierig ihr Gesicht.

„Du bist aber ein hübscher Junge", gurrte Lark dicht an seinem Ohr. Der Geruch von Urin und saurer Milch stieg ihr in die Nase.

Am liebsten hätte Lark ihn gebadet und ihm saubere Kleider angezogen. Ihn irgendwie beschäftigt. Aber weder er noch seine Mutter hatten ein Spielzeug dabei. Die Korallenperlen würden Larkin bestimmt gefallen. Sie waren Lark aus der Tasche gefallen, als sie sich für ihr Bad ausgezogen hatte. Doch die freundliche Gefängnisschwester hatte einfach in die andere Richtung geschaut.

Als Lark Magnus nicht mehr am Ufer sehen konnte, kehrten ihre

Gedanken zum Captain zurück. Was war wohl aus ihm geworden? Vielleicht hatte man ihn inzwischen gehängt. Als es zu nieseln begann, schaute sogar das Baby in den Himmel. In Lark machte sich ein Gefühl der Leere breit.

Sie ließ den Blick über das fremde Schiff schweifen. Das erhöhte Achterdeck war durch eine Reling von ihnen getrennt, da es den Offizieren vorbehalten war. Unter ihnen befanden sich die Frachträume und ganz unten das schmutzige, faulige Orlop. Der Captain hatte Lark vor langer Zeit den Aufbau eines Schiffs erklärt, als er gerade die *Merry Lass* erworben hatte. Während Lark an jene Zeiten zurückdachte, schaukelte sie das Baby auf ihrer Hüfte. Dann wurden sie und die anderen Frauen zu einer verschlossenen Luke geführt. Über eine Leiter stiegen sie nach unten in einen Raum, in dem breite Schlafbretter an beiden Seiten der Wand hingen.

Lark sog den kräftigen Duft von Holzspänen ein, der nach dem ranzigen Stroh in der Gefängniszelle wirklich erfrischend war. Es war nicht schwer zu erraten, welche Vorräte in den Frachträumen auf beiden Seiten ihres Quartiers gelagert wurden. Die feuchte Luft roch nach Kaffee, Gewürzen und Tabak. Aber Lark wusste auch, dass diese Frische nicht von langer Dauer sein würde. Bald schon würde der Gestank auf dem Schiff unerträglich sein. Und die Überfahrt dauerte mindestens zwei Monate.

Doch im Moment galt Larks größte Sorge der Mutter des Babys. Schweißperlen standen auf ihrer Stirn, und als sie nach der Leiter griff, die ins Schlafquartier hinabführte, entdeckte Lark einen mattroten Ausschlag, der ihren Nacken und die gebräunte Haut über ihrem ausgefransten Ausschnitt bedeckte.

Das Gefängnisfieber?

Granny glaubte, dass diese Krankheit von Läusen und Flöhen übertragen wurde. Bei ihrem letzten Bad war Larks Haut von Bissen übersät gewesen. Und Hirschhornsalz gab es hier nicht.

„Du siehst aus, als ob du bald auf der Krankenstation landen würdest", murmelte eine der Frauen Larkins Mutter zu, bevor sie einen Schritt zurückwich.

„Sie kann ihr Baby nicht allein lassen", mischte sich eine andere ein, während sie den kleinen Larkin musterte, der zufrieden auf einem Bändel von Larks Haube herumkaute.

„Ist nicht meins, sondern das von meiner Schwester", gestand die Frau, während sie sich mit ihrem schmutzigen Ärmel den Schweiß von der Stirn wischte. „Sie ist im Kindbett gestorben. Ich bin seine einzige Verwandte."

„Wer ist sein Vater?"

Die Frau zuckte bloß mit den Schultern. „Manche sagen, dass er ein Mann von höherem Rang aus Edinburgh ist. Aber meine Schwester war ein leichtes Mädchen."

Ein bestürztes Raunen ging durch die Gruppe. „Wie hast du ihn gefüttert?"

„Er trinkt gerne Ziegenmilch."

„Aber hier gibt es keine Ziegen", warf die älteste der Frauen missbilligend ein.

Lark seufzte. Sie wusste, dass Larkin bald Hunger haben würde. Noch sah er lächelnd zu ihr auf. Sein Kinn war nass vom Speichel und ein einziges weißes Zähnchen blitzte aus seinem rosa Zahnfleisch hervor. Larks Herz zog sich zusammen. Hier war der Kleine, wie blühendes Heidekraut in einer schmutzigen, schäbigen Welt, und ahnte nichts von ihren düsteren Umständen.

Bei den unmenschlichen Bedingungen, die an Bord herrschten, würde das Baby wohl nicht lange überleben. Bald begannen auch die ersten Machtkämpfe. Von den über hundert verurteilten Frauen auf dem Schiff wetteiferten natürlich mehrere um den ersten Platz. Kleine Schmuckstücke oder andere Wertsachen, die an Bord geschmuggelt worden waren, wurden den Besitzerinnen schon am ersten Tag gestohlen oder unter Drohungen weggenommen. Noch nie zuvor hatte Lark solche Ausdrücke gehört oder derartige Schikane erlebt.

Mit der Korallenkette in der Tasche blieb sie still in ihrer geschützten Ecke sitzen. Sie hielt das Baby, während seine kranke Tante schlief. Trotzdem bekam Lark mit, wie die Frauen sich bestahlen und bedrohten, beleidigten und misshandelten. Eine junge Frau namens Beth, deren Decke von Nancy gestohlen worden war, beschwerte sich bei den Offizieren. Im Gegenzug wurde sie mitten in der Nacht überfallen und beinahe bewusstlos geprügelt.

Am nächsten Tag brachen die größten Unruhestifterinnen in den Frachtraum ein und soffen mehrere Flaschen Port, bevor sie entdeckt wurden. Mit dieser Aktion handelten sie sich ein Dutzend Schläge mit der neunschwänzigen Katze ein. Dabei hatte die Reise noch nicht einmal begonnen.

Lark schaute benommen zu und kämpfte gegen den Drang an, laut zu schreien. Während die Angst in ihr immer größer wurde, dachte sie sogar darüber nach, über Bord zu springen. Wäre der Tod nicht angenehmer als diese endlose Qual? Diese furchtbare Ungewissheit, was als Nächstes passieren würde?

Herr, was wird nach zwei Monaten auf See aus uns werden?

Ein Schauer des Grauens durchfuhr sie und sie wurde von einem heftigen Heimweh ergriffen, aber sie versuchte, tapfer zu bleiben. Wie mochte es Granny gehen? Und was war mit Magnus? War er aus dem Gefängnis entlassen worden und nach Kerrera zurückgekehrt? Und der Captain? Lark hatte jegliches Zeitgefühl verloren. Wann hatte sie Rory zuletzt gesehen?

Als die Vorbereitungen an Deck auf Hochtouren liefen, kehrte Lark in die Gegenwart zurück. Sie würden sicherlich bald ablegen. Während Lark auf die Abfahrt wartete, schwand ihre letzte Hoffnung auf ein Gnadengesuch dahin. Indes füllte sich die Krankenstation. Bis zum Ende des dritten Tages waren bereits zwei Frauen am Gefängnisfieber gestorben. Feuerschalen mit Kräutern brannten zwischen den Decks und sogar Schießpulver wurde angezündet, um den Pesthauch zu vertreiben.

Würde Larkins Tante überleben? Sie lag völlig apathisch auf ihrer Koje und weigerte sich, auch nur ein Schlückchen Wasser zu trinken. Obwohl eine der älteren Frauen angeboten hatte, sich um Larkin zu kümmern, hatte seine Tante abgelehnt. Nur Lark durfte auf das Baby aufpassen. Hielt sie Lark wegen ihrer schlichten Kleidung für eine

Quäkerin? Glaubte sie deshalb, dass Lark eine würdige Betreuerin für ihren kleinen Neffen wäre?

Das Baby saß mit rosigen Wangen auf Larks Schoß und brabbelte vor sich hin. Seine Unschuld und Naivität berührten sie. Wie zufrieden es war, solange man es auf dem Arm hielt und für es sang. Lark gab ihm kleine Häppchen von ihrer Mehlsuppe und hin und wieder ein Schlückchen Wasser. Sie selbst fühlte sich völlig ausgehungert und sehnte sich nach Sonnenlicht, sauberer Luft und festem Boden unter den Füßen. Nach dem Destillierraum und ihrer *Croft*. Grannys stiller Gesellschaft. Einem Ort, der nicht von vulgärem Geschwätz und Flüchen besudelt war.

Lark hatte nichts mehr bis auf die geliehene Quäkerkleidung, die sie am Leib trug, und die Korallenkette des Captains. Und ein Baby.

Doch auch das konnte ihr von einem Augenblick auf den nächsten genommen werden.

Ihr Blick fiel auf eine Küchenschabe, die über eine Holzdiele krabbelte. Alles in Lark sträubte sich vor Ekel. Wie sollte sie hier überleben?

Herr, du bist alles, was ich habe. Lass mir das genügen.

*

Magnus konnte an Osbournes glücklicher Miene erkennen, dass er etwas erreicht hatte, als er am nächsten Morgen vor Magnus' Deportationszelle auftauchte.

„Dem Antrag wurde stattgegeben. Miss MacDougall soll als Vertragsdienerin an die *Bonaventure* überstellt werden."

Magnus wurde vor Erleichterung fast schwindelig, sodass er sich gegen die Gitterstäbe lehnen musste. „Wann?"

„Noch heute Vormittag. Sie wird die *Neptune* bis spätestens zehn Uhr in einem Ruderboot verlassen. Das Schiff wird kurz darauf ablegen, deshalb muss der Austausch schnell vonstattengehen."

Magnus' Gebete waren erhört worden – erneut. Die schottische Justiz gab nur wenigen Anträgen statt. In einer Zeit, in der Frauen noch für Gelegenheitsdiebstahl auf dem Scheiterhaufen verbrannt wurden, war Larks Rettung vom Gefangenenschiff ein wahres Wunder. Doch der straffe Zeitplan machte Magnus ein wenig Sorgen. Er würde weiterhin beten. Aber wenn alles nach Plan lief …

„Ich schulde dir was", versicherte er seinem Freund.

„Ich werde keinen Penny von dir annehmen. Vor allem nicht, wenn das Mädchen so gut ist, wie du sagst." Osbourne holte ein Fläschchen mit Riechsalz aus der Tasche und schnupperte daran, bevor er es Magnus reichte. „Das wirst du brauchen. Du wirst erst morgen Nachmittag abgeholt. Der Wärter wird dich spätestens um fünfzehn Uhr bei den Docks abliefern."

„Wann legen wir ab?"

„Sobald die Viehpferche auf dem Vordeck fertig sind, das Vieh an Bord ist und das Schiff vom Stapel gelaufen ist." Osbourne griff nach seiner Taschenuhr, deren kunstvoll verziertes Silber im Dämmerlicht aufblitzte. „Ich denke, dass das Schiff in zwei Tagen von Glasgow auslaufen wird."

*

Selbst ein überfülltes Schiff war Lark lieber als das Gefängnis. Innerhalb von einem Tag kamen zahlreiche neue Gefangene hinzu, während einige andere, wie Larkins Tante, ins Krankenzimmer verlegt wurden. Lark turtelte mit Larkin, schaukelte ihn, sang für ihn und bettelte einen Aufseher um Milch an. Ihr Rücken schmerzte, weil sie das Baby den ganzen Tag herumschleppen musste.

Am nächsten Morgen kam ein gestresster Schiffsarzt mit trauriger Miene zu Lark. „Die Angehörige des kleinen Jungen ist gestorben."

Lark ließ sich auf die Kante einer Pritsche sinken, während sich eine betroffene Stille über die inzwischen fast hundertzwanzig Gefangenen legte.

„Gott hab' sie selig", sagte eine der Frauen.

„Amen." Wie betäubt blickte Lark auf das schlafende Kind in ihren Armen. „Ein Gefängnisschiff ist kein Ort für ein Baby."

148

„Nay. Aber das Gesetz verlangt, dass alle Kinder unter sechs Jahren mit ihren Müttern an Bord müssen, während die älteren in ihrem Heimatland bleiben", erklärte der Arzt.

„Der Kleine ist also auch verbannt."

Der Mann wischte sich die Hände an einem Lappen ab, der an seinem Gürtel hing. „Die letzten Worte der Frau waren an Sie gerichtet. Sie hat das Baby einzig und allein Ihnen anvertraut."

Larkin wachte auf und begann zu weinen. Lark änderte seine Position und legte ihr zitterndes Kinn auf sein schwitziges Köpfchen. Sie stand kurz vor einem Zusammenbruch. Wie sollte sie sich auch noch um ein kleines, hilfsbedürftiges Kind kümmern?

„Du könntest wirklich seine Mutter sein", sagte die Frau neben Lark tröstend. „Er hat die gleiche Haarfarbe wie du. Sogar das gleiche Grübchen in der Wange."

„Pah!", rief eine andere. „Sie hat doch gar keine Milch –"

„Hatte seine Tante auch nicht. Ziegenmilch reicht."

Sogleich entbrannte ein Streit darüber, was die beste Nahrung für ein Kind war, wie man es am besten aufzog, sauber hielt und beschäftigte. Nur in einem Punkt waren sich alle einig: Lark war die Lösung.

In jener Nacht wälzte Lark sich auf ihrer Pritsche hin und her. Sie betete mehr, als dass sie schlief. Larkins molliger kleiner Körper lag dicht an ihrem und wärmte sie. Sobald die Sonne unterging, stieg Kälte aus dem Meer auf und vertrieb jedes bisschen Wärme aus dem Schiff. Larkin schlief ziemlich unruhig. Seine Windel war nass. Lark würde die Aufseher um etwas sauberen Stoff bitten müssen.

Bei Tagesanbruch wurde sie vom Proviantmeister geweckt. Er hatte Neuigkeiten, mit denen Lark niemals gerechnet hätte. Sogar er wirkte perplex, als er Lark mitteilte: „Sie sollen an Deck kommen, um an die *Bonaventure* überstellt zu werden."

Überstellt? „Warum?"

Der Mann blickte verärgert drein. „Anordnungen."

Sträflinge hatten keine Fragen zu stellen. Frauen schon gar nicht. Lark trug den immer noch schlafenden Larkin in einem Tuch, das sie

sich nach Anweisung des Schiffsarztes um Rücken und Schultern gebunden hatte. Der Arzt hatte diese Tragetechnik bei Müttern auf den
Westindischen Inseln gesehen. So wurde Larks Rücken entlastet und
sie hatte die Hände frei. Larkin schien es auch zu gefallen.

Ohne weitere Erklärung wurde Lark in der klammen Morgendämmerung zu einem kleinen Boot geführt. Dann ruderte man sie übers
Hafenbecken, in dem es nur so wimmelte von Gefängnisschiffen, privaten Handelsschiffen, Kriegsschiffen der Krone, Lotsenbooten und
kleinen Fischerbötchen.

Larkin würde bald aufwachen und hungrig sein – ein Zustand, den
Lark fürchtete, weil sie nie wusste, woher sie die nächste Portion Milch
bekommen sollte. Auch ihr Magen knurrte. Das Gefangenenschiff, das
sie gerade verlassen hatten, sah im Vergleich zu dem Monstrum, auf das
sie jetzt zusteuerten, wie ein Kinderspielzeug aus. Am Bug des riesigen
Schiffs prangte eine Meerjungfrau als Galionsfigur.

Als sie das Schiff erreichten, starrte ein halbes Dutzend Männer vom
Seitendeck auf Lark herab. Wenig später wurde ein Bootsmannsstuhl
herabgelassen, auf den Lark sich setzen sollte. Als man sie hochzog,
musste sie unwillkürlich an die armen Nutztiere denken, die man in
Segeltuchschlingen an Bord hievte. Mit dem Baby vor dem Bauch
fühlte Lark sich genauso plump und unansehnlich. Sicherlich sah sie
wie eine Kuh mit ihrem Kalb aus.

„Ah, eine Quäkerin", sagte der Maat, während er ihr über die Reling
half.

„Von einem Baby war aber nicht die Rede", sagte ein anderer.

Würden sie Lark jetzt auf die *Neptune* zurückschicken? Hoffentlich
nicht. Lark war sich der forschenden Blicke der Männer nur zu bewusst. Gut, dass sie so schlichte, sittsame Kleidung trug. Wo waren die
weiblichen Gefangenen? Lark konnte nur Matrosen sehen. Alarmiert
schaute sie sich um. Handelte es sich um einen Irrtum? Unmöglich.
Der Proviantmeister hatte ausdrücklich ihren Namen gesagt.

Nun wurde Lark durch eine offene Luke nach unten geführt. Sie
fürchtete, ins Orlop gebracht zu werden. Doch nachdem sie einige ge-

schlossene Türen passiert hatten, gelangten sie zu einer leeren Kabine. Eine Schlafkammer nur für sie und Larkin? Sobald sich die Tür hinter ihr geschlossen hatte, schaute Lark sich überrascht in der kleinen Kabine um. Die Tür war nicht abgeschlossen worden.

Danke, Herr.

Allmählich wurde Lark klar, dass sie soeben einem schrecklichen Schicksal entronnen war. Dennoch machte sich Angst in ihr breit. Warum hatte man sie auf die *Bonaventure* gebracht?

In ihrer Kabine gab es eine Pritsche, eine Hängematte, einen kleinen Tisch mit Stuhl und sogar ein Bullauge, durch das etwas frische Luft hereinströmte. Kein Schiffsgestank. Keine Küchenschaben oder Ratten. Kein Streit um eine Pritsche oder ein Stück Brot. Niemand, der anderen drohte, sie in der Nacht abzustechen.

Stille. Man hörte nur die Schritte der Matrosen und das Quietschen der Takelage von oben. Und die leisen Atemzüge des Babys.

Nach wenigen Minuten klopfte es an der Tür und das Frühstück wurde gebracht. Dampfender Porridge. Toast mit dunkler Kruste. Tee.

Lark blinzelte ungläubig, als das Tablett abgestellt wurde. Es kam ihr undankbar vor, angesichts eines solchen Festmahls um Milch für das Baby zu bitten. Konnte sie ihm nicht einfach etwas Porridge und Tee einflößen?

Larkin nahm ihr die Entscheidung ab. Mit rotem Gesicht und feuchten, verschwitzten Haaren wachte er auf, starrte den fremden Aufseher an und schrie.

„Du klingst fast wie der Papagei des Captains, Kleiner", sagte der Mann grinsend. „Aber ich weiß, was du willst: Milch." Er ging auf die offene Tür zu. „Und Privatsphäre."

„Warten Sie, bitte! Ich bin nicht seine Mutter. Ich kann ihn nicht stillen …"

Verdutzt wandte der Aufseher sich um und musterte sie. Auf den ersten Blick sah das Baby ihr tatsächlich sehr ähnlich. „Ich habe keine Erfahrung mit Säuglingen, Miss. Was schlagen Sie vor?"

„Ziegenmilch?"

Seine Augen leuchteten zufrieden auf. „Dann wird der Kleine nicht verhungern. Das letzte Vieh wurde heute Morgen an Bord gebracht. Ich habe zwischen den Böcken auch eine Geiß mit ihrem Zicklein gesehen."

„Ich brauche auch einen Vorrat an sauberen Tüchern, um den Kleinen zu waschen und zu wickeln."

Das war hoffentlich nicht zu viel verlangt. Der Mann nickte bestätigend. „Er ist ein hübscher Junge, auch wenn er nicht Ihr Kind ist."

Lark lächelte dankbar und blickte dann auf das Tablett. Der Porridge hatte aufgehört zu dampfen. Der Tee war vermutlich nur noch lauwarm. Am besten hob sie sich ihre anderen Fragen und Bitten für später auf. Sobald der Mann gegangen war, setzte Lark sich mit Larkin im Tragetuch an den winzigen Tisch. Es blieb kein einziger Krümel übrig. Hin und wieder flößte Lark ihrem Schützling ein Löffelchen Tee ein. Sein verblüffter Ausdruck war zu komisch.

Die Zeit verging. War die Ziegenmilch vergessen worden? Und die Tücher? Lark hatte bereits ihre Schürze zum Wickeln genutzt. Nun legte sie Larkin auf die Pritsche und zog ihm ihre Haube als Windel an.

Danach begann Larkin zu wimmern und zu strampeln. Wenn er Hunger hatte, konnte man ihn nicht allzu lang hinhalten.

„I left my baby lying here, lying here, lying here. I left my baby lying here to go and gather blueberries …", sang Lark ein altes Wiegenlied aus den Highlands. Doch auch ihr Gesang konnte Larkin nicht mehr beruhigen. Als es endlich klopfte, war Lark zutiefst dankbar. Ein rotwangiger Schiffsjunge brachte einen kleinen Holzkübel mit noch warmer Ziegenmilch herein. Außerdem reichte er Lark einen Hornlöffel, bevor er wie ein Eichhörnchen davonhuschte.

„Die Engel wachen über dich, mein Schatz." Die Worte gingen Lark leicht von der Zunge, weil Granny sie früher immer zu ihr gesagt hatte. Das schottische Wiegenlied hatte eine schmerzliche Sehnsucht in Lark geweckt. Mit feuchten Augen fütterte sie Larkin.

Als sie ihn auf die Pritsche setzte, machte er ein zufriedenes Bäuerchen. Lark kicherte. Das Lachen tat gut. Sie holte die Korallenkette aus der Tasche und ließ sie vor Larkins neugierigen blauen Augen baumeln. Ob es klug war, die Kette als Spielzeug zu nutzen? Larkin könnte die brüchigen Perlen mit seinem kleinen Zähnchen zerbeißen.

Als er nach den bunten Perlen griff, zog Lark sie schnell weg. Eigentlich hatte sie erwartet, dass der Kleine sich nun beschweren würde, aber er lachte nur glucksend. Larkin war wirklich ein Sonnenschein und Balsam für Larks ausgehungerte Seele.

Sie spielten so lange weiter, bis es erneut an der Tür klopfte. Es war wieder der Schiffsjunge, aber diesmal forderte er Lark mit ernstem Gesicht auf, ihm zu folgen.

17

Es ist eine Schande, dass Tausende meiner Landsleute
zu Hause verhungern müssen,
wo sie hier in Frieden und Überfluss leben könnten.
Roderick Gordon, schottischer Schiffsarzt

„Ich bin Richard Osbourne aus Glasgow und das ist Captain Moodie, der Sie sicher nach Virginia bringen wird."

Das gleißende Sonnenlicht und die drückende Hitze an Deck deuteten darauf hin, dass es etwa drei Uhr nachmittags sein musste. Wo Lark auch hinsah, waren schwitzende, gehetzte Matrosen, die das Schiff zum Auslaufen klarmachten.

Als Lark schwieg, fuhr Osbourne feierlich fort: „Ich habe Ihren Vertrag gekauft. Sie werden also drei Jahre lang für mich arbeiten. Ihre Dienstzeit beginnt sofort, hier auf dem Schiff. Aber mit dem Baby ..."

Lark drückte Larkin fester an sich, wie ein kleines Mädchen, das seine geliebte Puppe umklammerte. Würde man sie wegen ihres Schützlings auf die *Neptune* zurückschicken? Panische Angst ergriff Lark, gefolgt von hundert unausgesprochenen Fragen.

In diesem Moment wurde hinter ihr die Ankunft einer weiteren Person angekündigt. Hatte Lark den Verstand verloren? Sie musste träumen. Mit offenem Mund schaute sie zu, wie Magnus das Deck betrat. Dann stand er vor ihr. Schweigend. Genauso überwältigt wie sie. Lark brachte nicht einmal eine simple Begrüßung über die Lippen.

Magnus schaute von Lark zu Larkin. Verwirrt. Überrascht. Sie kannte ihn gut genug, um zu wissen, dass er jetzt nachrechnete, wie viel Zeit seit ihrer Verhaftung vergangen war.

„Das Baby wurde mir von seiner Tante anvertraut. Sie ist gestern am

Gefängnisfieber gestorben", erklärte Lark mit lauter Stimme, um gegen den stärker werdenden Wind anzukommen.

„Gott hab' sie selig", sagte Magnus. Dann musterte er Lark. Sicherlich bemerkte er, dass sie ein paar Kilos abgenommen hatte, denn er fragte besorgt: „Geht es dir gut?"

„Im Moment schon", presste sie mühsam hervor. Ein Kloß hatte sich in ihrem Hals gebildet. „Und Ihnen?"

„Auch." Magnus wirkte erleichtert. Doch nach seiner Sträflingskleidung zu urteilen, war er auch nicht freier als Lark.

Osbourne schüttelte Magnus herzlich die Hand, während Captain Moodie abseits stehen blieb. Als ein Segel über ihren Köpfen gehisst wurde, kreischte Larkin und riss seine kleinen Händchen in die Luft. Alle Augen richteten sich auf Lark und das Baby.

Magnus lächelte, während Osbourne schmunzelnd bemerkte: „Aus dem kleinen Mann wird mal ein Matrose, was?"

Seine freundlichen Worte beruhigten Lark ein wenig. „Er ist pflegeleicht. Meistens schläft er. Und er mag Ziegenmilch."

Osbourne nickte. „Ich habe selbst einen kleinen Sohn. Kinder sind faszinierende Wesen. Und der Kleine hier scheint ganz vernarrt in Sie zu sein."

Lark nickte. Sie wusste selbst nicht, woran es lag. Larkin schien sich auf den ersten Blick in sie verliebt zu haben. Hatte seine Mutter vielleicht auch rote Haare gehabt? Lark würde es nie erfahren. Seine Tante war gestorben, bevor sie Larks Fragen beantworten konnte. „Werde ich die einzige Frau an Bord sein?", fragte Lark, als sie sich wieder auf ihre gegenwärtige Situation besann.

Da Osbourne von einem Schiffsjungen abgelenkt war, antwortete der Kapitän: „Die anderen weiblichen Gefangenen und Vertragsdienerinnen sollten bald ankommen, ebenso wie ein paar ausgewählte männliche Gefangene, die die Besatzung unterstützen werden."

Sträflinge mit Segelkenntnissen? War Magnus nun ein Vertragsknecht, so wie Lark? Was war mit Larkin? War er als Sohn eines leichten Mädchens und Neffe einer Strafgefangenen automatisch ebenfalls verurteilt? Bis sie Virginia erreichten – falls sie es erreichten –, konnte der Junge wahrscheinlich bereits krabbeln.

Captain Moodie musterte das Baby, als hätte er gerade das Gleiche gedacht. Ohne Zweifel würde Larkin das einzige Kind an Bord sein.

Als Lark Magnus' Blick begegnete, sah sie darin mehr als nur Sorge. Wenn sie doch nur in Ruhe mit ihm sprechen könnte! Magnus schien wieder uneins mit ihr zu sein, so wie damals, als er Kerrera verlassen hatte. Die Zeit und die Distanz hatten erneut einen Keil zwischen sie getrieben. Oder hegte Magnus einen Groll gegen Lark? Wegen Isla? Wohl kaum, denn er steckte vermutlich hinter Larks Versetzung auf die *Bonaventure*. Magnus hatte nicht nur auf dem Land, sondern auch in der Stadt einflussreiche Freunde. Aber die größte Rolle hatte sicherlich Gottes Vorsehung gespielt. Wie wäre es sonst möglich gewesen, dass Magnus und Lark sich nun auf ein und demselben Schiff befanden?

Man musste nur einen Blick auf den geschäftigen Hafen werfen, um zu erkennen, dass es ein Wunder war. Gute Verbindungen hin oder her.

Der stolze Schotte, der Lark gegenüberstand, war nur noch ein Held in hässlicher, rauer Sträflingskleidung – nicht mehr der Kilt tragende Laird, den sie von früher kannte. Aber sie wusste, dass Magnus immer ihr Bestes wollte.

Außerdem war Lark überzeugt, dass Gott einen Plan mit ihr hatte – was auch immer geschehen mochte.

*

Am Abend dinierte Magnus mit Richard Osbourne am Tisch des Kapitäns. Im Kerzenlicht wurde eine Vielzahl köstlicher Speisen aufgetragen, die es nur auf einem Schiff gab, das noch im Hafen lag. Wenn er nicht direkt angesprochen wurde, hörte Magnus bloß schweigend zu. Er hatte noch viel zu lernen. Es fiel ihm schwer, dem Gespräch zwischen Osbourne und dem Kapitän zu folgen.

„Nach Cabo Verde haben wir in einer furchtbaren Flaute festgesteckt. Am Ende waren wir zehn Meilen hinter dem Punkt, wo wir am

Vortag gestartet waren", sagte Captain Moodie zwischen zwei Bissen Rindfleisch.

„Das ist zu jeder Jahreszeit ein Elend", erwiderte Osbourne. „Ich erinnere mich noch gut, wie meine schwarzen Ledertruhen bei einer Überfahrt komplett weiß geworden sind vom Schimmel. Irgendwann konnte ich sogar meine Rasierklinge nicht mehr aus dem Etui nehmen, weil sie festgerostet war."

Magnus' Gedanken wanderten zu Lark. Er wusste nicht, wo und wie sie untergebracht war. An Bord dieses gewaltigen Schiffs fühlte er sich wie eine winzige Ameise. Es wimmelte nur so von Matrosen. Es mussten Hunderte sein. Wo sollten da noch die weiblichen Gefangenen unterkommen? Und wozu holte man noch Sträflinge an Bord? Das Wort *Sträfling* beunruhigte Magnus. Aber er selbst war ja auch einer, oder?

Er rief sich das Bild von Lark in Erinnerung, wie sie auf dem Deck gestanden hatte. Im Licht der Sonne hatte ihr Haar wie Feuer geleuchtet. Magnus stand immer noch etwas unter Schock, weil das Baby eine so frappierende Ähnlichkeit mit Lark hatte. Wer es nicht besser wusste, würde den hübschen Jungen für Larks Kind halten. In seinem Erstaunen hatte Magnus völlig vergessen, nach seinem Namen zu fragen.

Osbourne schien bloß etwas verblüfft gewesen zu sein, dass Lark ein Kind mit an Bord gebracht hatte. Der Captain war schwerer zu durchschauen. Aber da sowohl das Schiff als auch die Fracht Osbourne gehörten, unterstand der Captain seinem Befehl.

Gepriesen sei Gott.

Fürs Erste gab Magnus sich damit zufrieden, dass Lark sicher an Bord war. Zugegeben, von ihrer früheren Robustheit und pulsierenden Lebhaftigkeit war nicht viel übrig. Lark war kreidebleich und spindeldürr. Aber Gott sei Dank lag das wahrscheinlich bloß an der Mangelernährung und nicht an irgendeiner schweren Krankheit.

Fühlte Lark sich genauso verloren wie er? Statt Meisterin des Destillierraums war sie nun eine Vertragsdienerin und obendrein Mutter eines Kleinkindes. Und Magnus – in seinen bescheidenen, kratzigen Kleidern – war nicht länger Kerreras trauernder Laird, sondern ein heimatloser Krimineller.

Gott sei dennoch gepriesen.

*

Als die Sonne an diesem letzten Julitag unterging und die Möwen über dem Schiff kreisten, wurden siebenundzwanzig Frauen an Bord gebracht. Sie trugen die typische Sträflingskleidung in einem glanzlosen Braunton, der niemandem zu schmeicheln schien. Lark stand mit Larkin auf dem Arm abseits, während die Gefangenen eine nach der anderen von ihren Eisen befreit wurden. Lark wusste, dass ein engerer Kontakt zu den Neuankömmlingen für ihren Schützling gefährlich werden konnte. Sie glaubte zwar nicht, dass die Gefangenen ihm etwas antun würden, aber manche husteten ziemlich stark und sahen gar nicht gut aus. Hoffentlich würde keine der Frauen in einem der rauen Särge des Schiffsschreiners enden.

Je mehr sie über Larkin nachdachte, desto mehr kam Lark zu der Überzeugung, dass Gott ihn zu einem besonderen Zweck gerettet hatte. Sie küsste ihn auf die Stirn und flüsterte ihm ins Ohr: „Ich bete, dass du viel Frucht bringen mögest, kleiner Mann, und dass Gott dir Gesundheit, Aufrichtigkeit und Glück schenken möge."

Als die Frauen untergebracht waren, kamen die männlichen Sträflinge an Bord, die aufgrund ihrer Erfahrung als Seeleute ausgewählt worden waren. Lark senkte den Blick und wandte sich ab. Sie hatte mitbekommen, dass Magnus sich auf dem erhöhten Achterdeck aufhielt – dem Bereich der Offiziere, der von einer Reling umgeben war und den weder die Sträflinge noch die gewöhnlichen Matrosen betreten durften.

Bei Tagesanbruch setzte die *Bonaventure* vor einem leuchtend roten Himmel die Segel. Lark sah von ihrem Bullauge aus zu, da die Luken geschlossen waren. Die Frauen mussten noch unter Deck bleiben.

Während Larkin auf ihrer Pritsche schlief, lehnte Lark sich an einen Balken. Das Knarren des Holzes und die Schreie der Matrosen ließen sie zusammenfahren. Das Schiff ruckelte und bebte und schien eher sinken statt auslaufen zu wollen.

Aber schlimmer noch als der beängstigende Lärm, die abstoßenden Gerüche und das schwindelerregende Schwanken war Larks schmerzliches Gefühl der Trennung. Von Schottland. Von Granny. Von allem, was sie liebte. Lark hatte sich nie gewünscht, alles hinter sich lassen zu können. Während sie sich am Balken festklammerte, um nicht zu stürzen, biss sie die Zähne so fest zusammen, dass sie zu zersplittern drohten. Ein paar Sekunden lang schien Granny auf unerklärliche Weise in Larks Kabine anwesend zu sein.

Erinnere dich an Gottes Segnungen.

Aye, Gottes Segnungen. Magnus. Gesundheit. Der Topfgarten an Deck, um den sie sich kümmern sollte. Die Korallenkette in ihrer Tasche. Und das Baby, das jetzt sicher eingepfercht an der Wand ihrer Kajüte schlief.

Ein Befehl hallte übers Deck, bevor endlich die Luken geöffnet wurden. Lark wickelte den schläfrigen Larkin ins Tragetuch und setzte dann im Rhythmus des schwankenden Schiffs zu einem wenig anmutigen Tanz an. Sie hielt sich mal hier, mal dort fest, beugte ein Knie oder machte einen plötzlichen Schritt zur Seite oder nach hinten, bis sie sich zur Luke durchgekämpft hatte.

Als sie aufs Deck hinaustraten, musste Larkin blinzeln. Dann sah er sich mit großen Augen um. Er hatte die süße Angewohnheit, sein Gesicht an Larks Brust zu drücken, wenn sich ein Matrose näherte – als wären Männer fremdartige, suspekte Kreaturen, die er keines zweiten Blickes würdigte.

„Du musst stark und mutig sein, um deinem Namen alle Ehre zu machen", sagte Lark, als der Kleine zu ihr aufblickte. „Ein unerschütterlicher Krieger, aye."

Über ihnen füllten sich die Segel, bis sie straff gespannt waren und die *Bonaventure* Fahrt aufnahm. Die Frauen im braunen Webstoff, die nach Lark durch die Luke kletterten, hatten ebenfalls Mühe, auf dem schwankenden Schiff das Gleichgewicht zu halten.

Wannen mit Salzwasser wurden zum Waschen aufgestellt und die Frauen mussten unter der Aufsicht des Schiffsarztes und eines Leutnants ihre Bettwäsche zum Lüften an der Reling und den Rahen aufhängen. Einige ältere Frauen wurden für die Schiffsmesse eingeteilt. Sie würden die Rationen des Kochs austeilen und verschiedene andere Aufgaben erledigen. Ein Murren ging durch die Reihen, als einige Frauen angewiesen wurden, die Kühe und Ziegen im Bug zu melken oder die Hühnerkäfige zu säubern. Wer gut mit Nadel und Faden umgehen konnte, musste Kleidung flicken oder Leinenhemden nähen. Lark hingegen wurde in die eigens angefertigte Pflanzenkabine auf dem Achterdeck geführt.

Während Lark ihren neuen Arbeitsplatz hinter dem Großmast in Augenschein nahm, schlief Larkin satt und zufrieden im Tragetuch. Captain Moodie stand immer noch mit dem Fernglas in der Hand auf dem Vordeck.

Lark wandte ihre Aufmerksamkeit den vielen Pflanzen rings um sie zu. Zwei Kübel mit Artischocken. Salbei. Teepflanzen. Sauerampfer. Estragon und Schnittlauch. Johannisbeersträucher, Pastinaken und strahlend gelbe Ringelblumen. Empfindliches Bienen- und Flohkraut neben robuster Melisse und wuchernder Minze. Alle Pflanzen sahen gesund und kräftig aus. Zwei der Bienenkörbe, die Lark zuvor gesehen hatte, standen nun bei den Töpfen. Einige Bienen flogen zwischen den Pflanzen herum.

Verträumt strich Lark mit den Fingern über ein dichtes Büschel Lavendel, dessen lila Blüten sich im Wind neigten. Manche Pflanzen sahen bereits etwas durstig aus. Lark tastete die Erde ab, um herauszufinden, welche gegossen werden mussten, während der Steuermann der *Bonaventure* den Kurs korrigierte.

Magnus war nirgends zu sehen. Osbourne auch nicht. War der Eigentümer der *Bonaventure* in Glasgow geblieben? Wenn, dann war es wirklich schade. Er schien nett zu sein. Scharfsinnig. Ein echter christlicher Gentleman.

160

Lark ging zu einem Wasserfass und nutzte eine Holzkelle, um die durstigen Pflanzen zu gießen. Dabei versuchte sie, sich in dem kleinen Garten zurechtzufinden und sich einzuprägen, welche Pflanzen wo standen.

„Ich habe gehört, dass Sie sich gut mit Botanik auskennen." Leutnant Blackburn, der Schiffsarzt, stand plötzlich hinter Lark. In seiner blauen Uniform hob er sich deutlich von den rot-grau gekleideten angeworbenen Matrosen ab. Sein Dreispitz saß etwas schief auf seinem Kopf. Und er lächelte – ein seltener Anblick zwischen den vielen ernsten Gesichtern an Bord. „Und dass Sie Imkerin sind."

Amüsiert über die eindrucksvollen Bezeichnungen erwiderte Lark: „Ich war bloß ein Destillierraum-Mädchen und habe mich um die Bienen gekümmert."

„Ein bescheidenes Mädchen, aye? Und ein Engel obendrein, wenn man bedenkt, dass der Kleine nicht Ihr Kind ist."

Lark sah den Arzt überrascht an. Nachrichten verbreiteten sich hier offenbar wie ein Lauffeuer von der Mastspitze bis zum Heck. „Man kann ein Baby doch unmöglich im Stich lassen."

„Der Junge hatte Glück." Der Arzt kniete sich hin, um einen kleinen Maulbeerbaum zu mustern. „Die Maulbeeren gedeihen gut. Bald kann man sie für die Seidenproduktion einsetzen. Ich habe in meiner Kajüte mit Baumwollsamen und Schildläusen experimentiert, aber weniger erfolgreich."

„Um rotes Färbemittel herzustellen, meinen Sie?"

„Aye. Vielleicht möchten Sie mal mit nach unten kommen und es sich ansehen."

Unter dem prüfenden Blick des Arztes stieg Lark Hitze in die Wangen, während die Wasserkelle in ihrer Hand baumelte. Was sollte sie darauf antworten? Neugierig war sie schon. Nur wenige Menschen konnten sich mit Karmin gefärbte Kleidung leisten. Lark hatte sie bisher nur in den Schaufenstern von Edinburgh gesehen.

„Die Farbe hält besser auf Wollstoffen", murmelte Lark, während sie fortfuhr, die Pflanzen zu gießen. „Habe ich zumindest gehört."

Blackburn nickte und verließ den Garten, um wenig später mit einem Notizbuch, einer Feder und Tinte zurückzukehren. Er setzte sich auf eine Seemannskiste und baute sich eine Art Schreibtisch. „Wir werden zusammenarbeiten, Sie und ich. Osbourne hat mich beauftragt, die Entwicklung seines ungewöhnlichen botanischen Gartens aufzuzeichnen."

Erleichtert atmete Lark auf. Es ging also nur ums Geschäft. Sie fuhr mit ihren neuen Pflichten fort, bis ihr vom Schwanken des Schiffs ein wenig schlecht wurde. Einige der Gefangenen hatten ihre Arbeiten auf dem Vordeck bereits aufgegeben, um sich mit blassen, grünlichen Gesichtern über die Reling zu beugen. Die erfahrenen Matrosen hingegen arbeiteten unbeirrt weiter, so geschäftig wie die Bienen in den summenden Bienenstöcken.

Als Lark gerade auf eine robuste Minze zulief, neigte sich das Schiff plötzlich zur Seite. Aus Angst hinzufallen griff Lark rasch nach dem nächsten Halt, der sich ihr bot – Leutnant Blackburns Ärmel.

Sein freundliches Lachen beruhigte sie. „Vielleicht wären Sie ohne Schuhe besser dran. Die Matrosen laufen nicht ohne Grund barfuß."

Lark ließ seinen Ärmel los, als das Deck wieder waagrecht stand und ihr Magen sich einigermaßen beruhigt hatte. Würde sie es wagen, ihre Schuhe, Strümpfe und Strumpfhalter vor den Augen des Arztes auszuziehen?

„Ich kann mich umdrehen, wenn Sie wollen." Er tat es, ohne auf ihr *Aye* zu warten – eine galante Geste. „Dieses Schiff ist eine andere Welt, wie Sie bald herausfinden werden. Es hat seine eigenen ungeschriebenen Gesetze."

Die sonnengewärmten, glatt geschrubbten Planken fühlten sich angenehm an. Sofort fühlte Lark sich weniger unbeholfen. Wenn sie ausgerutscht oder gefallen wäre, hätte Larkin sich verletzen können. Da lief sie doch lieber barfuß herum.

Der Arzt blätterte eine Seite um. „Warum fangen wir nicht damit an, dass Sie mir die Namen und den Zustand der einzelnen Pflanzen sagen? Osbourne besteht auf einen detaillierten Bericht."

Eine Stunde lang arbeiteten sie Seite an Seite. Lark nannte Blackburn die Namen der wenigen Pflanzen, die er nicht kannte, während er ihr die wissenschaftlichen Bezeichnungen der ihm bekannten Gewächse beibrachte. Dann erklärte er Lark, wie sie den Garten bei einem Sturm am besten schützen konnten.

„So Gott will, werden wir in keinen Sturm geraten", sagte der Arzt mit einem gutmütigen Zwinkern, als er sein Notizbuch zuschlug.

Lark biss sich auf die Lippe, um ihn nicht nach der Narbe zu fragen, die sich quer über seinen stoppeligen Kiefer zog. Mit einem letzten Blick erfasste sie die wesentlichen Züge seines sonnengebräunten Gesichts. Seine Augen waren wie grünes Glas. Er hatte dunkelblondes Haar, das im Nacken mit einem schwarzen Band zusammengebunden war. Seine Schultern waren breit und kräftig. Er hatte ein Gesicht und eine Statur, die man nicht so schnell vergaß. Das Schaukeln des Schiffs konnte ihn nicht aus dem Gleichgewicht bringen, was darauf hinwies, dass er schon viele Jahre auf See verbracht hatte. Seine Narbe hingegen wies auf einen Kampf hin. Er war weder jung noch alt …

Obwohl sehr viele Leute auf dem Schiff waren, wurde Larks Blick plötzlich von einer bestimmten Person gefesselt. Ihre Silhouette und die Art, wie sie sich bewegte …

Wieder wurde Lark schwindelig, aber diesmal aus einem anderen Grund.

Der Mann, der dort unten in Seemannshose und Scheitelkappe übers Deck lief, war Rory MacPherson. Der ehemalige Kapitän der *Merry Lass* war nun ein gewöhnlicher Matrose. Wie hatte Lark ihn übersehen können? Andererseits waren über zweihundert Menschen an Bord und mindestens ein Dutzend männlicher Gefangener war gestern erst am späten Abend eingetroffen. War Rory einer von ihnen gewesen?

Wie war es möglich, dass Magnus, Rory und Lark auf ein und demselben Schiff gelandet waren? Lark ließ den Blick über die Mannschaft an Deck schweifen. Magnus war immer noch nicht zu sehen. Obwohl das Schiff momentan kaum schwankte, zog sich Larks Magen zusammen. Hatte sich Magnus mit seinem Freund Osbourne davongeschlichen, bevor die *Bonaventure* ausgelaufen war? Rory war schließlich auch erst in letzter Sekunde an Bord gekommen. War irgendeine Abmachung getroffen worden, von der Magnus ihr nichts mehr hatte erzählen können? Wenn ja, sollte sie sich dann nicht für ihn freuen?

Doch der Gedanke war wie ein Schlag in die Magengrube.

Herr, bitte nicht.

18

*Viele Strafdeportierte haben in Übersee ihr Glück gefunden
und nehmen lieber Unannehmlichkeiten in Kauf,
als in ihr Heimatland zurückzukehren.*

<small>RODERICK GORDON, SCHOTTISCHER SCHIFFSARZT</small>

Sein seefahrerisches Geschick mochte ihn vor dem Galgen an Land
bewahrt haben, aber sein schwelender Groll würde ihm wahrscheinlich
hundert Peitschenhiebe auf See einbringen. Auch wenn die *Bonaventure* ein großartiges Schiff war, gab es von der Besatzung nicht viel Gutes
zu sagen.

Rory, der eine gute Menschenkenntnis besaß, konnte Captain Moodie von Anfang an nicht leiden. Der Kapitän, der als Trunkenbold bekannt war, hatte in der kurzen Zeit, seit sie Glasgow verlassen hatten,
bereits mehrere Fehlentscheidungen getroffen. Diese Tatsache verärgerte Rory ebenso sehr wie die Anwesenheit der vielen Frauen.

Dabei wusste doch jeder noch so unerfahrene Schiffsjunge, dass
Frauen an Bord Unglück brachten. Rory verzog das Gesicht, während
er einen Überhandknoten band. Dann streifte sein Blick in die Ferne. Abgesehen von der hölzernen Galionsfigur am Schiffsbug – einer
wohlgestalteten Meerjungfrau – waren weibliche Passagiere ein böses
Omen.

Neben den hässlichen Frauen in Sträflingsbraun war eine Quäkerin
mit ihrem Baby an Bord, deren Haar und Gesicht stets von einer keuschen Haube verdeckt waren. Rory würdigte die Frauen kaum eines
Blickes, aber seine Kameraden waren ziemlich abgelenkt.

Als Rory abgelöst werden sollte, kletterte er den Mast hinunter.
Dann ging er an ein paar Frauen vorüber, die Werg zupften – sie dreh-

ten alte Seile auf, da die Fasern gebraucht wurden, um die Fugen des Schiffs abzudichten. Bald würden die Hände dieser Frauen bluten und dunkle Narben auf ihrer Haut entstehen. Rory wusste das, weil er seinen Männern dieselbe Arbeit aufgetragen hatte, wenn eine Meuterei drohte. Im Gefängnis hatte Rory selbst zwei Pfund Werg am Tag gezupft, um sich bei den Wärtern beliebt zu machen. Dadurch war der Tabaklord, der auf der Suche nach Hilfsmatrosen für die *Bonaventure* ins Gefängnis gekommen war, auf Rory aufmerksam geworden.

Aber die Dankbarkeit, die Rory anfangs empfunden hatte, war schnell verflogen. Er war wütend auf Gott. Wie konnte Gott es zulassen, dass Frauen sich die Finger blutig arbeiten mussten, weil sie ein Brötchen geklaut hatten, um nicht zu verhungern? Andererseits waren die meisten von ihnen wahrscheinlich froh, dem grässlichen Gefängnis entkommen zu sein, wo die Wärter jeden Morgen ein Viertelpint Schnaps soffen, um sich gegen den Gestank zu wappnen.

„MacPherson, an die Pumpen!"

Dieser Befehl kam vom Stellvertreter des Kapitäns, den Rory fast genauso wenig mochte wie Captain Moodie. Fast hätte Rory laut gestöhnt. Das stinkende Bilgewasser aus dem Schiffsrumpf zu pumpen, war mit der Reinigung von Gefängniszellen vergleichbar.

Missmutig stapfte Rory zur Luke, ohne dem Baby Beachtung zu schenken, das irgendwo in der Nähe weinte. Zwei Monate noch, bis er die *Bonaventure* verlassen konnte. Obwohl er immer davon geträumt hatte, den Atlantik zu überqueren, um die schottische Hochburg in North Carolina zu sehen, hatte er sich die Überfahrt anders vorgestellt.

*

Magnus speiste auch am zweiten Abend am langen Esstisch der Offiziere. Captain Moodie hatte am Kopfende Platz genommen, während seine Offiziere an den Seiten saßen. Der Duft von gebratenem Geflügel mischte sich unter den Geruch der neuen, mit Leinöl lackierten Holztäfelung. Unter ihren Füßen lag ein teurer grüner Wollteppich.

Die große Kajüte war elegant eingerichtet mit glänzenden Messing-elementen und Stoffen in edlen Blau- und Grüntönen. Die großen, ge-bogenen Fensterscheiben nahmen die gesamte Breite des Hecks ein. Im Vergleich sah Magnus' Schlafkabine ziemlich ärmlich aus. Ein Schiffs-mast verlief wie ein ungeladener Gast mitten durch den Raum und be-anspruchte wertvollen Platz. Obwohl Magnus nicht zu den Offizieren gehörte, hatte er doch einen gewissen Rang inne. Auch als Sträfling blieb ihm etwas von dem Ansehen und Einfluss erhalten, die er als Laird von Kerrera gehabt hatte.

Seit sie ausgelaufen waren, hatte Magnus sich unter Deck aufge-halten. Der Kapitän hatte ihn gebeten, seine Bücher und Konten zu prüfen, nachdem sein Quartier renoviert worden war. Magnus hatte diese Arbeit gerne übernommen. Und jetzt das. Eigentlich hatte Ma-gnus allein in seiner Kabine essen wollen. Aber Captain Moodie hatte nicht lockergelassen.

Links neben Magnus saß der Schiffsarzt, Blackburn, der aus den schottischen Lowlands stammte. Zu Magnus' Rechten saß der Quar-tiermeister. Beide trugen königsblaue Uniformen, die in starkem Kon-trast zu Magnus' Kleidung standen. Der Proviantmeister hatte ihm einen hochwertigen Mantelrock und eine Krawatte geliehen, die Mag-nus an seine alten Anzüge aus Edinburgh erinnerten, obwohl sie etwas zu locker saßen.

Über das Knarren der Schiffsplanken und das Klirren des Bestecks hinweg tauschten die Offiziere sich über die aktuellen Neuigkeiten aus der turbulenten Welt der Seefahrt aus.

„England hat in der Bucht von Cádiz furchtbare Verluste erlitten", begann der Oberleutnant. „Achtzehn Schiffe sind allein im Januar die-ses Jahres gesunken. Am schlimmsten hat es die *Charm* getroffen – bis auf einen Mann ist die ganze Besatzung ums Leben gekommen."

„Was ist mit der *Nightingale,* die 270 Seemeilen vor dem spanischen Vigo von einem holländischen Schiff gerammt wurde und gesunken ist?", warf ein anderer Offizier ein.

„Sie ist nicht gesunken, sondern konnte repariert werden. Ihre Besatzung hat überlebt. Aber es war eine knappe Sache, aye", bestätigte der Oberleutnant. „Gegenwärtig ist die Royal Navy in Aufruhr wegen SMS *Mermaid,* das bei einem Orkan in der Nähe von Charles Town, South Carolina, auf Grund gelaufen ist. Alle Mann tot."

„Ich würde lieber vor der Küste von Britisch-Nordamerika sinken als vor Spanien", meinte Leutnant Blackburn. „Da spricht man wenigstens Englisch."

Die Männer lachten freudlos.

„Warum sprechen wir nicht über angenehmere Themen?", warf der Captain ein. „Wie zum Beispiel die hübschen britischen Nymphen an Bord?" Noch mehr Gelächter. Als Magnus die Gabel hinlegte, warf der Oberleutnant ihm einen Blick zu. „Ich nehme an, unser schottischer Gast weiß nicht, wie die Dinge auf See laufen."

„Dann lasst uns keine Zeit verschwenden, ihn darüber aufzuklären", sagte der Quartiermeister zwinkernd.

„Es ist kein Geheimnis", brummte der Oberleutnant. „Sogar die *Times* hat davon berichtet. Jeder Offizier ist gesetzlich berechtigt, eine Frau seiner Wahl zu verpflichten, ihm für die Dauer der Schiffsreise als Gefährtin zu dienen."

Der Kapitän schenkte sich Portwein nach. „Vielleicht will der Laird auch den Vorteil einer Bordgefährtin nutzen. Es gibt keine bessere Art, den Ozean zu überqueren, richtig?"

Magnus schwieg, aber seine Beunruhigung wuchs. Captain Moodie zündete sich eine wohlriechende kubanische Zigarre an. Offensichtlich amüsierte ihn das Thema.

„Ich nehme an, dass der Dienstälteste Vorrang hat", bemerkte einer der unteren Offiziere trocken. „Also, wen hätten Sie gern, Leutnant Blackburn?"

Einen Moment herrschte Stille, während alle Blicke auf den Schiffsarzt gerichtet waren.

„Die Quäkerin."

Ein anderer Offizier schnaubte. „Sie machen wohl Witze. Die Frau hat ein Baby. Da werden Sie herzlich wenig Spaß haben."

„Das Baby schreckt mich nicht ab", erwiderte Blackburn, während er ein Stück Rindfleisch kaute. „Ich habe Miss MacDougall von dem Moment an ins Auge gefasst, als die Eisen von ihren Handgelenken gelöst wurden."

„Es stimmt, dass sie die Hübscheste von allen ist. Außer Mrs Ravenhill."

„Die Edeldiebin? Von der Master's Side?"

Der Kapitän hob sein Glas. „Ich werde Mrs Ravenhill unterhalten. Mit ihren 33 Jahren ist sie zu alt für Ihresgleichen – und viel zu gewieft."

„Passen Sie auf Ihre Brieftasche auf, Sir", warnte einer der Junior-Offiziere grinsend. Er erntete schallendes Gelächter.

Bald war eine hitzige Diskussion darüber im Gange, welche Frauen an Bord die hübschesten waren. Namen, Vergehen und Eigenschaften flogen durch die Luft. Polly Nicolson – Diebstahl von irischem Leinen. Phoebe Edgar – Trunkenheit. Ann Barlow – Fälschung. Rose Randall – zweifaches Gewaltverbrechen. Sie alle waren auf der *Bonaventure*, um als Vertragsdienerinnen nach Britisch-Nordamerika gebracht zu werden.

„Was ist mit der Quäkerin?", fragte ein Leutnant den Kapitän. „Über sie ist nicht viel bekannt. Nur, dass sie von den westlichen Inseln stammt und früher im Destillierraum gearbeitet hat."

Moodie hielt seine qualmende Zigarre in die Luft. „Osbourne hat herzlich wenig über sie erzählt. Ich weiß bloß, dass sie seine Vertragsdienerin ist und in der Pflanzenkabine gebraucht wird. Deshalb wurde sie von der *Neptune* überstellt."

Magnus staunte, während er den Blick auf die tropfenden Kerzen gerichtet hielt. Wie war es möglich, dass diese Männer so wenig über Lark wussten? Offenbar kannten diese erfahrenen Seeleute die entlegensten Winkel der Erde besser als ihre eigenen Heimathäfen. Und da sie fast das ganze Jahr über auf See waren, fehlte es ihnen wohl an Zeit und Interesse, sich mit den Skandalen zu beschäftigen, die sich an Land ereigneten.

Über Magnus schienen sie auch nicht viel zu wissen. Es war ein großer Segen für ihn und Lark, dass Osbourne ein Mann weniger Worte war. Captain Moodie hatte bloß gesagt, er halte es für absurd, dass das Tragen eines Kilts als Verbrechen gelte. Dann hatte er das Thema ruhen lassen.

Niemand schien zu wissen, dass Magnus um seine Ehefrau trauerte, deren Zofe und Familie Lark zum Sündenbock gemacht hatten. Oder dass Magnus die Öffentlichkeit weniger durch seine Kleidung als vielmehr dadurch schockiert hatte, dass er Lark zu Hilfe geeilt war.

„Wir werden die auserwählten Damen morgen zum Abendessen einladen", erklärte der Captain, bevor er aufstand und damit das Mahl beendete. Die Offiziere murmelten ihre Zustimmung.

*

Verdrossen. Quengelig. Lark konnte die schlechte Laune des kleinen Larkin gut verstehen. Die Anwesenheit des ehemaligen Kapitäns der *Merry Lass* sowie die offensichtliche Abwesenheit des Lairds machten Lark zu schaffen. Sie lief in ihrer winzigen Kabine auf und ab, um sowohl das Baby als auch sich selbst zu beruhigen, und sang dabei ein altes Wiegenlied. Vergeblich.

War Larkin übel vom Schaukeln des Schiffs? Vielleicht hatte er auch Hunger, weil er seine Milch wieder ausgespuckt hatte.

Lark legte das Tragetuch beiseite und drückte den Kleinen an sich. Sein Kopf ruhte unter ihrem Kinn, während seine warmen Tränen ihr Kleid durchnässsten.

„Blow the wind, blow. Swift and low. Blow the wind …", sang sie.

Als es klopfte, hielt Lark inne. Im nächsten Moment stieß der Proviantmeister die Tür auf und rief über Larkins Geheul hinweg: „Sie sind an den Tisch des Captains eingeladen, heute Abend um acht. Aber das Baby können Sie nicht mitnehmen."

„Unmöglich", antwortete Lark sofort. Sie hatte Larkin bisher nur dann abgegeben, wenn sie zum Bugspriet ging, um ihre Notdurft zu verrichten. Danach hatte sie ihn sogleich wieder an sich genommen.

„Captain Moodie möchte nicht nur mit den Offizieren speisen", erklärte der Proviantmeister mit finsterer Miene. Er war offensichtlich abgeneigt, ihre Absage zu überbringen.

„Warum werde ich überhaupt gefragt?", warf Lark etwas unwirsch ein, da sie von Larkins Geheul entnervt war. „Ich bin doch nur eine gewöhnliche Verbrecherin."

Nun glühte der Proviantmeister förmlich vor Wut und schrie: „Anordnung des Captains!" Dann schlug er die Tür mit einem entschiedenen Knall zu.

Lark begann wieder, in ihrer Kajüte auf und ab zu laufen. Neben Magnus' Verschwinden und Rorys Erscheinen gab es jetzt noch ein weiteres Rätsel, das ihr Kopfzerbrechen bereitete.

Mrs Ravenhills Parfüm sowie ihr prunkvolles, mit Schleifen und Rüschen besetztes Kleid schienen Larks ganze Kabine auszufüllen. Das kobaltblaue Glasfläschchen in ihrer Hand zog Lark geradezu magisch an und sie erkannte sofort die Bestandteile des Dufts.

Rosmarin. Flohkraut. Majoran.

„Ein angemessenes Parfüm für den Tisch des Captains. Was dein prüdes Kleid angeht … Du musst stattdessen dieses hier aus meiner Garderobe tragen." Mrs Ravenhill streckte Lark ein Kleid hin. „Ich habe dem Captain versprochen, dass seine weiblichen Gäste so gut wie möglich aussehen werden."

Da Larkin gerade auf dem Rücken lag und mit seinen Zehen spielte, konnte Lark das Kleid in Ruhe bewundern. „Das ist nett von Ihnen."

„Nett?" Ein amüsierter Ausdruck huschte über Mrs Ravenhills Gesicht, das von feinen Linien durchzogen war. „Ich wurde schon als vieles bezeichnet, aber selten als nett. Schlau vielleicht. Sogar gerissen, wie ihr Schotten sagt. Das ist unsere Chance, uns beim Captain und seinen Offizieren beliebt zu machen und vielleicht ein paar Vorteile zu ergattern."

Lark, die entzückt das Kleid betrachtete, hörte die blumigen Worte kaum. Sehnte sie sich so sehr nach ein wenig Schönheit und Eleganz, dass sie einfach über die möglichen Konsequenzen der überraschenden Einladung hinwegsah?

„Du solltest dein Haar hochstecken, daher die Haarnadeln. Ich werde nachsehen, ob ich noch etwas Strassschmuck für dich habe."

„Nicht nötig. Ich habe eine Korallenkette", murmelte Lark, die ihren Blick nicht von dem Kleid abwenden konnte. „Wie viele von uns werden teilnehmen?"

„Etwa zehn. Es wird ein bisschen eng werden im Quartier des Captains. Darum habe ich ihn dazu überredet, dass nach dem Essen auf dem Deck getanzt wird."

Lark blickte zu Larkin, der endlich ruhig und zufrieden war. Aber selbst die Aussicht auf das abendliche Vergnügen konnte Larks Sorge um den Kleinen nicht bändigen. War sie übertrieben vorsichtig? Zu ängstlich, dass ihm etwas passieren könnte? Warum lag ihr ein Baby, das nicht einmal ihr eigenes war, so sehr am Herzen?

„Jane Spencer hat selbst ein halbes Dutzend Kinder großgezogen, bevor sie ins Armenhaus gekommen ist", versicherte ihr Mrs Ravenhill. „Du musst dir also keine Sorgen machen. Der Captain erwartet uns um acht Uhr."

19

Ein hübsch Gesicht, ein niedlich Kleid,
dem Manne wohlgefällt;
doch Unschuld und ein gutes Herz
sind's Beste auf der Welt.
ROBERT BURNS

Ein missmutiges Miauen erklang auf der anderen Seite der geschlossenen Tür.

Ohne es zu beachten, band Magnus sich die Halsbinde um und steckte sie mit einer Schnalle im Nacken fest. Dann schlüpfte er in seinen geliehenen Frack. Er war froh, dass er sich immer schon allein angekleidet hatte. Zugegeben, er vermisste seinen Diener. Aber noch mehr fehlte ihm Nareen. Auf dem Schiff gab es keine Hunde, nur Katzen, um die Ratten in Schach zu halten. Diese Schiffskatzen waren schlaue Geschöpfe mit einem feinen Gespür für das Wetter. Auf der *Bonaventure* gab es eine schwarze Katze, die sich ins Quartier des Captains zurückzog und sprunghaft und nervös wurde, wenn ein Sturm bevorstand. Das hatte zumindest einer der Schiffsjungen erzählt.

Als Magnus zu seinem dritten Abendessen am Tisch des Captains ging, fühlte er sich ebenso sprunghaft und nervös wie die schwarze Katze vor einem Unwetter. Unter Deck würde es heute auch einen Sturm geben, wenn auch nur einen emotionalen. Angesichts der fröhlichen Begrüßung der Offiziere, als Magnus ein paar Minuten vor acht eintraf, wusste er, dass die Frauen nicht weit sein konnten.

Würde Lark dabei sein? Und das Baby?

Mrs Ravenhill, die Diebin von der Bond Street, kam zuerst herein. Sie trug ein prunkvolles Kleid aus Seidenbrokat. Der Captain begrüßte sie, während die anderen Frauen nacheinander eintraten. Alle hatten ihre braune Sträflingskleidung abgelegt und ihre besten Sachen angezogen – ob geliehen, erbettelt oder vielleicht auch gestohlen. Lark, die offensichtlich zurückhaltender war als die anderen, bildete die Nachhut und blieb zögernd in der offenen Tür stehen. Sie war so schlank, dass sie einer Elfe glich. Und in dem ungewöhnlichen, etwas zu schillernden Kleid sah sie ganz anders aus als die Lark, die Magnus kannte. Er schluckte einen protestierenden Ausruf hinunter.

Könntest du nicht etwas weniger hinreißend aussehen?

Lark war in blaue Seide gekleidet und hatte eine weiße Schärpe um die Taille gebunden. Um ihren schmalen Hals trug sie eine Kette, die aus Koralle zu sein schien. Während Mrs Ravenhill alle miteinander bekannt machte, schaute Lark sich unauffällig im Raum um. Dabei verweilte ihr Blick am längsten bei Magnus. Soweit er wusste, war die Verbindung zwischen ihm und Lark niemandem hier bekannt. Und er würde gewiss nichts daran ändern.

Wenig später wurde der Wein serviert – ein edler Tropfen von den Kanarischen Inseln. Magnus stand neben einem Bücherregal, während der Schiffsarzt auf Lark zusteuerte, die sich am anderen Ende des Raums aufhielt. Nachdem Blackburn am Vorabend seine Absicht kundgetan hatte, schritt er nun offenbar zur Tat.

Lark und der Arzt hatten in der Pflanzenkabine viel Zeit miteinander verbracht. Gemeinsam hatten sie die Pflanzen untersucht, sie gegossen und alles in einem Buch notiert. Magnus hatte gebetet, dass Blackburns Interesse rein beruflicher Natur war. Aber seine unverblümte Aussage gestern Abend hatte alle Zweifel beseitigt.

Ich habe Miss MacDougall von dem Moment an ins Auge gefasst, als die Eisen von ihren Handgelenken gelöst wurden. Ein ungutes Gefühl beschlich Magnus und legte sich schwer auf seinen Magen.

„Ich habe mich schon darauf gefreut, endlich den Laird kennenzulernen", sagte Mrs Ravenhill in diesem Moment und lenkte so Magnus' Aufmerksamkeit von Blackburn und Lark ab. „Ich habe schon einige englische Adlige getroffen, aber nur wenige schottische."

Mrs Ravenhill war lebhaft, geistreich und auf eigenwillige Weise schön. Anmutig nippte sie an ihrem Wein, bevor sie Magnus eine ihrer mit feinen Handschuhen bekleideten Hände entgegenstreckte. Magnus küsste sie und murmelte auf Gälisch: „Die Freude ist ganz meinerseits." Doch die Dame lachte nur verständnislos.

„Sie müssen Miss MacDougall kennenlernen, eins der schönsten Mädchen, die je in See gestochen sind", sagte Mrs Ravenhill in ihrer heiteren Art.

Lark kam nun auch auf Magnus zu, gefolgt von Blackburn. „Es ist mir ein Vergnügen", sagte Magnus auf Englisch. Als Lark ihm gegenüberstand, fügte er auf Gälisch hinzu: „Tu so, als ob du mich noch nie gesehen hättest." Da Blackburn aus den Lowlands kam, verstand er bestimmt kein Gälisch.

Lark berührte unsicher die Korallenperlen an ihrem Hals und knickste. „Sehr erfreut, Sie kennenzulernen, Sir." Auf Gälisch murmelte sie: „Ich hatte schon befürchtet, Sie wären mit Osbourne in Glasgow geblieben." Magnus lächelte höflich und etwas steif, als hätten sie bloß Höflichkeiten ausgetauscht.

„Wie entzückend!", rief Mrs Ravenhill nach dem für sie unverständlichen Wortwechsel aus. „Ihre Muttersprache muss ein wahrer Segen für Sie sein, vor allem, wenn Sie in der Fremde auf einen Landsmann treffen."

„In der Tat", erwiderte Magnus. Dann fügte er noch ein paar gälische Worte hinzu, die nur für Lark bestimmt waren: „Zier dich und gib dich schüchtern, aye? Zu deinem eigenen Schutz. Und tu im Laufe des Abends so, als wärst du in mich vernarrt, obwohl wir uns gerade erst kennengelernt haben."

Lark starrte ihn einen Moment überrascht an und setzte dann ein amüsiertes, liebenswürdiges Lächeln auf. Als sie sich an den Tisch setzten, nahm Lark zwischen Magnus und Blackburn Platz.

Lark breitete die Serviette über ihren Schoß, während sie auf den ersten Gang warteten. Der Captain erzählte gerade davon, wie er auf einer karibischen Insel ausgesetzt worden war. Man konnte über diese Seeleute sagen, was man wollte – langweilig waren sie jedenfalls nicht.

Ihre Freude und Erleichterung, neben Magnus zu sitzen, verliehen dem Abend einen besonderen Glanz. Jede Sorge um Larkin war vergessen, zumindest für kurze Zeit.

Gib dich schüchtern … Tu so, als wärst du in mich vernarrt.

Magnus wollte also, dass sie Theater spielte? Warum? Lark wagte es nicht, ihn geradeheraus zu fragen, nicht einmal auf Gälisch. Irgendetwas war hier im Busch. Magnus' Worte waren eine versteckte Warnung gewesen. Der lange, glänzende Tisch mit den polierten Kerzenständern und dem Porzellangeschirr schien eine Art Köder zu sein. Und alle Frauen spielten Verkleiden, einschließlich Lark. Aber zu welchem Zweck?

Plötzlich sagte Magnus auf Englisch: „Erzählen Sie mir von Ihrem Kind. Es ist ungewohnt, Sie ohne das Baby zu sehen."

Lächelnd nahm Lark einen Schluck aus ihrem Kelchglas. „Der kleine Larkin hat mein Herz im Sturm erobert. Laut seiner Tante – Gott hab' sie selig – ist er keine sechs Monate alt."

„Ein Waisenkind, wenn Sie nicht wären", mischte Blackburn sich ein.

Lark blickte auf den Dampf hinab, der von ihrer Brühe aufstieg. „Ja, leider."

„Nay, zum Glück", erwiderte Magnus, während er Lark durch den goldenen Schleier des Kerzenlichts einen eindringlichen Blick zuwarf. „Sie sind die geborene Mutter. Der Kleine scheint sehr zufrieden zu sein."

„Es ist ein gottgegebener Umstand", sagte Lark überzeugt. „Vielleicht macht ein Baby weniger Ärger als ein Ehemann."

Die beiden Männer glucksten, bevor sie sich wieder ihrem Abendessen widmeten. Dadurch hatte Lark Zeit, die Frauen zu beobachten, die zwischen den Offizieren am reich gedeckten Tisch saßen.

Es lag tatsächlich etwas in der Luft. Hier ging es nicht nur um ein Abendessen und einen Tanz. Darauf wäre Lark wohl auch ohne Magnus' Hilfe gekommen. Plötzlich ertönte eine Geige auf dem Achterdeck über der fein lackierten Holzdecke des Kapitänsquartiers.

„Tanzen Sie, Eure Lairdschaft?" Lark lächelte fast über ihre dumme Frage, deren Antwort sie nur zu gut kannte.

„Manchmal", erwiderte Magnus. „Und Sie, Miss MacDougall? Ich habe gehört, dass die Quäker solche Vergnügungen verabscheuen."

„Manche schon. Aber wer könnte einem guten Jig oder Reel widerstehen?" Lark wandte sich nach rechts. „Und Sie, Leutnant Blackburn?"

„Kommt auf die Partnerin an. Ich würde mich freuen, den ersten Tanz mit Ihnen anzuführen. Nach dem Captain und seiner Dame natürlich."

Es war nicht überraschend, dass der Kapitän Mrs Ravenhill ausgewählt hatte. So wie James Moodie den höchsten Rang unter den Männern innehatte, war Mrs Ravenhill zweifelsohne die Anführerin der Frauen an Bord. In der kurzen Zeit, seit Lark sie kannte, hatte die Dame sich noch keinen Fehltritt erlaubt. Sie war so glatt und schillernd wie die künstlichen Edelsteine, die auf ihrer makellosen Haut glänzten. Aber trotz ihres berüchtigten Rufs war Mrs Ravenhill auch liebenswert. Interessant. Ebenso hübsch wie schlau. Lark versuchte, über die Tatsache hinwegzusehen, dass die edle Seide und Spitze, die Mrs Ravenhill trug, gestohlen sein könnten. Außerdem war ihr Bruder ein wohlbekannter Straßenräuber, der entwischt war, als man Mrs Ravenhill gefangen genommen hatte.

„Ihr Kleid erinnert mich an den Sommer", sagte Magnus mit gesenktem Blick zu Lark. „An die schottischen Blauglöckchen."

„Oh ja", murmelte Lark. Konnte Magnus das Bedauern in ihrer Stimme hören? „Wo ich herkomme, gibt es einen kleinen See, dessen Ufer im Sommer ganz dicht mit Blauglöckchen bewachsen ist."

„Dann kommen Sie aus den Highlands?"

„Nay, von den westlichen Inseln." Aus Angst, der Wahrheit zu nahe zu kommen, wechselte Lark schnell das Thema. „Wohin sind Sie unterwegs, Sir?"

„Zu den Westindischen Inseln."

„Nicht nach Virginia?"

„Nay." Magnus stocherte in seinem Essen herum und sah aus, als wäre er der Verzweiflung so gefährlich nahe wie Lark. Doch dann straffte er die Schultern, spießte ein Stück Rindfleisch auf und kaute es entschlossen.

Lark versuchte, ihr Entsetzen zu verbergen. Sie senkte den Blick und schaute durch die Wimpern zum Schiffsarzt hinüber. „Und Sie, Leutnant Blackburn? Was ist Ihr nächstes Ziel?"

„Ich weiß es noch nicht genau. Vielleicht verlasse ich die See und versuche mich als Farmer in den Kolonien."

„Wirklich? Da ist die Pflanzenkabine sicher ein guter Anfang." Lark legte ihre Gabel ab und nahm einen stärkenden Schluck Wein. Er war so sauer, dass sie ihn fast wieder ausgespuckt hätte.

Der Schiffsarzt beugte sich so nah an sie heran, dass die Spitze ihres ausgestellten Ärmels seinen Arm streifte. „Alles in Ordnung, Miss MacDougall?"

„Ja, keine Sorge", erwiderte Lark lächelnd. „Das Essen ist üppig. Köstlich. Ich bin so reichhaltige Kost einfach nicht mehr gewohnt, seit …" Sie wollte das Gefängnis nicht erwähnen. Es rief zu viele schlechte Erinnerungen in ihr wach.

„Ich bin froh, dass Sie nicht unpässlich sind. Obwohl ich Sie natürlich gerne behandle, wenn es nötig ist … zu jeder Stunde."

Lark sah, wie Magnus sich bei den Worten des Arztes innerlich sträubte. Sie kannte ihn zu gut, um es nicht zu bemerken. Eine kalte, abweisende Aura schien Magnus zu umgeben. Konnte Leutnant Blackburn es auch spüren?

*

Magnus schob sich den letzten Bissen Rindfleisch in den Mund. Er war über Lark genauso verärgert wie über den Leutnant. Musste sie so bezaubernd sein? So aufmerksam? Blackburn war völlig vernarrt in sie. Konnte Lark nicht sehen, wie er sie anschaute? Die Frau zu seiner Rechten beachtete der Arzt gar nicht, was diese aber auch nicht zu stören schien. Sie war bereits in den Fängen eines anderen schmeichlerischen Offiziers. Was den zuvorkommenden Schiffsarzt betraf, ging Magnus dessen Lowland-Dialekt gehörig auf die Nerven.

Als die Mahlzeit beendet war, hatte der Kapitän bereits einige Gläser Wein getrunken. Magnus bezweifelte, dass der Mann noch gerade stehen konnte – geschweige denn die Leiter aufs Achterdeck hinaufklettern, wo die Musik nun von einem milden Südwestwind übers Meer getragen wurde.

Doch wenig später waren sie alle auf dem Weg nach oben.

Trauernde Witwer tanzten nicht, oder?

Oh doch, Magnus würde tanzen, wenn er dadurch die bösen Pläne gewisser Seeleute durchkreuzen konnte. Doch Blackburn nahm Lark sogleich für den ersten Reel in Beschlag. Magnus konnte nur tatenlos zusehen. Er stand bei den beiden Geigern auf der kleinen Plattform vor dem Fockmast, wo die Flaggleine und das Tauwerk befestigt waren.

Das offene Meer war so unglaublich weit. Magnus ließ den Blick zum Himmel schweifen, wo unzählige Sterne wie Engelskerzen funkelten. Der Mond beschien das Deck, auf dem überall Sand verstreut lag.

Musste der Arzt so ein guter Tänzer sein? Und so zuvorkommend? Magnus musste an den Pächterball denken, auf dem Lark an Islas Stelle mit ihm getanzt hatte. Mit ihrer leichtfüßigen Anmut hatte sie damals wie heute bewundernde Blicke auf sich gezogen. Früher war Magnus ihr Laird gewesen, aber jetzt nicht mehr. Lark stand nicht mehr unter seiner Herrschaft oder seinem Schutz. Nun, da sie keine Verpflichtungen mehr gegenüber ihm oder Kerrera hatte, war sie möglicherweise freier als je zuvor, obwohl sie Vertragsdienerin war.

Nachdenklich blickte Magnus auf die Schnallen an seinen Schuhen, während er innerlich mit der neuen Situation rang. Was, wenn Lark den Schiffsarzt mochte? Sie hätte es schlechter treffen können. Aber ein einsames Leben in einem Küstenstädtchen mit einem Mann, der ständig auf See war und sich eine Gefährtin nehmen konnte, wann immer er wollte? Lark hatte etwas Besseres verdient. Und soweit Magnus wusste, war Blackburn bereits verheiratet. Aber welche Zukunft erwartete Lark mit einem Baby in ihrer Obhut? Wie sollte sie ihren Teil des Vertrags erfüllen, wenn sie auf ein Kind aufpassen musste, das nicht einmal ihr eigenes war?

„Wollen Sie nicht tanzen?", fragte Lark ihn plötzlich auf Gälisch. Sie stand mit geröteten Wangen neben Magnus und war völlig außer Atem, da gerade ein schneller Jig getanzt wurde.

Magnus ballte die Fäuste hinter dem Rücken. „Um ehrlich zu sein, habe ich keine Lust zu tanzen."

„Wie soll ich das vernarrte Mädchen spielen, wenn Sie nicht mitmachen?" Plötzlich war Larks gute Laune verflogen. „Sie sind in Trauer. Und Sie vermissen Kerrera. So wie ich."

„Schau nicht so besorgt drein. Wir haben uns gerade erst kennengelernt." Lark seufzte und zwang sich zu einem Lächeln. Während sie die kreisenden Tänzer beobachtete, fragte sie: „Stimmt es, was Sie gesagt haben? Über Westindien?"

„Ich bin jetzt ein Gefangener der Krone, weißt du. Nicht mal Osbourne konnte etwas daran ändern. Ich muss dahin gehen, wo man mich hinschickt, jedenfalls in den nächsten zwei Jahren."

„Trotzdem werden Sie immer mein Laird sein", erwiderte Lark leise, aber bestimmt. „Egal, wo wir sind und wie viel Zeit vergeht. Und was die Krone sagt."

Magnus' Stimme wurde sanft. „Und du wirst immer meine Lark sein", murmelte er auf Gälisch.

Larks Gesicht verriet ihm, dass sie seine Worte gehört hatte, obwohl sie in die andere Richtung schaute und die Musik gerade lauter wurde. Magnus sagte nichts weiter. Machtlos sah er zu, wie Lark im Laufe des Abends mit jedem der anwesenden Offiziere tanzte, einschließlich des Captains.

Sollte er sie warnen? Ihr von der Absicht der Offiziere erzählen?

Magnus war hin- und hergerissen. Er war es nicht gewohnt, Fragen zu stellen, sondern Antworten zu geben. Und obwohl er Lark kannte, wusste er nicht, wohin ihr Herz sie angesichts der sich ständig wandelnden Umstände führen würde.

20

Die Stiefel des Teufels quietschen nicht.
SCHOTTISCHES SPRICHWORT

Als am nächsten Morgen ein halbes Dutzend Frauen aus den Offiziersquartieren aufs Achterdeck strömte, bestätigte sich Larks Verdacht. Sie selbst hatte in ihrer eigenen Kajüte geschlafen und nahm den üblichen Weg an Deck. Da das Schiff heute stark schwankte, war Larkins warmes Gewicht im Tragetuch eine echte Herausforderung für Larks Gleichgewichtssinn. Als sie das Deck erreicht hatte, schlug ihr feuchte, neblige Luft entgegen. Die schaumbedeckten Wellen ließen salzige Gischt durch die Luft fliegen. Bei diesem Wetter blieb fast nichts trocken.

Bevor Lark frühstückte, fütterte sie Larkin. Der Kleine sog die frische Milch begierig aus dem Kuhhorn, das als Fläschchen diente. Hin und wieder machte er ein zufriedenes Bäuerchen.

„Und, wie geht's Ihrem kleinen Schützling heute Morgen?", fragte der Schiffszimmerer mit einem breiten Grinsen, das seine Zahnlücken offenlegte.

„Prächtig. Seine Augen strahlen", antwortete Lark so stolz wie eine frischgebackene Mutter. Sie hatte noch nie so große, blaue Augen oder ein so fröhliches, atemberaubendes Lächeln wie Larkins gesehen. Doch als Lark nun seine runden Wangen und Grübchen betrachtete, wurde sie wieder ernst. Die helle Haut des Babys war mit roten Flecken übersät. Trotz des Leinenmützchens mit der kleinen Krempe hatte Larkin Sonnenbrand.

„Ich hab ein kleines Spielzeug für ihn gemacht", sagte der ältere Mann stolz, während er eine Lederschlaufe mit einer Muschelrassel und einem Beißring aus Koralle von seinen Fingern baumeln ließ. Larkin schnappte sofort danach. Der Matrose fügte hinzu: „Ist nichts Besonderes, aber es wird ihm gefallen. ’ne Pfeife ist auch dran.“

Bis Larkin etwas mit der Pfeife anfangen konnte, würde es zwar noch etwas dauern, aber das orangene Korallenstück hatte bereits seinen Weg in Larkins offenen Mund gefunden. Zufrieden kaute er mit seinem einen Zähnchen darauf herum.

„Er nagt dran wie ein kleiner Biber. Die Koralle ist hart, die kriegt er nicht so schnell klein. Als Nächstes mach ich ’nen Spielzeugsoldaten und vielleicht noch ein Pony.“ Nachdem Lark ihm überschwänglich gedankt hatte, ging der Zimmerer pfeifend davon.

Dankbar küsste Lark die feuchte Stirn des Babys. Wenn sie sich doch nur in den Schatten eines Segels setzen könnten, um der stärker werdenden Sonne zu entkommen. Lark ließ die gähnenden Frauen zurück, um zur Pflanzenkabine auf dem abgegrenzten Achterdeck zu gehen. Leutnant Blackburn war bereits dort. Er stand mit dem Rücken zu Lark. Unwillkürlich musste sie an den Reel denken, den sie am Vorabend getanzt hatten.

Kurz nachdem Magnus gegangen war, hatte sich Lark ebenfalls entschuldigt, um zu Larkin zurückzukehren. Sie hatte ihn schlafend vorgefunden, ebenso wie die Frau, die auf ihn aufgepasst hatte.

Würde Blackburn sie erneut an den Tisch des Captains einladen? Lark wusste immer noch nicht genau, warum sie mit den Offizieren gespeist hatte. Doch nachdem eine Handvoll der auserwählten Frauen – allen voran Mrs Ravenhill – am Morgen aus den Offiziersquartieren gekommen waren, konnte sie es sich denken. War es das, was Blackburn von ihr erwartet hatte? Eine Nacht in seiner Hängematte? Hitze stieg ihr ins Gesicht. In diesem Moment wirbelte der Schiffsarzt zu ihr herum.

„Miss MacDougall.“ Wenn Blackburn vom Vorabend enttäuscht war, ließ er sich nichts anmerken. Er klang so höflich wie immer.

„Guten Morgen, Sir. Ein schöner Tag, nicht wahr?“

„In der Tat.“ Er blickte über die grünen Blätter der Pflanzen auf das wellige blaue Meer hinaus. „Katzenpfoten.“

Lark konnte keine Katze sehen. Angestrengt schaute sie aufs Wasser hinaus und versuchte, die merkwürdige Aussage des Arztes zu verstehen.

„Der leichte, wechselhafte Wind erzeugt kleine Wellen auf dem ruhigen Wasser. Sie sehen aus wie –"

„Katzenpfoten", beendete Lark seinen Satz. „Stimmt."

„Das Meer hat eine ganz eigene Sprache", erklärte Blackburn, während er näher kam und die Rassel in Larkins Hand betrachtete. „Orangene Koralle. Aber nicht so hübsch wie die Perlen, die Sie gestern Abend getragen haben."

„Larkin scheint das nicht zu stören."

Der Arzt gluckste und überraschte Lark, indem er das Baby aus dem Tragetuch hob. Der Stoff flatterte lose um Larks Bauch. „Er wird noch zu einer Klette, wenn er immer an Ihnen hängt."

Jetzt musste Lark lächeln. Larkin erstarrte, als der Arzt ihn in seine starken Arme nahm. Dann schlug er die Rassel mit einem musikalischen Klappern gegen Blackburns Brust. „Du bist ganz klar ein Highlander, so wie du auf einen Lowlander losgehst", sagte der Schiffsarzt grinsend. Dann sah er Lark an. „Kümmern Sie sich mal in Ruhe und ohne zusätzliche Last um die Pflanzen. Wenigstens einen Vormittag lang."

Ohne Zeit zu verschwenden, drehte Lark sich um und begann mit der Arbeit. Blackburn blieb immer in ihrer Nähe – sicherlich Larkin zuliebe.

Die Teepflanzen sahen etwas welk aus. Sie vertrugen den Wind nicht so gut. Die Petersilie und Minze hingegen gediehen hervorragend. Die Spitzen der Rosmarinblätter waren seltsam braun gefärbt, während die Ringelblumen farbenfroh blühten. Lark strich über den Wollziest, dessen seidige Blätter so weich wie Larkins Haut waren. Die Bienen summten zufrieden – eins der beruhigendsten Geräusche, die Lark kannte.

Als Lark einen Blick über die Schulter warf, wurde sie von Freude erfüllt. Larkin spielte entzückt mit seiner Rassel und kaute eifrig auf der Koralle herum, ohne Lark dabei aus den Augen zu verlieren.

„Leutnant Blackburn, Sir! Sie werden auf der Krankenstation gebraucht. Ein Matrose hat Fieber."

Nachdem er Lark das Baby gereicht hatte, verschwand Blackburn unter Deck. Lark fuhr indes mit ihrer Arbeit fort, wenn man sie als solche bezeichnen konnte. Außer die Pflanzen zu gießen und zu beobachten, Zweige hochzubinden und zurechtzustutzen, gab es nicht viel zu tun. Es war ein risikoreiches Unterfangen. Nicht alle Pflanzen würden überleben. Und wenn es einen Sturm gab …

Die Segel blähten sich auf, als der Wind zunahm. Lark blickte zu dem Mast hoch, wo sie Rory MacPherson zuletzt gesehen hatte. Er hatte die typische Hose und Mütze der Matrosen getragen und seine Haare sogar zu einem Zopf gebunden. In diesem Aufzug hatte er keine Ähnlichkeit mehr mit dem Kapitän der *Merry Lass*. Aber es war tröstlich zu wissen, dass Rory irgendwo auf diesem gigantischen Schiff war. Auch wenn er und Lark wahrscheinlich kaum mehr als einen flüchtigen Blick wechseln konnten.

Der Laird war nirgends zu sehen. Aber die Besatzung war so groß und das Schiff so verwinkelt, dass er sich in Larks unmittelbarer Nähe aufhalten konnte, ohne dass sie ihn bemerkte.

Lark blinzelte ins gleißende Licht der Morgensonne. Tag drei auf See. Warum kamen ihr die Tage wie Wochen vor? So Gott wollte, würden sie im September Land sichten. Schottland schien nur noch ein verblasster Traum zu sein. Lark konnte sich jetzt schon an so vieles nicht mehr genau erinnern – die Farben des Sees mit den Blauglöckchen, den strengen Geruch des Torffeuers und den herzhaften Geschmack von Haferfladen. Zu viele neue Anblicke und Eindrücke hatten sich Lark aufgezwungen und die geliebten Erinnerungen verdrängt.

Hier gab es nur Wind und Salzwasser, Holzplanken und Segel. Larkin war ihre Welt und sie seine. Solang Lark alle Hände voll zu tun hatte und Larkin die Leere in ihrem Herzen füllte, war ihr Kummer nur halb so groß. Vorerst.

Lark speiste ein zweites Mal am Tisch des Captains. Und ein drittes Mal. Magnus saß immer neben ihr, da die Sitzordnung nicht geändert wurde. Leutnant Blackburn nahm weiterhin zu ihrer Rechten Platz.

Langsam dämmerte Lark, dass sie nun eine der wenigen Auser-wählten war, die mit den Offizieren verkehrten. Die anderen Frauen mussten im untersten Deck bleiben. Nachts wurden sie eingesperrt, während sie tagsüber Werg zupften. Da sie alle auf engstem Raum bei-sammenlebten, dauerte es nicht lange, bis Lark die Not der anderen Frauen bemerkte.

„Wir müssen ihnen helfen", sagte sie zu Leutnant Blackburn. „Eine Salbe für sie herstellen."

Er hob die Augenbrauen. „Woran haben Sie gedacht?"

„Getrockneter Beinwell. Schafgarbe und Rosmarin. Öl."

„Kommen Sie mit nach unten in meine provisorische Apotheke. Ich denke, ich habe die nötigen Zutaten." Blackburn zuckte die Schultern. „Aber ist das wirklich sinnvoll, wenn sie weiterhin Werg zupfen müs-sen?"

Lark wusste keine Antwort. Wenn die Frauen auch weiterhin die schmerzhafte Arbeit verrichteten, würden die Wunden an ihren Hän-den nie heilen. „Könnten Sie nicht den Captain bitten, den Frauen wenigstens eine Zeit lang eine andere Arbeit zu geben?"

Der Arzt musterte Lark schweigend im unbarmherzigen Licht der Sonne. Seine Augenfältchen traten deutlich hervor und sein Blick war eindringlich. Larks Augen brannten nachts immer von dem blenden-den Licht, das sich auf dem Wasser spiegelte. Aber das war nichts im Vergleich zu den eingerissenen, blutigen Händen der anderen Frauen.

Schlussendlich gingen sie unter Deck. Blackburns Quartier war nicht so prachtvoll wie das des Captains. Dennoch war Larks Kajüte ein Mauseloch im Vergleich hierzu. Der Schiffsarzt hatte nicht nur eine Schlafkabine, in der seine Hängematte hing, sondern auch ein zweites Zimmer mit mehreren Regalen an der Wand. Darauf standen zahllose Gefäße mit Kräutern und Heilpflanzen, von denen Lark viele kannte. Eine ansehnliche Schiffsapotheke.

Als Lark der würzige Duft in die Nase stieg, schloss sie verzückt die Augen und atmete tief ein. Obwohl der Arzt ihr den Rücken zuge-wandt hatte, schien er ihre Begeisterung zu spüren.

„Dieser Ort bringt Sie zum Lächeln. Warum?"

Lark strich mit den Fingerspitzen über eine grüne Glasflasche. „Es ist der Duft des Destillierraums."

„Ihr Destillierraum im Schloss."

Das Lächeln verschwand aus Larks Gesicht. Jeder Gedanke an den Destillierraum war nun von Trauer überschattet. Fort war jene tiefe, reine Freude, jenes Gefühl von Heimat und Zugehörigkeit, das Lark immer empfunden hatte. Ihre Verbannung hatte das alles zunichtegemacht.

„Entschuldigung", sagte Blackburn und räusperte sich. „Ich hätte es nicht erwähnen sollen. Ich nehme an, dass dort irgendetwas passiert ist, das erklärt, warum Sie hier sind."

Lark nickte und schob den schlafenden Larkin in eine andere Position, weil sich der Knoten des Tragetuchs in ihre Schulter gebohrt hatte. „Es war unerwartet, schrecklich –"

„Denken Sie nicht mehr dran. Alles, was zählt, ist das Hier und Jetzt." Er streckte die Hand aus und legte einen Finger auf ihre Lippen. Seine Hände waren kühl und rochen nach Kampfer. „Lassen Sie die Vergangenheit ruhen, Lark."

Blackburn stand ganz dicht vor ihr. Bis jetzt hatte er sie noch nie bei ihrem Vornamen genannt. Sie kannte seinen Vornamen nicht einmal. Doch Lark kannte Blackburns Geruch, der eine angenehme Mischung aus Seife und Sandelholz war. Im geschlossenen Raum seines Quartiers wirkte sein Duft wie ein Lockmittel. Lark wandte ihre Aufmerksamkeit schnell dem Sortiment aus Gläsern, Ampullen und Flaschen zu, die mit einem Brett gegen Stürme gesichert waren. Sie schob sich an Blackburn vorbei, um ein Gefäß aus dem Regal zu holen, das ihrer Meinung nach Beinwell enthielt. Doch als sie es in der Hand hielt, sah sie, dass es Fingerhut war. In ihrer Verwirrung hatte sie die Kräuter verwechselt.

„Ich könnte mit dem Captain reden und ihn um eine Atempause für die Frauen bitten." Blackburn holte Mörser und Stößel aus dem Regal und stellte beides auf den Tisch. „Zweifelsohne wird er antworten, dass die Arbeit weitergehen muss, weil das Schiff sonst undicht wird. Aber ich werde ihn trotzdem fragen … Ihnen zuliebe."

Die letzten beiden Worte sprach Blackburn so nachdrücklich aus, dass seine Absicht unmissverständlich war. Er wollte eine Gegenleistung. Von ihr.

„Danke, Sir", murmelte Lark.

„Nennen Sie mich Alick."

Alick Blackburn. Nun, da sie seinen Vornamen kannte, schien er ihr weniger fremd zu sein.

Blackburn zerstieß die Kräuter, die Lark ausgewählt hatte, mit geübter Leichtigkeit. „Ich wollte Sie wegen eines besonders hartnäckigen Fiebers um Rat fragen, an dem der Maat des Steuermanns erkrankt ist."

Lark durchsuchte die Regale weiter nach möglichen Zutaten für die Salbe, während sie zuhörte, wie der Arzt das Leiden des Maats beschrieb.

„Es könnte natürlich das Wechselfieber sein – ein Malariafieber, das in gewissen südlichen Häfen grassiert, vor allem in Britisch-Nordamerika." Als Lark ihn erschrocken ansah, fügte Blackburn hinzu: „Aber wahrscheinlich ist es bloß ein gewöhnliches Schiffsfieber."

Lark nannte dem Arzt alle Fiebermittel, die sie kannte, und fügte dann hinzu: „Er braucht Ruhe und muss viel trinken – und damit meine ich keinen Alkohol, sondern Wasser."

Er nickte und runzelte konzentriert die Stirn. „Unsere Wasservorräte werden bald brackig sein. Dann werden wir alle Bumboo trinken."

„Bumboo?"

„Wasser mit Rum, Zucker und ein wenig Muskat."

„Hört sich nicht viel besser an als Brackwasser." Lark griff nach einem Glas, dessen Inhalt sie nicht erkannte, öffnete es und schnupperte daran. „Ist denn der Maat des Steuermanns noch in der Lage, seinen Pflichten nachzugehen?"

„Nein, aber er wird kaum vermisst. Magnus MacLeish ist mehr als fähig, jede Aufgabe zu bewältigen, die der Captain ihm gibt. Ich versichere Ihnen, dass Moodie es nicht eilig hat, die Quarantäne aufzuheben."

Obwohl Lark über den trockenen Humor des Arztes lächelte, wurde sie schmerzlich an ihr früheres Leben erinnert. Magnus hatte schon immer gut mit Zahlen und Finanzen umgehen können. Er war so etwas wie der König von Kerrera gewesen, zumindest in Larks Augen.

„Sie scheinen recht angetan zu sein von MacLeish", sagte Blackburn, während er Lark Mörser und Stößel reichte. „Oder vielmehr er von Ihnen."

Lark hielt inne, bevor sie eine weitere Zutat in den Mörser gab und die Kräuter dann mit neuer Tatkraft zerstieß. „Nicht mehr, als es sich für einen Laird gegenüber einem gewöhnlichen schottischen Mädchen gehört."

„Die MacDougalls sind doch mal reich gewesen. Ein Clan mit adligen Wurzeln, oder?"

„Irgendwann vielleicht. Aber ich bin der beste Beweis dafür, wie tief meine Familie gesunken ist", erwiderte Lark nüchtern. „Was ist mit dem Blackburn-Clan?"

„Wir haben keine Brosche, mit der wir angeben könnten."

Vergeblich versuchte Lark, die Niedergeschlagenheit abzuschütteln, die sie zu den merkwürdigsten Zeiten überkam – immer dann, wenn sie es am wenigsten erwartete. Im Moment stimmten die vielen Anblicke und Gerüche in der provisorischen Apotheke sie traurig. Sie erinnerten Lark an ihr früheres Leben. „Als Nächstes brauchen wir Öl, um die Salbe zu binden."

„Bienenwachspastillen?" Blackburn ging in die Hocke und begann, unter dem Tisch herumzuwühlen. Als er die Pastillen gefunden hatte, vermischte Lark das Wachs mit den zermahlenen Kräutern.

Dann begann Larkin, der fest ins Tragetuch gewickelt war, wie ein Kätzchen zu wimmern. Er hatte Hunger. Lark beeilte sich, das Mittel fertigzustellen, während sie dafür betete, dass die Salbe den Körpern und Seelen der Frauen wohltun würde.

„Wir müssen sie zuerst ausprobieren", sagte Blackburn, als Lark fertig war. „Geben Sie mir Ihre Hand."

Lark streckte die linke Hand aus, während sie mit der rechten weiterhin Larkins Rücken tätschelte. Der Arzt gab einen Klecks Salbe auf ihre

Handfläche und rieb sie dann mit langsam kreisenden Bewegungen ein. Lark hätte fast geseufzt, als Blackburn begann, ihre Finger und die sonnengebräunte Haut auf ihrem Handrücken zu massieren. Seine Berührungen waren sicher und doch sanft, wie es sich für einen Arzt gehörte. Da Larkin letzte Nacht sehr unruhig gewesen war, wurde Lark nun fast in den Schlaf gelullt. Ihre Lider wurden schwer und sie schloss die Augen. Ja, die Salbe würde die Schmerzen der Frauen lindern.

Als Blackburns Lippen ihre ausgestreckten Finger berührten, riss Lark erschrocken die Augen auf.

Langsam ließ er ihre Hände wieder los. Seine Stimme war so sanft wie seine Berührung, als er sagte: „Die Hände einer Lady."

Wohl kaum. Lark machte sich darüber keine Illusionen. Ihre Hände waren von Sommersprossen und Schwielen übersät. Verlegen wich sie Blackburns Blick aus. Ihre Augen wanderten zu der offenen Tür, die in seine Schlafkabine führte. Eine Hängematte mit einer anständigen Bettdecke. Regale voller Bücher. Ein schönes Bild von einem Leuchtturm. Am liebsten hätte Lark das Zimmer von Nahem betrachtet.

Doch dann schrie Larkin. Der Bann war gebrochen.

„Ich muss gehen." Lark trat einen Schritt zurück.

Blackburn verteilte nun auch etwas Salbe auf seinen Händen. Erneut stieg eine Wolke des Dufts auf, den Lark nun für immer mit diesem Augenblick verbinden würde. Irgendwie hatte sich das Verhältnis zwischen ihr und dem Arzt verändert. Das Eis war gebrochen. Eine Tür war einladend geöffnet worden. Oder bildete Lark sich das bloß ein?

„Lassen Sie die Salbe ruhig hier ziehen, wo es schön kühl ist."

„Danke." Lark machte auf dem Absatz kehrt und verließ eilig die Kajüte, während Larkin aus Leibeskräften schrie.

21

Wer einem geschadet hat, ist eine Bedrohung für viele.
BEN JONSON

„Du bist also tatsächlich auch an Bord. Ich konnte meinen Augen kaum trauen, als ich erst Lark und dann dich gesehen hab", sagte Rory MacPherson, der Magnus über eine riesige Seilrolle hinweg musterte.

Magnus nickte bloß, während er über die Ironie der Situation nachdachte. Vor nicht allzu langer Zeit hatte er den Kapitän der *Merry Lass* noch gewarnt, Lark nicht mehr in den Freihandel zu verstricken. Und nun waren es ausgerechnet seine eigenen verworrenen Umstände gewesen, die Lark ins Gefängnis gebracht hatten. Ein demütigender Moment. Magnus wand sich innerlich.

Der ehemalige Kapitän sah ihn an, als wäre ihm die Ironie auch gerade bewusst geworden. Seine verhärtete Miene machte Magnus Angst.

„Wir sind drei bedauernswerte Seelen", sagte Magnus schlussendlich. „Auch wenn Gott da vielleicht anderer Meinung ist. Schließlich dienen uns alle Dinge zum Besten, richtig?"

„Ich glaube schon lange nicht mehr an die göttliche Vorsehung", fauchte MacPherson und fuhr sich mit der Hand durchs zerzauste Haar, bevor er seinen Hut wieder aufsetzte. „Eher an den Teufel."

„Bist du jetzt auch ein Vertragsknecht von Richard Osbourne?"

„Von Osbourne und der Kolonie Virginia, aye. Aber ich werde mich so bald wie möglich zu den schottischen Siedlungen in North Carolina aufmachen. Und du?"

„Westindien."

Rory schob sein stoppliges Kinn vor. „Ich mache mir Sorgen um Lark, aber ich kann nicht mit ihr sprechen. Ich darf das Vorschiff nicht verlassen und sie treibt sich immer auf dem Achterdeck herum wie ein Offiziersliebchen."

„Sie ist niemandes Liebchen", entgegnete Magnus.

„Es ist offensichtlich, dass der Lowlander Blackburn ein Auge auf sie geworfen hat."

Das konnte Magnus nicht leugnen. „Sie sind wegen ihrer Arbeit viel zusammen."

„Auf die Pflanzen aufpassen und so? Was für ein sinnloses Unterfangen! Was, wenn ein Sturm aufkommt?"

Gute Frage. Wahrscheinlich würden alle Töpfe unter Deck gebracht werden. Magnus verschränkte die Arme. „Wenigstens bist du auf See zu Hause, egal, wie das Wetter ist."

Rory zuckte resigniert mit den Schultern und schaute an Magnus vorbei. Ein Blick über seine eigene Schulter verriet Magnus, dass MacPherson Lark beobachtete, die wieder in der Pflanzenkabine beschäftigt war. In letzter Zeit lief sie mit leicht gebeugten Schultern herum, als wäre das Gewicht des Babys zu schwer für sie. Kein Wunder, so dünn wie Lark geworden war.

„Das Baby wird die Überfahrt nicht überleben", murmelte Rory.

Magnus verkniff sich eine spöttische Bemerkung. Er hatte noch nie einen so kräftigen Säugling wie Larkin gesehen. Trotz seines etwas beschwerlichen Starts gedieh der Junge prächtig. Er war rundum zufrieden. Und es war offensichtlich, dass Lark ihn liebte.

„Ich habe gehört, dass es dem Maat etwas besser geht. Aber dafür liegt der Oberleutnant jetzt im Sterben."

Das stimmte. Leutnant Blackburn klagte, dass kein Mittel gegen das Fieber zu helfen schien. Während der Oberleutnant im Schiffslazarett dahinsiechte, übernahm Magnus stillschweigend auch seine Pflichten.

„Ich hab keine Zeit zu quatschen." Mit diesen Worten ging Rory schnaubend davon.

Magnus betrat das erhöhte Achterdeck. Ausnahmsweise war Lark gerade allein in der Pflanzenkabine. Außer am Tisch des Captains kreuzten sich ihre Wege nur selten. Die anderen Frauen, die zum Essen und Tanzen eingeladen wurden, hatten spätestens die zweite Nacht bei den Offizieren verbracht. Lark und Blackburn hingegen waren noch nicht auf diese Weise zusammengekommen.

Magnus betete unaufhörlich für Lark, auch wenn er manchmal nicht mehr als ein Seufzen über die Lippen brachte. Indes hatte er entschieden, weiterhin den vernarrten Verehrer zu spielen – zumindest in Blackburns Gegenwart. Magnus versuchte, jedes schmeichelnde Wort und jeden schmachtenden Blick des Schiffsarztes zu übertreffen. Der offensichtlich liebestolle Lowlander hatte bereits begonnen, Magnus warnende Blicke zuzuwerfen.

Eines musste er Lark lassen: Sie blieb distanziert, was Blackburn fast in den Wahnsinn trieb, war aber gleichzeitig durch und durch charmant.

Wie lange mussten sie dieses Spiel wohl noch spielen, bis Blackburn es satthatte und sich eine andere Frau suchte? Magnus war erschöpft und hoffte, dass der Schiffsarzt bald aufgeben würde. Natürlich waren die hübschesten Frauen jetzt bereits vergeben. Wenn die Damen abends am Tisch des Captains erschienen, stellten sie oft neuen Schmuck oder anderen Firlefanz zur Schau, den sie als Gegenleistung erhalten hatten. Lark hingegen trug weiterhin die leuchtend rote Korallenkette.

Wer hatte sie ihr geschenkt? Sicherlich nicht Blackburn.

Magnus hatte auch ein Geschenk für Lark: ein kleines Babybett, das der Schiffszimmerer in seinem Auftrag angefertigt hatte. Es bestand aus einer Holzkiste mit einem Sonnendach aus altem Segeltuch und einer Matratze aus Gänsedaunen. Magnus konnte nicht länger mit ansehen, wie sich Larks Schultern immer tiefer beugten, während sie ihren Aufgaben nachging – auch wenn die Arbeit maßgeschneidert für sie war. Magnus fürchtete, dass es neben dem Baby noch etwas anderes gab, das Lark belastete. Eine unausgesprochene Sorge, die nichts mit dem Verlust ihrer Heimat zu tun hatte.

Lark zuckte zusammen, als sie Magnus sah, und er hörte das Baby quäken. „Was haben Sie da?", fragte sie. Dann hellte ihr Gesicht sich auf. „Etwas für den kleinen Larkin?"

„Wer würde sonst in ein so kleines Bettchen passen?"

Die Konstruktion war gut durchdacht und ein wahres Meisterwerk. Jede Ecke wurde von einer Holzfigur geziert, die man zum Spielen abnehmen konnte: eine Distel, ein Einhorn, ein Soldat und ein Adler.

Magnus stellte das Bett in eine schattige Ecke, wo es nicht im Weg stand. Dann hob er Larkin unter den neugierigen Blicken der Matrosen aus dem Tragetuch, kniete sich hin und setzte Larkin mitten auf das Bett. Lächelnd holte Lark die Korallenrassel aus der Tasche. Als Magnus sah, wie Lark sich freute, wurde auch er von Freude erfüllt. So zufrieden hatte er Lark nicht mehr gesehen, seit sie alle auf dem Pächterball nach Herzenslust gegessen und getanzt hatten.

Larkin blinzelte verwundert und schaute sich dann neugierig in seinem neuen Territorium um. Das kleine Sonnendach, das ihm Schatten spendete, war außerhalb seiner Reichweite. Stattdessen zerrte Larkin, ohne zu zögern, das Einhorn vom Eckpfosten und begann daran zu knabbern.

„Das Bett ist eines Prinzen würdig", sagte Lark. Als sie in die Hocke ging, breiteten sich ihre Leinenröcke wie ein See um sie aus. Sie legte die Korallenrassel neben Larkin und strich dann eine seiner roten Locken glatt. Anscheinend hatte sie seine Mütze heute in der Kabine vergessen.

Da Magnus so gut wie keine Erfahrung mit Babys hatte, musterte er den Jungen voller Neugier. „Isst er viel?"

„Er trinkt sehr viel Milch. Aber in letzter Zeit scheint er davon nicht mehr satt zu werden, also teile ich meinen Porridge und meine Rosinen mit ihm."

„Probier's mal mit Schiffszwieback."

„Die harten Schiffskekse? Ich glaube, dass nicht mal ein Baby die essen würde."

Die Sonne brannte auf das erstaunlich ruhige Meer sowie Larkins Segeldach herab und wärmte Magnus und Lark den Rücken. Ausnahmsweise streckte Larkin nicht die Arme nach Lark aus. Er wirkte sehr zufrieden mit seinem neuen Stammplatz.

„Was haben wir denn da?" Blackburn stand hinter ihnen und musterte das kleine Babybett.

Magnus richtete sich zu seiner vollen Größe auf, während Lark begann, das Tragetuch abzulegen.

„Der Schiffszimmerer ist ziemlich geschickt", antwortete Magnus. „Und Miss MacDougall kann jetzt ihren Rücken schonen."

„In der Tat."

Lark stand auf und blickte zwischen Blackburn und Larkin hin und her. Der Schiffsarzt schaute ungewöhnlich ernst drein.

Er rieb sich das Kinn. „Ich muss Ihnen leider mitteilen, dass der Maat des Steuermanns dem Fieber erlegen ist. Captain Moodie bittet den Laird, eine Seebestattung durchzuführen."

„Natürlich", erwiderte Magnus, ohne zu zögern, während Lark ihr Beileid aussprach. War der arme Mann nicht auf dem Weg der Besserung gewesen?

„Sobald die Frauen ihn in Segeltuch eingenäht haben, werden wir den Gottesdienst abhalten", kündigte Blackburn an, bevor er wieder verschwand.

Kurz vor der Bestattung schlug seltsamerweise sogar das Wetter um. Der Himmel hüllte sich in triste Grautöne. Eine schwarze Dreiecksflagge wurde am Großmast gehisst und die Segel eingeholt, sodass sich das Schiff eine Weile nicht fortbewegte. Ausnahmslos alle kamen an Deck. Als Magnus aus den Psalmen vorlas, war sogar Larkin vollkommen still in seinem Tragetuch.

„Wohl dem, des Hilfe der Gott Jakobs ist; des Hoffnung auf dem HERRN, seinem Gott, steht; der Himmel, Erde, Meer und alles, was darinnen ist, gemacht hat; der Glauben hält ewiglich."

Nach einem Gebet wurde die in Segeltuch eingenähte Leiche ins Meer geworfen.

Lark zitterte, aber weniger vor Kälte als wegen der düsteren Stimmung auf dem Schiff. Seeleute waren bekanntermaßen sehr abergläubisch. Sogar Leutnant Blackburn wirkte beunruhigt. Lark konnte sich vorstellen, was in den Köpfen der Besatzung vorging: Hätte es doch bloß einen der Sträflinge getroffen statt einer so wichtigen Person wie den Maat des Steuermanns.

Gleich nach der Beisetzung beorderte der Captain Magnus zu einem Treffen. Lark sah, wie die beiden Männer unter Deck gingen. Sie beschloss zu beten, statt sich den Kopf darüber zu zerbrechen. Indes kehrte auf dem großen Schiff langsam wieder Normalität ein – Rory kletterte ins Rigg, Lark ging in die Pflanzenkabine und die „Nicht-Auserwählten", wie sie abfällig genannt wurden, nahmen ihre Arbeiten wieder auf. Die Unglücklichsten von ihnen mussten weiterhin Werg zupfen. Trotz der Salbe ging es ihnen nicht viel besser, da ihnen keine Pause gestattet wurde. Larks Gesuch, das Blackburn dem Kapitän übermittelt hatte, war auf taube Ohren gestoßen.

Da Lark das Leid der Frauen nicht länger mit ansehen konnte, goss sie die Pflanzen fertig, legte Larkin in sein Bettchen und schloss sich dann den Wergzupfern an. Ein Matrose, der seine Pflichten vernachlässigt hatte, war ebenfalls dabei. Die Auspeitschung war ihm zwar erspart worden, aber dafür hatte man ihn zu dieser harten Arbeit verurteilt. Seine schwieligen Hände begannen schnell zu bluten.

Die Frauen starrten teilnahmslos vor sich hin, als Lark sich ohne ein Wort auf eine Kiste setzte und ein ausgefranstes Seil in die Hand nahm. Es war alt. Steif. Mit Fett und Rost verschmiert. Lark begann, mit ihren Fingernägeln daran herumzuzupfen, um die Stränge voneinander zu lösen. Die Fasern schnitten ihr in die Haut, sodass ihre Finger schon nach einer Viertelstunde juckten und brannten.

„Du bist doch eine von den Auserwählten", sagte die Frau neben Lark, deren Zähne schon ganz schwarz waren. „Warum machst du diese Drecksarbeit?"

„Wenn ich euch nicht mit der Salbe helfen kann, werde ich versuchen, euch auf diese Art etwas von eurer Last abzunehmen", erläuterte Lark, während sie insgeheim am liebsten sofort aufgehört hätte.

„Das Problem sind nicht nur die blutigen Finger", sagte eine andere Frau und hielt ihre wunden Hände in die Luft. „Es ist das Fieber, das meine Gelenke anschwellen lässt. Meine Finger sind so steif wie Schiffsplanken."

Der Matrose starrte finster auf sein Wergbüschel. „Ich wär lieber ausgepeitscht worden."

In diesem Moment gluckste Larkin zufrieden unter seinem Sonnendach und fuchtelte mit dem Einhorn herum. Lark versuchte, sich auf seine süßen Geräusche zu konzentrieren statt auf ihre geröteten Finger. Sie war entschlossen, ihren Anteil von dem geteerten Seil fertig zu zupfen.

Indes wanderte die Sonne über den Himmel und tauchte alles in ihr goldenes, heißes Licht. Schweiß stand Lark auf der Stirn, lief ihr den Nacken hinab und durchnässte ihr Mieder. Doch sie arbeitete unbeirrt weiter, bis die Sonne hinter einer Wolke verschwand – nein, hinter einem Mann.

Leutnant Blackburn stand vor Lark und warf einen kühlenden Schatten auf sie. „Sie werden auf dem Achterdeck gebraucht, Miss MacDougall." Obwohl seine Stimme ruhig blieb, spürte Lark seine Verwunderung und Bestürzung, sie bei dieser Arbeit anzutreffen.

Lark zupfte das Stück fertig, an dem sie gerade gearbeitet hatte. Dann holte sie Larkin aus seinem Bett und folgte Blackburn über das glatte Deck und die Stufen zur Pflanzenkabine hinauf.

Als sie weit genug vom wachhabenden Offizier entfernt waren, wandte Blackburn sich um und sah Lark an. „Lark … Ihre Hände."

Sie blickte hinab. Ihre Finger waren bereits eingerissen und blutig.

„Warum tun Sie das?"

Lark unterdrückte ein Seufzen. „Haben Sie noch nie jemanden leiden gesehen und ihm helfen wollen? Ist das nicht das Anliegen eines jeden Arztes?"

„Aye, das ist meine Berufung – und Ihre. Aber es gefällt mir nicht, Sie grundlos leiden zu sehen."

„Wir haben eine Berufung, die über unsere Arbeit hinausgeht. ‚Und wie ihr wollt, dass euch die Leute behandeln sollen, so behandelt auch ihr sie gleicherweise.'"

„Ich glaube nicht, dass die anderen Wergzupfer das zu schätzen wissen."

„Das spielt keine Rolle. ‚Alles, was ihr tut, das tut von Herzen, als für den Herrn und nicht für Menschen.'"

Blackburn rieb sich das Kinn. „Werden Sie mir weiter predigen, statt ehrlich mit mir zu reden?"

„Die Bibel ist durch und durch ehrlich. Sie ist die Wahrheit."

Er verschränkte die Arme. „Als Sohn eines Pfarrers bin ich mit der Bibel aufgewachsen. Aber genauso wie meine Kindheit habe ich das alles hinter mir gelassen." Er bedachte Larkin mit einem vielsagenden Blick und fügte mit offensichtlicher Abneigung hinzu: „Bestimmt haben Sie auch für Ihren Schützling eine passende Bibelstelle parat. Man sagt, dass er bloß der Sohn einer gewöhnlichen Hure ist."

Betroffen strich sie über Larkins roten Schopf. „Das mag sein, aber es ist nicht seine Schuld. ‚Witwen und Waisen in ihrer Not zu helfen und sich vom gottlosen Treiben dieser Welt nicht verführen zu lassen – das ist wirkliche Frömmigkeit, mit der man Gott, dem Vater, dient.'"

Blackburn und Lark funkelten einander verärgert an. Warum hatte sie das Gefühl, dass es bei diesem Streit um mehr ging? Frustration und Verlangen brodelten unter der Oberfläche von Blackburns hitzigen Worten.

„Ihr Laird, der so gerne mit Bibelversen um sich wirft, würde Ihnen da gewiss zustimmen", fuhr Blackburn in einem Anflug von Neid fort. „Er schafft es irgendwie immer, alles zu seinen Gunsten zu wenden – sogar Sie."

Lark senkte den Blick auf Larkin, der an seinem Spielzeug knabberte. Sein Kinn war schon ganz nass. „Bitte, Alick." Würde der Arzt Magnus Probleme machen, wenn er über Lark verärgert war? Oder Larkin von ihr trennen? „Ich wollte Sie nicht verärgern. Schließlich sind wir Freunde und Kollegen, nicht wahr?"

„Ich könnte mehr für Sie sein, Lark …" Blackburn kam näher. Seine Stimme war so leise, dass sie beinahe im Lärm des Winds und der Wellen unterging. „Wenn Sie es zulassen würden."

Nay. Auf keinen Fall. Larks Gesicht begann vor Hitze zu kribbeln. Nervös strich sie ein paar lose Strähnen zurück unter ihre Quäkerhaube, doch sie lösten sich sogleich wieder. Dann ließ Larkin sein Spielzeug fallen. Froh über die Ablenkung hob Lark es auf. Als sie sich wieder aufrichtete, hatte Blackburn sich umgewandt und verschwand gerade durch die Luke, die zu seinem Quartier führte. Trotzdem blieb Larks ungutes Gefühl bestehen.

22

Ehre ist eine Brosche, die ein Mann jederzeit an seinem Hut tragen sollte.
BEN JONSON

Die abendlichen Mahlzeiten am Tisch des Captains wurden allmählich … langweilig. Sie waren eine Mischung aus versteckten Anspie-
lungen und romantischer Spannung, die an Unzucht grenzte. Magnus
verhielt sich ruhig, solang er nichts gefragt wurde. Gleichzeitig behielt
er Lark und den Schiffsarzt im Auge. Lark lächelte nur selten und hielt
den Blick meist sittsam gesenkt. Sie aß in winzigen Häppchen und
vermied es, ein zweites Glas Alkohol zu trinken. Heute Abend wirkte
sie besonders nachdenklich. Das Kerzenlicht flackerte über ihr Gesicht
und fing jede Emotion darauf ein.

Sie waren nun seit vierzehn Tagen auf See. In sechs Wochen würden
sie die Kolonien erreichen – wenn sie auf Kurs blieben und keinen
Stürmen, feindlichen Kriegsschiffen oder Freibeutern zum Opfer fielen.

„Die Hurrikan-Saison steht bevor", sagte Captain Moodie, während
er den Schiffsjungen beobachtete, der ihm gerade ein weiteres Glas
Wein einschenkte. Dann hob er seinen Kelch mit unsteter Hand. Sein
Zittern war Magnus inzwischen schon oft aufgefallen.

„August und September sind schlechte Monate, um auf See zu sein",
klagte Mrs Ravenhill. „Ich hoffe, dass wir bald heil im Hafen ankommen."

„Nach Virginia werden wir noch zu einigen anderen Häfen weitersegeln." Moodie schaute in Magnus' Richtung. „Osbournes Plantage
auf Jamaika ist wirklich ein unvergesslicher Anblick. Zuckerrohr, so
weit das Auge reicht – buchstäblich von einem Ende der Insel bis zum

andern. Rum und Melasse im Überfluss, auch wenn Zucker momentan das wichtigste Erzeugnis ist.“

„Das ist gut“, warf eine andere Frau ein. „Wir brauchen schlichtweg Zucker, um unseren Tee und Kuchen zu süßen.“

„Zucker hat Korn als wertvollstes Importprodukt Europas abgelöst“, bemerkte der Zweite Maat. „Auf den Plantagen werden mehr Afrikaner gebraucht. Deswegen werden in Zukunft mehr Seeleute auf *Guineamen* arbeiten.“

„*Guineamen?*“, fragte Lark.

„Ja. Die *Guineamen* gehören zu den besten Schiffen. Sie sind ähnlich wie Fregatten, aber prachtvoller.“

„Nur nicht die Sklaven, die sie an Bord haben. Die haben nichts von dem Prunk“, warf Magnus ein. Dann stand er auf und sah Lark an. „Würden Sie mit mir eine Runde übers Deck gehen, Miss MacDougall? Sie sehen etwas blass aus.“

Lark erhob sich. „Ein wenig frische Luft würde mir sicherlich guttun.“ Der dünne Stoff ihres geliehenen Kleids raschelte leise, als Lark dem Captain mit einem Knicks für seine Gastfreundschaft dankte und dann vor Magnus zur Tür ging.

Als Lark das Deck betrat, atmete sie erst einmal tief durch, um nach dem Wein und der verqualmten Luft wieder einen klaren Kopf zu bekommen. Mit der Hand, die besonders wund von der Arbeit war, hielt Lark sich an der Reling fest. Die andere Hand ruhte auf ihrem Bauch. Der Wind umwehte sie von allen Seiten, zerrte an ihren Röcken und löste ihr sorgfältig hochgestecktes Haar.

Neben ihr stand Magnus mit den Händen auf der Reling. Er starrte aufs Meer hinaus, wie er es so oft an der zerklüfteten Küste von Kerrera getan hatte. Sein Gesicht sah ähnlich zerfurcht aus wie die Klippen in der Heimat. Obwohl er kaum Falten hatte, trat jede feine Linie im silbrigen Licht des Mondes besonders deutlich hervor. Magnus sah todtraurig und uralt aus. Würde er je wieder lächeln, nachdem er so viel verloren hatte? Seine düstere Stimmung beunruhigte Lark. Sie hatten keinen blassen Schimmer, was vor ihnen lag und ob es ein Fluch oder ein Segen sein würde. Bald würden sie getrennt werden, vielleicht für immer.

Larks Augen brannten. Ohne Larkin fühlten sich ihre Arme leer an. Die ältere Frau, Jane, passte wieder auf ihn auf. Offenbar fühlte sie sich geehrt, dass sie Larks Schatz hüten durfte. Als kleines Dankeschön hatte Lark ein Brötchen und ein süßes Gebäck vom Tisch des Captains für Jane mitgenommen.

Aus einer Vielzahl von Gründen war Lark den Tränen nahe. Sie schluckte, um mit fester Stimme sprechen zu können. „Es war mutig von Ihnen, einfach so den Tisch des Captains zu verlassen."

„Und dich mitzunehmen, meinst du." Magnus wandte sich um und lehnte sich mit dem Rücken an die Reling. Mit verschränkten Armen fuhr er fort: „Zweifelsohne habe ich mir damit Blackburn zum Feind gemacht."

Herr, bitte lass keinen Streit zwischen den beiden entstehen.

„Er ist kein schlechter Mann", sagte Lark ruhig.

„Nay. Er ist ein sachkundiger Arzt. Vernarrt in dich. Und verheiratet."

Larks Magen zog sich zusammen. „Wie bitte?"

„Mit einem Mädchen aus Bristol. Er hat auch ein halbes Dutzend Kinder an verschiedenen Orten, sagt der Captain." Magnus blickte zum Krähennest hinauf. „Tut mir leid, dir so schlechte Nachrichten zu überbringen. Vor allem, wenn du Blackburn magst."

Ihn mögen? „Für mich ist er nur ein Kollege. Nichts weiter." Jetzt kam ihr Blackburn jedoch mehr wie ein hinterlistiger Fremder vor. Lark fühlte sich ein wenig betrogen, aber auch erleichtert. „Ich bin es satt, am Tisch des Captains zu sitzen. Das derbe Gerede, der Alkohol und Rauch …"

„Wir könnten hier essen, an Deck. Das machen die meisten, wenn das Wetter es zulässt. Du, ich und Larkin."

„Ja, das wäre schön", sagte Lark leise. Sie stellte sich ein Picknick wie in alten Zeiten vor – an einem sonnigen Fleck auf einer Blumenwiese.

„Ich habe fast vergessen, welchen Monat wir haben. Hier auf See ist immer alles gleich. Es gibt keine Jahreszeiten."

„Es ist bald Zeit für die Heideblüte in Schottland."

„Einmal, als ich nach Lismore gerudert bin, habe ich in einer kleinen Bucht etwas weiße Heide gefunden. Es sah aus, als würde dort Schnee liegen. Auf den Hügeln drum herum leuchtete die Heide in einem rötlichen Gold."

„Weißt du, was man über weiße Heide sagt? Sie bringt Glück."

„Vielleicht hätte ich etwas davon pflücken sollen, aber ich fand sie zu schön. Zu kostbar. Wenn ich es gemacht hätte, wäre uns das alles hier möglicherweise erspart worden."

„Nay, Lark", sagte Magnus in einem Tonfall, den Lark nur zu gut kannte. Er ließ kein abergläubisches Geschwätz zu. Kein Zurückblicken.

„Ich frage mich, ob es in Amerika auch Heide gibt."

„In der Pflanzenkabine ist etwas Heidekraut, oder?"

„Zwei Töpfe." Lark unterdrückte ein Seufzen. „Sie blühen beide nicht."

„Sie vermissen den heimischen Boden, so wie wir."

„Haben Sie also auch Heimweh?" Lark versuchte, die Antwort in Magnus' Gesicht zu finden.

„Ich werde nicht lügen. Manche Dinge vermisse ich. Andere nicht."

Was vermisste er *nicht*? Lark fiel nichts ein außer den Steuereintreibern – den Philistern – und der herzzerreißenden Armut und Not, die vor allem im Spätwinter auf der Insel herrschten. „Ich mache mir Sorgen um Granny. Ob ich sie je wiedersehen werde?"

Magnus fuhr mit der Hand über die Reling. „Nicht einmal die Kiste mit Münzen, die ich ihr gegeben habe, könnte deine Gesellschaft ersetzen oder garantieren, dass sie noch lebt, wenn du in drei Jahren freikommst."

Eine Kiste mit Geld? Magnus hatte also getan, was er konnte. Granny würde nicht verhungern. Aber wer würde sich um sie kümmern, wenn sie krank und bettlägerig wurde?

Als spürte er ihre Angst, sagte Magnus ruhig, während er aufs Meer hinausblickte: „Die Bibel spricht in jede unserer Situationen hinein. Ich möchte dir einen Vers geben, an den du dich klammern kannst, wenn die Sorge dich in ihren Sog zieht: ‚Ja, ich will euch tragen bis ins Alter und bis ihr grau werdet. Ich will es tun, ich will heben und tragen und erretten.'"

Lark nickte. Sie hatte erst vor Kurzem begonnen, jeden Umstand aus der Sicht der Bibel zu betrachten. Das gab ihr Halt und half ihr, gegen das überwältigende Gefühl der Entwurzelung anzukämpfen. „Wenn ich Ihnen zuhöre, habe ich das Gefühl, wieder zu Hause in der Kirche zu sein."

„Vielleicht werde ich in der Neuen Welt Prediger", erwiderte Magnus lächelnd, um die düstere Stimmung aufzuheitern. „Dort kann man sein, was man will, richtig?"

Lark musterte Magnus, während sie zu begreifen versuchte, was dieser Mann war oder gewesen war. Laird. Jakobit. Anwalt. Vertragsknecht. Es war zu viel für ihr Herz und ihren Verstand.

„Ich vermisse Larkin", sagte Lark unvermittelt. Hoffentlich fühlte Magnus sich nicht vor den Kopf gestoßen durch ihren abrupten Themenwechsel oder ihre Ehrlichkeit. Aber manchmal war das Baby ein größerer Trost für Lark als alles andere. Und ihre enge Kajüte war eine Art Zufluchtsort. Dort waren sie sicher vor den neugierigen Augen und Ohren der anderen.

Magnus nahm Lark am Arm und begleitete sie zur Luke. Als sie sich ein letztes Mal umsah, entdeckte sie die schemenhaften Umrisse einer Person. Lark vermutete, dass es Rory war. Dann stieg sie nach unten ins Zwischendeck und ging in ihre Kabine.

Dort wartete ihr kleiner Mann bereits auf sie. Er strahlte sie mit wachen Augen an, als wäre es helllichter Morgen. Als Lark die Tür hinter sich schloss, quietschte Larkin vor Freude. Jane, die neben ihm auf einem Stuhl schlief, wachte auf. Nachdem Lark ihr das Gebäck vom Tisch des Captains gegeben hatte, kehrte die ältere Frau schnell ins Vorschiff zurück.

Dann kniete Lark sich hin, um mit ihrem Schützling auf Augenhöhe zu sein, und drückte ihre Nase an seine. Larkins heiseres Glucksen ließ sie dahinschmelzen, ebenso wie seine weichen Hände, die ihr Gesicht berührten. Lark küsste die Grübchen in seinen Wangen und seinem Kinn, bevor sie eine Überraschung für ihn aus der Tasche holte. Lächelnd sah sie zu, wie Larkin nach der kleinen Stange aus schwarzem Rübensirup griff und sie in seinen molligen Händchen drehte.

„Das ist gehärtete Melasse", erklärte Lark, während sie innerlich dem Schiffsjungen für das Geschenk dankte.

Als Larkin die Zuckerstange in den Mund schob, verwandelte sich seine neugierige Miene in ein entzücktes Lächeln. Lark ließ den Kopf neben Larkin auf das Bett sinken. Seine ausgestreckten Beine waren in sein Nachthemd verheddert, sodass nur seine bloßen Füße herauslugten. Sein süßlicher, milchiger Duft tröstete Lark.

Ihre Gedanken drehten sich um den verheirateten Schiffsarzt, bevor sie zu Kerrera und Magnus zurückkehrten. Dann musste Lark an die Schiffsbienen denken und an die Töpfe mit Heidekraut, das einfach nicht blühen wollte.

Granny. Der Destillierraum. Islas Tod. Die Vergangenheit füllte Larks Gedanken aus. Gab es dafür auch eine passende Bibelstelle? Für bittersüße Erinnerungen? Oder gab es nur Verse für die Zukunft?

Sorgt nicht für den andern Morgen.

23

Mit der Zeit nimmt die Seele die Farbe der Gedanken an.
MARCUS AURELIUS

Es war Waschtag an Deck – außer dem Sabbat der einzige Tag, an dem die Frauen kein Werg zupfen mussten. Überall auf dem Mittschiff brannten qualmende Feuer, die sogar den Gestank des Ballasts überdeckten. Alle Frauen waren mit den Wasserkesseln beschäftigt, die über den Flammen hingen. Außer Mrs Ravenhill. Die Mätresse des Captains hatte nur gehobenere Aufgaben zu erledigen wie das Nähen und Flicken der Offizierskleidung.

Gegen Mittag bedeckte eine rutschige, seifige Schicht das Deck. Überall auf der Reling und im Rigg hing Wäsche zum Trocknen. Lark wusch Larkins Windeln in Salzwasser, während er in seinem Bettchen im Schatten schlief. Sie war froh, dass er noch nicht laufen konnte und es auch nicht an Bord lernen würde. Aber war Osbournes Plantage für ein Baby geeignet? Und würde Larkin ebenfalls als Vertragsknecht gelten?

Lark ging zum Achterdeck, um nach den Bienen zu sehen. Entsetzt stellte sie fest, dass manche bereits tot waren oder regungslos am Boden lagen. Andere flogen wie betäubt umher – ein besorgniserregendes Zeichen. Rund ein Dutzend blühender Pflanzen aus der Kabine waren um die Bienenstöcke herum aufgestellt worden. War das überhaupt noch nötig? Eines der Bienenvölker schien fast untätig zu sein, ein anderes übermäßig aktiv. Auch wenn die Bienen durch zu viel Eingreifen und falsche Maßnahmen mit Sicherheit eingehen würden, fragte sich Lark, ob die Tierchen unter Deck nicht besser aufgehoben waren.

Sie füllte die Bienentränke auf, ohne zu wissen, ob das noch eine

Rolle spielte. Dann kehrte sie zu Larkin zurück, der in der Pflanzen-kabine schlief. Leutnant Blackburn war auch dort und schrieb in sein Notizbuch. Sie hatte ihn nicht mehr gesehen, seit sie den Tisch des Captains am Vorabend so plötzlich mit Magnus verlassen hatte.

„Guten Tag, Miss MacDougall."

„Guten Tag, Sir."

Lark wich seinen Blicken aus und beugte sich über Larkin. Als sie sah, dass er unter seinem Sonnendach schwitzte, zog sie ihm die Mütze aus. Er schlief weiter, sein feuchtes Haar völlig zerzaust.

„Fühlt sich an, als wären wir in der erbarmungslosen Sonne von Virginia", bemerkte Blackburn, dem seine dicke Uniform sichtlich zu warm war.

Lark krempelte die Ärmel hoch. Ihre Haube konnte sie kaum vor einem Sonnenbrand schützen. Das Meer sah wie blaues Glas aus, die Segel hingen schlaff herunter und es ging kaum eine kühlende Brise. Würden sie bald in eine der Flauten geraten, die die Matrosen so hass-ten? Würde ihr Schiff tage- oder gar wochenlang nicht vorankommen?

Sie spürte, wie Blackburns Augen ihr folgten, während sie sich zwi-schen den Pflanzen bewegte. Provozierende Worte lagen ihr auf der Zunge.

Erzählen Sie mir von Ihrer Frau und Ihren Kindern, Sir.

Lark biss sich auf die Zunge und machte einen Bogen um Black-burn, während sie die Pflanzen goss und zurechtstutzte. Und betete.

Er blickte von seinem Notizbuch auf. „Eine der Teepflanzen lässt die Blätter hängen."

„Ja, habe ich gesehen", antwortete sie. Aber es war nicht nur der Tee. Viel zu viele Pflanzen hatten vertrocknete oder welke Blätter und braune Ränder. Manche schienen in der Sonne zu verbrennen. Sie wa-ren das kühle schottische Klima gewohnt. Da es für den Gagelstrauch keine Hoffnung mehr gab, warf Lark die abgestorbenen Zweige über Bord. Den kostbaren Topf mit Erde bewahrte sie jedoch auf. Inmitten der unendlichen Weite des Ozeans sehnte Lark sich von ganzem Her-zen nach festem Boden – ähnlich wie die armen Pflanzen.

„Ein Sturm zieht auf."

Lark hörte auf zu gießen und blickte auf das regungslose Meer hinaus.

„Wenn sich Ringe um die Sonne legen, gibt's noch vor dem Abend Regen."

„Wenn sich Ringe um den Mond legen, gibt's noch vor dem Mittag Regen." Sie wusste, dass ein Kreis um den Mond auf ein Unwetter hindeutete. „Ein Mond-Halo."

„Aye." Ein gequälter Ausdruck trat auf Blackburns ernstes Gesicht. In letzter Zeit hatte er gar nicht mehr gelächelt. „Noch vor der Abenddämmerung werden wir in einen Sturm geraten."

Als Lark aufblickte, konnte sie den seltsamen Ring um die Sonne sehen. Ein Schauer lief ihr über den Rücken. Nachdem sie ihre morgendliche Runde in der Pflanzenkabine beendet hatte, frischte der Wind bereits auf und zerrte an ihren Röcken.

Im Laufe des Nachmittags nahm der Wind weiter zu. Die Matrosen rings um Lark wurden immer wachsamer, fast schon argwöhnisch.

„Die Segel trimmen!", befahl der Bootsmann. Sofort begannen einige Matrosen, die Segel einzurollen. Rory war einer von ihnen. Er kletterte in rund dreißig Metern Höhe in der Takelage herum.

„Bringen Sie die Pflanzen runter!" Mehrere Männer befolgten Blackburns strengen Befehl mit alarmierender Eile. Sie schnappten sich die Töpfe, die rings um Lark standen, und schleiften sie an einen sichereren Ort unter Deck.

Was war mit Osbournes kostbaren Bienen? Glücklicherweise wurden sie mit mehr Vorsicht behandelt, da selbst die hartgesottenen Matrosen nicht gestochen werden wollten. Lark atmete erleichtert auf.

Bei einem Sturm würden die Wellen über das Schiff schlagen und die Bienenkörbe zerstören. Unter Deck würden die Bienen hoffentlich überleben.

Mrs Ravenhill erschien und half den Frauen, die halbtrockene Wäsche einzusammeln. Lark ging unterdessen zu Larkin, der durch die allgemeine Aufregung aufgewacht war. Er streckte die Arme nach ihr aus und verzog verwirrt das Gesicht, als ein Platzregen einsetzte. Der raue Wind peitschte den Regen fast waagrecht übers Deck.

Magnus und der Captain standen am Heck. Lark fühlte sich durch Magnus' bloße Anwesenheit gestärkt. Aber ihre Übelkeit legte sich dadurch nicht. Da sie auf Kerrera aufgewachsen war, kannte sie die Launen der See und hatte gelernt, sie zu respektieren. Allerdings war sie da sicher an Land gewesen. Aber hier, inmitten der aufgewühlten Wassermassen … Lark wusste, was ein Sturm mit einem Schiff anrichten konnte. Viele waren an Kerreras felsiger Küste zerschellt, während Lark vom regennassen Fenster ihrer Hütte aus hilflos zugesehen hatte. Oft gingen die Schiffe zwar nicht gleich unter, aber sie steckten in tiefen Wellentälern fest, wo das Wasser erbarmungslos gegen den Rumpf schlug, bis der Sturm vorbei war.

Mrs Ravenhill tippte Lark an. „Ich bin in London aufgewachsen und weiß nicht viel über das Meer." Ihre kultivierte Stimme täuschte über ihren Sträflingsstatus hinweg. „Du stammst doch von den Inseln und bist an der Küste geboren und aufgewachsen. Wird dieser Sturm sehr schlimm werden?"

Während sie Larkin auf ihre andere Hüfte setzte, wog Lark ihre Antwort ab. Sollte sie Mrs Ravenhill die ungeschminkte Wahrheit sagen? „Gehen Sie am besten nach unten in Ihre Hängematte. Halten Sie sich möglichst im hinteren Teil des Schiffs auf, wo es ruhiger ist." Das wusste Lark von Rorys Erzählungen über die *Merry Lass*. „Vielleicht im Quartier des Captains."

„Mit einem Eimer, fürchte ich." Mrs Ravenhills helle Haut, die mit Pockennarben und Sommersprossen gesprenkelt war, wurde noch blasser. Auch Larks Magen schlug Purzelbäume.

Lark heftete ihren Blick auf die Wellen, die nun nicht mehr strahlend blau, sondern trüb und grau waren. „Beten Sie."

Ein schwaches Lächeln. „Gebet war noch nie meine Stärke."

„Vielleicht wird es aber während des Sturms zu Ihrer Stärke werden."

Mrs Ravenhill entfernte sich über das schwankende Deck. Wie bei einem Tanz machte sie kleine Schritte nach links oder rechts, um das

Gleichgewicht zu halten. Lark sah zu Larkin, der an seiner Faust knabberte, während er sich mit der anderen Hand an ihrem Mieder festhielt. Dabei hätte sie fast nicht bemerkt, dass Magnus zu ihrer Linken aufgetaucht war. Er hatte Larkins Bettchen in der Hand.

„Geh nach unten, Lark. In deine Hängematte. Vergiss die Pflanzen und Bienen. Nicht, dass du übers Deck geschleudert wirst." Seine Worte wurden vom Wind fortgerissen, doch er nahm Larks Arm, um sie zu stützen, und führte sie dann zur Luke. „Ich gehe jetzt ins Quartier des Captains. Er fürchtet, dass wir vom Kurs abgebracht werden könnten."

Magnus öffnete die Tür zu Larks Kajüte. Dann stellte er das Kinderbett in eine Ecke, band es fest und verstaute einen Kerzenhalter und ein paar andere Dinge in einer Truhe. Die Hängematte schaukelte einladend hin und her. Larkin gähnte.

„Vergiss nicht", sagte Magnus schließlich mit einem beruhigenden Lächeln, „dass selbst der Wind und die Wellen dem Herrn gehorchen."

Irgendwie gelang es Lark, in einen unruhigen Schlaf zu sinken. Larkin lag neben ihr in der Hängematte. Sie waren beide in die zusätzliche Decke eingewickelt, die Blackburn ihr in den ersten Tagen ihrer Reise gegeben hatte. Rings um sie tobte das aufgewühlte Meer. Die Schiffsplanken ächzten. Bei jedem Knarren und Stöhnen des Schiffs zuckte Lark zusammen. Dann kam das Brausen der Wellen. Es hörte sich beängstigend an, wie das Wasser durch die Luke hinabströmte und unter Larks Tür hindurchfloss, um dann gegen die Wände ihrer Kabine zu schwappen.

Herr, erbarme dich!

Lark drehte sich um, als sie einen Krampf in den Beinen bekam. Larkins runde Wange lag wie ein saftiger roter Apfel an ihrer Brust. Seine Wimpern sahen wie orangene Fransen aus. Während die Hängematte über dem Wasser leicht hin und her schaukelte, sah Lark zu dem Beutel, der an einem Haken neben der Tür hing. Dort bewahrte sie Schiffszwieback und Melassestangen auf, falls Larkin Hunger bekam. Wenn er jetzt hungrig aufwachte, hatte sie keine Ziegenmilch für ihn.

Hoffentlich würde das Vieh nicht über Bord gespült werden. Sogar die Besatzung hatte sich mit Seilen am Deck festgebunden, um sich gegen den Sturm zu wappnen. Aber die hilflosen Tiere … Lark erschauerte erneut in der feuchten Dunkelheit ihrer Kabine, als ihr ein noch düsterer Gedanke durch den Kopf schoss.

Was, wenn das Schiff untergeht und wir alle ertrinken?

Panisch kniff Lark die Augen zu. Verschollen auf See. Auf dem Friedhof von Kerrera lagen einige Leichen begraben, die an Land gespült worden waren. Sie waren Unbekannte, um die niemand trauerte. Magnus hatte die Kosten für die Beerdigungen übernommen. Hier im unerforschten Atlantik, unzählige Meilen vom Land entfernt, würden sie einfach in die Tiefe sinken. Das Meer würde Lark mitsamt ihren unerfüllten Träumen verschlingen: Heiraten. Ein eigenes Zuhause. Eigene Kinder. Aber vielleicht war es sogar besser zu ertrinken, statt als Dienerin in ein fremdes Land mit fremden Sitten zu kommen.

Larkin verschwamm vor ihren Augen. Sie drehte das Gesicht zur Hängematte, damit das Baby nicht von ihren Tränen durchnässt wurde. Dann neigte sich das Schiff erneut und Lark hielt die Luft an, während sie sich darauf einstellte, dass die Hängematte wie ein Pendel in Richtung Wand schwingen und sie beide hinauswerfen würde. Sie umklammerte Larkin noch fester, als das hineinströmende Wasser die Tür aufdrückte.

Im nächsten Moment stürmte Magnus völlig zerzaust herein. Sein schwarzes Haar hatte sich aus dem Zopf gelöst und klebte in seinem Nacken. Sein Hemd und seine Kniehose waren klatschnass. Er trug weder Schuhe noch Hut. So hatte Lark ihn noch nie gesehen.

Mit einer Hand hielt Magnus den Knoten fest, mit dem Larks Hängematte an der Decke befestigt war. In der anderen hielt er eine kleine Laterne, deren Flamme wild flackerte. Magnus hängte sie an einen Balken. Als das Schiff sich in die andere Richtung neigte, wurde Magnus fast gegen die Wand geschleudert.

Larkin wachte mit einem spitzen Schrei auf. Wasser tropfte von der Decke auf Lark herab, während sie versuchte, das Baby zu schützen. Ohne Erfolg.

„Soll ich euch an der Hängematte festbinden?", schrie Magnus.

„Nay." Lark wollte nicht gefesselt an die Hängematte ertrinken. Als Larkin sich unbehaglich wand, strich sie mit ihrer zitternden Hand über sein feuchtes Haar. „Sind Sie an Deck gewesen?"

„Aye, zum Wasserschöpfen. Alle außer dem Captain und einigen Frauen packen mit an." Er fuhr sich mit der Hand durchs nasse Gesicht. „Ein Mann über Bord. Und wir haben ein Leck im Hinterschiff."

Einen Mann verloren und ein Leck? Larks Gedanken überschlugen sich wie die Meereswogen. Doch dann wurde Larkins Schreien lauter und sie deutete auf den Beutel und die Flasche, die auf wundersame Weise immer noch an der Wand hingen.

Mit einiger Anstrengung brachte Magnus ihr die Sachen. Während er sich an der Hängematte festhielt, sah er zu, wie sie ein Stück Zwieback und etwas Süßes aus dem Beutel kramte. Als sie Larkin beides in die Hand drückte, wurde er endlich ruhig.

„Ich würde die Ziege melken, wenn ich könnte", sagte Magnus ironisch.

Lark lächelte fast. Dann erklang ein lautes Ächzen und das Schiff neigte sich erneut.

Magnus starrte auf die tropfende Decke. „Bete, dass die Wellen das Schiff nicht zum Kentern bringen."

Kentern? Wenn, dann würde die *Bonaventure* sinken und sie wären alle verloren. Aber im Moment war bloß Larkins Windel ausgelaufen und hatte Larks Kleid durchnässt. Das spielte jedoch kaum eine Rolle, da ohnehin alles nass war. Lark schloss die Augen und flehte lautlos zu Gott.

„Lark, hör mir zu." Magnus hatte sich zur Hängematte durchgekämpft und beugte sich nun dicht an Larks Ohr heran, um über den Lärm des Sturms gehört zu werden. „Du sollst wissen, dass ich alles wiedergutmachen werde. Sobald ich kann. Es war meine Schuld, was mit Isla passiert ist. Ich hätte sie nicht heiraten sollen." Magnus verzog das Gesicht, als ihn ein Schwall Wasser von oben traf. Bevor er sich wieder zu Lark herabbeugte, schüttelte er sich. „Du warst meine erste

Wahl. Ich habe es meinem Vater gesagt, lange vor der Schlacht. Vor Culloden. Aber er war gegen die Verbindung."

Du warst meine erste Wahl.

Lark vergaß den Sturm, Larkins Gequengel, ihren aufgewühlten Magen und uringetränkten Schoß. Sogar die unmittelbare Gefahr zu kentern. Machte er Witze? Oder träumte sie etwa? Lark starrte Magnus an, verblüfft und ein wenig schüchtern. Seine Gefühle standen ihm ins Gesicht geschrieben. Der Sturm hatte alle Masken und jegliche Distanz fortgespült. Alles, was blieb, waren Magnus' leidenschaftliche, bewegende Worte.

Er war gegen die Verbindung.

Tränen stiegen Lark in die Augen. Wenn es nach Magnus gegangen wäre, hätte es kein Verbrechen gegeben. Keine Verurteilung oder Verbannung oder Knechtschaft. Keine *Bonaventure*. Keine Lebensgefahr durch diesen Sturm.

Aber der frühere Laird, Magnus' Vater, war stark und unnachgiebig gewesen und hatte wie so oft seinen eisernen Willen durchgesetzt.

„Ich will, dass du das weißt, Lark. Ich werde nicht länger schweigen." Nach einem langen, durchdringenden Blick ließ Magnus die Hängematte los. Dann wankte er zur offenen Tür und verschwand.

Lark starrte ihm nach, ohne etwas zu sehen. Ihr Herz fühlte sich zu groß für ihre Brust an. Hatte Magnus ihr das erzählt, weil er glaubte, dass sie sterben würden? Er hatte also seinem Vater gesagt, dass er Lark heiraten wollte. Das war eine ebenso schöne wie überraschende Neuigkeit. Magnus hatte sich nie so verhalten, als wäre er in Lark verliebt gewesen. Er hatte niemals von Liebe gesprochen.

Dennoch … da *war* etwas gewesen. Ein vages Gefühl. Fast zu zart, um es genauer zu definieren. Die Umstände und Magnus' Abwesenheit hatten die Verbindung zwischen ihm und Lark geschwächt. Aber sie war noch da, wenn auch so zart wie Spinnweben. Lark hatte sich nicht gestattet, auch nur darüber nachzudenken – bis jetzt.

Es war unmöglich, den Zeitpunkt zu nennen, an dem sich die kindliche Zuneigung zwischen ihnen zu etwas Ernsterem entwickelt hatte.

Wann war aus einem gewöhnlichen Blick mehr geworden? Hatte Larks einfaches Leben in der *Croft* sie blind für die Möglichkeit gemacht, die Frau des Lairds zu werden? Spielte das jetzt überhaupt noch eine Rolle?

Die Jahre, in denen Lark ihre Gefühle beiseitegeschoben und sie in eine winzige Ecke ihres Herzens verbannt hatte, waren vorbei. Konnte sie es jetzt wagen, sich ihre eigenen Gefühle einzugestehen?

Lark fuhr sich über das Gesicht. War es vom Sturm oder von ihren Tränen nass? Larkin heulte immer noch, obwohl er bereits einen zweiten Keks bekommen hatte. Als das Schiff erneut heftig schwankte, übergab er sich auf Larks feuchtes Mieder. Nun konnte auch Lark sich nicht mehr zurückhalten. Schnell lehnte sie sich aus der Hängematte und übergab sich. Leider verfehlte sie den Eimer. Als ein weiterer Schwall Wasser von oben kam – und von unten –, erlosch die Laterne, die Magnus aufgehängt hatte.

Trotz ihres Elends und ihrer trostlosen Zukunft fühlte Lark sich stolz und geehrt. Magnus hatte sie gewollt. Es war nur immer wieder etwas dazwischengekommen. Diesmal war es ein tosender, beängstigender Sturm.

24

*Mit zunehmendem Alter stelle ich fest, dass ich
die am meisten liebe, die ich zuerst geliebt habe.*
THOMAS JEFFERSON

Er hatte es ihr endlich gesagt. Ihr sein Herz ausgeschüttet. Die Worte ausgesprochen, die er so lange zurückgehalten hatte, dass er gar nicht mehr wusste, wann es angefangen hatte. Das Gespräch mit seinem Vater war ihm noch deutlich in Erinnerung. Magnus war an jenem Winternachmittag in die Schlossbibliothek gegangen, um den eindrucksvollen Laird von Kerrera mit seinen Plänen zu konfrontieren. Um sicherzustellen, dass die Bediensteten das private Gespräch nicht mithörten, hatte Magnus die Tür geschlossen.

„Du siehst sehr nachdenklich aus", sagte sein Vater, während er sich von dem antiken Mahagonitisch erhob, der zwischen ihnen stand. Als kleiner Junge hatte Magnus unter diesem Schreibtisch gespielt. Die massiven Tischbeine mit geschnitzten Löwenköpfen hatten ihn immer fasziniert, aber auch ein wenig beängstigt.

Nun stand Magnus vor diesem Tisch, hatte die Hände hinterm Rücken zu Fäusten geballt und trug die volle schottische Tracht – wie auch sein Vater. Wieder einmal machte sich Furcht in Magnus breit. Wenigstens hatte er den Segen seiner Mutter. Und Saundras. Saundra liebte Lark wie eine Schwester. Aber jetzt, wo er der Person gegenüberstand, deren Urteil am wichtigsten war, spürte er, dass ein Streit in der Luft lag. Hatte sein Vater bereits erfahren, wen Magnus heiraten wollte?

„Es ist an der Zeit, eine Braut zu wählen", begann Magnus, während er im Stillen betete. Gott hatte er zuerst um seinen Segen gebeten. „Ich habe entschieden, Lark zu heiraten."

214

„Lark. Eine MacDougall?"

„Aye", setzte Magnus dem ablehnenden Tonfall seines Vaters entgegen. „Und keine andere."

„Du möchtest sie zu einer MacLeish machen?"

„Mit deinem Segen." Oder ohne ihn.

Ihre Blicke trafen sich. Der Kampf hatte begonnen. Wenn Schweigen eine Waffe war, kannte Magnus ihre Kraft. Er sagte nichts und rührte keinen Muskel.

Sein Vater rieb sich das Kinn. Seine Bartstoppeln wurden bereits grau und sein wettergegerbtes Gesicht war von Falten durchzogen. „Sie hat keine nennenswerte Mitgift."

„Das ist mir egal."

„Die Mutter meiner Enkel sollte einer würdigeren Blutlinie entstammen."

„Lark stammt von Somerled selbst ab. Außerdem will ich nicht, dass eine andere Frau als Lark die Mutter meiner Kinder wird."

Der Laird wandte Magnus den Rücken zu und starrte zu einem schmalen, hohen Fenster hinaus, das mit Regentropfen bedeckt war. „Du enttäuschst mich, Magnus. Vielleicht war es ein Fehler, das Mädchen mit dir zusammen unterrichten zu lassen. Ich hätte nicht gedacht, dass es dich dazu verleiten würde, deine Ansprüche herunterzuschrauben." Magnus hatte einen Wutanfall erwartet. Ein entschiedenes, leidenschaftliches Nein. Aber diese Reaktion? Wallace MacLeish wirkte müde. Erschöpft. Voller Bedauern.

„Ich werde langsam alt und habe in meinem Leben viel gesehen. Manchmal glaube ich, dass meine Zeit bald gekommen ist. Erfüll deinem Vater diesen einen Wunsch, aye? Überlass mir diese wichtige Entscheidung. Ich kenne dich am besten und werde eine Entscheidung treffen, von der wir beide – und Kerrera – über Generationen hinweg profitieren werden. Du bist mein einziger Erbe. Die Zukunft der Insel ruht auf deinen Schultern, vergiss das nicht. Lass mich als stolzer Vater sterben."

Aufmerksam musterte Magnus seinen Vater. Er hatte gewiss eine

215

wohlhabende Braut im Sinn, deren Vermögen nicht nur den Mac-Leishes zugutekommen würde. Schlussendlich ließ Magnus die unwillkommenen Worte einfach im Raum stehen und ging.

Bis zum Frühjahr verblieben die beiden Männer in dieser Pattsituation. Dann kehrte Magnus für längere Zeit aus Edinburgh nach Hause zurück, da es Gerüchte über einen bevorstehenden Krieg gab. Die Jakobiten lehnten sich gegen die britische Regierung auf, die den Schotten hohe Steuern auferlegte und ihnen selbst das Recht zu atmen verwehren wollte, wie es schien. Leider hatte Magnus nur sehr wenig Zeit, um mit Lark zu sprechen. Er konnte ihr weder seine Absichten mitteilen noch herausfinden, ob sie ihn überhaupt heiraten wollte. Als überzeugter Jakobit reiste er ans Festland, um sich – stolz, aber auch zurückhaltend – dem großen Regiment unter Cameron von Lochiel anzuschließen. Die Reise nach Culloden war anstrengend. Alle waren hungrig und erschöpft nach einem tagelangen Gewaltritt im Dauerregen.

Dann begann die Schlacht. Inmitten von gelbem, schwefelhaltigem Qualm, dem verzweifelten Geheul der Dudelsäcke, dem erbitterten Klirren von Schwertern und Lochaber-Äxten und dem Knallen von Kartätschen griff der verwundete Laird plötzlich mit einer blutigen Hand nach Magnus' Hemd. „Magnus … versprich mir …", presste er abgehackt hervor, während seine Lebenskräfte schwanden.

Magnus kniete sich ins nasse Gras des Drumossie-Moors und riss ein Stück von seinem Plaid ab, um die klaffende Brustwunde seines Vaters zu verbinden. „Sprich nicht weiter, Vater. Spar dir deine Kräfte."

Der Boden bebte, als ihre Kameraden sich eilig zurückzogen.

Magnus konnte nur entsetzt zusehen, wie die alten, braunen Augen seines Vaters sich schlossen und mit Mühe wieder öffneten. „Versprich mir, dass du niemanden heiraten wirst … als die Tochter von Erskine-Shand." Mit einem tiefen Stöhnen ließ er Magnus' Hemd los. Ein roter Fleck blieb zurück. „Mein Sohn … versprich es mir."

Obwohl alles in ihm *Nein* schrie, biss Magnus die Zähne zusammen und presste widerwillig das Wort hervor, das sein Vater hören wollte. „Aye."

Der Laird nickte ein letztes Mal und schloss dann für immer die Augen. Voller Verzweiflung schleifte Magnus den leblosen Körper vom Schlachtfeld, vorbei an verwundeten Männern, die sich am Boden wanden, panischen Pferden und erstickendem Rauch. Wie war es möglich, dass Magnus in dieser erbitterten Schlacht nur drei leichte Streifschüsse abbekommen hatte, während so viele andere gefallen waren? Die Kugeln hatten bloß Magnus' Kleidung zerfetzt.

Nach der Schlacht hatte er monatelang an jenen bindenden, unwiderruflichen Moment zurückgedacht. Die Erinnerung hatte ihn sogar im Schlaf verfolgt. Ebenso unvergesslich und schmerzhaft war der Tag gewesen, an dem Magnus Lark gesagt hatte, dass er Isla heiraten würde.

Und nun hatte er ihr auf einem Schiff in Seenot seine Liebe gestanden. Nie würde er den Ausdruck auf Larks Gesicht vergessen. Sie war wie vom Blitz getroffen gewesen. Während Magnus sich mit der restlichen Besatzung abmühte, das Wasser aus dem Schiff zu schöpfen, hatte er unentwegt Larks hübsches, verblüfftes Gesicht vor Augen.

Doch sein Tagtraum wurde abrupt unterbrochen, als eine Welle übers Deck schlug und alles fortspülte, was nicht festgebunden war. Es hätte fast lustig sein können, wenn es nicht so gefährlich gewesen wäre. Magnus war schon ganz benommen vor Erschöpfung. Das Seil, das er sich wie die anderen Matrosen um die Hüften gebunden hatte, bot nur wenig Sicherheit angesichts der grauen Wellen ringsumher, die sich zu gewaltigen Höhen auftürmten. Der Wind blies mit mindestens vierzig Knoten und schubste Magnus mal nach links und mal nach rechts. Als der Abend dämmerte, verwandelte sich das schaumige Grau des Meers und des Himmels in ein unheilvolles Schwarz. Aber Magnus war ohnehin fast blind vom Salzwasser, das ihm in den Augen brannte.

Der Kapitän, der Zweite Maat und Leutnant Blackburn standen rings um das Spill – ein durchnässtes, blau gekleidetes Häufchen. Wasser strömte von ihren geteerten Hüten und ihre Rettungsleinen waren an stabilen Pfosten befestigt.

Magnus hatte den Eindruck, dass Blackburn ihn während des Sturms verfolgte. Oder bildete er sich das nur ein? Entschlossen schob Magnus seine Sorge beiseite und schöpfte hektisch weiter. Das Meer schien sich ein wenig zurückzuziehen, als bereite es sich auf den nächsten Angriff vor. Wie lange würde das Schiff noch standhalten? Jede neue Welle schien höher als die vorige zu sein.

Als das Schiff sich erneut hob, hielt Magnus die Luft an. Wenig später stürzten sie ins nächste Wellental. Wasser strömte übers Deck und riss Magnus von den Beinen. Angespannt wartete er auf den kräftigen Ruck seiner Rettungsleine, aber nichts passierte. Auf einer schaumigen, unerbittlichen Welle trieb Magnus auf die Vorderdecks zu. Das Salzwasser brannte ihm in den Augen und der Nase. Aber das war nichts im Vergleich zu seiner schmerzenden Schulter. Magnus musste sich irgendwo das Schlüsselbein gestoßen haben. Verzweifelt versuchte er, Halt zu finden, während er unaufhaltsam auf eine größere Gefahr zusteuerte.

Herr, bitte hilf mir!

Kurz bevor Magnus über Bord gespült wurde, prallte er gegen die Ankerkette. Benommen und schmerzerfüllt klammerte er sich an dem rostigen Metall fest, als das Schiff in ein Wellental fiel und sich dann wieder bebend daraus erhob.

Magnus war vollkommen erschöpft und ihm war speiübel. Als er die Augen öffnete, sah er Rory in ein paar Metern Entfernung stehen.

„Deine Rettungsleine wurde durchgeschnitten!", schrie der ehemalige Captain.

Das Ende des Taus lag wie eine Trennlinie zwischen ihnen. Durchgeschnitten?! Magnus' Gedanken überschlugen sich. Also hatte jemand gewollt, dass er über Bord ging? Aye. Die Erkenntnis traf Magnus wie ein Faustschlag.

Plötzlich sank Rory in seiner Nähe auf die Knie. Er ließ den Kopf hängen und sein Gesicht war so weiß wie Segeltuch. Eins seiner Hosenbeine war blutgetränkt. Unter dem zerrissenen Stoff war eine tiefe Schnittwunde zu sehen.

„Geh nach unten!", brüllte Magnus, während er sich aufrappelte.

Rory schaute zu Magnus hoch und dann auf das tosende Meer. Obwohl seine Wunde von den Wellen ausgewaschen wurde, sprudelte immer wieder neues Blut hervor. Magnus musste an die Wunde seines Vaters an jenem verhängnisvollen Tag in Culloden denken.

Er kämpfte sich zu Rory durch, der nun am Boden lag. Dann schleifte er ihn zur Luke. Sie durften nicht noch einen Mann verlieren. Rory war kein Leichtgewicht und Magnus' Schulter schmerzte. Aber wenn er Rory nicht unter Deck brachte, würden sie beide sterben.

*

Endlich hatte der Sturm sich gelegt. Es folgte eine fast unheimliche Stille. Eine warme Brise strich Lark übers Gesicht, als sie sich am nächsten Tag aufs Deck setzte, das vom Sturm sauber gespült worden war. Larkin saß auf ihrem Schoß. Ein Delfin sprang anmutig aus dem himmelblauen Wasser, das jetzt vollkommen ruhig dalag. Hinter Lark waren die Rufe der Matrosen und des Schiffszimmerers zu hören, die das Schiff und seine zerfetzten Segel wieder instand setzten. Hin und wieder erklangen eine Säge oder ein Hammer.

Auch Larks Magen hatte sich endlich wieder beruhigt. Larkin war trocken und satt. Leider hatten viele Pflanzen den Sturm nicht überlebt. Sie waren unter Deck ertrunken. Von den Bienenkörben waren auch nur zwei übrig. Somit hatten Larks Pflichten über Nacht deutlich abgenommen. Aber angesichts der Tatsache, dass sie eins der schrecklichsten Ereignisse ihres Lebens überstanden hatte, schien alles andere unbedeutend.

Als sie Rory sah, fragte Lark sich, warum er humpelte. Magnus' Arm steckte in einer Schlinge, die eng vor seine Brust gebunden war. Hatte er sich die Schulter gebrochen oder nur ausgekugelt? Die schwarze Binde an seinem Unterarm war intakt geblieben.

Lark senkte den Kopf und küsste Larkins sonnengewärmtes Köpfchen. Seine kleine Mütze war verschwunden. Vermutlich war sie weggespült worden. Lark würde ihm eine neue Mütze nähen, sobald sie Nadel und Faden aufgetrieben hatte. Larkins Bettzeug hatte sie zum

Lüften aufgehängt und sein kleines Bettchen stand neben ihr. Es schien niemanden zu stören, dass sie mit den Überresten der Pflanzenkabine auf dem Achterdeck herumsaß. Nach einem anstrengenden Vormittag, an dem sie das Stroh der zerstörten Bienenkörbe aufgesammelt und die Pflanzen zurück an ihren Platz gebracht hatte, stand ihr diese Pause wohl zu.

„Erlauben Sie mir, Sie heute Abend an den Tisch des Captains einzuladen. Wir wollen feiern, dass wir den Sturm überlebt haben." Blackburn stand vor Lark und warf einen Schatten über sie.

Würde er denn nie aufgeben?

„Ich frage mich, was Ihre Frau davon halten würde", erwiderte Lark ruhig.

Ein angespanntes Lächeln huschte über sein überraschtes Gesicht. „Na schön. Dann werde ich eben eine andere fragen."

Sobald Blackburn gegangen war, tauchte Rory neben Lark auf. Er sprach durch die verzierte Reling mit ihr, die das Achterdeck vom Hauptdeck trennte. „Er ist kein guter Mann, dieser Blackburn."

„Und wie geht es dir?", fragte Lark, da ihr nicht der Sinn danach stand, die Makel des Schiffsarztes mit Rory zu besprechen.

Er verzog das Gesicht. „Ich bin froh, dass der Sturm vorbei ist."

„Hoffentlich geraten wir nicht in noch einen." Allein schon der Gedanke ließ Lark erschauern. „Es ist ein Wunder, dass wir nicht gesunken sind."

„Wahrscheinlich haben uns deine und Magnus' Gebete gerettet."

Lark würde dem nicht widersprechen. Es war wirklich ein Wunder, dass die *Bonaventure* jetzt nicht am Meeresgrund lag. „Ich werde auch für dein verletztes Bein beten."

Rory zuckte die Schultern. „Bete lieber für den Laird. Seine Rettungsleine wurde sauber durchtrennt. Jemand wollte, dass er über Bord geht."

Entsetzt starrte sie in Rorys abgezehrtes Gesicht. „Wer?"

„Vermutlich dein vernarrter Schiffsarzt. Er hat ein Auge auf dich geworfen und der Laird ist ihm im Weg."

„Der Laird ist in Trauer. Und Leutnant Blackburn ist verheiratet."

220

Rory schnaubte. „Von beidem merkt man hier an Bord nicht viel." Dann ließ er die Reling los und humpelte an seinen Platz zurück. Wegen seiner Verletzung musste er heute nur leichte Arbeiten erledigen.

Blackburn hatte wahrscheinlich Magnus' Schulter gerichtet. Aber hatte der Arzt ihn wirklich töten wollen? Oder war das Seil auf andere Weise durchtrennt worden? Magnus genoss hohes Ansehen in diesem schwimmenden Königreich. Er war allseits beliebt. Lark hatte durchaus bemerkt, dass die Besatzung ihm anerkennend zunickte und ihn respektvoll behandelte. Auch wenn sein MacLeish-Temperament manchmal mit ihm durchging, hatte er im Allgemeinen eine freundliche und umgängliche Art. Trotz seiner Verbannung schien Magnus immer noch Laird zu sein, egal, was die britische Krone sagte.

Bis zum Abend hatte es sich auf dem Schiff herumgesprochen, dass Magnus' Seil durchtrennt worden war, als der Sturm seinen Höhepunkt erreicht hatte. Dieses Wissen nagte an Lark. Es war nicht ihre Art, Schuldzuweisungen zu machen, aber sie hatte Angst.

Herr, bitte schütze Magnus.

An diesem Abend aß Lark ein einfaches Abendessen an Deck, während die untergehende Sonne den Himmel in heitere Rosatöne tauchte. Bei Larkin war ein neuer Zahn durchgebrochen. Jetzt glänzten zwei weiße Perlchen in seinem Unterkiefer. Als Lark ihn kitzelte und mit ihm herumalberte, kicherte Larkin übermütig. Sein Lachen stimmte sie froh.

Das Gelächter, das aus dem Quartier des Captains hinaufdrang, erinnerte Lark an das reichhaltige Abendessen, das sie verpasst hatte. Als die Offiziere und ihre auserwählten Damen fertig gegessen hatten, strömten sie an Deck – allen voran Mrs Ravenhill und Captain Moodie.

Lark zog sich in ihre Kajüte zurück, um Larkin zu baden. Ein freundlicher Matrose hatte ihr eine kleine Wanne mit Regenwasser gebracht, das von der Sonne gewärmt war. Anschließend nahm sie einen Kamm und kämmte Larkins nasses Haar zu einer kleinen rostroten Welle auf seinem Kopf, bevor sie ihn in eine Decke wickelte und ihn singend in den Schlaf wiegte.

Stunden später wachte Lark auf ihrer schmalen Pritsche auf. Larkins gleichmäßiger Atem drängte das unaufhörliche Knarren der Planken und die Rufe der Nachtwache in den Hintergrund. Das Rauschen des Meers war heute Nacht nur ein leises Flüstern, als wäre es erschöpft nach dem Sturm. Lark küsste Larkins Hinterkopf und sog seinen geliebten Babyduft ein. Dann sank sie langsam wieder in einen unruhigen Schlaf.

Plötzlich wurde sie von einem Geräusch geweckt. War die Tür aufgegangen? Lark stützte sich auf den Ellenbogen und blinzelte in die Dunkelheit. Sie konnte das Flackern einer Kerze und einen vagen Umriss erkennen. Dann wurde die Tür geschlossen und die Kerze ausgepustet.

Ein eiskalter Schauer lief Lark über den Rücken. „Wer ist da?", fragte sie ängstlich.

Stille. Ein Schatten.

Lark wartete auf eine Antwort, hörte aber bloß, wie ein Stuhl über den Holzboden geschleift und vor die Tür gestellt wurde. Als Lark sich abrupt aufsetzte, stieß sie sich den Kopf an der niedrigen Eichendecke der Schlafnische. Der stechende Schmerz weckte sie endgültig auf. Sie umklammerte Larkin und presste den Rücken gegen die Schiffswand.

„Ich flehe Sie an, bitte gehen Sie!"

Stattdessen streiften kalte Finger Larks nackten Arm und schlossen sich dann so fest um ihr Handgelenk, dass sie Larkin fallen ließ. Er kullerte auf die Pritsche und wachte auf. Als sein Kopf gegen die harte Bettkante stieß, begann er zu schreien.

„Sei still!", schimpfte Blackburn. Er war so nah an Larks Gesicht, dass sie seinen sauren, alkoholisierten Atem riechen konnte.

Panisch versuchte Lark, Blackburn von sich zu stoßen. Doch er fluchte bloß und zerriss dann mit einer schnellen Bewegung ihr Nachthemd. Das Geräusch des reißenden Stoffs mischte sich unter Larkins Weinen.

„Nein!" Lark wollte schreien, aber ihre Stimme bebte vor Angst und wurde von Larkins erschrockenem Gebrüll übertönt. Mit dem Baby im Rücken versuchte Lark, ihren Angreifer abzuwehren, aber er war viel stärker als sie. Der Alkohol und seine Wut trieben ihn an.

Blackburn stieß die leere Hängematte beiseite und kletterte auf Larks

Pritsche. In diesem Moment flog die Kabinentür auf. Innerhalb weniger Sekunden wurde der Schiffsarzt von Lark fortgerissen und gegen die nächste Wand geschleudert. Als Lark den dumpfen Aufprall hörte, wusste sie, dass es vorbei war. Während sie mit einer Hand ihr zerrissenes Nachthemd zusammenhielt, tastete sie mit der anderen Hand nach Larkin.

Dann erklang Magnus' atemlose Stimme in der Dunkelheit. „Lark?" Bevor sie antworten konnte, erschien der Zweite Maat mit einer Laterne in der Hand hinter Magnus. Der erfahrene Offizier betrachtete die Szene mit grimmiger Abscheu. Dann stupste er Blackburns reglose Form mit der Stiefelspitze an.

„Bewusstlos. Aber wahrscheinlich eher vom Alkohol als von Ihrem Schlag", sagte er zu Magnus, bevor er in Larks Richtung schielte. „Ich entschuldige mich bei Ihnen und dem Baby, Miss MacDougall."

Magnus nahm Larkin auf den Arm, während Lark um Fassung rang. Wenige Sekunden später hatte der Zweite Maat Blackburn aus dem Zimmer geschleift.

Larkin schien es zu gefallen, ausnahmsweise von einem Mann gehalten zu werden. Nachdem Magnus eine Weile mit ihm umhergegangen war, wurde er ruhiger. Lark saß zitternd auf der rauen Bettkante, hatte die Arme um sich geschlungen und starrte auf die Bodenplanken, die im Licht der Laterne golden schimmerten. Übelkeit stieg in ihr auf und hinterließ einen sauren Geschmack in ihrem Mund. Unglaublich, dass sie sich einmal von Blackburns Aufmerksamkeit geschmeichelt gefühlt hatte! Lark hob den Blick. Larkin hatte sich inzwischen beruhigt und strich fasziniert über Magnus' Bartstoppeln.

Ein Arm des Lairds hing schlaff an seiner Seite hinab – die Schulterverletzung. Als Lark aufstand, bemerkte sie, dass die Schlinge neben der schwarzen Armbinde am Boden lag. Sie hob beides auf. Der kurze Kampf hatte Magnus offenbar ziemlich zugesetzt.

Eine Frage schien zwischen Lark und Magnus im Raum zu stehen. „Hat er …", begann Magnus und verstummte dann. Seine Augen blickten Lark fragend an.

Sie schluckte und schaute auf ihre bloßen Füße hinab, um seinem mitfühlenden Blick auszuweichen. „Sie sind reingekommen, bevor er etwas tun konnte."

„Gott sei Dank." Magnus begann wieder, im Raum auf und ab zu gehen. „Larkins Schreie haben mich geweckt. Jetzt weiß ich, dass Gott ihn dir nicht nur zu seinem Schutz gegeben hat, sondern auch zu deinem."

Dieser Gedanke war Lark schon öfter gekommen. „Immer wenn ich denke, dass Ihre Pflichten als Laird beendet sind, passiert so etwas."

„Mag sein. Aber bald werden wir getrennt werden."

Das hätte er nicht zu sagen brauchen. Lark dachte ohnehin immerzu daran. Der Tag ihrer Trennung saß wie ein Stachel in ihrem Herzen. Magnus und Lark waren nicht länger Herren über ihr Leben. Jahre der Knechtschaft standen ihnen bevor. Trostlos. Karg.

„Ich habe Angst um dich. Wer wird auf dich aufpassen, wenn wir getrennt sind?" Magnus war jetzt nur noch eine Handbreit von Lark entfernt. In seinem durchdringenden Blick lag Bedauern, aber auch etwas anderes. Etwas, das Lark zutiefst bewegte. Es war ein so raues und tief empfundenes Gefühl, dass Larks Magen Purzelbäume schlug. Magnus streckte die Hand aus und berührte ihre Wange – nicht schnell oder achtlos, sondern sanft und bewusst, als wollte er sich das Gefühl ihrer weichen Haut einprägen und den seltenen intimen Moment genießen.

Larkin war auf Magnus' Arm eingeschlafen. Lark nahm ihn vorsichtig an sich, legte ihn auf die Pritsche und deckte ihn zu. Dabei betete sie, dass der Schlag gegen seinen Kopf nicht schlimm gewesen war.

Dann wandte sie sich wieder zu Magnus um. Er fasste mit schmerzverzerrtem Gesicht an seinen verletzten Arm. „Lassen Sie mich das versorgen", sagte Lark. „Ich werde nicht zulassen, dass Blackburn Sie noch mal behandelt."

Magnus hielt geduldig still, während Lark seine Schulter abtastete. Sie war immer noch weich. Immer noch ausgekugelt. Lark umfasste Magnus' Ellenbogen so sanft sie konnte. Dann legte sie eine Hand auf seinen kräftigen Unterarm und flüsterte eine Warnung, bevor sie seine

Schulter mit einer kreisförmigen Bewegung wieder einrenkte. Magnus biss die Zähne zusammen, um ein Stöhnen zu unterdrücken. Dann band Lark ihm wieder die Schlinge um, während sie innerlich für eine schnelle Heilung betete.

„Sind Sie noch in der Lage, die Bücher des Captains zu führen?", fragte Lark, während sie zögernd einen Schritt zurücktrat.

Magnus blickte Lark tief in die Augen und nickte. „Aye. Der Captain ist in schlechter Verfassung. Sein Zittern wird immer schlimmer. Aber die Lähmung beeinträchtigt noch nicht seinen Verstand. Oder sein Liebeswerben um Mrs Ravenhill", sagte er mit einem schelmischen Zwinkern.

Lark lächelte übermüdet; die Ereignisse der letzten beiden Tage machten sich allmählich bemerkbar. Die Überfahrt würde noch fünf Wochen dauern. Lark hatte das Gefühl, dass die Zeit noch nie so langsam vergangen war wie auf See. Auch war ihr Leben noch nie so gefährlich gewesen.

Lark bückte sich erneut, um die Trauerbinde aufzuheben. Das schwarze Band rief ihr nicht nur Magnus' Verlust, sondern auch seine aufrichtige Liebeserklärung in Erinnerung. Tränen stiegen ihr in die Augen. Als sie Magnus das Band umbinden wollte, hielt er sie zurück.

„Nay, Lark." Er nahm ihr die Trauerbinde ab und umschloss sie mit seinen Fingern. „Gott weiß, dass es eigentlich nur Heuchelei ist. Was vorbei ist, ist vorbei. Lassen wir die Vergangenheit ruhen."

Lark sagte nichts. Ihre Erleichterung, Blackburn entkommen zu sein, wurde nun von Melancholie überschattet.

Magnus blieb kurz an der Tür stehen. „Ich werde den Captain bitten, mich zu deiner Sicherheit in eine Kabine in deiner Nähe zu verlegen."

„Wird der Captain das erlauben?"

„Er stimmt den meisten meiner Vorschläge zu."

Lark öffnete den Mund, um Magnus zu danken, aber er hatte das Zimmer bereits verlassen und die Tür fest hinter sich geschlossen. Die Laterne mit ihrem tröstenden Licht hatte er zum Glück dagelassen.

25

Gib mir nur eine Stunde in Schottland,
lass es mich noch einmal sehen, bevor ich sterbe.
WILLIAM EDMONDSTOUNE AYTOUN

Woran würde sie sich in ein paar Jahren noch erinnern? An den Sturm, der das Schiff fast versenkt hatte? Ihre Ankunft in Britisch-Nordamerika? Oder die brutale Auspeitschung von Leutnant Blackburn?

Als die Schiffsglocke siebenmal schlug – um halb zwölf vormittags –, versammelten sich alle an Deck. Der Captain verlas die Anklage und verkündete, wie Blackburn bestraft werden sollte. Die Vorwürfe waren schwerwiegend: Trunkenheit und lüsternes, für einen Offizier unziemliches Verhalten. Neben dem Captain stand der Maat des Bootsmanns. Er hielt die Peitsche mit ihren neun Strängen aus geflochtenen, gewachsten Tauen in der Hand. Blackburn wurde vor den Augen des ganzen Schiffs mit nacktem Oberkörper an ein Gitter gefesselt und ausgepeitscht. Diese Strafe schien ziemlich hart, wenn man bedachte, dass eigentlich nichts passiert war. Lark war mit dem Schrecken davongekommen und Larkin mit einer Beule an der Stirn. Aber wenn Blackburn seinen Willen bekommen hätte …

Lark wandte den Blick ab, als der erste von zwölf Peitschenhieben ausgeführt wurde. Der Maat schlug mit so großer Wucht zu, dass Blackburn sicherlich Narben davontragen würde. Am liebsten hätte Lark sich die Ohren zugehalten und sich umgedreht. Aber sie konnte nichts tun, als wegzuschauen und sich auf Larkin zu konzentrieren, der unbekümmert mit seiner Rassel spielte. Gut, dass er nichts von der schauerlichen Szene mitbekam. Nach der Auspeitschung würde man Blackburn nach unten bringen und Salz in seine Wunden reiben. Das war schmerzhaft, aber auch ein Akt der Gnade, weil es Entzündungen vorbeugte.

Die Auspeitschung diente nicht nur als Strafe, sondern auch als Warnung. Die ernsten Gesichter der Matrosen zeigten dies nur zu deutlich. Aber welche Ironie! Hatten sich nicht fast alle Offiziere der Trunkenheit und Lüsternheit schuldig gemacht? Sie nahmen sich Gefährtinnen und tranken zu viel Wein am Tisch des Captains. Seufzend schob Lark ihre düsteren Gedanken beiseite und flüchtete sich in die Pflanzenkabine. Ein junger Leutnant hatte Blackburns Pflichten übernommen.

Die Zeit verging. Die Luft wurde kühler und herbstlicher. Ein Tag folgte dem anderen, ohne dass etwas Außergewöhnliches geschah, bis endlich Land in Sicht kam.

Lark stand an der Reling und betrachtete den verheißungsvollen grünen Streifen am Horizont. Ein neuer Kontinent. Lark war so gerührt, endlich Land zu sehen, dass es ihr die Sprache verschlug. Die Reise war hart gewesen. Beängstigend.

Aber obwohl sie sich von ganzem Herzen nach festem Boden sehnte, war ihre Vorfreude getrübt. Die *Bonaventure* würde anlegen und dann mit dem Laird an Bord zu den britischen Zuckerinseln weitersegeln.

Nach dem Zwischenfall mit Blackburn war Magnus sehr beschäftigt gewesen, da er sich um die Bücher und die Korrespondenz des Captains gekümmert hatte. Er hatte jedoch weiterhin mit der Besatzung an Deck gegessen. Oft hatte er Lark lange, sehnsüchtige Blicke zugeworfen. Gelegentlich war er auch zu ihr gekommen, um mit ihr zu sprechen oder Larkin zu halten. Aber das Schiff hatte überall Augen und Ohren. Lark und Magnus hatten keinen privaten Moment mehr. Manchmal schien es Lark, als wäre sein Geständnis in der Sturmnacht nur ein Traum gewesen. Es änderte ohnehin nichts an der Gegenwart. Was hatte Magnus noch gesagt?

„Was vorbei ist, ist vorbei. Lass die Vergangenheit ruhen."

Bald würden sie voneinander Abschied nehmen. Lark war streng mit ihrem Herzen und bereitete sich auf ein kühles Lebewohl vor. Sie wollte keine Szene machen, wenn die Zeit gekommen war.

Ihr Zielhafen war Hampton, Virginia.

Lark stand mit Larkin auf dem Arm an Deck und starrte auf den größer werdenden, grünen Küstenstreifen. Gemächlich steuerte das Schiff auf den Hafen zu, der nicht von hohen, gefährlichen Klippen umgeben war. Dieses neue Land war ganz anders als Schottland – so flach und weit. Obwohl Lark sich fest vorgenommen hatte, Virginia nicht mit ihrer Heimat zu vergleichen, konnte sie nicht anders. Aber nichts kam ihrer geliebten Heimat gleich. Sie verband Virginia einfach mit zu vielen negativen Dingen. Dem ungerechten Urteil. Der Knechtschaft. Dem unersetzlichen Verlust. Wie sollte sie dieses Land je betrachten, ohne Abscheu zu empfinden oder einen Stich zu verspüren? Während das Schiff auf das unliebsame Ufer zusteuerte, ließen Larks verworrene Gedanken ihr keine Ruhe.

Doch ihre Grübelei war von kurzer Dauer. Sobald die *Bonaventure* angelegt hatte, begann der hastige Verkauf der Strafgefangenen. Lark sah zu, wie streitsüchtige Herren mit finsteren Mienen Verträge erwarben. Dafür erhielten sie Strafgefangene, die ihnen eine bestimmte Anzahl von Jahren dienen mussten. Sie konnten die Knechte auch an andere Plantagenbesitzer weiterverkaufen. Glücklicherweise war Lark bereits Richard Osbournes Vertragsdienerin. Sie würde auf seine Plantage in Virginia gebracht werden, die *Royal Hundred* hieß. Für Larks schottische Ohren hörte sich der Name seltsam an.

Der süßliche Duft von Tabak hing in der salzigen Luft. Außerdem roch es nach Kaffee, Rum, Melasse und exotischen Gewürzen. Obwohl die Sonne immer wieder hinter Schäfchenwolken verschwand, dampfte das Deck. Larks Kleid war feucht und sie spürte, wie Schweißtropfen über ihr Gesicht liefen.

Virginia war heiß wie ein Backofen. Zahllose Schiffe lagen im Hafen vor Anker. Es waren mehr Afrikaner als Weiße zu sehen. Alles in Lark rebellierte, als sie sah, wie die Schwarzen behandelt wurden.

Plötzlich stand Osbournes Geschäftsführer vor Lark. Er schaute missbilligend von ihr zum rotwangigen Larkin, der mit einer Faust im Mund vor sich hin brabbelte. Mochte der Geschäftsführer keine Kinder? Sein finsterer Blick verhieß nichts Gutes. Hatte er das Recht, ihr Larkin wegzunehmen?

Lark schluckte schwer. Sie hatte den furchtbaren Geschmack von Angst im Mund, den sie auf Kerrera kaum gekannt hatte. Aber seit ihrer Festnahme …

Endlich ergriff der Geschäftsführer das Wort. „Ich hoffe, dass Sie nicht eine von diesen Schmarotzern sind, von denen es hier nur so wimmelt."

Wütend straffte Lark die Schultern. Sie war keine Bettlerin oder Drückebergerin, die nicht arbeiten wollte.

„Ihr Sohn ist Ihr genaues Ebenbild", bemerkte der Mann in seiner knappen britischen Art.

Lark schwieg. Sie hatte es längst aufgegeben zu erklären, wie Larkin in ihre Obhut gekommen war.

Abschätzig fuhr der Geschäftsführer fort: „Auch wenn er die Überfahrt geschafft hat, wird er die Umstellung wahrscheinlich nicht überleben."

Die Umstellung? Nun schaute der Mann die Dokumente an, die er von Captain Moodie erhalten hatte. Währenddessen versuchte Lark, nicht seine vornehme Kleidung anzustarren. Er trug eine Weste, die am Bauch etwas spannte – vermutlich von zu viel Schinken und Biskuits. Sein sonnengebräuntes Gesicht war von Pockennarben übersät, die ihn hart und grimmig wirken ließen. Seine unfreundlichen Worte unterstrichen Larks Eindruck.

„Ihre Dienstzeit beträgt drei Jahre. Im Gegenzug erhalten Sie ausreichend Fleisch, Wasser, Kleidung und eine Unterkunft sowie alle anderen notwendigen Dinge, die einem Vertragsknecht von Richard Osbourne oder seinen Erben zustehen."

Mit diesen Worten hielt er Lark die Papiere und etwas Blei zum Unterschreiben unter die Nase. Die meisten setzten einfach nur ein Kreuzchen, da sie nicht schreiben konnten. Doch Lark schob Larkin auf ihre linke Hüfte und schrieb dann klar und deutlich – und nicht ohne Stolz – ihren vollständigen Namen auf die Dokumente.

Der Geschäftsführer hob erstaunt eine Augenbraue, sagte aber nichts. Dann blätterte er erneut seine Papiere durch und ging weiter. „Der Nächste auf der Liste der Gefangenen, die von Captain James Moodie importiert wurden, ist Magnus MacLeish. Sie wurden deportiert, weil Sie dem Hause Stewart treu sind und gegen das Kleidungsgesetz verstoßen haben. Man wird Sie zum Geschäftsführer über Richard Osbournes Westindien-Plantage auf Jamaika machen."

Lark starrte die Papiere an, während sich ein abgrundtiefes Verlustgefühl in ihr breitmachte. Dann blickte sie zu Magnus hinüber, der gerade mit Captain Moodie sprach. Von Rory war keine Spur zu sehen.

Unten auf dem Kai stand ein Pferdewagen, der zügig mit den übrigen Bienenkörben und Pflanzen vom Schiff beladen wurde. Genervt bedeutete der Geschäftsführer Lark, dass sie sich in Bewegung setzen sollte. Hinter ihr liefen vier weitere Frauen mit ihren wenigen Besitztümern. Es war nicht leicht, nach so langer Zeit auf See das Gleichgewicht an Land zu finden. Der Boden schien zu wanken, sodass Lark taumelte und Larkin noch fester an sich drückte, um ihn nicht auf den schmutzigen Anlegeplatz fallen zu lassen.

Ein kräftiger Mann, schwarz wie Druckertinte, half ihnen auf einen zweiten Pferdewagen, dessen Boden mit süßlich riechendem Stroh bedeckt war. Die kreischenden Möwen, die über ihnen kreisten, lenkten Larks Blick auf den beinahe wolkenlosen Septemberhimmel. Dann schaute sie auf das Deck der *Bonaventure*, das nun fast leer war.

Magnus lief in ihre Richtung zu und setzte sich dann neben dem Geschäftsführer auf den Kutschbock des anderen Pferdewagens. Würde ihr immer der Atem stocken, wenn sie ihn sah? Warum kam er mit zur Plantage?

Wenig später fuhren beide Wagen ab. Auf ihrem Weg übers Dock mussten sie Frachtkisten und Matrosen, Sklaven und Hafenarbeitern ausweichen. Entlang des Kais an der King Street gab es ebenso viele Geschäfte wie Schiffe – vor allem Tavernen, Lagerhäuser und Schiffsbauer. Eine holprige Straße mit tiefen Spurrillen führte ins Binnenland. Bald erreichten sie eine ländlichere Gegend. Zäune und Gräben säumten den Weg.

Lark saß wie in Trance auf dem holpernden Wagen und umklammerte Larkin. Nach mehreren Wochen auf See mussten ihre Sinne sich erst an die endlosen smaragdgrünen Felder gewöhnen. Auf den Wiesen wuchsen leuchtend blaue und rote Lobelien. Das waren die einzigen Blumen, die Lark erkannte. Kaum ein Grashalm oder Blatt bewegte sich in der schweren, stickigen Luft. Lark war überwältigt von den vielen neuen Eindrücken. Sie atmete tief ein. Hier gab es zwar keine lästigen kleinen Mücken wie in Schottland, dafür aber langbeinige Moskitos und aufdringliche Pferdebremsen.

Die anderen vier Strafgefangenen schwiegen. Sie hatten alle zu den Wergzupfern gehört. Eine von ihnen wurde vom Rattern des Wagens in den Schlaf gelullt – so wie Larkin. Ab und zu konnte Lark Magnus' Stimme hören, aber meistens sprach nur der Geschäftsführer. Außer dem Namen *Bonaventure* konnte Lark ohnehin nichts verstehen. Es würde wohl eine Weile dauern, bis das Schiff wieder mit Wasser und Vorräten versorgt und abfahrbereit war. Tage vielleicht. Die Abreise nach Jamaika stand somit nicht unmittelbar bevor. Einige der Offiziere hatten das Schiff kurz nach dem Anlegen verlassen. Magnus kam freiwillig mit nach *Royal Hundred* – der Plantage, die Osbourne zu einem Tabaklord gemacht hatte.

Hoffnung keimte in Lark auf. Seit Magnus ihr seine früheren Gefühle gestanden hatte, spürte sie eine neue, noch innigere Verbindung zwischen ihnen beiden.

Als könnte er ihre Gedanken lesen, drehte Magnus sich plötzlich zu ihr um. Sein Blick war alles andere als gleichgültig. Als Lark ihn erwiderte, schien sich alles um sie her in Luft aufzulösen. Der aufmerksame, gefühlvolle Ausdruck in Magnus' Augen überwältigte sie. Es war, als hätte er die Hand ausgestreckt und sie berührt. Lark versuchte, ihm mit ihren Augen zu sagen, was sie ihm nicht mit Worten sagen konnte.

Wenn du mich ansiehst, fühle ich mich wieder wie ein junges, unbe-

schwertes Mädchen. Nicht wie eine strafgefangene alte Jungfer mit einem Baby, das nicht meins ist. Eher wie eine Prinzessin oder Königin.

Sie hielt seinem Blick stand, bis er sich wieder umwandte. Nur mit Mühe gelang es Lark, ihren Blick wieder auf die umliegende Landschaft zu richten. Doch ihre Gedanken kreisten weiterhin um Magnus. Nach einer Weile fuhren sie durch ein kunstvolles schmiedeeisernes Tor in einer Ziegelmauer. Dann gelangten sie auf eine Allee mit Bäumen, deren Namen Lark nicht kannte. Sie hatten breite Stämme und erhoben sich majestätisch in den Himmel. Am Ende der Allee stand ein Haus, das es mit jedem Gebäude aufnehmen konnte, das Lark je in Schottland gesehen hatte. Es war ein Meisterwerk aus roten Ziegelsteinen mit einem Mansardendach, auf dem eine Kuppel thronte. Lark betrachtete die Wetterfahne auf dem Dach, die völlig stillstand. Der Wagen passierte die einladende Veranda und eine runde Grünfläche vor dem Haus. Von Nahem konnte Lark sehen, dass *Royal Hundred* zwar sehr prachtvoll, aber auch ein wenig vernachlässigt war.

Nachdem sie an ein paar Feldern vorbeigefahren waren, erreichten sie einen breiten Fluss. Das Wasser sah aus wie blaue Moiré-Seide. Lark fragte sich, wie der Fluss heißen mochte. Kurz darauf erreichten sie ein kleines Dorf aus Holzhütten, zwischen denen dunkelhäutige Kinder hin und her liefen. Der kräftige schwarze Mann hielt den Wagen an und stieg ab. Dann half er den Frauen hinab und zeigte ihnen, wo sie wohnen würden. Lark hingegen wurde vom Geschäftsführer aufgefordert, auf den Wagen mit den Pflanzen und Bienen zu klettern. Magnus half ihr auf den Sitz. Dann fuhren sie einen anderen Weg entlang, der zur Rückseite des Herrenhauses führte.

Hier fühlte Lark sich direkt viel wohler. Ein ummauerter Garten. Ein gläsernes Gewächshaus. Eine Reihe kleiner, gut erhaltener Außengebäude, die durch ein Netz aus schmalen Muschelpfaden miteinander verbunden waren. Zwischen den Pfaden wuchsen zahlreiche Kräuter und Blumen.

„Hier werden Sie wohnen", sagte der Geschäftsführer, während er auf ein kleines Cottage deutete. Es war etwa so groß wie Grannys *Croft,* aber nicht aus Stein, sondern aus Ziegeln. An beiden Enden des Häuschens befand sich ein Kamin. „Auf der anderen Seite ist der Destillierraum."

Das Cottage diente also einem doppelten Zweck. Lark blickte zu Magnus, der ebenso zufrieden schien wie sie selbst. Ihre Erleichterung ließ die fremde Umgebung schon weniger bedrohlich wirken.

Gemeinsam begannen sie, den Wagen abzuladen. Dabei mussten sie den Bienen ausweichen, die langsam aktiv wurden. Lark öffnete die Tür zu ihrem neuen Zuhause. Es war sauber. Spärlich eingerichtet. Die Luft roch etwas feucht und säuerlich, als wären die Wände mit Essig abgerieben worden.

Lark legte den schlafenden Larkin auf die gewebte Tagesdecke auf dem Bett, bevor sie durch die Verbindungstür in den Destillierraum trat. Überwältigt schloss sie die Augen, während sie die kühle Luft einsog, die nach einer Vielzahl von Kräutern und Heilpflanzen duftete. Sie waren wie alte Freunde für Lark. An den Deckenbalken hingen Sträuße aus getrocknetem Lavendel und Spreublumen, die zwar verblasst, aber immer noch sehr schön waren.

„Gefällt es dir?", erklang Magnus' Stimme von der Türschwelle her. Sie wandte sich zu ihm um. „Ja."

„Warte, bis du den Bienengarten gesehen hast." Magnus klang zufrieden. Sogar erleichtert.

Aufgeregt ging Lark zu einem der Fenster. Das Herrenhaus warf einen langen Schatten über den Rasen. Lark vermutete, dass es etwa sechzehn Uhr war. „Wenn Osbourne nicht hier lebt, wer dann?"

„Das Herrenhaus steht leer, bis Osbourne kommt. Es gibt eine Haushälterin, die deine Arbeit beaufsichtigen wird. Du bist ausschließlich für den Destillierraum und die Bienen zuständig. Keine schlechte Stellung für dich und den kleinen Larkin."

Ganz und gar nicht schlecht. Eine glückliche Fügung. Doch im nächsten Moment dämpfte Magnus ihre zerbrechliche Freude mit einer Warnung. „Nimm dich vor Granger, dem Geschäftsführer, in Acht. Er ist ein harter Mann. Und er ist krank."

Seine Worte wurden von einem Hustenanfall besagten Geschäftsführers unterstrichen. Er fuhr gerade mit dem Wagen davon.

„Sind die Geschäftsführer hier in Amerika wie die in Schottland? Wie Ihr Mr. Chandler?"

Magnus fuhr mit beiden Händen durch sein Haar, das dringend geschnitten werden musste. „Mehr oder weniger. Granger kümmert sich vor allem um die Vertragsknechte und Sklaven. Die Feldarbeiter. Er wohnt nicht hier. Du wirst ihn also vermutlich nicht so oft sehen wie Mistress Flowerdew."

„Flowerdew?" Lark musste lächeln. „Sie scherzen."

„Nay", erwiderte Magnus zwinkernd. „Ich hoffe, dass die Haushälterin von *Royal Hundred* genauso nett ist wie ihr Name."

Lark musste an die Angestellten von Kerrera Castle denken, die ihr jetzt wie von einer anderen Welt schienen. Ob Magnus auch an sie dachte? Larks Grübelei wurde abrupt unterbrochen, als Magnus auf sie zutrat und ihre Hände ergriff. Überrascht blickte sie auf ihre verschränkten Finger hinab. Eine andere, ältere Erinnerung stieg in ihr auf – daran, wie Magnus und sie Hand in Hand über die grünen Hügel von Kerrera gerannt waren. Damals waren sie noch jung und frei gewesen.

Magnus drückte sanft ihre Hand. „Wir haben nicht viel Zeit, weißt du. Ich werde nicht so dumm sein, noch mal drei Jahre zu warten, bis ich dir mein Herz ausschütte."

Bebend schaute Lark zu ihm auf. Es gab keine Worte für das Gefühl, das Magnus in ihr auslöste. Er sprach ihre innersten Gedanken und Gefühle aus. Nun neigte er den Kopf, hob Larks Hände an seine Lippen und küsste langsam ihre Finger. Lark lehnte sich näher an ihn. Am liebsten hätte sie ihr Gesicht in seinem vollen, langen Haar vergraben. Es war ungekämmt, aber sauber. Und es roch immer noch nach der salzigen Seeluft. Magnus blickte auf, ohne Lark loszulassen. Er war ihr so nah, dass sie die Wärme seines Atems spüren konnte, als er seine stoppelige Wange an ihre drückte und ihr ins Ohr flüsterte: „Versprich mir, auf mich zu warten, Lark … aber vielleicht sollte ich dich zuerst fragen, ob du überhaupt warten willst."

Larks Stimme bebte, als sie antwortete: „Ich will nicht, aber ich werde warten – egal wie lange."

Magnus schien noch etwas sagen zu wollen. Lark hielt die Luft an. Doch dann ließ er ihre Hände los und trat zurück. „Gut."

26

Ein Haus ohne eine Katze,
einen Hund oder ein kleines Kind
ist ein Haus ohne Freude und Lachen.
SCHOTTISCHES SPRICHWORT

Mistress Flowerdew hob erstaunt eine Hand an die Brust. „Ein echter, leibhaftiger Laird?"

„Aye, aber ein verbannter", erwiderte Magnus entschuldigend.

Die Haushälterin schaute zu Larkin. „Und ein Baby?" Ihre entzückte Miene sprach Bände. „Wenn Sie wüssten, wie langweilig und stumpfsinnig es ist, sich um ein leeres Haus zu kümmern. Meine einzige Gesellschaft ist eine Katze!"

Mistress Flowerdew war eine zierliche, gepflegte Frau. Die weiße Rüschenhaube auf ihrem Kopf war wohl das Größte an ihr. Erwartungsvoll schaute die Haushälterin von Lark zu Magnus. „Dann müssen Sie beide verheiratet sein – und der Kleine ist Ihr Sohn."

„Nay", sagten Lark und Magnus gleichzeitig.

Enttäuscht ließ Mistress Flowerdew die Schultern hängen. Dann blickte sie auf den versiegelten Brief in ihrer Hand. Granger hatte ihn ihr übergeben, bevor er zu den *Unterkünften* gegangen war, wie er die Hütten der Sklaven genannt hatte. „Vielleicht sollte ich Mr Osbournes Nachricht lesen, bevor ich voreilige Schlüsse ziehe."

Sie standen im Foyer des Herrenhauses. Beide Eingangstüren waren geöffnet, sodass man vorne auf die Auffahrt und hinten auf den Fluss schauen konnte. Die Haushälterin brach das Siegel auf und überflog die Zeilen. Sie schien die Worte förmlich zu verschlingen. Der verlockende Duft von gebackenem Brot und gebratenem Fleisch hing in der Luft. Larks Magen knurrte. Larkin war inzwischen aufgewacht und zappelte herum. Er war ebenfalls hungrig.

„Ach du liebe Güte! Mr Osbourne hat geschrieben, dass Sie ein guter Freund von ihm sind und dass ich Sie im Haus unterbringen und versorgen soll, bis das Schiff in die Karibik weitersegelt." Sie faltete den Brief zusammen und schob ihn in ihre Tasche. „Gut, dann werden wir Sie nach echter Virginia-Manier hier aufnehmen. Zuerst werde ich Ihnen ein Zimmer herrichten lassen." Die Haushälterin nahm ein Glöckchen von einem Beistelltisch und läutete es. Das fröhliche Klingeln rief eine junge Magd herbei. „Ich werde gleich einen kleinen Imbiss auf der hinteren Veranda für Sie servieren lassen. Und um acht Uhr gibt es dann Abendessen."

Magnus nickte lächelnd. „Ich bin ein Freund von Richard Osbourne und Mistress MacDougall ist eine Freundin von mir. Vielleicht können wir alle gemeinsam zu Abend essen, auch Sie."

Mistress Flowerdew wirkte geschmeichelt und auch ein wenig nervös. Mit einem Knicks antwortete sie: „Wie Sie wünschen, Eure Lairdschaft. Ich werde die Köchin bitten, auch für das Baby etwas zuzubereiten."

Magnus war frisch gebadet und rasiert. Das Wasser in der kupfernen Sitzwanne war kühl und klar wie in einem See gewesen. Nun trug er einen Anzug aus Walkstoff, den er im Kleiderschrank seines Zimmers gefunden hatte. Von seinem Fenster im zweiten Stock aus konnte er Larks Cottage mit dem Destillierraum sehen. Die Vogelperspektive auf den Küchengarten, den Taubenschlag und die Nebengebäude war sehr aufschlussreich und auch ein wenig einschüchternd. Rund um das Haus erstreckten sich Felder, so weit das Auge reichte. Alles hier in Virginia wirkte noch so neu, während es sein geliebtes Schottland schon seit Jahrhunderten gab.

Auf der Reise hatte Magnus in der kleinen Bibliothek des Kapitäns einiges über die Landwirtschaft in Amerika gelesen. Es hatte ihn fasziniert, dass der Boden in den Kolonien so viel fruchtbarer war als das felsige Kerrera. Obwohl die Küste von Virginia nicht so majestätisch und beeindruckend war wie die westlichen Inseln Schottlands, hatte sie einen gewissen Charme. Das saftige Grün musste für die ersten Siedler, die vor über einem Jahrhundert hergekommen waren, sehr verlockend gewesen sein.

Und hier würde Lark von nun an wohnen.

Magnus hatte sie einfach hierher begleiten müssen. Er wollte sichergehen, dass Lark in Sicherheit war, bevor er weiterreiste. Und er zählte jetzt schon die Tage bis zu ihrem Wiedersehen.

Osbournes gewaltige Plantage umfasste 8000 Morgen Land, von denen etwa die Hälfte bebaut wurde. Magnus schwirrte der Kopf. Er rechnete in Hektar, nicht in Morgen, aber er wusste, dass der Landbesitz seines Gastgebers gewaltig war. Das wichtigste Anbauprodukt war Tabak. Darum galt Osbourne auch als Tabaklord. Allerdings war Osbourne mit seinem Geschäftsführer und den Aufsehern unzufrieden. Und er hatte sich über den Tribut beklagt, den der Tabakanbau sowohl von seinem Land als auch von seinen Sklaven forderte.

Magnus hatte Lark noch nicht erzählt, dass Rory MacPherson ein paar Meilen entfernt wohnen würde. Er war nun Feldarbeiter auf einer von Osbournes kleineren Farmen. Wahrscheinlich würde Lark es noch früh genug erfahren. *Herr, wenn es dein Wille ist, lass mich bitte hierbleiben.*

Magnus verspürte nicht den Wunsch, die karibischen Inseln zu sehen – nicht als Vertragsknecht. Captain Moodie hatte ihn vor den Krankheiten und dem tropischen Klima dort gewarnt. Viele seiner Landsleute fielen innerhalb weniger Monate einer dieser beiden Widrigkeiten zum Opfer. Magnus fürchtete sich nicht, aber er war besorgt. Viele Auswanderer überlebten die Klimaumstellung nicht, während andere nach einer Weile aufblühten. Wie würde es ihm ergehen?

Magnus strich über einen Ärmel seines vornehmen Anzugs, bevor er den weichen Leinenstoff seiner Halsbinde berührte. Lark hatte keine angemessene Kleidung für das Abendessen. Sollte Magnus die Gastfreundschaft seines Freundes ausnutzen, um Lark ein Kleid zu besorgen?

Was hatte er schon zu verlieren?

*

„Ich habe mir gedacht", sagte Mistress Flowerdew, als sie mit einer Ladung Kleider vor Larks Tür stand, „dass Sie nach so langer Zeit auf See sicherlich ein sauberes Kleid und Unterwäsche brauchen."

Lark fühlte sich frisch und belebt nach ihrem Bad. „Herzlichen Dank. Ich hab' nur wenig dabei und alles ist schmutzig", plauderte sie munter drauflos.

Als sie die Kleider entgegennahm, bemerkte sie Mistress Flowerdews verwirrte Miene. „Entschuldigen Sie, Miss MacDougall, aber meine englischen Ohren haben ein wenig Mühe mit Ihrer schottischen Sprechweise."

„Das ist verständlich. Ich spreche auch sehr schnell."

„In der Tat, meine Liebe. Außerdem höre ich nicht mehr so gut." Die Haushälterin spähte über Larks Schulter zum Bett hinüber, wo Larkin saß. „Brauchen Sie vielleicht Hilfe mit dem Baby, während Sie sich ankleiden?"

Lark spürte, dass die ältere, unverheiratete Dame einsam war. „Oh ja, gerne", erwiderte sie. Dann legte sie die Kleider beiseite, um Larkin auf den Arm zu nehmen. Er lächelte strahlend. Auch als Mistress Flowerdew ihn nahm, beschwerte er sich nicht.

„Master Larkin und ich werden ein bisschen durch den Garten spazieren. Der Springbrunnen wird ihm sicher gefallen."

Beim Anblick des ungleichen Paars musste Lark fast kichern. Larkin war so kräftig, wie die Haushälterin zierlich war. „Vorsicht, er ist ein ganz schöner Brocken", warnte Lark.

„Allerdings. Bald wird er seine ersten Schritte machen. Dann müssen wir ihm ein Gängelband und eine Lauflernmütze besorgen."

Als die beiden gegangen waren, konnte Lark in Ruhe ihre geliehenen Strümpfe, Unterröcke und das Korsett anziehen. Wo hatte Mistress Flowerdew die hübschen Sachen so kurzfristig aufgetrieben? Und die Schuhe erst! Calamanco-Slipper mit glänzenden goldenen Schnallen. Lark hatte solche Schuhe bisher nur in den Schaufenstern von Edinburgh gesehen. Oder an den Füßen vornehmer Damen wie Isla.

Schnell schob Lark den Gedanken beiseite und wählte eins der schönsten Kleider aus. Es bestand aus bedrucktem indischem Baumwollstoff und war sowohl farbenfroh als auch bequem. Dann steckte Lark ihr feuchtes Haar hoch und bedeckte es mit einer weißen Spitzenhaube. Kritisch musterte sie die hagere Frau, die sie aus dem gesprungenen, ovalen Spiegel ansah.

Das Gefängnis von Glasgow und die Schiffsreise hatten ihre Spuren an Lark hinterlassen. Sie war groß für eine Frau und früher wäre sie nie als zart oder zerbrechlich bezeichnet worden. Aber jetzt war sie kaum noch mehr als ein Strich in der Landschaft.

Ernüchtert verließ Lark das Cottage und lief in ihren etwas zu engen Schuhen über den Muschelweg. Dabei sah sie sich staunend nach allen Seiten um. Besonders lang verweilte ihr Blick auf dem Bienengarten, der hinter den Kräuterbeeten lag. Direkt daneben war die Orangerie, die Mistress Flowerdew ihr bereits voller Stolz gezeigt hatte.

Ein Stück weiter befanden sich der Wirtschaftshof, die Küche und Wäscherei, das Salzhaus, die Räucherkammer und die Spülküche. Alle Nebengebäude waren geschickt hinter einer hohen Buchshecke versteckt. Heute Abend fühlte Lark sich mehr wie ein Gast als wie eine Vertragsdienerin. Das hatte sie Osbournes Brief und Mistress Flowerdews Gastfreundschaft zu verdanken.

Am Hintereingang wartete ein Hausmädchen auf Lark, um sie in den Speisesaal zu führen. Dort waren der Geschäftsführer, die Haushälterin und Magnus bereits versammelt. Larkin saß zu den Füßen der älteren Frau auf einem weichen Teppich und spielte mit ein paar Silberlöffeln.

Beim Abendessen kam Lark aus dem Staunen nicht heraus. Gesalzener Schinken, gebackener Blaubarsch im Teigmantel, Erdnusssuppe, Süßkartoffeln und Zuckermais, Rübengrün und Rahmsellerie mit Pekannüssen. Zum Nachtisch gab es Baiser mit Kirschsoße. Zwischen den einzelnen Häppchen klatschte Larkin entzückt in die Hände. Die Leute hier in Virginia verstanden wirklich etwas vom Kochen. Das Einzige, was Lark kannte, war der Fisch. Alles andere war ihr so fremd, dass sie sich wie von einer anderen Welt fühlte. Nach dem Essen war

Lark genauso satt und schläfrig wie Larkin, der immer wieder auf ihrem Schoß einnickte.

Als Kaffee serviert wurde, trank Lark dankbar eine Tasse des Muntermachers. Magnus und Granger unterhielten sich währenddessen über *Royal Hundred*.

„Sie können es sicher kaum erwarten, mehr über die Gärten und die Arbeiten auf der Plantage zu erfahren", sagte Mistress Flowerdew zu Lark. „Aber ruhen Sie sich erst mal aus."

„Werden Sie mich morgen früh herumführen? Oder jemand anderes?", fragte Lark, als das lange Abendessen endlich vorbei war. *Hoffentlich nicht der Geschäftsführer.*

„Ich werde Ihnen gerne alles zeigen. Leider hatte *Royal Hundred* in letzter Zeit eine Pechsträhne. Erst sind viele am Sommerfieber erkrankt und im Frühjahr gab es dann einen Pockenausbruch, bei dem ein Hausmädchen und der Gärtner gestorben sind."

„Das tut mir leid", murmelte Lark, bevor sich alle vom Tisch erhoben und sich eine gute Nacht wünschten.

Die Abendluft war inzwischen etwas abgekühlt, da eine Brise aus Westen wehte. Als Lark ihr Cottage erreichte, legte sie den schlafenden Larkin in sein Kinderbettchen und ließ die Tür offen stehen. Dann setzte sie sich draußen auf eine raue Holzbank, die mal wieder gestrichen werden musste. Als der Geschäftsführer fortgeritten war und die Lichter im Herrenhaus eins nach dem anderen verloschen, gesellte Magnus sich zu Lark.

Die Blätter raschelten leise im Wind und die Tauben gurrten ihr nächtliches Lied, während über Lark und Magnus der Mond aufging. Lark blickte zum Fluss, der in der Dämmerung tiefblau gefärbt war. Die bezaubernde Szene passte zu ihrer Stimmung. Magnus saß unmittelbar neben ihr. Würde er noch einmal ihre Hand nehmen?

Aber Magnus war gerade von irgendetwas abgelenkt. Lark folgte seinem Blick und starrte dann ebenfalls wie gebannt auf die funkelnden kleinen Lichter vor ihnen. Sie sahen aus wie Sterne, die vom Himmel gefallen waren. Mal leuchtete es hier und mal da.

„Glühwürmchen?", fragte Magnus. „Wie in den Hecken von Kerrera?"

„Nay. Die hier können …" Lark erhob sich und begann langsam auf den namenlosen Fluss zuzulaufen. „… fliegen."

Magnus folgte ihr. Sein leises, kehliges Lachen erfreute Lark mindestens genauso sehr wie die magischen Lichter. So fröhlich hatte sie ihn schon lange nicht mehr erlebt.

Inmitten der unwirklichen, leuchtenden Wesen blieben Magnus und Lark stehen. Die Tierchen schienen sie weder zu bemerken noch Angst vor ihnen zu haben. Behutsam fing Magnus eins von ihnen ein. Gespannt spähte Lark zwischen seinen Fingern hindurch, als Magnus die Hand ein wenig öffnete. Ein gelbes Lichtchen leuchtete auf.

„Ein faszinierendes Insekt", bemerkte Magnus. „Ein Käfer mit Flügeln."

„Ich habe so etwas noch nie gesehen."

Als Magnus den Käfer freiließ, leuchtete er erneut auf. „Vielleicht gibt es sie nur in den Kolonien."

„Sie leuchten wie kleine Blitze", staunte Lark, als das Glühwürmchen davonflog. „Ich hatte schon befürchtet, dass sie uns stechen könnten."

Magnus lächelte in der zunehmenden Dunkelheit. „Wie deine Bienen."

Lark und Magnus standen Seite an Seite und blickten über den breiten Fluss. Ihre Schultern berührten sich.

„Wie heißt der Fluss?", fragte sie ehrfürchtig.

„Die Engländer nennen ihn James", antwortete er. „Und die Indianer Powhatan."

Erstaunt riss sie die Augen auf. „Gibt es hier Indianer?"

„Nay. Soweit ich weiß, nicht. Das Land hat früher ihnen gehört, bevor sie vertrieben wurden und weiter in den Westen gezogen sind."

Lark konnte sich das kaum vorstellen. Es hörte sich traurig und beängstigend an. Aber hatten Magnus und sie nicht etwas Ähnliches erlebt? „Wann reisen Sie ab?"

„Bitte, Lark, sag doch wieder Du zu mir. Wie in alten Zeiten."

Sie nickte stumm, während ihr Herz einen Satz machte.

„Ich reise Ende der Woche ab."

„Du hättest am Hafen in Hampton bleiben können."

„*Royal Hundred* ist reizvoller." Magnus sah sie eindringlich an, bevor er sich wieder dem Fluss zuwandte. „Ich wollte dich hier sehen und mir ein Bild davon machen, wo du arbeiten und wohnen wirst."

„Ich wünschte, ich könnte auch sehen, wo du auf den Zuckerinseln leben wirst."

„Ich werde es dir in einem Brief beschreiben."

Lark kniff die Augen zusammen, um die Leuchtkäfer besser sehen zu können. „Stimmt es, was der Geschäftsführer über deinen Vertrag gesagt hat? Dass du nur zwei Jahre dienen musst?"

„Aye, so wird es in der Karibik gehandhabt. Aber die Bedingungen sind hart. Du hast Granger beim Abendessen gehört. Wir Ausländer gehen ein großes Risiko ein, wenn wir uns dorthin wagen."

Schwermut machte sich in Lark breit, obwohl sie Magnus' unverblümte Art gewohnt war.

„Aber ohne Osbourne – und Gottes Eingreifen – wäre ich jetzt im Marshalsea-Gefängnis", fuhr er fort.

Lark erschauderte. Das Marshalsea in London bedeutete den sicheren Tod. Wenigstens würde Magnus in der Karibik nicht hinter Gittern sitzen, auch wenn es sehr gefährlich dort war.

„Wirst du anschließend nach Kerrera zurückkehren?"

Magnus drehte sich zu ihr um. Die Dunkelheit verhüllte sein Gesicht, aber dafür nahm Lark seinen geliebten Geruch umso deutlicher wahr. Sandelholz. Frisches Leinen. Inzwischen war der salzige Duft des Meeres verflogen. Seine Stimme war erstaunlich ruhig, als er sagte: „Es gibt vermutlich nicht viel, zu dem ich zurückkehren könnte. Die Krone wird all meinen Besitz beschlagnahmt und einem anderen gegeben haben. Und wenn unsere Dienstzeit abgelaufen ist, haben wir das Recht auf ein Stück Land hier in den Kolonien. Ganze fünfzig Morgen."

Fast hätte Lark die Nase gerümpft. Ein Stück Land in Virginia hatte wenig Reiz für sie. „Was sind fünfzig Morgen schon für einen Mann, dem einmal eine ganze Insel gehört hat?"

Ihre unüberlegte Antwort verletzte Magnus, das wusste sie.

„Wenn ich in zwei Jahren noch am Leben bin, sind fünfzig Morgen ein guter Anfang", erwiderte er.

Seine ruhigen Worte waren ein Tadel für Lark. Sie wollte sich entschuldigen, aber Tränen schnürten ihr die Kehle zu. Die vielen Veränderungen, die bevorstehende Trennung von Magnus …

„Du bist müde, Lark." Sanft nahm er ihren Arm. „Was du jetzt brauchst, ist eine ruhige, erholsame Nacht."

Lark brauchte so viel mehr als nur Schlaf. Sie sehnte sich nach Kerreras wilder Küste. Nach einer einfachen Mahlzeit aus Porridge und starkem Tee und *Bannocks*. Nach Grannys friedlicher Gesellschaft. Nach den Schreien der Möwen und dem violetten Schleier des Heidekrauts auf den Hügeln. Für sie war die Trennung von ihrer Heimat schlimmer als der Tod. Der Tod war endgültig. Aber Kerrera lebte weiter und schien sie immerzu nach Hause zu rufen …

Sehnte Magnus sich nicht ebenso sehr nach Schottland? Oder verkraftete er die Veränderung besser, weil er Kerrera schon vor Jahren verlassen hatte, um nach Edinburgh zu ziehen?

„Wenn Virginia unser neues Zuhause sein soll, will ich es ins Herz schließen, aber …", begann Lark vorsichtig, während sie versuchte, ihre Gefühle zu ordnen. „Ich fühle mich wie eine Verräterin, wenn ich dieses neue Land und seine Leute lieb gewinne. Wenn ich Virginia mag, bin ich Schottland doch irgendwie untreu."

„Und doch hat Gott uns hierhergeführt. Und er verspricht, alles zu unserem Besten zu wenden – egal, wie finster unsere Umstände sein mögen. Wenn Gott durch diese Sache etwas Gutes bewirken will, sollten wir dann nicht auch versuchen, unserer Situation etwas Gutes abzugewinnen?"

Wie simpel sich das bei Magnus anhörte. Und er hatte recht. „Aye."

„Und da er uns auf wundersame Weise beide hierhergeführt hat, glaube ich, dass wir das Beste daraus machen sollten." Die Wärme in seiner Stimme hob Larks düstere Stimmung. „Mit dir an meiner Seite ist Virginia wie ein Zufluchtsort für mich. Ein kleines Paradies. Zumindest heute Abend."

Ja, dieser Abend gehörte nur ihnen. Lark ging das Herz auf. Eine einfache Frage lag ihr auf der Zunge.

Empfindest du immer noch dasselbe für mich wie damals?

Sie wollte es mit Sicherheit wissen, um das Band zwischen ihnen zu stärken. Schließlich würde ihre Beziehung bald durch die große Entfernung auf die Probe gestellt werden. Magnus' Hand, die sanft auf ihrem Arm ruhte, sagte eigentlich schon alles.

Mit seiner freien Hand berührte Magnus so zärtlich ihre Wange, dass sie weiche Knie bekam. „Was geht in deinem Kopf und in deinem Herzen vor, Lark?"

Sanft legte Lark ihre Hand auf seine. „Ich male mir einen Ort aus, der unser Zuhause ist – deins, meins und Larkins. Unsere eigenen vier Wände, wunderschön und friedlich, mit einem Garten und Bienen und Schafen. Ich backe Fladenbrote und koche Tee und du hängst deinen Hut neben der Tür auf. Dann schließt du die Tür und wir lassen die Welt für eine Weile hinter uns. Diese Fantasie kommt mir so real vor, als würde ich bereits auf der Türschwelle unseres gemeinsamen Hauses stehen."

„Dann halt daran fest. Ich werde das Gleiche tun. Vielleicht hat Gott dir diese Vision gegeben, um dir in der Zeit der Trennung Kraft zu schenken."

Lark nickte. Das glaubte sie auch. Sie würde sich mit aller Kraft an ihre Vision klammern.

Plötzlich hallte ein Schrei aus dem Cottage durch die Dämmerung. Nachdem sie sich widerwillig von Magnus verabschiedet hatte, hauchte Lark einen Kuss auf seine frisch rasierte Wange. Dann eilte sie über die Wiese zu Larkin, der sicherlich hellwach war und sich über die fremde Umgebung wunderte.

27

Niemand, weder arm noch reich, ist vor Schwierigkeiten gefeit.
Und jeder weiß selbst am besten, wo der Schuh drückt.

Abigail Adams

Das Federbett war wie ein Nest aus Daunen – weich und warm. Lark benötigte die dünne Baumwolldecke kaum. Irgendwann in der Nacht gab es einen kurzen Schauer, der die Luft weiter abkühlte. In der Morgendämmerung krähte ein Hahn. Lark blieb im Bett liegen und starrte an die rissige Putzdecke. Am liebsten hätte sie ein Feuer angezündet und den Teekessel aufgesetzt. Das tröstliche Ritual, das sie von klein auf gelernt hatte, war ihr in Fleisch und Blut übergegangen. Am frühen Morgen, bevor das Tagesgeschäft begann, vermisste Lark ihre Granny und ihr altes Leben immer am meisten. Manchmal schwirrte ihr noch immer der Kopf von den vielen Veränderungen, die sich seit dem Sommer in ihrem Leben ereignet hatten. Und alles hatte mit einer unglücklichen Ehe begonnen und mit einem Fläschchen im Destillierraum …

Entschieden schob Lark die Gedanken an die Vergangenheit beiseite, um in Erinnerungen an den vorigen Abend zu schwelgen. Verträumt dachte sie an die Vision zurück, wie Magnus ihre Fantasie genannt hatte. Lark konnte nicht sagen, ob das gemeinsame Heim in ihrer Vision in Schottland oder Virginia war. Aber das Bild vor ihrem geistigen Auge war so lebendig und wunderschön, dass Lark fast glaubte, die Hand ausstrecken und es berühren zu können.

Larks Magen knurrte. Sie hatte vergessen, die Haushälterin nach dem Frühstück zu fragen. Im Speisesaal des Herrenhauses konnte sie wohl kaum frühstücken. Schließlich musste sie bald mit der Arbeit beginnen. Neben ihr lag Larkin in seinem Bettchen und brabbelte munter vor sich hin. Seine süßen Laute vertrieben Larks Sorgen und Ängste vor dem neuen Tag. Sie rollte sich zur Seite und schaute zu ihm hinab. Sein breites Lächeln erhellte die fremde Umgebung. Fröhlich redete Lark mit dem Kleinen, während sie ihr Nachthemd auszog und in einen schlichten, hellblau gestreiften Rock schlüpfte. Darüber zog sie ein Jäckchen aus dem gleichen Stoff an. Mistress Flowerdew hatte ihr die Kleidung für die Arbeit gegeben, wie es im Vertrag stand.

Wenig später nahm Lark ihren Schützling auf den Arm und folgte dem Muschelpfad zum Küchenhaus im Wirtschaftshof, der von einer hohen Hecke umgeben war.

„Morgen, Mistress MacDougall", sagte eine beleibte, dunkelhäutige Frau mit einem leuchtend roten Tuch auf dem Kopf. „Sie und Master Larkin sind aber früh auf den Beinen." Sie verließ den Herd, auf dem alles Mögliche brutzelte und köchelte, und wischte ihre rauen Hände an ihrer fettverschmierten Schürze ab. „Ich bin Sally, Chefin des Küchenhauses. Flowerdew hat mir von Ihnen erzählt."

Flowerdew? Kein „Mistress"? Lark musste schmunzeln. „Bitte nenn mich Lark. Du hast also das köstliche Abendessen gestern zubereitet?"

„Allerdings, mit ein wenig Hilfe von meinem Mann, Cleve. Jetzt muss ich aber mal das Baby begrüßen. Der Kleine sieht aus, als wäre er vom Schiff gerollt statt gelaufen." Sallys Brauen schossen erstaunt in die Höhe, als sie Larkin nahm. „Meine Güte, tut dein Rücken nicht weh? Du solltest selbst mal ein paar Kilo zulegen." Dann deutete die Köchin auf eine Bank und Lark setzte sich.

Dampfender Kaffee, der zur Hälfte aus Sahne bestand, Eier, gesalzener Schinken und Maisgrütze mit geschmolzener Butter wurden vor Lark aufgetischt. Als Sally auch noch Biskuits dazustellte, schien der Tisch fast unter dem Gewicht zu ächzen. Sally setzte sich Lark gegenüber hin und nahm Larkin auf den Schoß. Dann begann sie, ihn mit kleinen Häppchen aus den verschiedenen Schüsseln zu füttern. Dabei kicherte sie über die Grimassen, die er zog. Auch Lark hätte hin und wieder fast das Gesicht verzogen. Der Überfluss, der hier herrschte, erstaunte Lark immer noch. Da sie nicht undankbar wirken wollte, aß sie reichlich – genauso wie Larkin. Die Köchin freute das sehr.

„Ich nehme an, dass du heute Abend wieder im großen Haus essen wirst. Zumindest, bis der Schotte abreist", sagte Sally. Dann ging sie zu einem Butterfass und hob den Deckel, während sie Larkin auf ihrer breiten Hüfte trug. „Es tut uns gut, jemanden bedienen zu können. Osbourne ist schon so lang weg, dass das Herrenhaus wie ein Geisterhaus wirkt."

„Ich weiß nicht viel über ihn", bemerkte Lark zwischen zwei Happen. „Außer, dass er nett zu sein scheint."

„Ja, das ist er. Und furchtbar traurig, zumindest wenn er hierherkommt. Er hat vor einiger Zeit eine junge Dame aus der Familie Carter geheiratet, die flussabwärts wohnt. Die beiden haben *Royal Hundred* in einen richtig königlichen Ort verwandelt. Die Zimmer und der Tisch waren immer zum Bersten voll. Aber dann ist die Mistress innerhalb von drei Tagen am Gelbfieber gestorben – und ihr ungeborenes Kind mit ihr. Daraufhin hat der Master die Plantage geschlossen und uns für ein Jahr oder länger auf seine anderen Farmen geschickt. In der Zeit ist der Garten verwildert und das Haus verfallen."

Würde das auch mit Kerrera Castle passieren? „Ein schrecklicher Verlust."

„Ja, aber leider passieren solche Dinge", sagte Sally mit einem resignierten Seufzen. Dann goss sie etwas Milch für Larkin in eine Steingutasse. „Dann hat der Master plötzlich eine andere Frau geheiratet, diesmal aus England. Sie will bald herkommen."

„Ich hoffe, dass ich nie wieder den Ozean überqueren muss", murmelte Lark, während sie an Blackburn dachte. Andererseits wollte sie Kerrera wiedersehen. Drei Jahre noch. Wie könnte sie Virginia je als ihre Heimat bezeichnen, wenn ihr Herz Schottland gehörte?

Sally ging mit einer solchen Leichtigkeit mit Larkin um, die darauf schließen ließ, dass sie offenbar genauso viel Erfahrung mit Kindern wie mit dem Kochen hatte.

„Du kannst gut mit Kindern umgehen."

„Ich hab selbst ein paar Enkel, die in den Unterkünften wohnen. Wenn ich kann, geh ich sie besuchen. Die werden Augen machen, wenn sie diesen kleinen Schlingel mit seinen feuerroten Haaren sehen."

Larkin trank die frische Milch so begierig, dass ihm ein paar Tropfen übers Kinn liefen. Wenn ihm Sally zu langsam war, klatschte er ungeduldig in die Hände. Wieder musste die Köchin kichern.

„Er ist ganz schön lebhaft", sagte sie wohlwollend. „Und ziemlich schlau. Ich werde eine Weile auf ihn aufpassen, bis du dich hier umgesehen hast."

Lark dankte Sally, bevor sie die gemütliche Küche verließ und in die zunehmende Hitze hinaustrat. Da sie unbedingt nach den Bienen sehen wollte, ging sie zuerst in den Küchengarten hinüber. Die beiden Bienenstöcke, die die Reise überlebt hatten, standen zwischen den anderen acht Körben von *Royal Hundred*. Alle Bienenvölker waren von einer anderen Art und produzierten somit unterschiedliche, einmalige Honigsorten. In einer Ziegelmauer waren Nischen, um die Körbe zu schützen, ähnlich wie die Nischen in der Steinwand des Schlossgartens.

Es war beinahe Zeit für die Honigernte. In zwei Wochen würde Lark die Schutzkleidung anziehen, die sie im Destillierraum gesehen hatte – den langen Kittel und das Visier aus dünnen Weidenästen –, und sich an die Arbeit machen. Genauso wie in Schottland würde Lark auch hier in jeder Jahreszeit andere Aufgaben haben. Irgendwann würde die Zeit kommen, in der sie die Bienen ausräuchern würde, indem sie Schwefel unter ihnen anzündete. Dann würde Lark das Bienenwachs herausschneiden und den Honig sammeln. Danach würden die Bienenkörbe zusammengebunden und den Winter über abgedeckt werden. Im Frühling würde Lark das Innere der Bienenkörbe mit Zitronenmelisse auskleiden und im Bienengarten reichlich Thymian und Borretsch pflanzen.

Hier würde Lark also die nächsten drei Jahre verbringen. Der Garten diente mehreren Zwecken. Es gab Heilpflanzen, Küchenkräuter und Pflanzen für die Parfümherstellung. Lark lief umher und prägte sich die Beete ein. In einer Ecke wuchsen Rainfarn, Petersilie, Krapp,

Walnussbäume und Waid – die besten Pflanzen zum Herstellen von Färbemitteln. Die beliebtesten Küchenkräuter standen in der Nähe der Küchentür: Eisenkraut-Salbei, gewöhnlicher Salbei, Rosmarin, Minze und Thymian. Das Beet mit den Heilpflanzen war nur wenige Meter von der Orangerie entfernt. Dort wuchsen unter anderem Mutterkraut, Engelwurz und Baldrian. Die bunten Schmetterlinge, die um die Zitronenmelisse flatterten, boten einen herrlichen Anblick. Sogleich hob sich Larks Stimmung.

„Sie scheinen im Garten zu Hause zu sein." Mistress Flowerdew stand unter einer Laube, die von einer wohlriechenden, blühenden Kletterpflanze bewachsen war.

„Ich habe immer schon im Garten gearbeitet", erwiderte Lark lächelnd. „Wann wird Mr Osbourne erwartet?"

„Nächstes Jahr im Spätfrühling oder Frühsommer. Bis dahin muss *Royal Hundred* wieder in seinem alten Glanz erstrahlen." Ein ehrgeiziges Ziel. Lark musterte die Pfade, die mit Unkraut bewachsen waren, die Nebengebäude, die dringend gestrichen werden mussten, sowie einige kaputte, schief hängende Zäune und Fensterläden.

„Der Laird ist mit Mr Granger ausgeritten, um über ein paar landwirtschaftliche Themen zu sprechen. Dieses Wissen wird der Laird in der Karibik gut gebrauchen können." Die Haushälterin bückte sich, um ein paar Zweige Minze zu pflücken. „Sie werden natürlich wieder mit uns zu Abend essen, Miss MacDougall. Ich möchte zu gerne wissen, wie Sie und das Baby hier gelandet sind. Die Geschichte ist sicherlich spannend", sagte Mistress Flowerdew, bevor sie mit wehenden Röcken zum Haus zurückkehrte.

Lark kniete sich hin und begann im Lavendelbeet Unkraut zu jäten. Ihr Magen zog sich zusammen, wenn sie ans Abendessen dachte. Wie sollte sie Islas Tod erklären? Oder das Gefängnis und das Gefangenenschiff? War es nicht besser, das alles zu verschweigen?

Herr, bitte schenk mir die richtigen Worte.

Lark stützte die Hände auf den Muschelweg und beugte sich vor, um am Lavendel zu schnuppern. Die zeitlose Schönheit und der Duft der

Pflanze beruhigten Lark. Sie würde eine Lavendeltinktur zubereiten. Die getrockneten Blüten in die Säume von Larkins Kleidern einnähen. Lavendelseife herstellen. Sträuße pflücken und an die Balken im Cottage hängen.

Der Sommer neigte sich dem Ende zu. Bald war Erntezeit. Lark musste sich nicht nur um den Lavendel, sondern auch um zahllose andere Pflanzen kümmern, die um ihre Aufmerksamkeit buhlten. Außerdem musste Lark regelmäßig nach den Bienen sehen.

Und nach Larkin.

Wie sollte sie alles auf die Ankunft der Familie Osbourne vorbereiten, wenn sie sich gleichzeitig um den Destillierraum und ein Baby kümmern musste?

Wenn sie doch nur einen Gehilfen – einen Ehemann – und ein eigenes Zuhause gehabt hätte. Dann hätte sie ihre Zeit selbst einteilen können. *Herr, bitte hilf mir.*

*

Einige angespannte Sekunden lang waren das Klirren des Bestecks und das Donnergrollen von draußen die einzigen Geräusche im Raum. Mistress Flowerdew versuchte offenbar, die Geschichte von Magnus und Lark zu verdauen.

„Sie wurden also festgenommen, weil Sie einen Kilt getragen haben? Entschuldigen Sie, Eure Lairdschaft, aber hat der König keine größeren Sorgen?"

„Anscheinend nicht", erwiderte Magnus, während er die Gabel in ein Stück Hähnchenfleisch pikste.

Der Geschäftsführer, Mr Granger, war abwesend. Es ging ihm nicht gut. Lark war erleichtert darüber. Sie fand es viel angenehmer, nur mit Mistress Flowerdew und Magnus zu essen – und natürlich mit Larkin, der auf dem Teppich saß und mit einer leeren Tabakdose spielte. Magnus hatte ihre Geschichte sehr geschickt erzählt und die unschönen Details ausgelassen, die sicherlich für Stirnrunzeln gesorgt hätten.

251

Lark schmückte die Erzählung hier und da mit wahrheitsgemäßen Details aus. „Ich muss gestehen, dass Larkin nicht mein Kind ist. Seine Tante ist gestorben, bevor wir in See gestochen sind. Daraufhin habe ich ihn aufgenommen, obwohl ich nicht viel über Babys weiß. Schließlich habe ich ja keine Kinder."

„Noch nicht, meinen Sie", erwiderte Mistress Flowerdew. „Ich wette, dass die Verehrer Schlange stehen werden, sobald sich herumspricht, dass der Destillierraum von *Royal Hundred* eine neue Herrin hat."

„Ich werde zu beschäftigt sein, um mich mit einem Mann zu treffen", sagte Lark leise. Sie wagte es nicht, Magnus anzusehen. Stattdessen nahm sie einen Löffel, um von ihrem Quittenkompott zu probieren. „Außerdem steht in meinem Vertrag, dass ich nicht heiraten darf."

„Mr Osbourne hat da auch früher schon mal ein Auge zugedrückt", entgegnete die Haushälterin. „Solange Sie und Ihr Mann auf *Royal Hundred* bleiben und die Vertragsbedingungen erfüllen."

Magnus blickte Lark im warmen Licht der Kerzen an. Sie lächelte schüchtern. Dachte er an ihre innigen Gespräche, die sie seit seinem Geständnis auf der *Bonaventure* geführt hatten? Larks Blick fiel auf das tropfende Wachs, das wie Zuckerguss am Kerzenständer hinablief. Sie fühlte sich ein wenig benebelt vom intensiven Duft der Bayberry-Kerzen – einer weiteren Besonderheit aus Virginia. Sie wurden aus den Früchten des Bayberry-Strauchs hergestellt, der an der Küste wuchs. Im Gegensatz zu den Bienenwachskerzen auf Kerrera rauchten diese Kerzen nicht.

„Und Sie, Eure Lairdschaft? Gibt es eine Lady MacLeish?"

Auf die freundliche Frage folgte erneut ein kurzes, angespanntes Schweigen. Isla war noch nicht zur Sprache gekommen.

„Es gab eine, ja", sagte Magnus dann leise. In seiner Stimme schwang Resignation und Bedauern mit. „Ich bin seit Kurzem verwitwet."

Die Miene der Haushälterin trübte sich. „Mein aufrichtiges Beileid, Sir. Ich weiß, dass Sie Mr Osbourne nach dem Tod seiner ersten Frau eine große Stütze waren. Sie war meine Nichte, wissen Sie? Ich hätte nie gedacht, dass Sie einmal das gleiche Schicksal ereilen würde."

Mistress Flowerdew war also nicht nur die Haushälterin, sie hatte auch eine persönliche Beziehung zu *Royal Hundred*. Langsam fügte sich das Puzzle zusammen.

Als spürte sie Larks Verwunderung, fuhr Mistress Flowerdew fort: „Ich bin die alte Jungfer in der Familie Flowerdew. Meine Stelle als Haushälterin bewahrt mich davor, im Armenhaus zu landen. Da Mr Osbourne so gütig und großzügig ist, liegt mir sein Glück und das seiner Angestellten sehr am Herzen."

„Er ist ein Mann, der seinen Glauben nicht nur mit Worten, sondern auch mit Taten bezeugt", bestätigte Magnus.

„Ja. Und das ist wirklich eine Seltenheit. Ich kann es kaum erwarten, seine neue Frau und seinen Sohn kennenzulernen."

„Wie lange werden sie bleiben?", fragte Lark.

„Ein Jahr vielleicht. Seine Frau ist sehr gespannt auf die Kolonien. Und sie hat Verwandte in Philadelphia. Sie wird hier auf *Royal Hundred* bleiben, während Mr Osbourne seinen Geschäften nachgeht. Möglicherweise reist er auch nach Jamaika. Unter den Sklaven auf *Trelawny Hall* hat es kürzlich einen Aufstand gegeben. Die Aufseher sind zu streng, fürchte ich." Mistress Flowerdew bedeutete einem Diener, den Kaffee zu servieren. „Mr Osbourne ist ein rechtschaffener Mann, der keinen Gefallen an der Sklaverei hat. Ich bin mir sicher, dass er Sie vor den Schwierigkeiten gewarnt hat, die auf Sie zukommen, Sir."

„Aye, das hat er."

Spürte Magnus die Last der Verantwortung auf seinen Schultern? Wenn, dann ließ er es sich nicht anmerken. Lark rührte Zucker und Sahne in ihre Tasse. Früher hatte sie nur Tee getrunken, aber jetzt versuchte sie, Geschmack am karibischen Kaffee zu finden. Es war ihr ein Rätsel, wie Magnus seinen Kaffee schwarz trinken konnte.

Larks Blick schweifte zu Larkin, der die leere Tabakdose inzwischen aufgegeben hatte. Er lag auf der Seite und hatte eine entschlossene Miene aufgesetzt. Dann drehte er sich vor ihren Augen auf den Bauch. Entzückt stellte Lark ihre Tasse ab und klatschte in die Hände. Larkin schenkte ihr ein nasses, schiefes Grinsen. Magnus stellte ebenfalls seinen Kaffee ab. Dann stand er auf und nahm Larkin hoch, um ihn so oft in die Luft zu werfen, bis der Kleine vor Vergnügen kreischte.

Jegliche Spur von Traurigkeit war verflogen. Neugierig begann Larkin, mit den Knöpfen an Magnus' Weste zu spielen. Alle Blicke ruhten auf ihm, während Magnus sich setzte, um ihm seinen restlichen Pudding zu geben.

„Das gefällt ihm natürlich", sagte Lark lächelnd. Wieder malte sie sich aus, wie Magnus, Larkin und sie zusammenleben würden. Der Kleine schien mehr Interesse an Magnus zu haben als an dem Löffel mit Nachtisch. Und Magnus sah ihn voller Zuneigung an. Obwohl Larkin nicht sein Kind war, hatte der Junge sein Herz im Sturm erobert.

„Morgen werde ich Ihnen die Unterkünfte und Nebengebäude zeigen", erklärte die Haushälterin, als die letzten Schüsseln abgeräumt wurden. „Wenn Sie noch nicht mit den praktischeren Aspekten des Plantagenlebens vertraut sind, machen Sie sich auf etwas gefasst."

Machen Sie sich auf etwas gefasst.

Die unheilvollen Worte, der starke Kaffee und die Gesprächsfetzen vom Abendessen, die sie in ihren unruhigen Träumen verfolgten, brachten Lark um den Schlaf. Die Zustände in den Unterkünften waren doch sicherlich nicht so schlimm wie auf Kerrera in einem harten Jahr, oder? Gewiss wandte Osbourne seine christlichen Prinzipien auch auf die Sklaven an. Allerdings befand Osbourne sich auf der anderen Seite des Ozeans.

Am nächsten Morgen frühstückten Lark und Larkin erneut mit Sally in der Küche. Heute war auch Sallys Mann dabei, der mit gebeugten Schultern am Tisch saß. Cleve war so still, wie seine Frau gesprächig war. Aber Lark mochte den Mann. Er zeigte aufrichtiges Interesse an Larkin und nahm das Baby sogar auf seine knochigen Knie, um es zu beschäftigen, während Lark frühstückte und Sally Speck anbriet.

„An deiner Stelle würde ich das Baby nicht mit zu den Unterkünften nehmen. Es geht grad ein Sommerfieber um", warnte Cleve.

„Wir passen gern auf ihn auf", fügte Sally hinzu und wies auf eine karierte Decke, die in einer Ecke am Boden lag. Darauf befanden sich ein Holzlöffel und etwas Kochgeschirr. „Er kann ja noch nicht krabbeln, also wird er brav in seiner Ecke bleiben. Da ist er auch weit genug vom Ofen entfernt."

Die Luft in der Küche war bereits ziemlich schwül an diesem drückenden Spätsommermorgen. Lark dankte Sally, bevor sie Larkin auf die Decke setzte und ihm einen Holzlöffel in die Hand drückte. Dann verließ sie die Küche. Während Lark in Richtung Herrenhaus lief, wartete sie auf Larkins Geschrei. Aber es blieb ruhig.

Ein Stein über einem Torbogen verriet, dass das Herrenhaus 1702 errichtet worden war. Lark mochte die großen Fenster und die Blumen und Kletterpflanzen, die das Haus von allen Seiten umgaben. Der Muschelpfad führte vom Garten direkt bis an den Hintereingang.

Mistress Flowerdew begrüßte Lark an der Tür. Der Duft von Kaffee hing noch in der Luft. „Der Laird hat mir gerade erzählt, was man in Schottland zum Frühstück isst. Starken Tee, Porridge mit einem Schuss Whisky und Haferfladen."

Obwohl Lark gut gesättigt war, bekam sie sogleich Appetit auf die vertrauten Speisen. Sie folgte der Haushälterin ins Foyer, wo sie die Familienporträts an der getäfelten Wand betrachteten, während sie auf den Laird warteten. Magnus ließ nicht lange auf sich warten, sodass sie wenig später gemeinsam den Weg zu den Unterkünften einschlugen. Lark hatte bisher nur bei ihrer Ankunft einen flüchtigen Blick auf die Häuser der Sklaven erhascht.

Von Weitem sahen die Unterkünfte wie ein Dorf aus lauter identischen Hütten und Gärten aus. Die Unterkünfte waren so klein wie die schottischen *Crofts,* nur bestanden ihre Wände aus Holz und Lehm. Die verglasten Fenster boten im Sommer Schutz vor Insekten und hielten im Winter die Feuchtigkeit ab. Aber im Gegensatz zu Kerreras Steinhäuschen wirkten diese Hütten nicht sehr stabil.

Kinder jeglicher Hautfarbe wuselten zwischen den Hütten herum. Sie waren barfuß, hatten keine Kopfbedeckung und trugen nur wenige,

ziemlich schlichte Kleidungsstücke. Manche kamen schüchtern herbei-
gelaufen und musterten neugierig die Besucher.

„Etwa siebzig Menschen leben hier. Die meisten sind verheiratet
und haben Kinder. Die älteren Leute passen auf die Kleinen auf, bis
sie alt genug sind, um zu arbeiten." Die Haushälterin deutete auf einen
Weg, der zu einer zweiten Ansammlung von Holzhütten führte. „Und
da drüben wohnen die Vertragsknechte, die auch auf dem Feld arbeiten. Die meisten sind das ganze Jahr über von morgens bis abends auf
der Tabakplantage oder den anderen Feldern."

„Und am Sabbat?", fragte Magnus.

„Alle ruhen am Sabbat. Wer sich gut benimmt, erhält von Mr Granger die Erlaubnis, auf andere Farmen zu gehen, um Verwandte, Freunde oder Partner zu besuchen."

„Gehören die Gärten den Sklaven?" Lark deutete auf ein großes, ein-
gezäuntes Stück Land. Zwischen wuchernden Ranken hatte sie ein paar
bunte Speisekürbisse entdeckt.

Die Haushälterin nickte. „Die Lebensmittel, die sie dort anbauen,
sind eine Ergänzung zu ihren üblichen Fleisch- und Getreiderationen."
Dann wies sie auf ein wesentlich größeres Haus, das zwischen ein paar
Bäumen auf einem kleinen Hügel stand. „Da oben lebt der Geschäftsführer. Die Aufseher der kleineren Farmen wohnen ein Stück stromabwärts. Mr Granger ist ihr Vorgesetzter."

Lark, Magnus und die Haushälterin kamen an Webern, Spinnern,
Eisen- und Blechschmieden, Schreinern und Stallknechten vorbei.
Bald hatte Lark den Überblick verloren. In diesem Bereich des Dorfs
herrschte reger Betrieb und es war sehr laut. Die Handwerker arbeiteten weiter, ohne auch nur aufzublicken. Magnus interessierte sich
besonders für die Tischler und Ziegelmacher. Lark hingegen fand die
Spinnerei faszinierend. Die dunkle Haut der Arbeiterinnen glänzte in
der feuchten Hitze von Virginia.

War es in allen dreizehn Kolonien so heiß oder nur hier? Magnus trat
an die offene Tür eines Hauses am Rand der Siedlung, während Mistress Flowerdew in der Nähe mit einer weißhaarigen Frau sprach. Lark

gesellte sich etwas unsicher zu Magnus. Doch hinter der Tür befand sich bloß ein menschenleerer Raum. Paletten lagen auf dem schmutzigen Fußboden verteilt und vor einem feuerlosen Kamin standen ein Tisch und ein paar Stühle aus rauem Holz. Nachdenklich lehnte Magnus sich an den Türrahmen. „Ich hätte nie gedacht, dass mir eine schottische *Croft* einmal wie ein Schloss vorkommen würde."

Larks Herz zog sich zusammen. Es war offensichtlich, dass hier sehr große Armut herrschte. Aber nicht nur das, die Menschen wirkten auch vorsichtig und skeptisch. Eine unsichtbare Wand schien zwischen den Afrikanern und ihnen zu stehen. Lark und Magnus waren zwar Vertragsknechte, aber keine Sklaven. Und die Bediensteten von Kerrera hatten außerhalb der Arbeitszeit kommen und gehen können, wie sie wollten. Aber das hier …

Der Gedanke an einen langen, rauen Winter in solch ärmlichen Umständen ließ Lark erschaudern. „Weißt du, ob die Winter in Virginia kalt sind?", murmelte sie.

Magnus sah sie an. Die große Besorgnis in seinem Blick trieb Lark fast die Tränen in die Augen. „Ich bete, dass es einen milden Winter gibt."

Lark zwang sich zu einem Lächeln. Die kommende Jahreszeit und ihr Lieblingsfeiertag würden hier sicherlich ganz anders sein als in Schottland. Ein besonderes Ereignis war immer das Neujahrsfest gewesen, an dem Lark und Magnus nur selten getrennt gewesen waren. Er hatte es immer auf Kerrera verbracht.

Schweigend und gedankenverloren kehrten sie zum Herrenhaus zurück.

Gegen Nachmittag, als Lark mit den Bienen beschäftigt war, hörte sie ein Pferd hinter der Eibenhecke neben den Ställen. Magnus war im Wirtschaftshof und unterhielt sich kurz mit dem Reiter. Als Letzterer in einer Staubwolke davongeritten war, kam Magnus zu ihr und verkündete: „Wir legen morgen ab."

Morgen. Das Wort traf Lark wie ein Blitz. Während sie Larkin auf ihre andere Hüfte setzte, nickte sie nur schweigend. Dann kehrte sie in den Destillierraum zurück, wo sie Larkin für einen Mittagsschlaf in sein Bettchen legte. Mit offener Verbindungstür machte sie sich daran, die Seife fertigzustellen, die Sally und sie am Vortag angefangen hatten. Das schaumige Gemisch war über Nacht in großen Holzkästen auf dem Arbeitstisch abgekühlt und fest geworden. Heute würde Lark die Seife in Stücke schneiden und sie dann zum Reifen in einen Schrank legen. Normalerweise stellte Lark die Toilettenseife aus Lavendel und Wintergrün her. Diese Mischung schäumte schön und fühlte sich angenehm weich an. Aber Sally bevorzugte Sassafras – ein Baum, der Lark völlig unbekannt war.

„Es ist schön, dass der Destillierraum jetzt wieder genutzt wird." Mistress Flowerdew stand in der offenen Tür. Sie schloss die Augen und sog genüsslich den herrlichen Duft ein. „Vermutlich haben Sie inzwischen mitbekommen, dass der Laird bald abreisen wird." Sogar Mistress Flowerdew sah niedergeschlagen aus. „Heute Abend bin ich auf *Mount Brilliant* eingeladen, der Farm der Calverts. Ich hatte gehofft, dass Sie und der Laird mich vielleicht begleiten würden."

„Ich weiß nicht …" Lark schluckte. Sie war erschöpft und von Kopf bis Fuß mit Seife beschmiert. Eigentlich wünschte sie sich bloß einen ruhigen Abend mit Larkin und Magnus. Außerdem hatte sie nichts anzuziehen …

„Ich werde Ihnen ein Kleid leihen. Und das Badehaus steht Ihnen natürlich zur Verfügung. Ich werde eine der Mägde vorbeischicken, damit sie Ihnen beim Ankleiden hilft", fuhr Mistress Flowerdew eifrig und offensichtlich erfreut fort. „Sally kann auf Larkin aufpassen. Wir werden nicht allzu spät zurückkommen."

28

George Washington tanzte über drei Stunden lang,
ohne sich ein einziges Mal hinzusetzen.
GENERAL NATHANAEL GREENE

Ein paar Stunden später gingen Mistress Flowerdew, Magnus und Lark gemeinsam zum Fluss, wo eine Schaluppe auf sie wartete. Ihre Gastgeber wohnten auf der anderen Seite des James, etwas über 1 Meile stromabwärts. Als Lark in das Boot mit den sechs Rudern, dem Sonnendach und den livrierten Bootsführern kletterte, fühlte sie sich wie in einem Märchen.

Als Lark und Magnus sich gegenüber von Mistress Flowerdew gesetzt hatten, strich Lark ihren bestickten Rock glatt. Der luftige, lavendelfarbene Glanztaffet war perfekt für den schwülen Sommerabend. Dank eines Hausmädchens war Larks Haar gepudert und das Korsett atemberaubend eng geschnürt. Außerdem zierte ein schickes Seidenband mit einer Kamee ihren Hals.

Mistress Flowerdew blickte triumphierend drein. „Sie werden heute Abend so etwas wie eine Berühmtheit sein", sagte sie zu Magnus. „Sie und Miss MacDougall."

„Aber Ihre Nachbarn kennen doch sicher viele Schotten. Unsere Landsmänner spielen schließlich eine wichtige Rolle in der Wirtschaft von Virginia."

„Die schottischen Händler, meinen Sie. Das ist etwas völlig anderes als ein echter Laird, wie Sie es sind. Sie sind und bleiben ein Adliger, egal, was König George sagt."

Magnus grinste und rückte seine Halsbinde zurecht. „Ohne Kilt und ohne Schloss, aber dennoch willkommen."

„Aber ja doch. Und ich wage zu behaupten, dass Sie heute Abend nur die Elite von Virginia treffen werden. Einschließlich des neuen französischen Tanzlehrers aus Williamsburg."

Mount Brilliant leuchtete wie ein Signalfeuer in der Dunkelheit. Der grasbewachsene Hang, der zum Anleger führte, wurde von mehreren Bediensteten mit Laternen beleuchtet. Sie geleiteten Lark und die anderen zum Herrenhaus, das auf einer Anhöhe stand. Die Virginier hatten eine Schwäche für Backsteinhäuser. *Mount Brilliant* trumpfte zudem mit zahllosen Bleiglasfenstern und beeindruckenden Säulen auf.

Mistress Flowerdew, Magnus und Lark liefen über eine Veranda und durch ein Foyer, bevor sie durch einen Torbogen in den eleganten Ballsaal traten. Die Wände waren mit cremefarbener Holztäfelung und englischer Tapete verkleidet. Ohne die vielen Gäste wäre der Saal sicherlich luftig und geräumig gewesen. Von einem Podium an einem Ende des langen Raums erklang Tanzmusik. Die feuchte Luft roch nach Essen – vor allem nach Meeresfrüchten.

Lark hielt sich ein mit Lavendel gefülltes Taschentuch unter die Nase. Der Saal wurde von unzähligen Kerzen beleuchtet, in deren Licht der Schmuck und die bunten Kleider der Leute glitzerten. Die Gastgeber begrüßten sie herzlich. Dann kündigte ein Menuett den Beginn des Balls an. Lark knickste anmutig und Magnus verbeugte sich wieder und wieder, während die anderen Paare sie eins nach dem anderen begrüßten.

Magnus nahm Lark am Arm und führte sie auf die Tanzfläche, wo sich nun immer mehr Tänzer versammelten – allen voran die höchstrangigen Gäste. Obwohl Lark ländliche Tänze bevorzugte, war das Menuett raffiniert und kunstvoll. Und Magnus war schon immer ein hervorragender Tanzpartner gewesen. Außerdem wurde Larks Selbstbewusstsein von ihrem wunderschönen Kleid gestärkt. Viele Leute beobachteten sie und flüsterten hinter ihren Fächern. Magnus und Lark erregten wohl ziemliches Aufsehen.

„Der Laird und seine Lady", sagte jemand.

Als Schotten machten Lark und Magnus alles ein bisschen anders –

auch das Tanzen. Aber die Aufmerksamkeit der anderen Gäste war wohlwollend, gar bewundernd. Larks Gesicht glühte vor Freude und Wonne.

Bald wurde Lark auch von anderen Gentlemen unterschiedlichen Alters und Rangs zum Tanz aufgefordert. Alle hatten eins gemeinsam: die Liebe zum Tanzen. Lark vergaß die drückende Hitze. Die seltsame Mischung von Dialekten. Ihre eigene bescheidene Herkunft. Larkins Wohlergehen. Sogar Magnus' bevorstehende Abreise.

Beim Abendessen genossen sie die außergewöhnlichen Speisen von Virginia, vor allem *Syllabub* – ein schaumiges, weinhaltiges Dessert, das die Virginier offenbar ebenso sehr liebten wie das Tanzen. Da ihr schon nach einem Gläschen etwas schwindelig war, verzichtete Lark auf eine zweite Portion. Nach dem Essen forderte Magnus sie wieder zum Tanzen auf. Nach einem Reel und einem Jig war Larks Kehle so trocken, dass sie aus dem Springbrunnen im Garten trinken wollte.

Es war nicht leicht, sich aus dem überfüllten Ballsaal zu schleichen. Lark spürte den sanften Druck von Magnus' Hand auf ihrem Arm. Schlussendlich gelang es ihnen, in die sternenklare Nacht hinauszutreten. Jenseits der offenen Glastüren des Ballsaals war die Luft vom Duft der letzten Rosen erfüllt. Magnus und Lark setzten sich auf eine schmiedeeiserne Bank in der Nähe des plätschernden Springbrunnens. Von hier aus konnte man die tanzende Menge viel besser beobachten.

„Diese Virginier tanzen wohl bis zum Morgengrauen", bemerkte Magnus.

„Es scheint ihnen nichts auszumachen, auf engem Raum beisammen zu sein."

„Ihre Ausdauer ist erstaunlich." Er fuhr mit einem Finger über seine Halsbinde, als wollte er sie ausziehen. „Vielleicht haben sie ja schottisches Blut."

Lark lächelte und schloss genussvoll die Augen, als eine Brise aufkam. Ihre Haare und der Saum ihres Kleids bewegten sich leicht im Wind. Wenn sie doch nur die Zeit anhalten könnte! Lark hätte alles gegeben, um die wenigen kostbaren Stunden festzuhalten, die ihnen vor Magnus' Abreise blieben.

„Versprichst du, mir zu schreiben?"

Sie öffnete die Augen. Magnus dachte also auch an morgen. Über die Musik hinweg, die auch hier draußen deutlich zu hören war, sagte Lark: „Ich habe dir vor langer Zeit geschrieben, als du in Edinburgh warst."

Magnus trat mit seinem Schnallenschuh gegen einen Kieselstein im Gras. „Ich habe deine Briefe noch. Alle neun."

Überrascht erwiderte Lark: „Trotzdem hast du mir nur einmal geschrieben."

„Ich schulde dir eine verspätete Entschuldigung." Magnus verschränkte die Arme und sah Lark von der Seite an. „Deine Briefe waren so schön geschrieben und so voll von Kerrera, dass es mir jedes Mal einen Stich versetzt hat."

„Du hast die Insel vermisst."

„Aye." Er zögerte. „Und dich."

Lark spielte mit der geliehenen Kamee an ihrem Hals. Ihr Herz war so voll, dass ihr Kopf leer war.

Magnus fuhr fort: „Ich habe deine Briefe hier, in meiner Truhe. Sie sind mit einem blauen Seidenband zusammengebunden – deiner Lieblingsfarbe."

Bedauern erfüllte Lark. Sie hatte seinen ersten Brief in der Familienbibel aufgehoben, die in Schottland zurückgeblieben war. Den zweiten hatte sie im Kamin der *Croft* verbrannt, um sich zu beruhigen. Es hatte nicht funktioniert. Die panische Angst war geblieben. „Wenn du meine Briefe behalten hast, brauche ich dir ja nicht mehr zu schreiben", neckte sie.

Magnus grinste. „Aber das waren die Worte von Lark, dem jungen Mädchen. Ich möchte gerne die Gedanken von Lark, der erwachsenen Frau, erfahren."

„Du meinst von Lark, der Vogelscheuche", gab sie zurück, während sie eine Falte in ihrem Rock glatt strich.

„Du bist keine Vogelscheuche, Lark. Erst recht nicht in diesem Kleid. Was immer du im Gefängnis und auf der Überfahrt verloren haben magst, es war nicht deine Schönheit."

Die Luft schien wärmer zu werden. Lark senkte den Blick, während sie über seine Worte nachdachte. Dann holte sie tief Luft und sagte: „Schreib du mir zuerst. Dann habe ich etwas, das mich an dich erinnert – was auch immer kommen mag."

„Dann werde ich dir schreiben, sobald ich angekommen bin."

Lark nickte. „Bevor du abreist, will ich dir ein Paket mit Jesuitenrinde, Fiebermitteln und dergleichen geben."

„Noch besser wäre es, wenn du für mich betest."

„Ich werde auch für dich beten. Und dir bald schreiben."

Wie weit waren die Zuckerinseln wohl von Virginia entfernt?

Als könnte er ihre Gedanken lesen, sagte Magnus: „Die Überfahrt nach Jamaika dauert etwa einen Monat."

Lark biss sich auf die Lippe. „So lang?"

„Es ist näher als Kerrera. Aber es soll eine völlig andere Welt sein. Hektarweise Zuckerrohr. Kaffee, Indigo und Reis. Sklaven und Vertragsknechte. Viel mehr weiß ich noch nicht."

Die Lebensbedingungen auf Jamaika schienen nicht leicht zu sein. Die Karibik unterschied sich offenbar so sehr von Virginia, wie Virginia sich von Schottland unterschied.

Im Ballsaal wurde nun eine Allemande gespielt, aber Lark war nicht in Tanzstimmung. Sie war müde bis auf die Knochen.

Seufzend blickte sie zum Himmel auf. Der Mond verriet, dass es gegen Mitternacht sein musste. Der Morgen kam viel zu schnell.

Als Lark gerade ein Gähnen unterdrückte, eilte Mistress Flowerdew mit wehenden Röcken die Stufen zum Garten herunter. „Ach, da sind Sie ja! Es ist nach Mitternacht und die Schaluppe wartet."

Sie liefen ums Haus herum und dann über einen Gartenweg zum Fluss hinunter, wo das kleine Boot bereits darauf wartete, sie nach *Royal Hundred* zurückzubringen. Die märchenhafte Nacht war vorbei.

Wie lange stand er schon da?

Lark hatte gerade ihre morgendliche Arbeit unterbrochen, um sich mit dem weinenden Larkin auf einen Stuhl am offenen Fenster zu setzen und ihn zu beruhigen. Dabei erblickte sie die dunkle Silhouette in der Tür.

Magnus hielt seinen Hut in der Hand und sah Lark zögernd an, als wollte er sie nicht stören. Die Erinnerungen der letzten beiden Abende waren ein Geschenk. Sie würden Lark durch die kommende Zeit tragen.

Magnus räusperte sich. „Auf Wiedersehen, Lark. Bis bald."

Die Zeit des Abschieds war gekommen. Sogar Larkin wurde still. Er wand sich auf Larks Schoß und streckte seine plumpen Ärmchen nach Magnus aus.

Es zerriss Lark fast das Herz.

Magnus warf den Hut und den Seesack beiseite, hob Larkin hoch und schloss ihn in die Arme. Dann vergrub er sein Gesicht im weichen Nacken des Jungen. Magnus' pechschwarzes Haar stand im starken Kontrast zu Larkins leuchtend rotem Flaum.

Lark stand etwas unbeholfen daneben und biss sich auf die Lippe, bis sie ihre Tränen im Griff hatte. Dann ging sie in den Destillierraum, wo das Medizinpaket stand, das sie für Magnus vorbereitet hatte. Sie fühlte sich so zerbrechlich. Das Leben war zerbrechlich. Nur Gott wusste, ob sie Magnus je wiedersehen würde.

Entschlossen biss Lark die Zähne zusammen und nahm Larkin wieder auf den Arm. Magnus öffnete indes seinen Seesack und verstaute das Medizinpaket. Als er Lark einen dankbaren Blick zuwarf, glitzerten seine blauen Augen wie das Meer von Kerrera an einem klaren Tag. In diesem Moment verlor Lark die Fassung, die sie so mühsam errungen hatte. Tränen strömten über ihr Gesicht und der Knoten in ihrem Hals drohte zu platzen. Aber nein, sie würde nicht schluchzen. Sie wollte Magnus mit einem fröhlichen Abschied in Erinnerung bleiben, auch wenn ihr Gesicht tränenverschmiert war. Das hatte er verdient.

„*Slàinte*, Magnus." Lark legte eine Hand auf seinen Arm, während sie Larkin auf dem anderen Arm hielt.

Magnus trat auf sie zu und schloss beide in seine Arme. Mit sanfter Stimme sagte er: „*Is thu mannsachd.*"

264

Du bist meine Liebste.

Dann legte Magnus Larkin auf eine Decke, um Lark allein umarmen zu können. Sie schloss die Augen. Endlich war sie nach Hause gekommen. All ihre jahrelangen Sehnsüchte wurden in diesem Moment gestillt.

Als Magnus' Lippen ihre berührten, blieb Lark wie angewurzelt stehen, während ihre Sinne tanzten. Der geliebte, vertraute Duft von Sandelholz und frischem Leinen umgab Lark von allen Seiten. Das war das erste Mal, dass Magnus und sie sich küssten. Und er küsste sie wieder und wieder, bis Lark völlig außer Atem war und vor Aufregung bebte. Es kam ihr vor, als würden sie fliegen.

Doch dann war Magnus fort. Und der letzte Blick, den Lark von ihm erhaschte, war von Tränen verschleiert.

An jenem Abend fand Lark das Medaillon. Das Erbstück des Mac-Leish-Clans. Es lag auf dem Arbeitstisch im Destillierraum. Lark hatte es vorher nicht gesehen, weil sie mit den Bienen beschäftigt gewesen war. Das Medaillon war herzförmig, gelbgolden und mit kleinen Diamanten besetzt. Magnus' Mutter hatte es getragen und dann seine Schwester.

Behutsam nahm Lark das Schmuckstück in die Hand. Bisher hatte sie es nur von Weitem bewundern können. Im Innern des Medaillons befand sich eine dunkle Haarlocke. Von Magnus? Larks Herz machte einen Satz.

Da das kostbare Erbstück bei der Arbeit beschädigt werden könnte, zog Lark es nicht an. Stattdessen bewahrte sie es in ihrer Rocktasche auf und freute sich daran, das Gewicht des Medaillons in ihrer Tasche zu spüren.

Magnus hatte so vieles in Schottland zurücklassen müssen, aber das Medaillon offensichtlich nicht. Es war seine Verbindung zu Kerrera. Zu seiner Familie. Der Vergangenheit.

Und nun auch zu Lark.

29

Der große Saal [...] und alles darin ist so vornehm [...]
Von der Vorderseite des Hauses aus überblickt man das Meer, den Hafen,
die Stadt und einen großen Teil der Insel.
Und die konstante Meeresbrise macht das Klima sehr angenehm.
Janet Schaw, St. Olives Plantation, St. Kitts, 1774

MONTEGO BAY, JAMAIKA

Auf den ersten Blick waren das warme, türkise Wasser und die grüne, dicht bewachsene Landschaft alles, was Magnus sah. Als sein Kopf klarer wurde, drangen andere Dinge in sein Bewusstsein. Die Gerüche von Kakao und Kaffee, Zuckerrohr und Schnaps in der schwülen Meeresluft. Der Mischmasch von Sprachen und Hautfarben – manche Leute waren schwarz wie Kohle, andere braun wie Zimt oder Tabak. Im geschäftigen Hafen lagen mehrere Sklavenschiffe vor Anker. Vor Magnus' Augen wurden gebückte, abgemagerte Männer, Frauen und Kinder verkauft. Bei dem Anblick bekam Magnus ein flaues Gefühl im Magen. Dann glitt sein wachsamer Blick über lärmende Papageien und Affen in Käfigen. Seltsame gelbe und orangene Früchte. Kokosnüsse. Kochbananen.

Überall priesen Straßenhändler ihre Waren an. Der Geruch von gebratenem Fleisch stieg Magnus in die Nase. Er war so verwirrt, dass er den ausführlichen Erklärungen und Hinweisen des Captains kaum folgen konnte.

Magnus atmete erleichtert auf, als der Wagen, der ihm von *Trelawny Hall* geschickt worden war, das bunte Gemenge verließ. Seine einzige Truhe war achtlos auf die Ladefläche geworfen worden. Als sie die zerfurchte Küstenstraße entlangfuhren, wurde feiner rötlicher Staub aufgewirbelt. Die weißen Sandkörner am Strand glitzerten wie Diamanten. Auf anderen Inseln gab es angeblich schwarzen oder sogar rosa Sand. Aber hier erstreckte sich die cremefarbene Küstenlinie, so weit das Auge reichte. Sie fuhren an zahlreichen malerischen Buchten und Stränden vorbei.

Der jamaikanische Kutscher schwieg die meiste Zeit. Wenn er etwas sagte, konnte Magnus es nicht verstehen. Osbourne hatte die Sprache Pidgin oder Patois genannt. Wie sollte Magnus als Geschäftsführer von *Trelawny Hall* kommunizieren, wenn er die Sprache nicht beherrschte?

Osbourne hatte ihm erzählt, dass der vorige Geschäftsführer gestorben war. Die Tatsache, dass er bei den Vertragsknechten und Sklaven sehr unbeliebt gewesen war, hatte sicherlich zu seinem Niedergang beigetragen. Die Arbeiter hatten oft Werkzeuge oder Ausrüstung zerstört, um sich am Geschäftsführer zu rächen. Außerdem hatten sie ein System entwickelt, um sich vor der Arbeit zu drücken, ohne von den Aufsehern erwischt zu werden. Früher war *Trelawny* die erfolgreichste Plantage der Zuckerinseln gewesen. Doch unter der Leitung des ehemaligen Geschäftsführers waren die Exporte zurückgegangen. Magnus' Aufgabe war es, die Plantage wieder in Höchstform zu bringen.

War es eine Beleidigung, dass Osbourne ihn hierhergeschickt hatte? Oder vielmehr ein Beweis für sein Vertrauen in Magnus' Fähigkeiten? Da Osbourne ihn und Lark aus dem Gefängnis geholt hatte, war Magnus es ihm schuldig, sein Bestes zu geben – was immer seine Aufgaben sein mochten.

Noch ehe sie durch das schmiedeeiserne Tor der Plantage gefahren waren, wuchs Magnus' Besorgnis. Alles, was man ihm erzählt hatte, kam ihm wieder in den Sinn. Sklavenaufstände waren hier keine Seltenheit. Die Aufseher mussten immer auf der Hut sein. Manche waren schon von ihren eigenen Hausangestellten vergiftet worden. Anderen hatte man in den Feldern aufgelauert. Obwohl die Verdächtigen immer sofort gehängt wurden, gingen die Unruhen weiter. Das hatte Magnus jedenfalls von der Besatzung der *Bonaventure* auf dem Weg hierher gehört.

Osbourne hatte ihm erzählt, wer die größten Unruhestifter unter den Aschanti waren. Die Aschanti waren ein afrikanisches Volk, das für seine Stärke bekannt war. Die meisten Plantagenarbeiter gehörten diesem Volk an. Auf der stürmischen Überfahrt hatte Magnus ihre ungewöhnlichen Namen auswendig gelernt. Kwasi. Gaddo. Kenu. Okoto. Manu.

Osbournes langjährige Haushälterin und ihr Ehemann waren beide Jamaikaner und hießen Naria und Rojay. Sie erwarteten Magnus auf der langen, mit Palmen gesäumten Veranda. Würde er wirklich an diesem Ort leben? Die Aussicht auf die dunstverhangenen Blue Mountains sowie eine geschützte kleine Bucht war spektakulär.

Magnus hatte eine strohgedeckte Hütte erwartet, nicht so etwas. Das Haus war auf einem massiven Steinfundament gebaut, um Orkanen und Erdbeben standzuhalten. Die oberen Stockwerke waren aus Holz. Fensterläden und breite Vordächer hielten die Sonnenstrahlen ab. Rund um das prachtvolle Haus verlief eine Loggia mit Säulen.

„Sie sind Don Dada, der Leiter von *Trelawny Hall*", sagte Naria mit einem breiten Lächeln. Ihr auffälliges Kleid war so bunt wie der Papagei, den Magnus auf einer nahen Meertraube entdeckt hatte. „Die Aufseher leben in den Hütten da drüben."

Magnus' Schlafzimmer lag am Ende eines kühlen, dunklen Flurs. Es war ein spartanisch eingerichteter Raum mit einem Moskitonetz und Fensterläden. Durch eine Verbindungstür, die Magnus an Larks Unterkunft auf *Royal Hundred* erinnerte, gelangte man ins Büro. Die weite Aussicht von seinem Fenster ließ Magnus innehalten. Er blickte über einige Zuckerrohrfelder auf die Mühle, die Osbourne detailliert beschrieben hatte. Sie war aus importierten britischen Steinen gebaut.

Ähnlich wie in Virginia schufteten die Feldarbeiter auch hier in der unbarmherzigen Nachmittagssonne. Schweiß glänzte auf ihrer Haut. Magnus kannte weder ihre Sprache noch ihre Sitten. Noch ihre Herzen.

Wenn er Schottland je vermisst hatte, dann jetzt. Hier war er bloß ein Ausländer. Ein neuer verhasster und gefürchteter Geschäftsführer.

Als plötzlich eine Wolke die Sonne verdeckte und ein kurzer Schauer auf die Dachziegel niederprasselte, wunderte Magnus sich über das unbeständige Wetter. Er fühlte sich wie ein ahnungsloses Schulkind. Dabei war er nun der Geschäftsführer einer riesigen Zuckerplantage und man erwartete von ihm, dass er ihren früheren Glanz wiederherstellte. *Herr, bitte hilf mir.*

In den nächsten zwei Wochen gewöhnte Magnus sich allmählich an den lautlosen Gang der Bediensteten von *Trelawny Hall,* die plötzlichen Tropenstürme und die rhythmische Sprache der Menschen um ihn her. Die feuchten Leinenkleider klebten wie eine zweite Haut an seinem Körper, wenn Magnus mit seinem Wallach über die Plantage ritt. Nach und nach lernte er Osbournes Aufseher und deren Aufgaben kennen.

Nachts schrieb er Lark im Licht zweier Kerzen einen Brief, während die Insekten um sein Moskitonetz schwirrten.

Liebste Lark,
ich schreibe diese Zeilen mitten in der Nacht und doch ist es kein bisschen kühler als am Tag. Obwohl wir erst seit einem Monat getrennt sind, kommt es mir wie eine Ewigkeit vor. In Gedanken bin ich immer bei Dir und dem kleinen Larkin. Als ich abgereist bin, war Larkin kurz davor, aus seinem Bettchen zu krabbeln. Sicherlich wird er bald laufen können. Dann wirst Du alle Hände voll zu tun haben, ihn wieder einzufangen. Ich frage mich manchmal schmerzlich, ob er sich an mich erinnern wird. Bitte bete für mich. Die Sklaven hier sind erschreckend stark und stammen aus einem kriegerischen Volk von der afrikanischen Elfenbeinküste. Sie leben in großer Not, die durch die gleichgültigen, grausamen Aufseher noch verschlimmert wird.
Morgen werde ich mich mit den größten Unruhestiftern der Aschanti treffen. Ehrlich gesagt sind sie mir lieber als ihre weißen Herren. Ich würde eher einen Aufseher auspeitschen lassen als einen Sklaven.
Aber ich möchte Dich nicht mit Erzählungen über die Plantage langweilen. Bitte bete für mich.

Wie steht es um die Bienen und den Garten? Und wie geht es Mistress Flowerdew? Welche neuen Wörter hat Larkin gelernt?
Ich bitte Dich, so oft zu schreiben, wie Du kannst.

Dein Magnus

*

Lark brach das blaue Siegel auf. Es war ihr erster Brief von Magnus auf dieser Seite des Atlantiks. Sie hielt das feine Pergament an ihre Nase und bildete sich ein, einen Hauch von exotischen Gewürzen und Meeresluft zu riechen.

„*Nur die Ruhe!*", hallten Grannys mahnende Worte in Larks Gedanken wider. Sie würde den Brief langsam und genüsslich lesen. Es schien ihr, als wäre Magnus schon seit Jahren fort. Die Zeit und die Distanz hatten merkwürdige Auswirkungen.

Lark nahm sich vor, auf eine Frage nach der anderen einzugehen. Bis zum Abend hatte sie sich im Kopf eine Antwort zurechtgelegt. Doch als sie endlich begann, den Brief zu schreiben, war sie so müde, dass sie sich ständig verschrieb.

Der Honig ist jetzt fertig geerntet. Mistress Flowerdew hatte leider einen Gichtanfall. Der Ulmenblatt-Tee, den ich ihr gegeben habe, hat ihr etwas Linderung verschafft. Larkin nennt mich jetzt Mim. Er kann auch schon „Ball" und „Katze" sagen. Ich trage Dein Medaillon immer bei mir …

Während Lark den Brief zusammenfaltete, dachte sie über alles nach, was sie nicht zu Papier bringen konnte.

Ich habe mein erstes Fieber überstanden. Und Larkin hat neulich einen Knopf verschluckt. Ich stand völlig neben mir, bis der Knopf wieder rauskam. Mr Granger schilt mich, weil ich zu oft zu den Sklaven gehe und ihnen Heilmittel und andere nützliche Dinge bringe. Er behauptet, dass ich die Afrikaner verwöhne. Dann würden sie nicht mehr für die Arbeit taugen. Ich habe ihm widersprochen und gesagt, solang er die Sklaven in Armut leben lässt, werde ich versuchen, ihr Leid so gut wie möglich zu lindern. Sally hat mich gewarnt, dass Mr Granger sich bei Osbourne über mich beschweren könnte. Dann werde ich vielleicht woanders hingeschickt. Aber insgeheim unterstützt Sally mich. Sie sagt, die Leute sind froh, dass ich hier bin.

Die Hitze ist nach wie vor mein größter Feind. Oft fühle ich mich zu schwach für die Arbeit und sehne mich nach einem kühlen Küstenwind und einem schottischen Sonnenuntergang. Und nach Dir.

Aber es soll nicht sein.

*

Magnus fühlte sich ein wenig wie der biblische Josef – von den eigenen Leuten in die Sklaverei verkauft und in einem fernen Land zum Anführer gemacht. Einige Worte des Propheten Jesaja kamen ihm immer wieder in den Sinn und ermutigten ihn:

Und wirst den Hungrigen lassen finden dein Herz und die elende Seele sättigen: so wird dein Licht in der Finsternis aufgehen, und dein Dunkel wird sein wie der Mittag; und der Herr wird dich immerdar führen und deine Seele sättigen in der Dürre und deine Gebeine stärken; und du wirst sein wie ein gewässerter Garten und wie eine Wasserquelle, welcher es nimmer an Wasser fehlt.

Obwohl er seinen Besitz in Schottland verloren hatte, dachte Magnus immer noch wie ein Laird. Jamaika war in vielerlei Hinsicht ein schrecklicher Ort. Auf diesem fremden Flecken Erde waren der Hunger und das Leid noch schlimmer und herzzerreißender als auf Kerrera. Dennoch gab Magnus sein Bestes, um den Leuten hier zu helfen.

Nach einiger Zeit trommelte er Osbournes Aufseher zusammen – drei abgebrühte Männer, neben denen die schottischen Steuereintreiber wie Heilige aussahen. Einer von ihnen trug die Peitsche wie immer an seinem Oberschenkel. Dies veranlasste Magnus zu sagen: „Es wird niemand mehr ausgepeitscht. Jede Streitigkeit wird zuerst vor mich gebracht. Wenn mir zu Ohren kommt, dass jemand diese neue Anordnung missachtet, wird er selbst ausgepeitscht werden." Magnus schwieg einen Moment, um seinen Worten Nachdruck zu verleihen. Es überraschte ihn nicht, Zorn und Empörung in den Augen der Männer zu sehen. „Jeder Fall von Ungehorsam wird zuerst vor mich gebracht, aye?"

Nach einer Weile grunzten die Männer widerwillig.

Unbeirrt fuhr Magnus fort: „Es gibt zwei Dinge, die geändert werden müssen. Zum einen die wöchentlichen Rationen für die Arbeiter." Er weigerte sich, sie *Sklaven* zu nennen. „Ein Viertelscheffel Mais, ein bisschen Salz und ein Pfund Fleisch sind zu wenig. Es ist eine wahre Schande. Darum werden Sie dafür sorgen, dass die Rationen verdreifacht werden. Außerdem werden Sie die Arbeiter in Gruppen einteilen, die abwechselnd für ihre Kameraden auf den Feldern kochen. Jeder kommt mal an die Reihe. Und die Rationen der Arbeiter sollen mit reichlich frischen Lebensmitteln aus Montego Bay ergänzt werden."

„Die dreifachen Rationen? Sind Sie verrückt, Sir?", warf der älteste der drei Männer ein. „Sie werden Osbourne in den Ruin treiben –"

„Nay. Ich werde nur dafür sorgen, dass die Arbeiter in der Lage sind, ihren Aufgaben nachzukommen. Es wird weniger Kranke und Schwache geben. Dadurch wird auch die Gefahr von Aufständen kleiner." Die Nachmittagssonne schien auf die Bücher auf seinem Schreibtisch und blendete Magnus. Er ging zum Fenster und schob eines der Rollos nach unten. „Sorgen Sie auch dafür, dass die Hütten instand gesetzt werden. Viele sind in einem fürchterlichen Zustand. Knausern Sie nicht bei den Kosten."

„Aber es gibt so viele Hütten! Wollen Sie, dass wir sie alle renovieren?!", fragte der Jüngste, ein rotgesichtiger Holländer mit einem breiten Akzent.

„Jede einzelne, aye. Und Sie werden noch heute damit anfangen. Sie können sich so viele Männer zu Hilfe holen, wie Sie wollen. Ich werde über die Ausgaben Buch führen. Gibt es noch Fragen?"

Die Männer schwiegen verärgert. Mit den Hüten in den Händen blickten sie einander an. Dann ergriff der Älteste erneut das Wort: „Ich sage, dass es unmöglich ist – und sinnlos. Wir haben ohnehin schon so viele Aufgaben und Sie halsen uns noch mehr auf. Und das alles für einen undankbaren, faulen Haufen Sklaven, die keinen Finger rühren, wenn man ihnen nicht mit der Peitsche droht. Was, wenn wir uns weigern?"

„Sie weigern sich?" Magnus schaute zur offenen Tür, wo drei schwarze Männer warteten. „Dann werden Sie von diesen Aschanti ersetzt – Kwasi, Gaddo und Yaw."

Ein Fluch durchbrach die angespannte Stille.

Magnus funkelte den Übeltäter an. „Und halten Sie Ihre Zunge im Zaum, zumindest in meiner Gegenwart. Guten Tag, die Herren."

Wo hatte Osbourne bloß diese Männer her? Zugegeben, die Arbeit eines Aufsehers war anstrengend und wenig beneidenswert. Aber wäre ihr Leben nicht viel leichter, wenn sie die Umstände der Sklaven verbessert hätten?

Mürrisch trotteten die Aufseher zur Tür hinaus. Dann kamen die Aschanti herein. Ihre dunklen Augen musterten aufmerksam den fremden Raum. Das Büro war eine Art Heiligtum, das die Sklaven nicht betreten durften.

Rojay, Magnus' Diener, stand zu seiner Linken. Verständlicherweise waren die Afrikaner wachsam und angespannt. Seit ihrer Gefangennahme an der Elfenbeinküste hatten sie nur schlechte Erfahrungen mit Europäern gemacht. Ihr tief sitzendes, berechtigtes Misstrauen würde vielleicht nie aufhören. Dennoch würde Magnus versuchen, Gottes Wort zu befolgen. Er wollte die elenden Seelen, die ihm anvertraut waren, sättigen – was immer dies auch kosten oder zur Konsequenz haben mochte.

„Wie sagt man ‚willkommen' auf Aschanti-Twi?", fragte er Rojay.

Der ältere Mann zögerte. Auf seinem verschwitzten Gesicht zeichnete sich Erstaunen ab. *Akwaaba.*"

„*Akwaaba*", wiederholte Magnus. Er wollte den Männern in die Augen schauen, aber sie wichen seinem Blick aus. Würden sie ihn je direkt ansehen? „Ich habe euch heute herbestellt, um euch von den bevorstehenden Veränderungen zu erzählen. Von jetzt an werdet ihr mehr zu essen bekommen. Und bessere Unterkünfte."

Magnus wartete, bis Rojay seine Worte übersetzt hatte. Die fremde Sprache klang seltsam melodisch.

Dann fuhr Magnus langsam fort: „Ab heute wird diese Plantage anders geführt werden. Wir werden uns einmal in der Woche hier treffen, damit ihr mir berichten könnt, was in den Häusern und auf den Feldern passiert. Jede Ungerechtigkeit, Krankheit oder Unruhe. Alles, woran ich etwas ändern könnte. Wenn ich nichts von euren Problemen weiß, kann ich auch nichts dagegen tun. Ihr sollt meine Augen und Ohren sein, weil ich nicht überall zur gleichen Zeit sein kann. Das kann nur der allmächtige Gott."

Rojay sprach stoßweise, da er ab und zu nach den richtigen Worten suchen musste. Magnus lauschte, verstand aber gar nichts. Sollte er vielleicht Twi lernen? Mit Sicherheit wäre er einer der ersten Weißen auf Jamaika, die es versuchen würden.

Magnus tastete sich langsam vor. Er wollte die Arbeiter nicht mit seinen Worten erschlagen. Oder mit zu vielen Veränderungen. Eine Weile sprachen die Afrikaner untereinander. Ihre Gesten und Laute waren faszinierend und völlig fremd für Magnus.

Es hieß, dass auf jeden Weißen in Jamaika zehn Afrikaner kamen. Trotzdem fühlte Magnus sich wohler in der Gegenwart dieser Männer als mit den Aufsehern.

Schlussendlich verließen die Aschanti das Büro mit aufrechtem Gang. Ihre hochgewachsenen, unterernährten Körper schienen nur aus Muskeln und Sehnen zu bestehen. Ihre Gesichter waren ruhig und undurchdringlich. Am längsten verweilte Magnus' Blick auf Kwasis Rücken. Er war von den schrecklichen, kaum verheilten Narben einer Auspeitschung überzogen. Wie alle afrikanischen Arbeiter war auch er mit Osbournes Zeichen gebrandmarkt.

Wie mochte es sein, einen Menschen zu besitzen? Wie fühlte es sich an, wenn der eigene Name in die Haut eines anderen gebrannt wurde? Diese Seite von Osbourne war Magnus völlig unbekannt. Am

Ende der Veranda blieb der größte der Afrikaner stehen. Er wandte sich um und warf Magnus einen langen Blick zu, bevor er aus seinem Sichtfeld verschwand. Vorher sagte er noch etwas zu Rojay, das Magnus nicht verstehen konnte.

Der Dolmetscher lächelte leicht und seine Augen funkelten. „Die Männer nennen Sie *Adofo*.“

„*Adofo?*“, wiederholte Magnus verständnislos.

Rojay nickte langsam. „Auf Aschanti bedeutet das: ‚Der von Gott Gesandte‘.“

30

*Düstere und missmutige Temperamente – insbesondere solche,
die etwas Boshaftes an sich haben – sind äußerst unangenehm.
Solche Menschen haben keine Musik in der Seele.*

ABIGAIL ADAMS

Es war November. In Schottland waren die Jahreszeiten gemäßigter. Hier in Virginia schien die Natur im Herbst in Flammen zu stehen. Überall, wo Lark hinsah, leuchtete alles in bunten Farben, sogar im welkenden Garten. Sally hatte endlich das letzte Gemüse geerntet. Und Larkin wurde immer runder von Sallys köstlichen Törtchen und Kürbisspezialitäten.

„Du bist aber auch keine Vogelscheuche mehr", sagte die Köchin eines Tages zu Lark, während sie ihr ein weiteres Stück Kürbiskuchen mit Sahne auf den Teller schob. „Du wirst von Tag zu Tag kräftiger."

In diesem Moment griff Larkin, der auf Larks Schoß saß, nach ihrem Löffel. Sally kicherte. „Er wird einen Aufstand machen, wenn du den Kuchen nicht mit ihm teilst."

Lark gab ihm einen Happen. „Ist es falsch, mir zu wünschen, dass Larkin für immer so klein bleibt?"

„Ach was. Es ist einfacher, auf ein Schoßkind aufzupassen als auf eins, das laufen kann. Bald wird der Kleine abhauen und zu den Unterkünften rennen."

„Ja, er ist gerne bei den andern Kindern. Sie sind nett zu ihm, tragen ihn herum und sind ganz fasziniert von seinem roten Haar."

„Es ist aber auch wunderbar lockig. Und so strahlend wie die Mittagssonne. Dein Haar ist etwas heller, weil du so viel im Garten bist." Sally stellte einen Kessel mit Suppengrün ab. „Scheint in Schottland denn nie die Sonne?"

Lark sah Sally durch einen Sonnenstrahl an, in dem kleine Staub-körnchen tanzten. Würde ihr Heimweh nach Schottland je nachlas-sen? „Die Sonne ist dort nicht so stark und nicht so warm wie hier. In Schottland ist es oft bewölkt oder neblig."

„Na, wenn deine Dienstzeit vorüber ist, wirst du eine waschechte Virginierin sein. Und dein Mann Jamaikaner."

„Nay", entgegnete Lark. „Wir sind beide durch und durch Schotten. Genauso wie der kleine Larkin." Errötend fügte sie hinzu: „Und der Laird ist nicht mein Mann."

Noch nicht.

„Natürlich nicht. Wie komme ich nur darauf?", sagte Sally zwin-kernd. „Du sprichst ja bloß Tag und Nacht von ihm."

War das so? Sally und Lark unterhielten sich oft über ihr früheres Leben in Schottland. Lark unterdrückte ein Seufzen. „Die Distanz zwi-schen Virginia und Jamaika ist zu groß für eine Liebesbeziehung."

„Aber nicht, um Briefe zu schreiben. Flowerdew hat mir erzählt, dass du regelmäßig Briefe schickst – und auch schon eine Antwort aus Jamaika bekommen hast."

„Nur ein einziges Mal." Jetzt hatte Lark es ausgesprochen. „Ich fürchte, dass er krank sein könnte."

„Wahrscheinlich die Umstellung", murmelte Sally. „Entweder geht's ihm bald besser oder er stirbt. Da kann man nichts machen, außer zu beten."

Magnus hatte ja ihr Medizinpaket mit der Jesuitenrinde und ande-ren Kräutern. Aber was, wenn er zu krank war, um sich selbst zu ver-sorgen? Larks Sorgenberg wuchs. Gab es auf Jamaika Ärzte?

Dann fiel ihr Blick auf Larkin, der das blühende Leben war – ein Grund, Gott zu danken. Larkin sah aus wie ein kleiner Cherub ohne Flügel. Er wuchs und gedieh wie eine robuste schottische Distel im fruchtbaren Boden von Virginia.

Wenig später verließ Lark mit Larkin auf dem Arm die Küche. Nachdem sie ihn mit einem Holzlöffel und ein paar Spielsachen auf eine Decke gesetzt hatte, verschaffte sie sich einen Überblick über die anstehende Arbeit. Es gab viel zu tun, da man noch keinen Ersatz für den alten Gärtner gefunden hatte, der an den Pocken gestorben war. Die Anzeige war gerade erst in der *Virginia Gazette* erschienen. Aus diesem Grund arbeitete Lark bis in die frühen Abendstunden, obwohl die Tage immer kürzer wurden.

An diesem Morgen kniete sie im Lustgarten mit den hohen Eibenhecken und jätete das hartnäckige Unkraut. Dabei keimten neue Sorgen in ihr auf. Wie immer, wenn sie besonders müde oder überarbeitet war, holten ihre Ängste sie ein. *Herr, vergib mir.*

Lag Magnus vielleicht krank im Bett – vollkommen allein und weit weg von zu Hause? War er zu schwach, um eine Feder zu halten? Hatte er ihre Briefe überhaupt bekommen? War vielleicht sogar das Undenkbare passiert und Magnus war gestorben? Lag er bereits im feinen Sand von Jamaika begraben? Plötzlich musste Lark an Granny denken. Da sie weder lesen noch schreiben konnte, hatte Lark ihr noch keinen Brief geschickt. Der Gedanke quälte sie. Vielleicht sollte sie dem Pastor von Kerrera schreiben und ihn bitten, Granny auszurichten, dass es ihr gut ging.

Während sie noch darüber nachdachte, fiel plötzlich ein Schatten über sie. Ein langer, ungewöhnlich schmaler Schatten.

Es war der Captain – Rory MacPherson. Wie in alten Zeiten.

Überrascht fiel Lark auf ihr Hinterteil und starrte Rory mit offenem Mund an.

Er warf einen Blick über die Schulter, als fürchtete er, verfolgt zu werden. „Ich habe gehört, dass du hier im Haupthaus bist. Ich arbeite auf einer von Osbournes kleineren Farmen. Auf dem Feld. Brutale Knochenarbeit."

Das glaubte Lark sofort. Rory war für die See gemacht, nicht für die Feldarbeit. Seine Wangenknochen traten deutlich hervor und seine früher kräftige Statur wirkte nun völlig ausgemergelt.

Rorys hoffnungsvoller Blick zum Küchenhaus erinnerte Lark daran, dass Sally und Cleve zu den Unterkünften gegangen waren. „Hast du Hunger?"

„Immer. Unsere Rationen sind kaum genug, um ein Vögelchen am Leben zu halten."

Lark stand auf und klopfte die Erde von ihrem Rock, bevor sie in die Küche ging. Wenige Minuten später kehrte sie mit etwas Maiskuchen zurück. Rory schnitt eine Grimasse, nahm den Kuchen aber entgegen. Während er aß, holte Lark Wasser aus dem Brunnen und brachte es ihm. Sie wünschte, sie hätte Rory auch ein wenig süße Milch anbieten können. Oder Ale. Wie in der *Thistle*.

„Verfluchtes Land", schimpfte Rory. „Wie findest du es hier?"

„Es ist nicht Schottland."

„Nay. Ich werde nach Schottland zurückkehren. Aber zuerst reise ich nach Cape Fear in Carolina. Ich und ein paar andere haben vor, abzuhauen."

„Aber Mr Granger ... Du weißt doch, was mit Flüchtigen passiert."

„Nur, wenn sie erwischt werden." Rory trank aus und wischte sich dann mit dem Handrücken das Wasser vom Kinn. „Die Aufseher sind alles Taugenichtse. Und Mr Granger ist krank, daher ist er fast nie auf den Feldern."

Lark wusste das. Grangers Frau kam oft zum Destillierraum und bat um ein Heilmittel. Mistress Flowerdew war beunruhigt und hoffte insgeheim, dass der Geschäftsführer und seine Frau bald wegziehen würden.

Rory warf Lark einen bohrenden Blick zu. „Willst du mitkommen?"

„Mit einem Kleinkind?" Lark kniete sich wieder hin und fuhr verärgert fort, das Unkraut zu jäten. „Wieso sollte ich meinen Vertrag brechen?"

Rorys Augen blitzten. „Es ist ein ungerechter Vertrag, der auf einem Verbrechen beruht, das du nicht begangen hast."

„Wie dem auch sei – ich bin jetzt hier und werde hierbleiben." Lark würde Rory nicht auf die Nase binden, dass sie nun mehr zu essen hatte als früher in Schottland. Oder dass Mistress Flowerdew sich so sehr nach Gesellschaft gesehnt hatte, dass sie Lark und Larkin nun ziemlich verwöhnte. Die Haushälterin lud sie oft ins Haus ein und gewährte ihnen viele Privilegien. Rory musste hart arbeiten und kannte solche Vorzüge nicht.

„Du wartest auf den Laird, nehme ich an." Rory ging vor Lark in die Hocke und musterte Magnus' Kette. Das Medaillon war unter ihrem Mieder verborgen. Die Korallenkette, die Lark früher getragen hatte, lag nun in einem Regal im Destillierraum. Sie wusste nicht, was sie damit machen sollte. „Du könntest ebenso gut auf die Auferstehung der Toten warten. Die Zuckerinseln sind tödlich für Ausländer wie uns. Der Laird ist Geschichte", sagte Rory und sprach damit eine ihrer größten Ängste aus.

Ihre andere große Angst war, Larkin zu verlieren. Sie hatte sich so viel Mühe gegeben, zuversichtlich zu bleiben. Nun brachte Rory alles ins Wanken. Verächtlich spuckte er auf den Boden und fügte hinzu: „Lass das Kind doch einfach zurück. Es ist nicht mal deins –"

„Doch, das ist er. Ich könnte Larkin nicht mehr lieben, wenn er mein leibliches Kind wäre." Lark schaute zu dem Kleinen hinüber, der zufrieden im Gras saß und vor sich hin plapperte. Ihr Herz zog sich zusammen. „Er nennt mich *Mim,* weil er noch nicht *Mither* sagen kann. Und ich werde ihm das auch nicht verbieten."

Ungerührt zuckte Rory die Schultern. „Du könntest eigene Kinder bekommen, dein Fleisch und Blut. Und du könntest heiraten. Wenn du nur nicht so stur wärst."

Lark bat Rory, zu warten. Dann ging sie in den Destillierraum und holte die Korallenkette. Rory hob erstaunt die Augenbrauen, als sie ihm das Schmuckstück in die Hand drückte. „Die Kette gehört dir. Vielleicht kannst du sie auf deiner Reise gebrauchen. Ich kann sie nicht mehr tragen. Mein Herz gehört einem anderen." Lark wappnete sich für Rorys Fragen, doch er steckte die Kette wortlos ein.

Als eine Tür zugeschlagen wurde, sprang er auf. „*Star Farm.* Gib mir bis Ende des Monats Bescheid, wenn du deine Meinung geändert hast. Dann vereinbaren wir einen Treffpunkt."

Bis Ende November? Lark kannte die *Star Farm* nicht, aber sie hatte gehört, dass dort Osbournes bester Tabak angebaut wurde.

Sobald Rory hinter der Hecke verschwunden war, seufzte Lark auf. Dann fuhr sie mit ihrer Arbeit im Garten und bei den Bienen fort.

Am Abend saßen Lark und Mistress Flowerdew wie üblich mit ihren Handarbeiten im Wohnzimmer des Herrenhauses zusammen. Die Haushälterin stickte, während Lark ein Taschentuch nähte. Lark fragte sich, ob Mistress Flowerdew auch so nett zu ihnen wäre, wenn sie von Larks Verurteilung und Larkins zweifelhafter Herkunft wüsste. War es wirklich gut, diese Einzelheiten zu verschweigen?

„Es gibt da noch etwas, das ich Ihnen erzählen muss", setzte Lark an. Angst stieg in ihr auf. Wie würde die Haushälterin reagieren? „Sie sind immer so nett zu uns. Ich will keine Geheimnisse vor Ihnen haben."

Lark holte tief Luft. Dann brach alles aus ihr heraus – Isla, das Gefängnis, Osbournes rechtzeitiges Eingreifen, Larkins traurige Geschichte. Die Miene der Haushälterin blieb unverändert und sie stickte unbeirrt weiter.

„Das ist ja Stoff für einen Roman!", rief sie aus, als Lark fertig war. „Mr Osbourne hat in seinem Brief nur geschrieben, dass Sie fälschlicherweise angeklagt wurden von mächtigen Leuten, die einen Sündenbock gesucht haben. Er hat keine Einzelheiten genannt. Und das Vergehen des Lairds ist lächerlich, wie ich von Anfang an gesagt habe. Das Tragen eines Kilts! Was das Baby betrifft – es war kein Zufall, sondern Gottes Vorsehung, dass Larkin Ihnen anvertraut wurde. Der Allmächtige kümmert sich in besonderer Weise um die Witwen, Waisen und Vaterlosen. Dazu gehören auch wir drei." Mistress Flowerdew legte ihre Stickerei beiseite. „Wie wäre es mit einem Tee?"

Sie verloren kein weiteres Wort über die Vergangenheit. Lark fiel ein Stein vom Herzen. Als das hübsche Porzellanservice hereingebracht wurde, erfüllte der Duft von feinem Souchong-Tee den gemütlichen Raum. Die Haushälterin trank ihren Tee pur, aber sie wusste, dass Lark einen anderen Geschmack hatte. Silberne Zuckerzangen und ein kleines Kännchen mit Sahne standen auf dem Tisch.

„Der Tee ist hervorragend. Obwohl ich karibischen Kaffee bevorzuge", sagte Mistress Flowerdew.

Karibischer Kaffee … Wieder musste Lark an Magnus denken. Und wieder flehte sie Gott an, ihn zu bewahren. Aber es war, wie Sally gesagt hatte: Sie konnte nichts tun, außer zu beten.

„Lassen Sie uns am nächsten Markttag doch nach Williamsburg fahren", schlug Mistress Flowerdew vor. „Ich brauche ein paar Dinge, die es nur in der Stadt gibt. Natürlich ist Williamsburg bloß ein Dorf im Vergleich zu Edinburgh oder Glasgow. Aber die Hauptstadt von Virginia hat ihren ganz eigenen Charme. Und ein Ausflug wird uns sicherlich guttun."

Larkin, der zu ihren Füßen saß, fuchtelte mit zwei Silberlöffeln herum und strahlte sie begeistert an, als hätte er jedes Wort verstanden.

„Du, kleiner Mann, wirst zu Hause bei Sally bleiben. Aber wir bringen dir ein schönes Spielzeug aus einem der Geschäfte mit", versprach Mistress Flowerdew.

Als Larkin vergnügt gluckste, mussten die beiden Frauen lachen. Dann genossen sie den warmen, vorzüglichen Tee.

Williamsburg, ein neues Abenteuer, erwartete sie.

*

Die Frau, die ihn pflegte, war nicht Lark. Sie war schwarz wie die Nacht, hatte aber seltsamerweise blaue Augen. Eine Mulattin? Magnus hatte die Frau noch nie gesehen. Sie war gekommen, kurz nachdem sein Fieber eingesetzt hatte. Magnus war noch nie so krank gewesen. Er wollte einfach nur sterben, damit das Elend ein Ende hatte. Von einem Tag auf den anderen war sein Leben auf ein nass geschwitztes Bett, einen Spuckeimer und die vier Wände seines Zimmers reduziert worden.

Aber er konnte noch träumen – unbefriedigende, sehnsüchtige Träume. Lark schien ihm näher als je zuvor zu sein. Er atmete ihren süßlichen Duft mit einem Hauch von Kräutern und Blüten ein und spürte, wie ihr seidenweiches Haar über seinen nackten Arm und seine Brust strich, als sie ihn mit kühlen feuchten Tüchern abrieb. Doch wenn er sich zwang, die Augen zu öffnen, verschwand Lark. Stattdessen stand die blauäugige Frau da.

Aber er wollte Lark.

Die fremde Frau sang und legte Amulette unter sein Bett. Einmal gelang es Magnus, sie am Handgelenk zu packen. „Keine Hexerei", brachte er mühsam hervor. Seine Kehle war so trocken wie Herbstlaub. Aber er wollte nicht noch mehr Unheil heraufbeschwören. „Nur die Bibel."

Die Frau war erschrocken zusammengezuckt. Hatte sie sein Gestammel überhaupt verstanden? Zumindest kamen von da an nur noch Naria und Rojay an sein Krankenbett.

Die Zeit verging. Magnus fühlte sich nicht besser, aber er war noch am Leben. Bei einem heftigen Regenschauer drangen Tropfen durch die Decke und fielen auf sein Gesicht. Kein kühler, schottischer Regen, sondern heiße Tropfen, die keine Erfrischung brachten. Oder bildete Magnus sich das bloß ein?

Herr, lass mich sterben!

Es war nicht nur das körperliche Leiden, das Magnus erschöpft hatte. Die Not, der Hunger und die Grausamkeit um ihn her machten ihn krank. Das Chaos, das ihn von allen Seiten umgab. Es schien unmöglich, hier einen Unterschied zu bewirken. Und dann war da noch der Trennungsschmerz. Die unerfüllte Sehnsucht. Die gescheiterten Träume. Magnus vermisste sogar Nareen von ganzem Herzen.

Hingehaltene Hoffnung macht das Herz krank.

In seiner Erinnerung war Schottland plötzlich das Paradies auf Erden. Der dortige Aberglaube erschien ihm nun unbedeutend und harmlos. In Jamaika war er bloß ein fremder Mann auf einem fremden Terrain, der um sein Leben kämpfte.

Magnus wusste nicht, wie viel Zeit vergangen war, als endlich eine britische Stimme durch die Dunkelheit drang. „Das Gelbfieber, ohne Zweifel. Da er bis jetzt überlebt hat, wird es ihn wohl nicht umbringen. Die Schotten sind ein zähes Volk. Im Kampf sind sie echte Teufel. Die Kolonien sind eine Art Abladeplatz für sie geworden …"

Der Arzt machte einen Aderlass und flößte ihm etwas Ekelhaftes ein. Dann schlief Magnus ein. Träumte. Diesmal war es Larkin, der in seinen Armen lag. Ein warmes, weiches Bündel – so klein, wie er gewesen war, als Magnus ihn zuletzt gesehen hatte. Es hatte ihm das Herz gebrochen, Lark und den kleinen Larkin auf *Royal Hundred* zurückzulassen. Wenn er den Jungen wiedersah, würde er kein Baby mehr sein.

Und Lark? Immer Lark …

31

Wohin man auch reist [...] es überrascht immer wieder,
von wie vielen Obersten, Majoren und Hauptmännern man hört [...]
Das Land scheint ein wahrer Zufluchtsort für Helden zu sein.
EDWARD KIMBER, ENGLISCHER REISENDER IN AMERIKA, 1745

„Williamsburg hat weniger als zweitausend Einwohner. Aber wenn die Gerichte tagen, sind wesentlich mehr Leute in der Stadt", erklärte Mistress Flowerdew, als ihre schicke Kutsche durch die mit Blättern übersäten, staubigen Straßen fuhr. Viele warfen ihnen neugierige Blicke zu. „Heute ist ziemlich viel los."

Auf den Straßen herrschte wirklich ein reges Treiben. Lark sah Menschen aus allen Gesellschaftsschichten und viele Männer in Uniform. Fasziniert starrte sie eine Gruppe von Leuten an, die unter einer ausladenden Eiche standen. Ihre Haut war rötlich braun und sie trugen Kleider aus Fellen und Federn.

„Indianer. Cherokee, glaube ich", erklärte Mistress Flowerdew. „Gouverneur Dinwiddie versucht, eine freundschaftliche Beziehung zu ihnen zu pflegen. Sie werden zu Feiern im Palast des Gouverneurs und ins Theater eingeladen. Bald ist der Geburtstag des Königs, dann gibt es ein Feuerwerk auf der Palace Street und einen Ball."

Lark hatte noch nie ein Feuerwerk gesehen. War es vergleichbar mit dem blauen Licht der Musketen, das die Schmuggler als Signal genutzt hatten?

Vor einer Art Taverne wurde die Kutsche langsamer. Einige Sklaven standen mit gesenkten Köpfen in einer Reihe auf den Stufen. Um sie herum hatte sich eine Gruppe gut gekleideter Herren versammelt. Manche von ihnen hielten Flugblätter oder Zeitungen in der Hand.

Dann übertönte die Stimme eines Auktionators den Lärm der Menge.

Betroffen wandte Lark den Blick ab und konzentrierte sich auf das Schild des Hutgeschäfts vor ihnen. Ein paar junge Frauen in auffälligen Kleidern und Hüten traten durch die offene Tür auf die Straße. Ihre Schleifen und Rüschen flatterten im Wind.

Zuerst besuchten Mistress Flowerdew und Lark einen Gemischtwarenladen, der Töpferware, Gusspfannen, Seife, Schokolade, Kaffee, Sattelbäume und vieles mehr anbot.

„Womit kann ich Ihnen dienen?", fragte der Verkäufer.

„Ich brauche Samen für den Frühling", antwortete Mistress Flowerdew. „Die Gärten von *Royal Hundred* müssen gut aussehen, wenn die Osbournes kommen. Sie werden sicherlich oft Gäste unterhalten."

Lark und die Haushälterin verbrachten eine Stunde mit der angenehmen Aufgabe, Samen auszusuchen. Französische Artischocken. Weiße Gurken. Kopfsalat und Ackerbohnen. Melonen. Außerdem nahmen sie Chinesische Nelken, Fingerhut und Pfingstrosen mit, die sie rund um das Gemüse säen würden. Für den formalen Garten waren sie nicht zuständig. Osbourne hatte endlich einen neuen Gärtner gefunden, der sich nun auf dem Weg zur Plantage befand.

Als Nächstes gingen sie ins Hutgeschäft, das auch ein paar Spielsachen im Angebot hatte.

„Ich frage mich, ob Larkin mit einer Puppe spielen würde", überlegte Mistress Flowerdew. „Oder lieber etwas Jungenhafteres?"

Es gab Schaukelpferde und Rasseln, Pfeifen und Blechtrommeln, Stelzen und Holzreifen. Flöten aus Ahornholz. Ein Kegelspiel. Murmeln. Schlussendlich entschieden sie sich für ein Spielzeugschiff mit einem winzigen Kapitän in blauer Uniform und einem bleiernen Anker. Lark musste unwillkürlich an die *Merry Lass* denken, doch sie schob den Gedanken schnell beiseite.

Lächelnd sah Lark zu, wie das Spielzeug eingepackt wurde. Sie freute sich schon auf Larkins Reaktion. Anschließend gingen sie und Mistress Flowerdew in der Druckerei vorbei, um Siegelwachs und Papier zu kaufen. Lark würde noch heute Abend einen Brief an Magnus schreiben. Und einen an Granny.

„Jetzt möchte ich die Witwe Ramsay besuchen, eine alte Freundin von mir", kündigte Mistress Flowerdew an und deutete auf ein großes Backsteinhaus auf der anderen Seite des Marktplatzes. Nach dem Palast des Gouverneurs war es das prachtvollste Gebäude, das Lark in Williamsburg gesehen hatte. Ein livrierter Diener öffnete ihnen die Tür und führte sie durch ein beeindruckendes Foyer mit einer breiten Treppe in den Garten hinaus. Dort waren bereits mehrere Damen versammelt.

„Frances, bist du das?", fragte eine elegante Dame mit einer Perücke. Dann kam sie mit ausgestreckten Armen auf Mistress Flowerdew zu. „Du kommst genau zum rechten Zeitpunkt."

Als Mrs Ramsay ihnen die anderen Gäste vorstellte, fühlte Lark sich von allen Seiten beobachtet. Die Namen prasselten wie ein Platzregen auf sie ein. Lark konnte sich nur einen merken: Theodosia Ramsay. Die junge Brünette war die Schwiegertochter der Gastgeberin und schien im gleichen Alter wie Lark zu sein.

„Machen Sie sich darauf gefasst, den Namen Ramsay hier noch oft zu hören", sagte Mistress Flowerdew. Die anderen Damen lachten zustimmend. Dann deutete die Haushälterin auf Lark. „Das ist Miss MacDougall von den westlichen schottischen Inseln. Sie stammt von einem alten, einflussreichen Clan ab."

Lark straffte die Schultern, konnte sich aber kaum ein Lächeln verkneifen. Ihre Abstammung hatte herzlich wenig Einfluss auf ihre gegenwärtige Situation. Doch Mistress Flowerdews Worte entsprachen der Wahrheit. Hatte Richard Osbourne ihr in seinem Brief von Larks Herkunft erzählt? Die Virginier legten wirklich viel Wert auf Adelstitel.

„Sie ist eine große Bereicherung für *Royal Hundred*", schloss Mistress Flowerdew mit einem gütigen Lächeln.

„Dann werden Sie sich hier in Williamsburg ganz wie zu Hause fühlen. Unser Gouverneur ist Schotte, ebenso wie viele Stadtbewohner", sagte Theodosia. „Bitte schließen Sie sich doch unserem Picknick im

Garten an. Möchten Sie vielleicht etwas Zitronen-*Syllabub*? Die Köchin hat auch einen köstlichen Apfelkuchen mit Vanillepudding gebacken."

Gemeinsam schlenderten sie zu einem geschmackvoll gedeckten Tisch hinüber. In der Mitte stand ein Strauß aus herbstlichen Chrysanthemen und Bittersüß. Um den Tisch und im Garten waren Stühle verteilt. Theodosia bedeutete Lark, sich neben sie zu setzen.

„Ich habe Sie schon mal gesehen", sagte die junge Frau, während sie Lark über den schaumigen Inhalt ihres Dessertglases hinweg musterte. „Auf dem Ball von *Mount Brilliant*. Sie waren mit einem sehr gut aussehenden Schotten da, den ich für Ihren Ehemann hielt."

„Der Laird Magnus MacLeish", sagte Lark wehmütig. Dann griff sie, ohne nachzudenken, nach dem Medaillon, das sie in ihrer Tasche versteckt hatte. Theodosia folgte ihrer Hand mit den Augen. „Er kommt auch von den Inseln. Und ist ein alter Freund von mir", fügte Lark hinzu.

„Ich glaube, da untertreiben Sie ein wenig. An jenem Abend habe ich zu meinem Mann gesagt, dass der Laird Sie ganz offensichtlich vergöttert. Da steckt doch sicherlich noch mehr hinter Ihrer Geschichte. Ist er denn nicht hier?"

„Er ist auf den Westindischen Inseln. Momentan arbeitet er als Geschäftsführer für Richard Osbourne. Außerdem ist er noch in Trauer um seine verstorbene Ehefrau."

„Oh, wirklich? Das tut mir sehr leid. Obwohl ich anmerken muss, dass die Trauerzeit meistens nicht allzu lange dauert – zumindest nicht hier in den Kolonien." Plötzlich verdunkelte sich Theodosias Miene. „Mein Bruder ist auch in der Karibik – auf Barbados. Er hofft, dort von einer Lungenkrankheit zu genesen."

„Ich bete, dass er wieder gesund wird", sagte Lark. Es überraschte sie, dass die Schwindsucht hier offenbar ein ebenso großes Problem war wie in Britannien.

„Amen. Ich auch. Reiten Sie?", fragte Theodosia mit gehobenen Augenbrauen.

„Selten", gestand Lark. „Stimmt es, dass man hier in Virginia so gerne reitet, wie man tanzt?"

Theodosia lachte. „In der Tat. Wenn wir mal nicht tanzen, dann sitzen wir auf dem Pferd. Mein Mann hat ein paar prächtige Tiere im Stall. Vielleicht werde ich mal nach *Royal Hundred* ausreiten."

„Dann zeige ich Ihnen den Bienengarten und die Orangerie."

„Und trinken einen Tee mit mir. Mistress Flowerdew ist eine großartige Gastgeberin."

Lark nahm einen Schluck von dem schaumigen *Syllabub*. Er war süß und zugleich säuerlich frisch. Seit dem Ball hatte Lark auf die nächste Gelegenheit gewartet, von dem köstlichen Nachtisch zu essen.

„Und wen haben wir hier?", durchbrach eine tiefe Männerstimme das Geplauder der Frauen. „Eine hübsche Virginierin, die ich nicht kenne?"

Lächelnd stellte Theodosia ihren *Syllabub* ab und winkte den Gentleman herbei. „Du hast Miss MacDougall auf dem Ball von *Mount Brilliant* gesehen. Sie und den Laird."

Lark wandte sich um und stand auf. Konnte dieser behäbige, makellos gekleidete Herr wirklich Theodosias Mann sein? Lark konnte sich nicht erinnern, ihn an jenem Abend im vollen Ballsaal gesehen zu haben.

„Ach ja." Er küsste Larks Hand. „Ich bin Prentice Ramsay, ein Cousin von Richard Osbourne. Und ein Großneffe von Mistress Flowerdew." Zwinkernd fuhr er fort: „Wenn Sie lang genug in Virginia leben, sind Sie irgendwann mit jedem hier verwandt."

Mr Ramsays lockere Art war Lark sofort sympathisch. Lächelnd beobachtete sie, wie er mit jeder der anwesenden Damen sprach, bevor er mit einem *Syllabub* in der Hand zum Haus zurückkehrte.

„Mein Mann übt viele Funktionen aus", erklärte Theodosia. „Aber am wichtigsten ist seine Arbeit als Generalstaatsanwalt der Kolonie. Er hat in London Jura studiert."

„Der Laird ist auch Anwalt", sagte Lark. Wie immer ließ sie keine Gelegenheit aus, von Magnus zu erzählen. „Er hat am *Court of Session* in Edinburgh gearbeitet." Das konnte ihm schließlich keiner nehmen, oder?

„Wirklich? Dann wäre er hier vielleicht eher von Nutzen als in der Karibik. In Virginia sind qualifizierte Männer sehr gefragt."

„Das werde ich ihm schreiben." Ein Hoffnungsschimmer keimte in Lark auf. „Vielen Dank, Mistress Ramsay."

„Und ich werde meinem Mann davon erzählen", erwiderte Theodosia. „Aber wollen wir uns nicht duzen? Du kannst mich Thea nennen."

32

*Rechnen Sie nicht von vornherein mit Problemen
und machen Sie sich keine Sorgen um Dinge,
die vielleicht nie passieren werden.
Bleiben Sie im Sonnenlicht.*

<small>BENJAMIN FRANKLIN</small>

Lark holte die Kerze näher heran, bis ihr goldenes Licht die ganze Seite erhellte. Dann hielt sie einen Moment inne und schaute von ihrer Bibel zu Larkin hinüber, der in seinem Bettchen schlief. Er hielt eine Flickenpuppe im Arm, die Sally ihm gemacht hatte. Seine Brust hob und senkte sich sanft und gleichmäßig.

Beruhigt las Lark in den Psalmen weiter.

Der Herr ist denen nahe, die verzweifelt sind, und rettet diejenigen, die alle Hoffnung verloren haben. Zwar bleiben auch dem, der sich zu Gott hält, Schmerz und Leid nicht erspart; doch aus allem befreit ihn der HERR! Vor schwerem Schaden bewahrt er ihn, kein Knochen soll ihm gebrochen werden.

Lark war auf diese Stelle gestoßen, nachdem sie Gott um einen besonderen Vers gebeten hatte. Die hoffnungsvollen Worte schienen ein Versprechen zu sein. *Er bewahrt.* Lark bat Gott inständig, auch Magnus zu bewahren. Es war immer noch kein weiterer Brief von ihm gekommen. Mit jedem Tag wuchs Larks Angst. Inzwischen rannte sie dem Postboten fast entgegen, wenn er die Briefe brachte. Selbst Mistress Flowerdew begann allmählich enttäuscht auszusehen, wenn wieder kein Brief von Magnus dabei war. Trotz alledem schrieb Lark ihm weiterhin.

Sie schickte ein halbes Dutzend Antworten auf seinen einen Brief und erzählte ihm alles, was sie in Virginia erlebte. Sie erwähnte sogar, dass Theodosia sich nach Magnus erkundigt hatte.

Nun, da der Herbst begonnen hatte, verbrachte Lark mehr Zeit im Destillierraum als im Garten. Bald waren die Regale nicht nur mit Seife, sondern auch mit verschiedenen Heilmitteln und Tonika für den Winter gefüllt. Lark stattete den Unterkünften immer häufiger Besuche ab. Wenn Mr Granger und die Aufseher gerade nicht in der Nähe waren, kamen die Arbeiter auch manchmal zu Lark und baten sie um ein Heilmittel für das eine oder andere Leiden. Wenn es ernst wurde, schickte man nach einem Arzt.

Lark hatte Rory nicht mehr gesehen. Als das Ende des Monats näherrückte, fragte Lark sich, ob Rorys Pläne sich geändert hatten. Würde sie überhaupt erfahren, ob ihm die Flucht gelungen war? Sie verstand seinen Wunsch, die schottische Hochburg in North Carolina zu sehen. Aber was wollte er dort als flüchtiger Vertragsknecht tun? Wenn Rory es wagte, nach Schottland zurückzukehren, würde man ihn wahrscheinlich erwischen und hinrichten.

Manchmal hatte Lark beinahe Schuldgefühle, weil es ihr auf *Royal Hundred* so gut ging. Sie war zwar nicht frei, aber Mistress Flowerdew behandelte sie wie eine Gleichgestellte. Sogar Sally ordnete sich ihr unter und kümmerte sich um Larkin, als gehöre Lark zur Familie Osbourne. Und ihre Arbeit im Destillierraum war ein Kinderspiel im Vergleich zu der Schufterei auf dem Feld.

Lark war wirklich reich gesegnet. Sie hatte mehr als genug zu essen. Eine angemessene Unterkunft. Eine Arbeit, die ihr gefiel. Und sie konnte sich jeden Tag an den Gärten auf *Royal Hundred* und in Williamsburg freuen. Obwohl Lark es nur ungern zugab, verblasste sogar der Schlosspark von Kerrera im Vergleich zu den Gärten hier. Langsam, aber sicher schloss Lark Virginia ins Herz. Sie wollte nicht länger an die Dinge denken, die sie verloren hatte.

Am nächsten Morgen ging Lark früh in den Garten, um Blumen für das Herrenhaus zu pflücken. Mistress Flowerdew schmückte das Foyer und ihre private Wohnstube gerne mit frischen Sträußen. Als Lark fertig war, ging sie ins Haus hinüber. Auf dem Weg kam sie an Cleve vorbei, der mit dem glucksenden Larkin unter einem Pekannussbaum saß. Der Anblick brachte Lark zum Lächeln.

Die frühen Morgenstunden hatten immer einen besonderen Reiz. Die Plantage erwachte allmählich zum Leben, der Tag war noch unberührt und der Fluss leuchtete in einem heiteren Blau. Als Lark die Stufen zum Herrenhaus hinaufstieg, rief sie fröhlich: „Guten Morgen!"

Mistress Flowerdew stand im Foyer und winkte mit einer Nachricht in ihrer Hand. Ihre Augen strahlten. Hatte Magnus endlich geschrieben?

„Wir bekommen heute Nachmittag Besuch. Theodosia Ramsay und ein Gentleman."

Lark stellte die Blumen auf einem Tisch im Foyer ab. „Zum Tee?"

„Ja. Und Mr Ramsay möchte den neuen Gärtner kennenlernen."

„Mr Ramsay ... Theodosias Mann?"

„Nein, sein Bruder. Er ist Anwalt und passionierter Gärtner."

„Die Ramsays sind wirklich überall."

Das herzliche Lachen der Haushälterin ließ sie um Jahre jünger wirken. „Ich bereite Mr Munro lieber auf den Besuch vor. Was Sie betrifft ..." Mistress Flowerdew musterte Larks Arbeitskleidung. „Ein Nachmittagskleid wäre vielleicht passender. Kommen Sie, wir gehen eins aussuchen."

Lark folgte der Haushälterin in ein Schlafzimmer im ersten Stock. Während im ganzen Haus gestrichen und tapeziert wurde, blieb dieser Raum unberührt.

„Bevor Felicity gestorben ist, hat sie mir ihre Garderobe vermacht. Ich habe die meisten Kleidungsstücke ans Armenhaus gespendet. Hier und da habe ich mal ein Schultertuch oder eine Schärpe getragen. Und ich habe ein paar Kleider für mich umgenäht. Aber ich muss sagen, dass Felicitys jugendlicher Stil viel besser zu Ihnen passt."

Wenig später strich Lark mit ihren schwieligen Händen über den Rock eines eleganten Baumwollkleids. Es war so blau wie der Himmel an einem schönen Sommertag. Unter dem knöchellangen weißen Unterrock fielen die himmelblauen Schuhe mit elfenbeinfarbenen Rosen besonders auf.

In diesen vornehmen Kleidern würde sie wohl niemand für ein Destillierraum-Mädchen halten. Aber ihre schwieligen Hände verrieten sie. Lark trug Halbhandschuhe, die laut Mistress Flowerdew gerade sehr modern waren. Sie weigerte sich jedoch, der aktuellen Frisurenmode zu folgen. Statt ihr Haar zu pudern und mit Pomade zu beschmieren, rollte sie es zu einem tiefen Dutt, den sie mit Haarnadeln fixierte und mit frischen Blumen schmückte.

Am frühen Nachmittag, während Larkin schlief, arbeitete Lark im Destillierraum. Gespannt erwartete sie den angekündigten Besuch. Als sie zum Fenster hinausblickte, sah sie, dass Mr Munro sich ebenfalls herausgeputzt hatte. Statt seiner schmutzigen Lederschürze trug der Gärtner eine Weste und eine Stiefelhose.

Lark hatte Schmetterlinge im Bauch. Aber warum war sie so nervös? Vielleicht fühlte sie sich einfach überfordert. In Schottland hatte sie genau gewusst, wer sie war und wo sie hingehörte. Aber hier …

Sie ging in den Garten, um mit Mr Munro zu sprechen. Sein freundliches Schottisch beruhigte sie ein wenig. Osbourne hatte eine hervorragende Wahl getroffen. Mr Munro hatte früher auf einem Anwesen in den schottischen Highlands nahe Aberdeen gearbeitet. Er war nach Virginia gekommen, weil er gehört hatte, dass es hier die besten Gärten der Kolonien gab.

„Ich musste die wunderschönen Blumen hier einfach mit eigenen Augen sehen – die Schwarzäugigen Rudbeckien, die Goldruten, die Herbstastern …", hatte Mr Munro geschwärmt. „Es ist ein Privileg, *Royal Hundred* auf die Ankunft der Osbournes vorbereiten zu dürfen."

Gegen halb drei klapperten Pferdehufe auf der Zufahrt des Herrenhauses. Wenig später drang fröhliches Stimmengewirr aus dem Foyer durch die offene Hintertür nach draußen. Mistress Flowerdew führte ihre Gäste über die gepflasterte Treppe in den gepflegten Garten. Obwohl Mr Munro erst seit einer Woche da war, hatte sich schon einiges verändert.

Larks Freude über das Wiedersehen mit Theodosia wurde durch den Anblick ihres Begleiters gedämpft. Er war ein hochgewachsener Mann in einem marineblauen Anzug und mit einem Dreispitz in der rechten Hand, den er elegant vor seine Brust hielt. Als sie einander vorgestellt wurden, verbeugte er sich leicht.

Trevor Ramsay ähnelte seinem Bruder Prentice überhaupt nicht, auch wenn sie beide von beeindruckender Statur waren. Trevor war so groß, dass Lark den Kopf heben musste, um ihm in die Augen zu schauen.

„Mein Schwager ist gerade aus London zurückgekommen, nachdem er sein Jurastudium abgeschlossen hat", erklärte Theodosia. „Und er ist froh, wieder zu Hause in Williamsburg zu sein."

Theodosias Schwager musterte Lark aufmerksam. Seine grauen Augen funkelten lebhaft. „Kann es sein, dass wir uns schon einmal begegnet sind, Miss MacDougall?"

„Nur, wenn Sie mal auf der Insel Kerrera gewesen sind", erwiderte Lark lächelnd. „Ich war bloß einmal in Edinburgh und einmal in Glasgow."

„Ich habe gehört, dass Sie viel über Gärten und Heilmittel wissen."

„Nicht so viel wie Mr Munro", gestand Lark, während die beiden Männer sich die Hände schüttelten. „Und ich muss noch viel über die Gärten in den Kolonien lernen, die ganz anders sind als die in Schottland. Es ist ein Unterschied wie Tag und Nacht."

„Oder wie *Bannocks* und Biskuits", erwiderte Trevor zwinkernd.

Sie lachten. Dann begannen sie den Rundgang durch den Garten. Theodosia lief neben Mistress Flowerdew her, gefolgt von Mr Munro. Lark erwartete, dass Trevor Ramsay sich dem Gärtner anschließen würde. Aber das tat er nicht.

„Wollen wir?", fragte er stattdessen und bot Lark seinen Arm an.

Zögernd legte sie die Hand auf seinen Unterarm. Dann liefen sie über den gepflasterten Weg zu einem trockenen Springbrunnen, dessen

Becken mit buntem Herbstlaub gefüllt war. Dahinter erstreckte sich der Teil des Gartens, der im Spätherbst am schönsten war. Er grenzte direkt an den Fluss.

„Dann erzählen Sie mal – was gefällt Ihnen an Virginia?", fragte Trevor Ramsay.

„Außer den Süßkartoffeln und Maiskuchen?" Als er amüsiert grinste, fuhr Lark fort: „Ich finde den Jasmin herrlich. Und ich habe noch nie so große Strauchrosen gesehen. Vor allem die Apothekerrose gedeiht hier hervorragend."

„Die Blüte des Hartriegels und des Judasbaums haben Sie vermutlich noch nicht erlebt."

„Nay. Ich bin erst im September angekommen, Sir."

„Bitte nennen Sie mich Trevor." Er blieb stehen, um eine Taglilie zu bewundern. „Ich würde auch gerne auf das förmliche Miss MacDougall verzichten."

Lark schluckte. War es in den Kolonien üblich, sich so früh beim Vornamen zu nennen? „Sie können mich Lark nennen."

„Lark?" Trevors Augen funkelten vergnügt. „Dann ist der Garten Ihr Zuhause. Lark … Das ist endlich mal was anderes als Martha oder Jane oder Theodosia."

Thea warf einen strafenden Blick über die Schulter. „Glaub bloß nicht, dass ich dich nicht hören kann, Trevor. Ich bin nicht taub. Wie ich sehe, hat die Zeit in England deiner Verschmitztheit keinen Abbruch getan."

„Ganz im Gegenteil", erwiderte er. „Diese biederen Londoner Gerichtssäle haben sie eher noch verstärkt."

„Vorsicht, Lark", sagte Theodosia. „Trevor ist ein ziemlicher Charmeur."

„Ich werde die Bienen auf ihn hetzen, wenn er zu frech wird", gab Lark grinsend zurück, während sie auf die Bienenkörbe deutete.

„Bienen?" Wieder sah Trevor ihr neugierig in die Augen. „Sie machen Scherze. Sie sind also nicht nur die Herrin des Destillierraums, sondern auch der Bienen? Ich habe vor, auf meinem neuen Anwesen in der South England Street Bienenstämme anzulegen. Vielleicht kann ich für den Anfang eins Ihrer Völker haben."

„Leider haben viele Bienen die Überfahrt nicht überlebt. Es gab einen furchtbaren Sturm, bei dem einige Bienenkörbe zerstört wurden", erzählte Lark. „Auch ein paar Pflanzen haben es nicht geschafft. Aber wenn Mistress Flowerdew erlaubt, können Sie im Frühling kommen und Ableger mitnehmen."

„Wenn Sie möchten, können wir jetzt die Orangerie besichtigen, Sir", sagte Mr Munro. „Dann können Miss McDougall und ich Ihnen zeigen, welche Pflanzen überlebt haben. Die Obstbäume dürften von besonderem Interesse für Sie sein, da Sie einen Obstgarten anlegen möchten."

Mr Munro führte sie einen Pfad entlang, der von einer ordentlich getrimmten Eibenhecke gesäumt war und zum Gewächshaus führte. Die Tür stand einladend offen. Die Orangerie war einer von Larks Lieblingsorten. Hier befanden sich die wertvollsten und empfindlichsten Pflanzen des Anwesens. Ein frischer, exotischer Duft erfüllte den Raum.

Sobald Lark in ihr geliebtes Gewächshaus trat, ließ ihre Anspannung nach. Während Mr Munro den entzückten Mr Ramsay – Trevor – herumführte, blieb Lark im Hintergrund.

„Kommen Sie, meine Damen. Wir gehen in die Gartenlaube, während die Herren auf Latein fachsimpeln und Pläne schmieden", schlug die Haushälterin vor. „Dort können wir in Ruhe unsere Frauengespräche führen."

Als Lark das Baby weinen hörte, wandte sie sich sofort zum Destillierraum. Doch Sally kam ihr zuvor. Die Köchin rannte ins Cottage zu Larkin, der gerade von seinem Mittagsschlaf erwacht war. Wahrscheinlich würde Sally ihn in die Küche mitnehmen und ihm Lebkuchen mit Milch geben – zu Larkins großer Freude. In der bescheidenen Küche von *Royal Hundred* fühlte Lark sich wohler als in der eleganten Gartenlaube, auf die sie jetzt zusteuerten. Die Laube war rundum von Geißblatt und Blauregen bewachsen. Glücklicherweise hatte Lark schon so oft mit Mistress Flowerdew Tee getrunken, dass sie die Etikette inzwischen recht gut beherrschte. Doch es lagen Welten zwischen der schönen Gartenlaube und ihrer einfachen *Croft* mit dem abgenutzten Holzgeschirr. Was würde Granny denken, wenn sie Lark jetzt sehen könnte? Andererseits hatte selbst der Gouverneur von Virginia einmal als einfacher schottischer Kaufmann begonnen. Warum sollte Lark sich in dieser vornehmen Runde also unwohl fühlen?

Obwohl es bereits vier Uhr nachmittags war, schien die Sonne fast so kräftig wie im Sommer. Mistress Flowerdew bezeichnete diese Jahreszeit als Indian Summer.

Sie sah zu, wie die Haushälterin dampfendes Wasser in eine silberne Teekanne goss und die Blätter wie üblich drei Minuten ziehen ließ.

„Was gibt es Neues in Williamsburg?"

„Nur Gutes." Theodosia schaute zu Lark. „Am ersten Dezember soll es eine Feier im neuen Ballsaal des Gouverneurs geben."

„Ein Winterball?", fragte Lark verträumt. Mistress Flowerdew hatte ihr bereits den Palast des Gouverneurs gezeigt, der in derselben Straße lag wie *Royal Hundred*.

„Der Gouverneur würde sich sicherlich freuen, eine Landsmännin zu treffen. Viele verschiedene Gäste werden teilnehmen – auch der Häuptling der Cherokee mit seiner Frau und ihrem Sohn, dem jungen Prinzen. Gouverneur Dinwiddie hat meinen Mann sogar nach dem Laird gefragt. Er hat ihn auf dem Ball auf *Mount Brilliant* gesehen. Ich habe ihm erklärt, dass der Laird auf den Zuckerinseln ist." Thea nahm einen Schluck von ihrem Tee. „Ich hoffe, dass du inzwischen von ihm gehört hast?"

„Nay." Lark konnte die Fragen in Theas Augen lesen – Fragen, die sie selbst nicht beantworten konnte. Um nicht in traurige Gedanken zu versinken, wechselte Lark schnell das Thema. In der Annahme, dass Theodosia gern über Mode sprach, fragte sie: „Was wirst du zum Ball anziehen?"

„Eine blaue Robe – im gleichen Farbton wie dein Kleid heute. Die Schneiderin ist bereits an der Arbeit. Du musst mich unbedingt zur Anprobe begleiten."

„Sehr gerne."

Das Geplauder der Damen verstummte, als Trevor erschien. Er musste den Kopf einziehen, um einzutreten. Nachdem er sich neben Thea gesetzt hatte, beäugte er den nur noch lauwarmen Teekessel.

„Es macht mir nichts aus, wenn der Tee nicht mehr heiß ist", beteuerte er, als Mistress Flowerdew eine Magd rufen wollte. „Ich bin nicht so anspruchsvoll."

Lark lächelte. Trevor hatte etwas Liebenswertes an sich, eine ungekünstelte Freundlichkeit, die bei Männern selten war. Theodosia hatte recht. Trevor Ramsay war wirklich charmant.

„Also", begann er, während er die Teetasse hielt, die in seinen großen Händen lächerlich klein wirkte, „habe ich da eben etwas von einem Ball gehört? Werden Sie teilnehmen?"

Die Frage war an Lark gerichtet. Sie sah Trevor in die Augen. Die Intensität seines Blicks verunsicherte sie ein wenig. „Ich denke nicht, dass ich zu dem Ball eines königlichen Gouverneurs eingeladen werde."

„Ich habe vor hinzugehen", erwiderte Trevor, bevor er einen Schluck Tee trank. „Wenn auch nur, um mich wieder mit dem Stadtleben vertraut zu machen. Ich war so lange weg, dass ich gar nicht mehr weiß, wer hier wer ist."

Eine Weile wandten sie sich anderen Themen zu, bis das Gespräch wieder um den Ort kreiste, der Larks Gedanken ganz in Beschlag nahm: die Zuckerinseln. Theas Bruder war kürzlich von dort zurückgekehrt.

„Dein Bruder fand die Inseln furchtbar. Er sagt, dass er dort keine Erholung gefunden hat", berichtete Trevor. „Die Karibik gibt sich den Anschein von unberührter Schönheit. Aber das ist nur ein hübsches Feigenblatt, um die Übel der Sklaverei zu verbergen."

„Komm schon, Trevor!", rief Theodosia aus und stellte energisch ihre Tasse ab. „Unsere Familie besitzt doch selbst fast dreißig Sklaven. Und gewiss arbeiten derzeit etwa genauso viele daran, dein schickes Stadthaus zu bauen. Langweile unsere Gastgeber also nicht mit heuchlerischem Gerede."

„Wie stehen Sie dazu, Miss MacDougall?", fragte Trevor und schaute Lark erneut an. „Was sagen Sie als Schottin zu diesem Thema? Ich weiß, dass es bei Ihnen auch ein paar afrikanische Sklaven gibt, aber lang nicht so viele wie hier."

„Auf der Insel Kerrera gibt es keine", erwiderte Lark leise. „Ich orientiere mich an der Heiligen Schrift. Im Neuen Testament steht: Gott ,hat aus einem Blut jedes Volk der Menschheit gemacht, dass sie auf dem ganzen Erdboden wohnen sollen, und hat im Voraus verordnete Zeiten und die Grenzen ihres Wohnens bestimmt'. Ist das nicht eindeutig?"

Sie fielen in nachdenkliches Schweigen, bis Mistress Flowerdew Trevor fragte: „Wie geht es für Sie weiter, nun, da Sie aus London zurück sind?"

„Gerüchten zufolge werde ich vom Gouverneur auf einen Posten berufen. Aber im Moment interessiere ich mich mehr für die Arbeiten an meinem Haus. Und natürlich für den Garten und die Obstplantage, die ich anlegen will." Trevor lehnte sich zurück. Er hatte seinen Tee ausgetrunken. „Ich denke noch darüber nach, wie ich mein Anwesen nennen soll. Es gibt schließlich schon ein *Ramsay House.*"

„Dann gibt es eben zwei", erwiderte seine Schwägerin, während eine kühle Brise den Spitzenrand ihres Halstuchs anhob. „Du kannst natürlich so lange bei uns wohnen, wie du möchtest. Zum Glück ziehst du nicht weit weg." Nach einem Blick auf die Taschenuhr, die an ihrem Mieder hing, beendete Theodosia den gemütlichen Nachmittagstee. „Wie schnell die Zeit doch in der Gesellschaft guter Freunde vergeht. Vielen Dank für den wunderschönen Nachmittag."

„Wir sehen uns am Sabbat", sagte Trevor, während er seinen Dreispitz aufsetzte. „Ich wünsche den gnädigen Damen noch einen schönen Tag."

33

Wähle deine Freunde mit Bedacht aus und gib sie nicht so schnell auf.
SCHOTTISCHES SPRICHWORT

Am Sabbat schlug das Wetter plötzlich um. Der bunte, sonnige Herbst war mit einem Mal zu Ende und es schneite riesige, weiße Flocken, die Lark an Spitze erinnerten. Als sie die Kirche erreichten, war bereits ganz Williamsburg in Weiß gehüllt. Das Glockengeläut hallte durch die winterliche Stille und war meilenweit zu hören.

Mistress Flowerdew hatte ihr einen taubengrauen Mantel, ein mit Band getrimmtes Cape und einen passenden Muff gegeben. Als Lark gegen die schicken Sachen protestiert hatte, war sie von Mistress Flowerdew gescholten worden. „Sie sollen mir doch nicht in der Kirche erfrieren!"

Larkin war bei Sally zu Hause am warmen Feuer geblieben.

Nun saß Lark dicht neben Mistress Flowerdew im hinteren Bereich der Kirche. Die Bank der Osbournes war auffallend leer. Die Ramsays saßen ganz vorne. Amüsiert musterte Lark die unterschiedlichen Silhouetten – Trevors breite Schultern, Theas zierliche Figur und Prentice' massige Form. Die Witwe Ramsay saß zwischen ihren Söhnen. Ihre ergrauenden Haare steckten unter einer großen, mit Ringen verstärkten Haube.

Die Kirche war zwar schön und ehrwürdig, aber auch kalt wie ein Grab. Larks Atem bildete kleine Wölkchen in der Luft, die sich mit den Atemwolken der anderen vermischten. Die Kohlenpfanne am Boden wärmte nur ihre Füße. Dennoch war sie froh über die Kälte. Sie hatte die drückende Hitze von Virginia satt.

Unauffällig schaute Lark sich um. Die anglikanische Kirche war ganz anders als die schottisch-presbyterianische Kirche, in der sie aufgewachsen war. Wie mochten die Gottesdienste auf den Zuckerinseln sein? Heute war doch überall Sonntag, oder? Der Gedanke, wenigstens den Sabbat mit Magnus zu teilen, tröstete Lark, so albern und kindisch dieser Trost auch sein mochte. Auf Kerrera beging man den Sabbat in Stille. Lark war neugierig, wie man es hier in Virginia hielt. Bisher hatte sie den Ruhetag immer auf *Royal Hundred* verbracht und in der Bibel gelesen. Doch dann hatte Mistress Flowerdew sie gebeten, mit in die Kirche zu kommen.

Lark hob den Blick zu den bunten Rosettenfenstern, durch die das gleißende Winterlicht fiel. Dann traf Gouverneur Dinwiddie ein und setzte sich auf seinen Baldachinsessel in der ersten Reihe. Nach ihm kamen die Regierungsbeamten, überwiegend Mitglieder des Stadtparlaments, wie Mistress Flowerdew Lark zuflüsterte. Als sie ihre festen Plätze eingenommen hatten, begann der Gottesdienst. Der Kirchendiener hatte ein wachsames Auge auf die Besucher – vor allem auf die Schüler des *College of William & Mary*, die auf der Empore saßen.

Lark folgte Mistress Flowerdews Beispiel und las mit dem Pfarrer aus dem Gebetsbuch vor. Nach zwei Stunden war die Predigt beendet. Larks Arme und Beine fühlten sich taub an und die alte Frau in der Bank vor ihnen schnarchte leise. Nachdem die Gemeinde gesegnet worden war, strömten alle auf den Ausgang zu.

„Ihre Wangen sind so rot wie die Beeren des Weißdorns neben dem Kirchenturm", sagte plötzlich eine Stimme hinter Lark. Trevor Ramsay.

Lark trat in eine Ecke des Vestibüls. Sie bemühte sich, nicht mit den Zähnen zu klappern, und vergrub ihre Hände tiefer im geliehenen Muff. „Guten Morgen, Sir."

„Sir? Haben wir das nicht auf *Royal Hundred* geklärt? Muss ich Sie Miss MacDougall nennen? Ich finde Lark viel schöner."

„Wie Sie wünschen, Trevor." Sie blickte lächelnd zu ihm auf. Er trug einen schönen gewalkten Mantel.

Dann kam Theodosia den gefliesten Gang entlang. „Komm doch

mit uns, Lark. Du und Mistress Flowerdew müsst euch bei uns aufwärmen, bevor ihr nach Hause reitet."

Trevor zwinkerte. „Meine Schwägerin will nur mit ihrer neusten Errungenschaft aus London angeben."

„Nein, will ich nicht", widersprach Theodosia. „Ich bin keine Angeberin, Trevor. Mir ist nur kalt." Sie schaute sich nach Prentice um, der noch in ein Gespräch mit mehreren Parlamentsmitgliedern vertieft war. „Mein Mann scheint entschlossen, mich zu einer Eisskulptur gefrieren zu lassen."

„Dann lasst uns gehen", erwiderte Trevor und geleitete sie zu den wartenden Kutschen. Galant half er seiner Mutter und Mistress Flowerdew in den Wagen der Osbournes. „Mein Bruder kann zu Fuß gehen. Etwas Bewegung wird ihm weiß der Himmel guttun."

Lark verkniff sich ein Lachen. Ja, Prentice war tatsächlich etwas behäbig. Ein zügiger Spaziergang konnte da nicht schaden. Es war auch nicht weit bis zum Haus der Ramsays.

Langsam fuhren sie die verschneite Palace Street entlang. Als sie eine Viertelstunde später ankamen, eskortierte Trevor die Damen über die glatten Stufen ins Foyer. Durch ein riesiges Fenster konnte man den bleigrauen Himmel sehen. Zu ihrer Rechten lag der Speisesaal. Die Tür stand offen.

„Was hättest du gern, Lark?", fragte Theodosia, während ein Diener ihr den Mantel abnahm. „Tee oder Kakao?"

„Kohle", antwortete Trevor mit einem schelmischen Grinsen. Dann führte er Lark in den Speisesaal zu einer seltsamen gusseisernen Vorrichtung.

Lark blinzelte verwirrt. Was war das? Angenehme Wärme ging von dem unbekannten Ding aus.

„Das ist eine Heizmaschine", erklärte Trevor. „Erfunden von einem schlauen Londoner namens Buzaglo."

Trevor nahm Larks Hand und legte sie sanft auf die Keramikoberfläche des Ofens. Sofort drang Wärme durch den Stoff ihrer Handschuhe und taute ihre eiskalten Finger auf. Lächelnd betrachtete sie die

Verzierungen und Schnörkel am Ofen. Er war ein wahres Meisterwerk. „Sieht aus wie eine riesige, dreistöckige Torte."

„Stimmt. Die Zeitungen bezeichnen den Ofen als ‚eine der elegantesten Heizmaschinen, die je in diesem oder einem anderen Königreich gesehen wurden'. Ich denke darüber nach, eine für die Orangerie zu holen, die ich hoffentlich bald haben werde."

„Mit Zitronenbäumen wie auf *Royal Hundred*? Mr Munro hat mir erzählt, dass Ihnen die Zitronenbäume besonders gefallen haben."

„Aber auch die Orangenbäume." Trevor ließ Larks Hand los, als Theodosia die beiden zu einer Sitzgruppe winkte.

„Wo ist Mistress Flowerdew?", fragte Lark. „Und Mistress Ramsay?"

„In der kleinen Stube", erwiderte Thea, während sie einem Diener bedeutete, das Tablett abzustellen.

„Meine Mutter findet die Heizmaschine zu extravagant", erklärte Trevor. „,Jugendliche Eitelkeit', hat sie gesagt."

„Wirklich?" Lark streckte ihre Füße näher an den Ofen. „Ich muss gestehen, dass ich begeistert bin."

„So wie ich", sagte Trevor zwinkernd und schaute Lark tief in die Augen. Sie wandte den Blick zuerst ab. Gut, dass Thea dabei war. Trevor verwirrte sie.

„Trink etwas heiße Schokolade, Lark, um dich aufzuwärmen." Thea schenkte Lark eine Tasse des dampfenden Getränks ein und reichte sie ihr.

Vorsichtig nippte Lark daran. Kakao war etwas völlig Neues für sie. Sie schmeckte Vanille, Zucker und Gewürze. Das Getränk war warm und cremig und äußerst befriedigend an einem Tag wie diesem.

„Kakao ist neu für Sie", bemerkte Trevor. „So wie *Syllabub*."

„Das stimmt. Und ich hoffe, dass Kakao mir ein ebenso guter Freund wird." Trevor schmunzelte und nahm einen Schluck aus seiner Tasse. „Man sagt, dass Kakao gut für die Verdauung und heilsam bei Lungenbeschwerden ist. Er ist sehr nahrhaft."

„Vielleicht sollte ich etwas Kakao für den Destillierraum besorgen. Er ist eine Wohltat für Körper *und* Geist."

„Zumindest in der kalten Jahreszeit." Trevor balancierte seine Tasse und Untertasse auf einem Knie. „Glücklicherweise sind die Winter von Virginia kurz."

„Unsinn", widersprach Theodosia, während sie sich auf den Stuhl setzte, der am nächsten am Ofen stand. „Vor zwei Jahren hatten wir bis April durchgehend Schnee. Es hat sich angefühlt, als lebten wir in der Arktis. Jeder Gärtner in Williamsburg war in Panik!"

„Da war ich in London, erinnerst du dich?", sagte Trevor. Dann wandte er sich wieder an Lark. „Wenn der Schnee geschmolzen ist, müssen Sie sich die Fortschritte auf meinem Grundstück ansehen. Ich möchte gerne Ihre Meinung zu meinem Plan für den Kräuter- und Bienengarten hören."

„Natürlich." Lark lächelte Trevor über den Rand ihrer Tasse an.

„Weiß man schon, wann die Osbournes kommen?", fragte Thea. „Ich kann es kaum erwarten, die neue Herrin von *Royal Hundred* kennenzulernen. Die frühere Herrin war eine gute Freundin von mir – Gott hab' sie selig."

Das Bedauern in ihrer Stimme rührte Lark. „Mr Osbourne hat in seinem letzten Brief geschrieben, dass sie im Frühling aufbrechen werden."

„Und gibt es Neuigkeiten vom Laird?", fragte Thea, während sie Kakao nachschenkte.

Als Lark dies verneinte, warfen Thea und Trevor einander vielsagende Blicke zu. Sofort keimte ein Verdacht in Lark auf. Wussten die beiden etwas, das Lark nicht wusste?

Doch dann erklang ein Geräusch im Foyer und kurz darauf trat Prentice Ramsay ein. Sein Gesicht war gerötet von der eisigen Kälte. Er grüßte herzlich in die Runde und nahm dann eine Tasse Kakao von seiner Frau entgegen.

„Es schneit jetzt noch stärker", bemerkte er. Der belebende Spaziergang hatte ihm offensichtlich nichts ausgemacht.

Larks Blick glitt zu den Fenstern, die mit schweren Brokatvorhängen und Holzjalousien verhangen waren. Nur durch das Fenster neben der Tür konnte man in die leuchtend weiße Welt hinausschauen.

Ihre Tasse war leer und sie sehnte sich nach dem vertrauten Duft des Destillierraums und nach Larkin. „Dann sollten wir jetzt aufbrechen."

„Aufbrechen? An einem so stürmischen Tag haben Sie doch sicherlich keine Eile", erwiderte Prentice. „Wir haben reichlich Platz, sollten Sie und Mistress Flowerdew gezwungen sein, über Nacht zu bleiben."

„Das ist nett von Ihnen, aber ich vermisse meinen kleinen Jungen", sagte Lark, bevor sie darüber nachdenken konnte. Soweit sie wusste, war Larkin bisher noch nicht zur Sprache gekommen. „Er ist zu Hause bei einer Bediensteten."

Alle starrten Lark verdutzt an. Einen Moment herrschte Stille.

„Du hast ein Kind?", fragte Theodosia schlussendlich mit mehr Neid als Überraschung in der Stimme. Die Ramsays waren kinderlos.

„Der Junge wurde mir von seiner Tante anvertraut. Seine Mutter war bereits tot. Und der Verbleib seines Vaters ist unbekannt."

„Ein Waisenkind also", sagte Prentice. „Wie so viele andere – einschließlich meiner lieben Frau."

Theodosias hübsches Gesicht verfinsterte sich. „Meine Mutter ist nach kurzer Krankheit gestorben, als ich noch ein Kind war. Und ein Jahr bevor Prentice und ich geheiratet haben, sind mein Vater und meine zwei Schwestern umgekommen. Ihr Tod war ein solcher Schock, dass die Stadt heute noch davon spricht. Sie wurden während eines Sommergewitters von einem Blitz getroffen."

„Das tut mir so leid", murmelte Lark, obwohl ihr diese Worte völlig unzureichend vorkamen.

„Seitdem kümmern wir uns um Theodosias jüngere Brüder", erzählte Prentice, während er näher an den Ofen heranrückte. „Derzeit sind sie auf dem Internat des *College of William & Mary*."

„Wie alt ist dein …", Thea zögerte einen Moment. „Dein Sohn?"

„Noch kein Jahr alt."

„Ein Baby? Wie wundervoll! Und wie heißt er?"

„Larkin. Das bedeutet ‚unerschütterlich' oder ‚Krieger' auf Gälisch.

306

Aber du kannst ihn auch bei seinem englischen Namen Laurence nennen, wenn es dir lieber ist."

Erstaunt riss Thea die Augen auf. „Unglaublich, dass ihr so ähnliche Namen habt!"

„Ja, Gott hat wirklich Sinn für Humor", fügte Prentice hinzu.

„Larkin ist mit Abstand der süßeste Junge, den ich je gesehen habe", schwärmte Lark voller Stolz. Jetzt vermisste sie ihn noch mehr. „Ein rothaariger kleiner Racker."

„Nichts bringt so viel Leben ins Haus wie Kinder", bemerkte Trevor.

Dann hoben sie die Tassen und stießen auf Larkin an. Wenig später wurde ihr fröhliches Beisammensein von Mistress Flowerdew unterbrochen.

„Kommen Sie, Lark", rief sie. „Es ist Zeit für uns zu gehen."

„Nur, wenn ich Sie begleiten darf." Trevor stand auf und folgte Lark ins Foyer. „Wenn ein Kutschenrad bricht oder ein anderes Unglück passiert, werden Sie meine Hilfe brauchen."

„In Ordnung." Mistress Flowerdew ging zur Tür, die von einem livrierten Diener geöffnet wurde. Sogleich wehte eine Böe Schnee ins Haus. „Dann müssen Sie aber auf *Royal Hundred* übernachten, Trevor Ramsay. Ich glaube, dass der Sturm noch länger anhalten wird."

„Komm, mein kleiner Prinz, wir stellen dich unserem Gast vor." Lark beugte sich über Larkin, der auf ihrem Bett lag. Sie wechselte gerade seine Windel und zog ihn um. „Du musst dich von deiner besten Seite zeigen."

Larkin wand sich, als sie das Leinenhemdchen über seinen Kopf zog. Es war frisch gewaschen und duftete nach dem getrockneten Lavendel, den sie in den Saum eingenäht hatte. Lark wünschte, sie hätte Zeit, Larkin zu baden. Er roch nach dem Holzfeuer in der Küche. Aber wenigstens hatte Sally ihn gefüttert, sodass er rundum zufrieden war.

Lächelnd blickte er zu ihr auf. Als Lark ihn kitzelte, quietschte und gluckste er vergnügt. Sie nahm eine Decke und wickelte Larkin darin ein, bevor sie zur Tür hinausging. Cleve wartete draußen mit einer Laterne auf sie und leuchtete ihnen den Weg durch die wirbelnden Schneeflocken. Vorsichtig liefen sie über den rutschigen Pfad zum Herrenhaus. Sally war vermutlich in der Küche und bereitete das Abendessen vor. Sie musste sogar am Sabbat arbeiten.

Wenig später erklomm Lark mit Larkin auf dem Arm die Stufen zum großen Haus. Was würde Trevor wohl von Larkin halten? Nach der überraschten Reaktion der Ramsays kam es Lark vor, als hätte sie Larkin vor ihnen geheim gehalten. Aber in Wahrheit hatte sie es während ihrer kurzen Bekanntschaft einfach noch nicht für nötig gehalten, etwas so Persönliches preiszugeben.

„Da seid ihr ja!", rief Mistress Flowerdew mit der Warmherzigkeit aus, die Lark so an ihr mochte. „Der arme Master Larkin hat sicherlich schon geglaubt, wir hätten ihn vergessen, nachdem wir so lange in der Stadt waren."

Trevor stand neben dem Kamin und hatte die Hände hinter dem Rücken verschränkt. Sein Blick ruhte auf dem Jungen in Larks Armen. Larkins hellrotes Haar lugte unter der Mütze hervor und seine aufmerksamen blauen Augen fixierten den einzigen Mann im Raum. Dann streckte er, ohne zu zögern, seine plumpen Ärmchen aus.

Überrascht reichte Lark ihn an Trevor weiter. „Er ist eigentlich nicht so zutraulich bei Fremden. Vor den Matrosen auf dem Schiff hatte er panische Angst. Aber Sie, Sir", fügte Lark mit einem zufriedenen Lächeln hinzu, „sind ja auch kein Seemann."

Larkin begann, an Trevors silbern bestickter Weste zu spielen. „Er ist offenbar fasziniert von Knöpfen", bemerkte Trevor. „Ein kräftiges Kerlchen. Und hundertprozentig schottisch, wie es aussieht." Er warf Lark einen Blick zu. „Ich finde es erstaunlich, dass er die gleiche Haarfarbe wie Sie hat. Er könnte wirklich Ihr Sohn sein. Seine Augen sind auch genauso blau wie Ihre."

„Ja, wirklich erstaunlich. Andererseits haben viele Schotten rote Haare und blaue Augen", warf Mistress Flowerdew ein. „Master Larkin hat viel Freude in dieses leere Haus gebracht. Und ich hoffe, dass er bald einen Spielgefährten bekommen wird, wenn die Osbournes mit ihrem kleinen Sohn, Master William, eintreffen."

Lark setzte sich und streckte die Füße ans knisternde Holzfeuer. Der Marmorkamin war natürlich weniger gemütlich als der Kohleofen der Ramsays. Als Lark sah, wie zufrieden Larkin auf Trevors Schoß saß, wurde sie von Erinnerungen eingeholt. Erinnerungen daran, wie Magnus Larkins weiche Stirn geküsst, ihn gekitzelt oder mit ihm gespielt hatte. Daran, wie Larkin beim Abschied die Arme nach Magnus ausgestreckt hatte. Kleine Kinder brauchten einen Vater. Und Larkin bekam außer Cleve kaum einen Mann zu Gesicht.

„Larkin weckt in mir den Wunsch nach einer eigenen Familie", gab Trevor offen zu. Dann wurde sein Gesicht ernst. „Wenn man bedenkt, dass mein Bruder und meine Schwägerin auch nach sieben Jahren noch keine Kinder haben …"

„Ich bete immer noch für einen Erben", sagte Mistress Flowerdew. „Sie wären ein großartiger Vater, Trevor. Das findet zumindest unser kleiner Schotte hier."

Larkin schien wirklich völlig entspannt zu sein. Er hatte jetzt Trevors Uhrkette entdeckt.

„Er nimmt alles in den Mund. Wirklich alles", warnte Lark, während sie an den verschluckten Knopf zurückdachte. „Und er liebt das Essen hier, vor allem Biskuits und eingelegte Pfirsiche."

„Also hat er einen gesunden Appetit." Trevor holte seine Uhr aus der Tasche und legte sie in Larkins Hand. „Ist er schon mal krank gewesen?"

„Er war erkältet und hatte Husten, kurz nachdem wir angekommen sind. Aber nichts Ernstes."

„Ich habe Lark gewarnt, sich im Winter von den Unterkünften fernzuhalten", sagte die Haushälterin. „Fieber und andere Krankheiten breiten sich wie Lauffeuer unter den Bediensteten aus."

Trevor nickte wissend. „In *Ramsay House* ist es genauso. Mutter und Thea schicken oft nach dem Arzt, wenn sie selbst nicht weiterwissen." Er suchte Larks Blick. „Ich nehme an, dass Sie im Destillierraum alle Hände voll zu tun haben."

„Manchmal. Ich habe dem Aufseher gesagt, dass es wesentlich weniger Krankheiten gäbe, wenn man die Unterkünfte ausbessern und den Leuten ausreichend Bettwäsche, Kleidung und Essen geben würde."

„Und hat er Ihren Rat befolgt?"

„Nay." Konnte Trevor das Bedauern in Larks Stimme hören? Die Frustration? „Die Jüngsten trifft es besonders hart. Und es gibt so viele Kinder dort. Jetzt im Winter mache ich mir große Sorgen."

„Lark hat dicken Leinenstoff besorgt, um Winterkleidung für die Kinder zu nähen. Und im Spinnhaus werden zusätzliche Decken für die Bediensteten gewoben – eine Maßnahme, die ich sehr begrüße. Lark hat das Zeug zur Plantagenherrin."

„Sie schmeicheln mir. Ich tue nur, was jeder wohltätige Mensch tun würde", erwiderte Lark mit einem kleinen Lächeln. Versuchte Mistress Flowerdew etwa, sie zu verkuppeln? Gewiss nicht, schließlich war Trevor einer der begehrtesten Junggesellen in ganz Virginia. Und außerdem gehörte Larks Herz einzig und allein Magnus. „Ich weiß, dass ich besser auf eine schottische Insel passe als auf eine Plantage in Virginia. Ich vermisse meine Heimat von ganzem Herzen."

Als Larkins Interesse an der Uhr nachließ, begann er zu zappeln. Mit erstaunlicher Leichtigkeit stellte Trevor den Jungen auf den Teppich und hielt ihn dann an den Händen fest, damit er nicht umfiel. Larkin war offensichtlich begeistert von seiner neu entdeckten Fähigkeit. Als er lachte, konnte man das Zähnchen sehen, das erst vor ein paar Tagen durchgebrochen war.

„Sie wollen also zurück?" Obwohl Trevor seinen Blick nicht von Larkin abwandte, spürte Lark seine Enttäuschung. „Nach Schottland?"

„Haben Sie Virginia nicht vermisst, als Sie in London waren?", fragte Lark sanft.

Trevors Gesichtszüge entspannten sich. „Doch. Ich wurde in Amerika geboren. Es ist meine Heimat, so wie Schottland Ihre Heimat ist." Nun beugte Trevor sich in seinem Stuhl vor und ließ Larkin an den Händen zu Lark hinüberlaufen.

„Wer hätte gedacht, dass ein Anwalt so gut mit Kindern umgehen kann?", kommentierte Mistress Flowerdew, bevor sie das Zimmer verließ, um nach dem Abendessen zu sehen.

Trevor schien auf das Kompliment so stolz zu sein wie Larkin auf seine neue Fähigkeit. „Nicht alle Männer des Gesetzes sind langweilige und verdrießliche Perückenträger."

Wieder musste Lark an Magnus denken, der auch als Anwalt gearbeitet hatte. Aber das alles gehörte jetzt der Vergangenheit an. Hatte Magnus' Verbannung ihn auch seine Zulassung gekostet? Würde er je wieder eine Robe anziehen und am *Court of Session* in Edinburgh arbeiten?

Lark nahm Larkin auf den Arm. Er vergrub erst sein Gesicht in ihrem Mieder und hob dann den Kopf, um ihr einen nassen Kuss aufs Kinn zu geben.

„Du kleiner Schelm." Als sie Larkin umarmte, spürte Lark, dass Trevor sie beobachtete. „Ich frage mich, was für eine Zukunft ihn erwartet."

„Wenn Sie hierbleiben, wird er ein Virginier werden", erwiderte Trevor. „Als sein Vormund haben Sie die Wahl."

„Wir bleiben mindestens drei Jahre hier. Mr Osbourne ist mein Vertragsherr, wissen Sie."

Trevor wirkte weniger überrascht als am Nachmittag, als sie Larkin erwähnt hatte. Er nickte bloß. „Vertragsknechte kommen schon seit über einem Jahrhundert in Scharen in die Kolonien. Nicht nur aus Großbritannien, sondern aus ganz Europa."

„Wollen wir zu Abend essen?" Mistress Flowerdew war zurückgekehrt und öffnete nun die Tür zum Speisesaal.

Lark hatte Larkin inzwischen abgesetzt. Er stand vor ihr und umklammerte ihre Knie. Zu Larks Überraschung kam Trevor herüber, nahm Larkin hoch und trug ihn in den Speisesaal hinüber.

Mistress Flowerdew hatte wieder einmal keine Mühe gescheut. Das beste Geschirr stand auf dem Tisch und der angenehme Geruch von Bienenwachs erfüllte die Luft. Lark half Trevor, Larkin in den Kinderstuhl aus Walnussholz zu setzen, den Mistress Flowerdew auf dem Dachboden gefunden hatte. Als Larkin nach der feinen Leinentischdecke greifen wollte, reichte Lark ihm stattdessen einen Silberlöffel.

Als Trevor sich auf Magnus' Platz setzte, verspürte Lark einen Stich. Würde sie je aufhören, Magnus zu vermissen und auf einen Brief von ihm zu warten?

„So stelle ich mir Familienleben vor", bemerkte Trevor, während er die schön tapezierten Wände mit der Holztäfelung betrachtete. „Die Kinder sitzen mit am Tisch, statt in einen getrennten Raum gesperrt zu werden."

Lark lächelte. Auf welche hübsche junge Virginierin hatte Trevor wohl ein Auge geworfen? Mistress Flowerdew hatte ihr erzählt, dass seine Rückkehr nach Virginia für ziemliches Aufsehen gesorgt hatte.

Larks Blick wanderte zum Fenster, an dessen Scheiben zahllose Schneeflocken klebten. Trevor Ramsay würde vielleicht tagelang auf *Royal Hundred* festsitzen.

34

Wie gut ein Mann wirklich ist, erkennt man daran,
wie er jemanden behandelt, der ihm nicht von Nutzen sein kann.

SAMUEL JOHNSON

Am nächsten Tag kam Mr Granger gegen Mittag durch den beinahe knöcheltiefen Schnee gestapft. Lark erschauderte und wandte sich schnell vom Fenster des Destillierraums ab. Granger ging jedoch an ihrem Cottage vorüber und überquerte den Hof zum Herrenhaus.

Obwohl aus allen sechs Schornsteinen von *Royal Hundred* Rauch aufstieg, hatte Lark an diesem Morgen bisher weder Mistress Flowerdew noch Trevor gesehen. War er ein Langschläfer? Nach dem Abendessen hatte er um Erlaubnis gebeten, die Bibliothek der Osbournes zu nutzen. Bevor Lark den kleinen Larkin gestern ins Bett gebracht hatte, war ihr Blick noch einmal zum Herrenhaus geschweift. Im ersten Stock hatte ein einzelnes Licht gebrannt. Zweifelsohne hatte ihr Gast bis in die frühen Morgenstunden gelesen.

Lark zog Larkin warm an, legte ihr scharlachrotes Cape um und stapfte dann zur Küche hinüber, wo Sally und Cleve bereits am wärmenden Feuer saßen. Ein kupferner Teekessel dampfte neben einem kleinen Topf mit Porridge auf dem Herd.

Doch die Köchin und ihr Mann machten ein so finsteres Gesicht, dass es Lark den Appetit verschlug. Nicht einmal Larkins fröhliches, unverständliches Geplapper konnte die beiden erheitern. Dabei war ihre Laune sonst so unerschütterlich wie die Sonne von Virginia.

„Setz dich mal 'nen Moment hin", sagte Sally, während sie den Kessel vom Feuer holte. „Ich vermute, dass du bald zum großen Haus gerufen wirst."

Lark ließ sich auf einen der rauen Stühle fallen und nahm Larkin auf den Schoß. „Was ist passiert?"

„Ein paar Knechte sind geflohen", erklärte Cleve. „Und es ist unmöglich, sie bei diesem Schnee aufzuspüren. Nicht mal mit Hunden."

Rory war also geflohen. Lark saß wie erstarrt da, während ihr die möglichen Konsequenzen durch den Kopf gingen. „Warum geht Granger zu Mistress Flowerdew, um Flüchtige zu melden?"

„Obwohl Granger sich immer so aufspielt, kann er weder lesen noch schreiben. Deshalb muss Flowerdew es Osbourne erzählen. Ihm einen Brief schreiben."

„Granger hat zwar lesen und schreiben gelernt", fügte Cleve hinzu, „aber irgendwie schmeißt er alle Zahlen und Buchstaben durcheinander, seit er krank ist."

„Was fehlt ihm denn genau?", fragte Lark. Trotz Grangers schlechten Rufs war ihr Interesse aufrichtig.

„Ich weiß nicht, wie ich es erklären soll." Sally schüttelte den Kopf, während sie Tee in drei Tassen goss. „Er hat immer mal wieder Anfälle. Dann erstarrt er einfach. Es ist beängstigend, wie es ganz plötzlich über ihn kommt. Danach kann er eine Zeit lang gar nichts mehr, nicht mal laufen. Aber dann erholt er sich wieder."

Etwas Ähnliches hatte auch Mistress Granger gesagt, als sie Lark im Destillierraum aufgesucht hatte. Während Lark darüber nachdachte, gab sie Larkin Porridge mit Honig. Granger war grob und streitsüchtig. Seine Art missfiel Mistress Flowerdew zutiefst. Deshalb waren ihre seltenen Treffen auch sehr angespannt. Obwohl die Haushälterin nur von wenigen Menschen je schlecht sprach, beschwerte sie sich oft über den Geschäftsführer.

Cleve begann, eine Melodie zu summen, als wollte er die Anspannung in der Küche etwas lockern. Das erinnerte Lark an das Gesangbuch mit Liedern von Isaac Watts, das sie in einem Schrank des Destillierraums gefunden hatte. Sie hatte es dem einzigen lesekundigen Sklaven gegeben, den sie kannte: Josiah, dem Hufschmied von *Royal Hundred*. Der fleißige Josiah, der nicht nur ein geschickter Schmied, sondern auch sehr musikalisch war, hatte sich sehr gefreut. Lark war schon oft von dem Gesang angezogen worden, der aus den Quartieren herübergeschallt war. Das harmonische Zusammenspiel der Stimmen erinnerte sie an einen Engelschor.

„Sie brauchen keine gedruckte Musik. Ihr Gesang ist auch so schon wunderschön", hatte Lark gesagt, als sie Josiah das Gesangbuch gegeben hatte. „Aber vielleicht können Sie trotzdem was damit anfangen."

Seine dunklen Augen hatten gerührt geglitzert und er hatte das Geschenk beinahe ehrfürchtig entgegengenommen. Wie gut, dass sie es ihm angeboten hatte. „Wir wollen Ihnen für Ihre Hilfe danken", sagte Josiah, während er auf seine Hände hinabschaute. „Für die Decken und Strümpfe, die Sie uns gebracht haben. Unsere Kinder müssen jetzt nicht mehr frieren."

Lark war froh, helfen zu können, auch wenn es nur ein Tropfen auf den heißen Stein war. Wenigstens hatte sie alles getan, was in ihrer Macht stand.

Sally musterte Lark, als könnte sie ihre Gedanken lesen. „Ich fürchte, Granger wird dir Ärger machen. Er ist ziemlich wütend wegen der Flüchtigen und es gefällt ihm nicht, dass du zu den Unterkünften gehst. Gestern hab ich noch mit Cleve darüber gesprochen …"

Was sollte sie darauf erwidern? Mistress Flowerdew hatte nichts gegen ihre Abstecher zu den Unterkünften einzuwenden. Aber Lark war durchaus bewusst, dass sie sich anders verhielt als eine gewöhnliche Vertragsdienerin. Sollte sie aus Angst aufhören, das zu tun, was sie für das Richtige hielt? Würde Gott sie nicht zur Rechenschaft ziehen, wenn sie klein beigab, statt seiner Weisung zu folgen und zu helfen, wo und wann sie konnte?

Bitte schütze und verteidige mich, Herr.

Langsam schlürfte Lark ihren Tee, während sie über die Neuigkeiten nachdachte. Die heiße Flüssigkeit wärmte ihre betäubten Glieder. Sie betrachtete die gefrorene Scheibe und malte sich aus, was sie jetzt gerne durch das Fenster sehen würde. Schottland. Frühling. Bienen und Singvögel. Ein Brief von Magnus.

Eine Viertelstunde später kam ein Hausmädchen, um Lark zu holen. Ihr knapper Ton verhieß nichts Gutes. Ohne ein Wort nahm Sally Larkin an sich, sodass Lark allein über den frisch geräumten Pfad zum Herrenhaus gehen konnte. Ein paar einzelne Schneeflocken segelten vom Himmel herab.

Aus Osbournes getäfeltem Studierzimmer hinter dem Foyer waren laute Stimmen zu hören – vor allem Grangers Stimme. Kaum hatte Lark die Schuhsohlen an der Matte am Hintereingang abgewischt, als der Mann auch schon an ihr vorbeirauschte. Der säuerliche Gestank seiner ungewaschenen Kleidung stieg Lark in die Nase. Als Granger die Tür hinter sich zuschlug, atmete Lark erleichtert auf. Aber ihre Furcht blieb.

Mistress Flowerdew stand in der offenen Tür zum Studierzimmer. Auf ihrem Gesicht lag eine seltsame Mischung aus Wut und Bestürzung.

„Ich sehe, dass Sie aufgebracht sind", sagte Lark. „Was ist passiert?"

„Ich fürchte, Mr Grangers Krankheit hat ihn jetzt vollends um den Verstand gebracht. Er gibt Ihnen eine Mitschuld an der Flucht einiger Knechte von der *Star Farm*. Jemand hat gesehen, wie ein schottischer Vertragsknecht, ein ehemaliger Kapitän namens MacPherson, neulich im Garten mit Ihnen geredet hat. Er ist einer der Männer, die geflohen sind."

„Er hat mir von seinen Fluchtplänen erzählt. Aber ich war nicht sicher, ob ich ihm glauben kann. Er hat mir gesagt, dass ich Ende des Monats zur *Star Farm* kommen soll, wenn ich mit ihm gehen will."

„Warum sollten Sie?"

„Weil er auch aus Kerrera ist. Der Laird kennt ihn ebenfalls. Aber es liegt mir fern, den Vertrag mit Mr Osbourne zu brechen oder *Royal Hundred* zu verlassen."

Mistress Flowerdew nickte und atmete tief durch. „Vergessen wir Mr Grangers Wutausbruch. Die eigentliche Ursache für seinen Unmut ist wahrscheinlich weniger Ihre fadenscheinige Verbindung zu einem Flüchtigen als Ihre ‚Einmischung' in den Unterkünften, wie Mr Gran-

ger es nennt." Die Haushälterin drehte sich um und kehrte ins Studierzimmer zurück. Sie hatte ein Blatt Papier in der Hand. „Bitte setzen Sie
sich, meine Liebe. Ich habe noch mehr schlechte Neuigkeiten."

Larks Herz setzte einen Schlag aus. *Magnus. Endlich?*

„Mr Granger kommuniziert gelegentlich mit einem entfernten Verwandten, der ein Aufseher auf *Trelawny Hall* in Jamaika ist. Seit Granger krank ist, muss ich mich um seine Korrespondenz kümmern, da
seine Frau nicht lesen und schreiben kann."

Lark wartete. Konnte Mistress Flowerdew nicht endlich auf den
Punkt kommen?

Die Haushälterin begann mit bebender Stimme, aus dem Brief des
jamaikanischen Aufsehers vorzulesen:

*„Der schottische Laird und Geschäftsführer, Magnus MacLeish, ist
schwer an Gelbfieber erkrankt. Wahrscheinlich wird er es nicht schaffen.
Ich habe Osbourne mitgeteilt, dass er sich nach einem möglichen Nach-
folger umsehen soll – einem, der nichts gegen die Versklavung von Afrikanern oder die Bedingungen, unter denen wir die Sklaven halten müssen,
einzuwenden hat. MacLeish hat vor, einigen ausgewählten Sklaven lesen
und schreiben beizubringen. Als wäre das nicht genug, will er ihnen auch
noch Führungspositionen geben. Die Auserwählten sind natürlich von
MacLeishs ungeheuerlichen Plänen begeistert. Und da sie Anführer ihres
Volks sind, fürchte ich, dass es hier noch ein großes Chaos geben wird.
Nichtsdestotrotz wird die Ernte dank der Verwaltung des Schotten dieses
Jahr besser ausfallen. Auch halb tot ist dieser MacLeish nicht zu unter-
schätzen. Aber wenn Du diesen Brief erhältst, liegt er wahrscheinlich schon
unter der Erde …"*

Mistress Flowerdew verstummte.

Einige lange Sekunden vergingen, bevor Lark fragte: „Sonst nichts?"

Mit einem Kopfschütteln faltete Mistress Flowerdew langsam den
Brief zusammen. Der Raum schien plötzlich kälter zu werden. Lark
fühlte sich wie versteinert.

Nay, Magnus, du darfst mich noch nicht verlassen.

Was hatte er zuletzt gesagt?

Auf Wiedersehen, Lark. Bis bald.

Abwesend starrte Lark ins Feuer, während sich die Angst vor dem Unbekannten in ihr breitmachte.

„Der Herr bewahrt, wen er will. Beten wir, dass der Laird dazugehört", murmelte Mistress Flowerdew, bevor sie erneut in trauriges Schweigen versanken.

Lark war so mit ihrem Kummer beschäftigt, dass sie zusammenzuckte, als Trevors Stimme hinter ihr erklang. Sie hatte völlig vergessen, dass er auf *Royal Hundred* festsaß.

„Darf ich stören?" Trevors kräftige Statur füllte den Türrahmen aus. Er hielt ein Buch in der Hand und war wie immer makellos gekleidet. Es schien ihm nichts auszumachen, eingeschneit zu sein.

„Wir hatten leider einen recht unerfreulichen Besuch von unserem Geschäftsführer, Mr Granger", erklärte Mistress Flowerdew.

„Ich habe etwas von entflohenen Vertragsknechten gehört."

„Ja, in der Tat." Sie verzog ein wenig das Gesicht. „Ich fürchte, Mr Granger hat ziemlich laut geschrien, und entschuldige mich dafür."

„Nein, bitte. Ich wäre früher heruntergekommen, aber ich dachte, dass ich die Situation vielleicht nur verschlimmern würde."

Trevor trat ein und setzte sich auf einen Stuhl, während Lark und Mistress Flowerdew ihm gegenüber auf dem Brokatsofa Platz nahmen.

„Einige Vertragsknechte von der *Star Farm* sind geflohen", berichtete Mistress Flowerdew. „Natürlich ist Mr Granger verärgert, weil es dort nun an Arbeitskräften mangelt und die Knechte ihre Verträge gebrochen haben – ein Verlust für die Plantage. Normalerweise würde Mr Granger Aufspürer mit Hunden losschicken. Aber bei dem starken Schneefall sind die Flüchtigen wahrscheinlich schon über alle Berge."

„Was hat Lark damit zu tun?"

Als Mistress Flowerdew zögerte, erklärte Lark mit wenigen Worten ihre Verbindung zu Rory.

„Aber das ist nicht so wichtig", warf die Haushälterin ein. „Wir haben erfahren, dass der Laird Magnus MacLeish schwer an Gelbfieber erkrankt ist und vielleicht nicht wieder genesen wird."

Obwohl Lark die Nachricht schon zum zweiten Mal hörte, konnte sie die Worte kaum ertragen. War es wirklich wahr?

„Tut mir leid, das zu hören", sagte Trevor leise, während er auf das Buch in seinen Händen starrte.

„Stimmt es, was man sagt?", setzte Lark mit Mühe an. „Wer lebensmüde ist, geht auf die Westindischen Inseln?"

Ihre Blicke trafen sich. Lark kannte Trevors Antwort, bevor er ein Wort gesagt hatte.

„Nur wenige überleben das zehrende Fieber, die Krankheiten und das Klima. Ganz zu schweigen von den Gefahren, die dort überall lauern."

„Der Laird scheint mir ein Mann zu sein, der sich nicht so leicht aufhalten lässt", beeilte sich Mistress Flowerdew zu sagen. „Außerdem ist er ein Mann des Glaubens, oder nicht? Das erinnert mich daran, was George Whitefield, der große Evangelist, einmal gesagt hat: ‚Als Gläubige sind wir unbesiegbar, bis unser Werk getan ist.'"

Lark dachte über die Worte der Haushälterin nach und prägte sie sich ein. Gleichzeitig betete sie, dass Magnus die Krankheit bereits überwunden hatte und wieder auf den Beinen war.

2. Dezember 1752

Liebste Lark,

ich habe die traurigen Nachrichten über den Laird gehört. Ich möchte Dich so gern etwas aufheitern – jetzt, wo der Schnee geschmolzen und der Weg in die Stadt wieder frei ist. Möchtest Du an Deinem nächsten freien Tag zu uns zum Tee kommen? Unsere gemütliche Heizmaschine wartet auf Dich.

Und bitte bring doch das Baby mit. Trevor sagt, Larkin sei der prächtigste Bursche, den er je gesehen hat.

Deine Thea

Der Gedanke an einen guten Tee in der warmen Wohnstube der Ramsays war verlockend. Lark war den kalten Destillierraum und ihre melancholischen Gedanken satt und entkam *Royal Hundred* nur zu gerne. Doch als sie und Larkin in der Kutsche vom Hinterhof fuhren, wurde ihre Vorfreude getrübt. Mr Granger betrat den Hof und starrte der Kutsche mit finsterem Blick nach, während sie über den harten Winterboden in Richtung Williamsburg davonfuhren. Lark versuchte, das ungute Gefühl abzuschütteln und sich ganz auf Larkin zu konzentrieren.

Theodosia wartete bereits an einem Fenster auf sie. Sobald die Kutsche hielt, kam ein Diener aus dem Haus geeilt. Würde Lark sich je daran gewöhnen, Gast bei vornehmen Leuten wie Mistress Ramsay zu sein? Aber Thea war keine Salonlöwin, wie Mistress Flowerdew Lark anvertraut hatte. Sie bevorzugte ihr gemütliches Zuhause und die Gesellschaft von einigen wenigen, guten Freunden.

Als Lark eintrat, umarmte Thea sie herzlich. Dann nahm sie Larkin auf den Arm. Ihr Gesicht strahlte vor Freude, als Larkin sie erst schüchtern anlächelte und dann sein Gesicht in ihrer Schulter vergrub. Obwohl Theodosia keine Kinder bekommen konnte, war sie deswegen nicht verbittert wie Isla.

Sie gingen durch den Speisesaal zur Heizmaschine, die auf höchster Stufe lief und eine wohlige Wärme verbreitete. Der Teppich zu ihren Füßen war mit Spielzeug übersät. Es war so viel und so hochwertig, dass Lark erstaunt die Augen aufriss.

„Die Spielsachen sind von *Bellhaven,* der Plantage, auf der ich aufgewachsen bin", erklärte Thea. „Meine kleinen Brüder können nichts mehr damit anfangen, jetzt, wo sie auf dem Gymnasium sind."

Sie setzte Larkin anmutig auf den Teppich. Ihre geübten Bewegungen erinnerten Lark daran, dass Thea die Älteste von zehn Kindern war. Eine Weile sahen sie Larkin beim Spielen zu. Er nahm erst eine kleine Trommel in die Hand, ließ sie aber kurz darauf wieder fallen, um stattdessen nach einem Spielzeugsoldaten aus Holz zu greifen.

„Du verwöhnst ihn ganz schön. Bald wird er mir damit in den Ohren liegen, dass er dich wieder besuchen will", neckte Lark. „Er kann schon ein paar Wörter sagen."

„Unser Teegebäck wird ihm bestimmt schmecken. Ich habe die Köchin gebeten, Mandelmakronen zu machen."

Das Teeservice wurde hereingebracht und auf einem Holztischchen mit einem hübsch verzierten Rand angerichtet. Thea servierte den Tee und beugte sich dann vor, um Larkin eine Makrone zu reichen. Er nahm sie freudig entgegen und ließ sogar sein Spielzeug fallen, um den Leckerbissen genauer zu betrachten.

„Sag ‚Danke'", forderte Lark ihn lächelnd auf.

Larkin brabbelte etwas Unverständliches und fuchtelte dabei mit einem Händchen durch die Luft. Er war einfach zu süß.

Lächelnd wandte Thea sich wieder ihrem Tee zu. „Wie kommst du zurecht, Lark? Mit dem Baby und deinen Pflichten im Destillierraum und Garten?"

„Jetzt im Winter gibt es nicht viel zu tun außer Heilmittel auszugeben und sich auf den Frühling vorzubereiten. Sally – die Köchin von *Royal Hundred* – ist mir eine große Hilfe. Sie liebt Larkin und sieht ihre Enkel in den Unterkünften nur selten."

„Ich kann mir kaum vorstellen, wie du das alles schaffst. In unserem Haushalt gibt es so viel zu tun, obwohl wir keine Kinder haben."

„Was füllt deine Tage aus? Du bist weit mehr als nur eine hübsche vornehme Dame, wie Mistress Flowerdew mir erzählt hat."

„Eine hübsche vornehme Dame?" Theodosia lachte. „Ich beginne meinen Tag in der Küche und entscheide, welche Rezepte es zum Mittag- und Abendessen geben soll. Dann wiege ich den Zucker und die Gewürze ab, die in einem verschlossenen Schrank aufbewahrt werden. Leider mussten schon manche Bedienstete ausgepeitscht werden, weil sie gestohlen hatten. Ich führe genau Buch über unsere Ausgaben. Die Feierlichkeiten und sozialen Verpflichtungen nehmen kein Ende. Letztes Jahr haben wir 27 000 Pfund Schweinefleisch, 19 Mastrinder, 150 Gallonen Brandy, 500 Scheffel Weizen und 100 Pfund Mehl für unsere Gäste verbraucht. Ohne Zweifel wird es bei Richard Osbourne ähnlich sein, wenn er wieder auf der Plantage wohnt."

Fassungslos starrte Lark ihre Freundin an. Doch dann fiel ihr ein, dass die wohlhabenden Ramsays sehr viele Bedienstete hatten. Trotzdem war es keine leichte Aufgabe, die Angestellten zu beaufsichtigen und so viele Gäste zu empfangen. „Ich habe gehört, dass du auch sehr gut sticken kannst."

Thea lächelte über den Rand ihrer Teetasse. „Eine Frau, die nicht mit Nadel und Faden umgehen kann, ist wie ein Mann, der nicht mit einer Waffe umgehen kann. Petit Point ist meine Spezialität. Ich mache vor allem praktische Dinge wie Sitzdeckchen und Kaminschirme."

„Ich habe im Schloss auch sticken gelernt", erzählte Lark, während sie eine Makrone probierte. „Aber ich habe überwiegend leinene Mustertücher mit Woll- und Seidenfaden bestickt. Einmal habe ich auch einen Bruststecker für einen Pächterball angefertigt."

„Was mich zum eigentlichen Grund für unser Treffen bringt. Der Laird. Hast du noch was von ihm gehört außer der indirekten Nachricht über seine Krankheit?"

„Nichts weiter, nein." Lark schaute zu Larkin. Seine roten Löckchen umgaben seinen Kopf wie ein Heiligenschein. „Sein letzter Brief liegt schon eine Weile zurück." Und sie hatte ihn schon so oft gelesen, dass er fast auseinanderfiel. Die Tinte war verschmiert von ihren Tränen.

„Du hast mir mal erzählt, dass du und der Laird bloß befreundet seid. Ich möchte sichergehen, dass es wirklich so ist, bevor ich weiterrede."

Lark lehnte sich in ihrem Stuhl zurück. Plötzlich fühlten sich der Tee und die Heizmaschine zu warm an. „Ich kenne den Laird schon mein ganzes Leben lang. Und bis vor Kurzem war nie die Rede von einer gemeinsamen Zukunft."

„Bis vor Kurzem?" Thea beugte sich gespannt vor.

„Bevor der Laird abgereist ist, haben wir über unsere Hoffnungen für die Zukunft gesprochen." Lark senkte den Blick. Wenn sie Thea nun ihre innersten Gefühle offenbarte, öffnete sie eine Tür, die vielleicht besser geschlossen blieb. Außerdem war sie noch nicht lange mit Thea befreundet und die Zukunft war ungewiss. Wenn Magnus am Gelbfieber gestorben war, gab es keine gemeinsame Zukunft für sie beide. Lark konzentrierte sich auf Theas andächtige Miene, während sie versuchte, Herrin ihrer gespaltenen Gefühle zu werden.

„Ich habe den Laird nur kurz gesehen, aber er hat einen bleibenden Eindruck auf mich gemacht. Er ist ein außergewöhnlicher Mann und sein Verlust tut mir aufrichtig leid. Und dein Verlust, wenn der Laird wirklich tot ist." Theodosia stellte ihre Tasse auf die Untertasse zurück. „Ich möchte dich nicht in deiner Trauer bedrängen, aber ich habe das Gefühl, dass es an der Zeit ist, meinen Schwager zur Sprache zu bringen."

Trevor? Lark sah das Zögern in Theas Augen, die Sorge, falsch mit einer heiklen Situation umzugehen.

„Trevor hat dich sehr gern." Sie musterte Lark, um ihre Reaktion abzuwarten. „Es gibt viele andere junge Frauen, die an Trevor interessiert sind. Aber er scheint nur Augen für dich zu haben."

Lark war nicht besonders überrascht. Sie hatte bemerkt, dass Trevor Interesse an ihr hatte, obwohl sie ihm erzählt hatte, dass sie bloß eine Vertragsdienerin war. Trotzdem sträubte sich etwas in ihr gegen den Gedanken. „Ein Mann von Trevor Ramsays Stand würde sich doch nicht um ein Mädchen wie mich bemühen. Nicht einmal im fortschrittlichen Amerika."

„Gerade wegen seines Standes kann er frei wählen. Er ist nicht auf eine Mitgift angewiesen. Und er kann deinen Vertrag im Handumdrehen auflösen. Ich bezweifle, dass Mr Osbourne etwas gegen die Verbindung einzuwenden hätte."

„Aber ich bin und bleibe ein Destillierraum-Mädchen. Eine Schottin von niedriger Geburt."

Thea sah sie mit einem ironischen Lächeln an. „Du kannst sagen, was du willst. Dein Benehmen, dein feines Auftreten und deine höfliche Ausdrucksweise entsprechen nicht deiner gesellschaftlichen Stellung. Deine Familiengeschichte und deine Ausbildung an der Seite des Lairds machen dich nicht nur zu einer ebenbürtigen Partnerin für Trevor. Du bist auch viel interessanter als die Schönheiten von Virginia. Darüber hinaus teilst du Trevors Interessen. Gärten. Bienen. Babys."

Thea reichte Larkin eine weitere Makrone. Er hatte sich an ihrem Rock hochgezogen und schielte neugierig auf den Teetisch.

„Trevor ist hin und weg von Master Larkin. Denk nur mal an die Vorteile, die der neue Generalstaatsanwalt von Virginia seinem Stiefsohn bieten könnte."

War das ihr Ernst? Thea wollte, dass Lark in den mächtigen Ramsay-Clan einheiratete? Zumindest würde sie sich dann keine Sorgen mehr wegen Mr Granger machen müssen. Ein neues, eigenes Zuhause in Williamsburg – einer Stadt, die so bezaubernd und modern war wie Kerrera ländlich und abgelegen. Allerdings ging damit auch eine hohe gesellschaftliche Stellung einher. Daran hatte Lark kein Interesse. Und wie so viele wohlhabende Virginier besaßen auch die Ramsays Sklaven.

Larks langes Schweigen führte dazu, dass Thea wieder das Wort ergriff. Sie gab ein überzeugendes Plädoyer zum Besten, auf das ihr Ehemann, der Anwalt, sicherlich stolz gewesen wäre. „Du musst die Gilliams treffen. Sie sind im 17. Jahrhundert als Vertragsknechte nach Virginia gekommen. Durch eine Kombination aus harter Arbeit und klugen Verbindungen gehören sie jetzt zur obersten Schicht unserer Gesellschaft. Ihr Haus, *Weston Manor,* ist nicht weit von hier."

„Ich würde sie gerne kennenlernen", erwiderte Lark, bevor sie sich die restliche Makrone in den Mund schob. Köstlich. „Mandel mit einem Hauch Rosenwasser?"

„Du hast einen sehr ausgeprägten Geschmackssinn – noch eine gute Eigenschaft."

„Wo ist Trevor heute?"

„Auf der Arbeit." Theodosia schien sich über die Frage zu freuen. „Wenn er nicht dort ist, hält er sich meistens auf seinem Grundstück in der South England Street auf und beaufsichtigt die Bauarbeiten. In letzter Zeit haben wir ihn kaum gesehen. Er wird dich bestimmt bald besuchen kommen", kündigte sie mit einem sanften, zufriedenen Lächeln an. „Es hat ihm ganz gut gefallen, mit euch auf *Royal Hundred* eingeschneit zu sein."

35

Ein kommender Tag scheint länger als ein vergangenes Jahr.
SCHOTTISCHES SPRICHWORT

„Sie arbeiten zu viel", warnte der Arzt.

„Es gibt so viel zu tun", entgegnete Magnus.

Er begann morgens um vier mit der Arbeit und war fast bis Mitternacht auf den Beinen. Aber durch seine Krankheit hatte er bereits zwei Wochen verloren. Die drei Aufseher hielten sich von ihm fern, weil sie sich nicht anstecken wollten. Insgeheim hofften sie natürlich, dass Magnus sich nicht wieder erholen würde. Die Afrikaner bereiteten die Felder für die Pflanzung vor, während sie abwarteten, wie es mit Magnus weiterging. Er fühlte sich immer noch halb tot, aber die Not um ihn herum war zu groß, um nichts zu tun.

Sobald Magnus wieder kräftig genug war, ritt er zu der neuen Windmühle. Dort angekommen, stieg er ab und ließ sein Pferd frei, damit es grasen konnte. Dann nahm er eine Hacke in die Hand. Ein paar Aschanti beobachteten ihn mit unverhohlenem Erstaunen. Glaubten sie, dass das Fieber sein Gehirn weich gekocht hatte? In den nächsten Stunden arbeitete Magnus mit entschlossenem Eifer an der Seite der Afrikaner. Er grub Furchen und legte Zuckerrohr-Stecklinge hinein. Bis Sonnenuntergang hatten sie zwei Morgen bepflanzt.

„Wenn ich euch und diese Plantage kennenlernen will, muss ich einer von euch sein", erklärte er, obwohl er wusste, dass sie ihn ohne Rojay nicht verstehen konnten. Aber vielleicht konnte er ihnen durch seine Taten verdeutlichen, was er meinte. Als Magnus sein Werkzeug wieder aufnahm, war die Verwirrung aus den Gesichtern der Aschanti verschwunden. Magnus wollte den Anbau von Zuckerrohr lernen wie die Afrikaner – von der Pflanzung bis zur Ernte mit breiten, gebogenen Macheten. Wie sonst sollte er diese gewaltige Aufgabe meistern? Seine Finger bluteten von den scharfen Blättern des Zuckerrohrs und sein Rücken schmerzte.

An jenem Abend setzte Magnus sich mit einem tragbaren Schreibpult auf die Loggia und schrieb einen Brief an Osbourne. Ein kühlender Küstenwind hob die Ecken des Papiers an. Die Tinte war schon nach wenigen Augenblicken getrocknet. Nachdenklich schaute Magnus auf die Buchten mit weißem Sand und auf das türkise Wasser, das in der untergehenden Sonne glitzerte.

Wir müssen dafür sorgen, dass die Afrikaner genügend zu essen haben und jede andere Unterstützung bekommen, die sie benötigen. Meiner Meinung nach ist ihr Wohlergehen von höchster Priorität für eine erfolgreiche Plantage. Ihre Häuser müssen repariert werden …

Die Aufseher hatten Magnus' Anweisungen zwar befolgt, aber sie murrten und bezeichneten ihn hinter seinem Rücken als Schmarotzer.

„Was bedeutet das, Sir?", hatte der treue Rojay ihn gefragt.

„Schmarotzer?" Das Wort hatte einen sauren Beigeschmack. „Wertloser Vagabund. Jemand, der sich vor der Arbeit drückt."

„Ich finde, dass sie selbst Schmarotzer sind", erwiderte Rojay, bevor er das Trio für ein weiteres Treffen in Magnus' Studierzimmer führte.

Die Aufseher berichteten von den Veränderungen und meldeten ein paar entflohene Sklaven. Obwohl Magnus die Menschenfallen an den Grenzen der Plantage abgeschafft hatte, war die Zahl der Fluchtversuche deutlich zurückgegangen, seit er Geschäftsführer war. Auf den Bericht der Aufseher folgte eine Litanei von belanglosen Beschwerden.

„Es gibt kein Heilmittel gegen die Hinterlist der Sklaven", sagte einer von ihnen. Sein Gesicht glänzte in der schwülen Abendhitze. „Die schlimmsten von ihnen zerstören immer wieder Werkzeug, um sich für irgendeine angebliche Beleidigung zu rächen. Sie schlafen während der

Arbeitszeit und nutzen Handzeichen oder Worte in ihrer Sprache, um einander zu warnen, wenn wir kommen."

„Dann bringen Sie die Schmarotzer zu mir", erwiderte Magnus, bevor er die Aufseher entließ.

Die drei Männer hatten die Veranda mit schwelendem Groll verlassen.

Seufzend schob Magnus die Erinnerung beiseite und schrieb seinen Brief weiter. Er war immer noch geschwächt von den Nachwirkungen des Fiebers. Ein Teller mit frisch geschnittenen, gezuckerten Zitronen und Limetten stand auf dem Tisch – ein Luxusgut. Neben seinem Stuhl wartete ein Stapel Kassenbücher, die er überprüfen musste.

Entschlossen griff er erneut nach der Feder, tunkte sie in die Tinte und schrieb dann an die Person, die immerzu in seinen Gedanken war.

7. Dezember 1752

Liebste Lark,

ich bin wieder auf den Beinen, nachdem mich das Gelbfieber erwischt hat. Glaub mir, die gelbliche Hautfarbe hat ganz und gar nicht zu mir gepasst. Und da Du nicht hier warst, um mich gesund zu pflegen, hat meine Genesung lange gedauert.

Aber ich möchte nicht weiter von meinen Nöten erzählen. Ich weiß, dass Du Deine eigenen Sorgen hast. Ich erzähle Dir lieber von den kleinen Freuden, die man selbst an diesem schrecklichen Ort finden kann. Zum einen gibt es hier Schmetterlinge, die so groß wie meine Hand sind. Ritterfalter werden sie genannt. Sie würden sich gut in Deinem Bienengarten machen. Die Blumen hier sind genauso groß. Ich kenne ihre Namen jedoch nicht. Ich habe versucht, eine rote und eine gelbe Blüte zu trocknen, um sie Dir zu schicken. Aber in der tropischen Hitze hier sind sie schlaff und feucht geblieben.

Ich bin von einem Meer von Afrikanern umgeben. Jeden Tag kommen ganze 30 Sklavenschiffe in Montego Bay an – eine schrecklich hohe Zahl. Genauso viele Schiffe legen jeden Tag auch wieder ab, nur sind sie dann mit Zucker und Rum beladen. Die Aschanti sind ein bemerkenswertes

Volk. Sie sind fähiger als die weißen Männer, von denen sie beaufsichtigt werden. Ich habe vor, einige der Afrikaner zu Verwaltern zu machen, wenn sie wollen.

Du musst Dir keine Sorgen machen, dass ich hier verhungere. Oft wünsche ich mir, dass Du mit mir am Tisch sitzen könntest. Ich frage mich, was Du von der interessanten karibischen Küche halten würdest. Es gibt Kochbananen, die mich an die Süßkartoffeln in Virginia erinnern. Und es gibt Bohneneintopf und Reis und ganz viel Salzfisch. Besonders schmeckt mir das marinierte Fleisch, das über grünem Pimentholz gekocht wird. Und das Bammy, eine Art Brot. Bannocks gibt es hier leider keine.

In jeder freien Minute stelle ich mir vor, wie es Larkin und Dir wohl geht. Meine letzten Tage in Virginia bleiben mir in süßer Erinnerung. Ich bete, dass es so bleibt, bis wir uns wiedersehen.

Dein Magnus

*

Im Winter waren die Zustände in den Sklavenunterkünften am schlimmsten. Lark konnte den Anblick fast nicht ertragen. Dennoch ging sie hin und verteilte die benötigte Medizin. Heute hatte sie auch wieder eine Ladung Decken und Strümpfe dabei. Nur aus wenigen Schornsteinen stieg Rauch auf. Da Mr Granger Feuerholz für eine unnötige Ausgabe hielt und es streng rationierte, mussten die Menschen meistens frieren. Trotzdem sangen, beteten und arbeiteten sie. Von ihrer Geburt bis zu ihrem Tod lebten sie in einem endlosen Kreislauf aus Armut und Not. Dennoch waren manche von ihnen außergewöhnlich reich im Geist.

Josiah war einer von ihnen. Trotz der Ungerechtigkeit um ihn her verzagte er nicht. Stattdessen predigte er, ermutigte die anderen und strebte danach, ihr Los zu verbessern, wo immer er konnte. Josiah besaß eine Bibel und das Gesangbuch, das Lark ihm geschenkt hatte. Aus irgendeinem Grund verbot Granger den Sklaven nicht, zu singen und Gottes Wort weiterzugeben. Lark dankte Gott dafür.

„Wir haben gehört, dass Granger nicht möchte, dass Sie herkommen, Miss MacDougall", gestand Josiah. „Wir beten dafür, dass Sie stark bleiben. Und auch dafür, dass Ihr Junge gesund bleibt."

Plötzlich wurde Lark klar, wie vorteilhaft eine Heirat mit Trevor Ramsay sein würde. Wenn Magnus tot war – *Herr, bitte nicht!* –, sollte sie dann nicht besser Trevor heiraten? Als Lark Ramsay könnte sie viel mehr bewirken. Sie könnte Trevor überreden, die Gesetzgebung zugunsten der Sklaven zu ändern. Außerdem wäre für Larkins Wohlergehen gesorgt. Waren das nicht gute Gründe, Trevor zu heiraten? Vielleicht würde sie ja mit der Zeit lernen, ihn zu lieben.

Als Lark die Unterkünfte wieder verließ, lief sie so gebeugt, als trüge sie immer noch die Last der Decken und Strümpfe auf ihren Schultern. Sie wusste nicht genau, wie Trevor zur Sklaverei stand. Zwar kannte sie seine politischen Ansichten, aber nicht sein Herz. Das war bei Magnus ganz anders. Allerdings wusste Lark nicht, ob Magnus überhaupt noch lebte. Theodosia schien vom Schlimmsten auszugehen. Sie sprach sogar schon in der Vergangenheitsform von ihm. Die Ungewissheit machte Lark zu schaffen. Aber was konnte sie tun?

Schwerfällig setzte sie einen Fuß vor den anderen. Sie war müde und ausgelaugt. Aber ihre Erschöpfung war mehr seelischer als körperlicher Natur. Der kalte Tag neigte sich langsam dem Ende zu und die sinkende Sonne erfüllte den Himmel mit ihrem goldenen Licht. Der herrliche Anblick heiterte Lark ein wenig auf.

„Mistress MacDougall." Die laute, harte Stimme ließ Lark das Blut in den Adern gefrieren. „Auf ein Wort."

Widerwillig drehte sie sich zu Mr Granger um, der hinter ihr vom Pferd gestiegen war. Zwischen ihnen lag ein Stück gefrorener Boden. Durch das dichte Blätterdach der Eichen war der Schnee an dieser Stelle noch nicht geschmolzen. Wachsam musterte Lark den Geschäftsführer. Auf seinem Gesicht war keine Spur eines Lächelns zu sehen. Aber auf ihrem ebenso wenig.

Würde er sie wegen der entflohenen Knechte zur Rede stellen? Oder wegen ihrer Besuche bei den Sklaven?

„Ich habe mit der Pfarrei über Ihr Kind gesprochen. Eigentlich ist die Kirche für den Jungen zuständig." Granger spielte mit der Peitsche in seiner Hand und grinste selbstgefällig. „Ein Vertragsknecht muss seinem Herrn uneingeschränkt dienen. Ich habe der Pfarrei mitgeteilt, dass der Junge Sie bei Ihrer Arbeit beeinträchtigt."

„Beeinträchtigt?", fragte Lark wütend. „Mistress Flowerdew ist da anderer Meinung."

„Aber Mistress Flowerdew ist bloß die Haushälterin. Zugegeben, aus irgendeinem Grund hat Osbourne ihr die Verantwortung für Sie übertragen. Aber ich bin immer noch der Geschäftsführer und zuständig für die Vertragsknechte. Und Sie verstoßen gegen Ihren Vertrag."

„Deshalb wollen Sie mir mein Kind wegnehmen? Nur über meine Leiche! Ich werde ihn nicht abgeben. Weder an Sie noch an die Pfarrei noch an sonst jemanden. Als ich Mr Osbourne in Glasgow getroffen habe, hatte er nichts dagegen einzuwenden, dass ich den Jungen bei mir hatte."

„Aber Osbourne ist nicht hier." Granger schwieg einen Moment. Dann verwandelte ein kaltes Lächeln seine blassen, verzerrten Gesichtszüge in eine groteske Grimasse. „Weibliche Vertragsknechte haben in solchen Dingen nicht viel zu sagen. Wenn ich sage, dass das Kind Sie von der Arbeit abhält, dann ist das auch so. Punkt."

Lark wandte sich um und lief so schnell davon, dass ihr Cape im sanften Wind flatterte. Glücklicherweise war Larkin nicht hier, sondern bei Mistress Flowerdew im Herrenhaus. Die Haushälterin hatte Lark gebeten, ihn nicht mit zu den Unterkünften zu nehmen. Hatte sie die Krankheiten gefürchtet oder Granger?

„Haben die Arbeiter sich über die Decken und Strümpfe gefreut?", fragte die Haushälterin, als Lark in ihre private Wohnstube trat.

„Ja, durchaus", erwiderte Lark atemlos. Aber der Besuch bei den Unterkünften war in den Hintergrund gerückt. Larks Herz, das ohnehin schon krank vor Sorge um Magnus war, wurde noch schwerer. „Der Geschäftsführer ist mir auf dem Rückweg begegnet. Er ..." Kummer schnürte Lark die Kehle zu. Sie blickte zu Larkin, der auf dem

Schoß der Haushälterin saß und zufrieden an einem Spielzeug knabberte. Würde Granger ihr Larkin wegnehmen? Ihn ins Armenhaus der Pfarrei bringen? Würde sie ihn dann je wiedersehen?

„Leider ist er auch hier gewesen", sagte Mistress Flowerdew.

Lark starrte die Haushälterin überrascht an und wartete darauf, dass sie fortfuhr.

„Sicherlich hat er Ihnen das Gleiche gesagt wie mir. Ihnen in Bezug auf das Baby gedroht."

„Kann er das tun? Mir Larkin wegnehmen?"

Mistress Flowerdews langes Schweigen beunruhigte Lark noch mehr. „Mr Granger ist nicht bei klarem Verstand. Und er hat die Macht, großen Schaden anzurichten. Aber wir werden uns dagegen wehren, Sie und ich."

„Aber wir Frauen können doch nichts machen. Ich weiß gar nicht, wo wir anfangen sollten. Wenn der Laird hier wäre –"

„Wir werden uns an Trevor Ramsay wenden. Immerhin hat er an den *Inns of Court* in London studiert. Er kann für Sie und den kleinen Larkin eintreten. Mr Granger wird es nicht wagen, Trevor Ramsay die Stirn zu bieten."

„Wie können wir Trevor kontaktieren? Soll ich eine Nachricht nach Williamsburg schicken? Oder selbst hinfahren?"

„Weder noch." Mistress Flowerdew wippte Larkin auf ihrem Schoß, als er zu jammern begann. „Gott sei Dank hat Trevor heute eine Nachricht geschickt und angekündigt, dass er uns morgen Nachmittag besuchen kommt."

Im flackernden Kerzenlicht saß Lark an ihrem Tisch und schrieb einen verzweifelten Brief. An der kalten Luft trocknete die Tinte nur langsam. Bevor Lark die Feder ins Tintenfass tauchte, zog sie ihren Schal enger um die Schultern.

Liebster Magnus,

ich habe gehört, dass Du krank gewesen bist. Ich bete Tag und Nacht, dass es Dir gut geht und dass nichts das gute Werk verhindern kann, das Du dort angefangen hast. Ich glaube weiterhin fest daran, dass Du lebst. Seit Deinem ersten Brief, den Du kurz nach Deiner Ankunft in Jamaika geschrieben hast, habe ich nichts mehr von Dir gehört. Aber ich bin sicher, dass Deine Briefe bloß verloren gegangen sind.

Ich bitte Dich, für mich und Larkin zu beten. Der Geschäftsführer hat angedroht, mir Larkin wegzunehmen. Ich glaube, dass er auch die Macht dazu hat. Aber ich bin mir nicht sicher. Vertragsknechte haben nicht viele Rechte und Osbourne ist auf der anderen Seite des Ozeans. Granger hat sogar davon gesprochen, meinen Vertrag an einen anderen Herrn zu verkaufen. Ich kann den Gedanken nicht ertragen, dass Larkin im Armenhaus landen könnte, wo man ihm nur wenig Liebe und Zuneigung geben würde. Das wäre wahrscheinlich sein Ende – und meins.

Es tut mir leid, Dich damit zu belasten. Aber Du bist immer schon mein Laird und Ratgeber gewesen. Auch wenn Du weit weg bist, bleibst Du mir im Geiste nah. Ich kann einfach nicht glauben, dass Du mich für immer verlassen haben sollst.

Deine Lark

Als der Postbote kam, gab Lark den Brief auf. Danach verbrachte sie etwas kostbare Zeit mit Larkin und wiegte ihn in den Schlaf. Seine tröstende Wärme ließ sie ihre Umgebung für eine Weile vergessen.

Muss ich denn alles verlieren, Herr? Schottland, Magnus und jetzt auch noch das Baby?

Die Dämmerung setzte dem melancholischen Tag schließlich ein Ende. Da Lark nicht in der Küche erschienen war, brachte Sally ihr das Abendessen ins Cottage. Aber Lark hatte keinen Appetit.

„Ich bete für dich", sagte Sally, als sie das Tablett abstellte. „Ich hab Josiah erzählt, was Granger vorhat. Er betet auch." Sally warf einen ängstlichen Blick zur Tür, als fürchtete sie, dass der Geschäftsführer sie hören könnte. „Larkin ist dein Baby. Er hat es nicht verdient, im

Armenhaus zu landen. Außerdem hast du nichts Falsches gemacht. Es gibt keinen Grund, dich an eine andere Plantage zu verkaufen.“

Lark drückte Larkin einen Löffel in die Hand und sah zu, wie er ungeschickt versuchte, sein Abendessen zu löffeln. „Bitte bete dafür, dass Mr Ramsay die Dinge zu unseren Gunsten wenden kann, auch wenn die geltenden Gesetze angeblich in Stein gemeißelt sind.“

Traurig kehrte Sally in die Küche zurück. Lark hatte sie noch nie so niedergeschlagen gesehen. Die Uhr im Destillierraum tickte weiter.

Später am Abend ging Lark mit Larkin ins Herrenhaus, wo Mistress Flowerdew sie wie üblich erwartete. Ihr gemütliches Wohnzimmer war für Lark zu einem Ort der Annahme und des Trostes geworden. Ärgerte Granger sich auch darüber?

Am nächsten Tag um vierzehn Uhr kam Trevor Ramsay angeritten. Als er das Foyer betrat, pfiff er leise vor sich hin. Sogleich hob sich Larks Stimmung. Mistress Flowerdew nahm Trevors Mantel und seine Handschuhe entgegen. Ihre Miene war eine Mischung aus Sorge und Erleichterung. „Willkommen zurück auf *Royal Hundred*.“

„Hallo, liebe Lark.“ Trevors Augen begegneten Larks auf der anderen Seite des frisch gebohnerten Foyers.

Seine Ungezwungenheit und unerwartete Zärtlichkeit lenkten Lark für einen Augenblick von ihren beängstigenden Umständen ab.

Sie gingen ins Wohnzimmer hinüber. Als Larkin den hochgewachsenen Mann im maßgeschneiderten Winteranzug sah, quietschte er vor Freude. Trevor nahm Larkin auf den Schoß und gab ihm seine Taschenuhr zum Spielen.

Dann blickte er Lark und die Haushälterin fragend an. „Sie wirken ungewöhnlich bekümmert. Mein Besuch ist doch hoffentlich nicht der Grund dafür, oder?“

„Himmel, nein“, versicherte Mistress Flowerdew ihm. „Es gibt da nur ein paar besorgniserregende Umstände, die sich zufällig mit Ihrem Besuch überschneiden. Vielleicht können Sie uns mit Ihren Fähigkeiten als Anwalt helfen.“

„Natürlich. Worum geht es?“

„Es gibt wieder ein Problem mit dem Geschäftsführer, Mr Granger. Er schmiedet viele Pläne. Jetzt hat er sich in den Kopf gesetzt, Larks Vertrag an eine andere Plantage zu verkaufen, um sie loszuwerden. Es gefällt Mr Granger nicht, dass Lark sich um die Sklaven kümmert. Jetzt hat er sogar mit der Pfarrei über Larkin gesprochen. Er will den Jungen ins Armenhaus geben. Dann würde Larks Vertrag mehr Geld einbringen. Schließlich ist kaum jemand bereit, eine Vertragsdienerin mit einem kleinen Kind zu nehmen."

Schweigend lauschte Lark der sachlichen Schilderung der Haushälterin. Das zerbrechliche Leben, das sie sich in Virginia aufgebaut hatte, drohte in tausend Scherben zu zerbrechen. Aber was spielte das schon für eine Rolle, wenn Magnus tot war? Wieder stand Lark am Rande des Unbekannten und versuchte, betend gegen die bitteren Gefühle in ihrem Innern anzukämpfen. Angst. Besorgnis. Wut. Hilflosigkeit. Resignation.

Flehend blickte sie Trevor an. Seine Gelassenheit beruhigte sie ein wenig. Larks größte Angst war, Larkin zu verlieren. Sein Verlust würde ein fast ebenso großes Loch in ihr Herz reißen wie Magnus' Tod. Wenn sie Magnus *und* Larkin verlor, würde Lark sich nie wieder von ihrer Trauer erholen. Das wusste sie mit Sicherheit.

„Vertragsknechte haben durchaus Rechte. Unter anderem dürfen sie Widerspruch einlegen, wenn sie von Leuten wie Mr Granger ungerecht behandelt werden." Trevor blickte zu Larkin. „Was das Baby betrifft, bin ich mir nicht sicher. Da muss ich die Parlamentsmitglieder und Kirchenvorsteher in Williamsburg konsultieren. Mal sehen, was sich machen lässt."

„Mit Ihrem guten Ruf und dem Einfluss Ihrer Familie können Sie bestimmt etwas erreichen", sagte Mistress Flowerdew, bevor sie an der Glockenschnur zog. „Bitte entschuldigen Sie mich, ich werde mich um den Tee und das Gebäck kümmern."

Trevor musterte Lark, als er mit ihr und Larkin allein war. Obwohl sie die Hände ruhig im Schoß gefaltet hatte, wuchs ihr Unbehagen unter seinem prüfenden Blick. War es möglich, so schnell Zuneigung für jemanden zu empfinden? Lark glaubte nicht an Liebe auf den ersten Blick. Die Liebe, die sie sich wünschte, wuchs mit der Zeit. Sie entwickelte sich aus liebevollen Taten, Umständen, die man gemeinsam meisterte, und grundlegenden Überzeugungen. Diese Liebe wurde irgendwann zu einem beständigen Feuer, das nicht gelöscht werden konnte. Das sagte jedenfalls Larks praktische Seite. Was verband sie nach so kurzer Zeit mit Trevor Ramsay?

Dummkopf, sagte eine spöttische Stimme in ihrem Innern.

Ihr gegenüber saß einer der begehrtesten Junggesellen von ganz Virginia. In seinem Blick lag mehr als nur Freundschaft und er hatte ihr so viel zu bieten. Trotz alledem war sie …

Ungerührt.

Lark räusperte sich und zwang sich zu einem Lächeln. „Ich übergebe die Angelegenheit in Ihre fähigen Hände. Und ich danke Ihnen für Ihre Hilfe."

Inzwischen hatte Larkin das Interesse an der Taschenuhr verloren und streckte die Hände gähnend nach Lark aus. Sie nahm ihn auf den Schoß und begann, auf dem eleganten Chippendale-Stuhl vor und zurück zu schaukeln.

„Lark, Ihre Sicherheit und Ihr Wohlergehen liegen mir sehr am Herzen." Trevors Stimme war kühl und unbesorgt – das Gegenteil von Larks Gefühlen. „Das mag voreilig klingen, aber Sie müssen sich wirklich keine Sorgen um Ihre und Larkins Zukunft machen."

Lark nickte verlegen. Dann versuchte sie, Trevors Aufmerksamkeit von sich und der aktuellen Situation abzulenken. „Und wie geht es mit Ihrem Anwesen in der South England Street voran?"

Bei dieser Frage blühte Trevor auf. Ausführlich beschrieb er die bisherigen Baumaßnahmen und was noch geplant war. Das solide Sandsteinfundament. Den Eckstein mit Trevors Initialen und dem Baujahr. Den trockenen Brunnen im Keller, um Lebensmittel zu kühlen. Die mit Ulmen gesäumte Zufahrt. Neunzig Morgen Wälder, Gärten und Obstplantagen. Besonders stolz war Trevor auf das Pinienholz und die Walnusstüren mit schweren Messingschlössern, die er bestellt hatte. Lark hingegen gefiel sein Plan, eine Galerie rund um das Foyer zu bauen.

„Nach dem Gouverneurspalast wird es das prachtvollste Haus der Stadt sein", sagte Trevor.

„Werden Sie eine Orangerie haben, Trevor? Und Bienen?"

„Wenn Sie möchten, Lark." Leichte Röte stieg in Trevors helle Wangen und er schaute auf den Teppich hinab, als betrachtete er dessen Ornamente.

„Ich fände das sehr schön. Aber es ist nicht meine Entscheidung."

Sein leises Lachen machte sie nervös. Thea hatte Lark von Trevors Absichten erzählt. Würde er Lark jetzt persönlich darauf ansprechen? Jenseits des Wohnzimmers war das Klirren von Geschirr zu hören. Larkin war endlich eingeschlafen, sodass Lark aufhören konnte, ihn zu schaukeln. Sie fragte sich, was Mistress Flowerdew so lange aufhielt.

„Sie zwei geben ein reizendes Bild ab", bemerkte Trevor.

„Larkin bedeutet mir alles."

„Das kann ich sehen. Es war sehr lobenswert von Ihnen, ein Waisenkind in Not aufzunehmen. Haben Sie bereits Paten für Larkin ausgesucht? Wollen Sie ihn taufen lassen?"

„Ich bin Presbyterianerin."

„Könnten Sie sich vorstellen, zur anglikanischen Kirche überzutreten?"

Der Anglikanismus war so … englisch. Alles, was Lark darüber wusste, hatte sie in der reich verzierten Bruton Parish Church in Williamsburg gelernt. Die schlichte Steinkirche auf Kerrera war Welten entfernt. Lark musste plötzlich an etwas denken, das ein Offizier auf der *Bonaventure* gesagt hatte: Viele Anglikaner in den Kolonien – vor allem die Oberschicht – hätten einen sehr oberflächlichen Glauben und versammelten sich vor allem zu sozialen Zwecken. Ihre Seelen seien durch den Reichtum der Kolonien stolz und faul geworden. Aber konnte man dem Urteil eines profanen Seemanns wirklich trauen?

„Da ich neu hier bin, weiß ich noch nicht viel über Ihren Glauben", gab Lark zu.

Trevor zuckte bloß mit den Achseln. „Das ist doch nicht so wichtig. Der Glaube ist mehr eine private Angelegenheit."

Was war nicht so wichtig? Dass sie nur wenig über den Anglikanismus wusste oder der Glaube im Allgemeinen? Doch als Lark gerade den Mund öffnen wollte, um Trevor zu fragen, kehrte Mistress Flowerdew in Begleitung eines Hausmädchens zurück. Der Tee wurde serviert. Lark, Trevor und Mistress Flowerdew verbrachten noch eine angenehme Stunde miteinander, bevor Trevor wieder aufbrach. Beim Abschied warf er Lark einen langen Blick zu, der eine baldige Klärung der Angelegenheit mit Granger verhieß.

Auf der Zufahrt kam der Postreiter Trevor entgegen. Lark blieb neben Mistress Flowerdew an der offenen Tür stehen, um auf die Post zu warten.

Bitte, Herr. Nur eine Zeile. Ein schlichtes „Mir geht es gut" würde schon reichen.

Aber es kam bloß ein Brief aus Philadelphia für den neuen Gärtner, Mr Munro.

Obwohl Lark sich die größte Mühe gab, die Hoffnung nicht zu verlieren, war sie am Boden zerstört.

36

Zücke niemals deinen Dolch, wenn ein Faustschlag genügt.
SCHOTTISCHES SPRICHWORT

Ich glaube weiterhin fest daran, dass Du lebst. Seit Deinem ersten Brief, den Du kurz nach Deiner Ankunft in Jamaika geschrieben hast, habe ich nichts mehr von Dir gehört. Aber ich bin sicher, dass Deine Briefe bloß verloren gegangen sind.

Magnus starrte die Worte, die er nun schon zweimal gelesen hatte, fassungslos an. Dann rechnete er nach. Es war fast Januar. Lark hätte doch schon längst von ihm hören müssen. Völlig perplex schaute Magnus von dem zerknitterten Papier auf. Konnte denn nichts und niemand diesen verfluchten Ort verlassen? Nicht einmal ein Brief? Er faltete das Blatt zusammen und steckte es ein. Dann überlegte er, was zu tun war.

Magnus ließ sein Pferd umdrehen, entfernte sich von der lauten Zuckermühle und kehrte nach *Trelawny Hall* zurück. Seine Prioritäten hatten sich geändert. Diesmal würde er Lark nicht nur schreiben, sondern dem Brief auch so unauffällig wie möglich folgen. Noch nie hatte Magnus so schnell und unordentlich geschrieben. Seine Wut richtete sich natürlich nicht gegen Lark, sondern gegen ihre missliche Lage. Vielleicht war Larkin inzwischen bereits im Armenhaus und Lark auf einer anderen Plantage. Solang Magnus die beiden sicher auf *Royal Hundred* wusste, konnte er ruhig schlafen. Er konnte sich ausmalen, wie Lark unter dem mütterlichen Blick von Mistress Flowerdew ihren täglichen Aufgaben nachging. Magnus hatte – vielleicht blind – darauf vertraut, dass Osbourne sie beschützen würde, auch wenn er auf der anderen Seite des Ozeans war.

Aber jetzt …

Magnus ließ den Brief trocknen, versiegelte ihn und rief dann den Hausdiener. Trotz seiner inneren Unruhe versuchte er, möglichst ruhig und gelassen zu wirken. Der Junge kam auf bloßen Füßen herbeigeeilt und nahm dann wie üblich den Umschlag und die Münze aus Magnus' ausgestreckter Hand entgegen. Im nächsten Moment rannte er den mit Palmen gesäumten Weg zur staubigen Hauptstraße entlang. Was er tat, wenn er die Grenzen von *Trelawny* verlassen hatte, war Magnus immer ein Rätsel gewesen. Bis jetzt.

Eilig folgte Magnus dem Jungen. Dabei lief er neben dem Weg, um sich im Gestrüpp zu verstecken. Der Hausdiener bog nach links ab und lief eine Reihe hoher, ausladender Regenbäume entlang. Bevor er auf die Unterkünfte der Aufseher zusteuerte, warf er einen flüchtigen Blick über die Schulter. Magnus' Verdacht erhärtete sich. Nun lief der Junge an der Baumreihe entlang einen Hügel hinauf. Dann blieb er vor den Büros stehen, in denen ein Großteil der Plantagengeschäfte abgewickelt wurde. Die Büroangestellten saßen mit gesenkten Köpfen über ihrer Arbeit. Einmal die Woche wurden ihre Bücher zur Überprüfung an Magnus übergeben.

Es war beinahe Mittag und die Temperaturen kletterten in die Höhe. Magnus nahm einen schweren Atemzug. Inzwischen hatte er sich an das Gefühl gewöhnt, ständig in eine warme, feuchte Decke eingewickelt zu sein. Als Magnus den Flur betrat, sah er seinen Hausdiener im Büro der Aufseher verschwinden. Leise Stimmen waren zu hören. Magnus spähte durch einen Riss in der Tür und lauschte. Sein Brief an Lark wurde an den ältesten Aufseher übergeben. Der Mann kramte eine Münze aus der Tasche hervor und schnippte sie dem Hausdiener zu. Sogleich huschte der Junge wieder nach draußen. Als er verschwunden war, brach der Aufseher das Siegel und riss den Umschlag auf. Magnus sah ihm seine Schadenfreude an. Seine Gier. Der Aufseher nahm das Geld, das Magnus den Briefen an Lark immer beilegte, und steckte es ein.

Magnus biss die Zähne zusammen. Wut flammte wie ein Feuer in ihm auf. Mit einem kräftigen Stoß öffnete er die Tür und trat in den unordentlichen Raum. Auf dem Boden lag überall Papier verstreut. Waren seine früheren Briefe an Lark auch darunter?

Als der Aufseher nach einer Weile endlich aufblickte, wurde Magnus mit einer überraschten Miene belohnt. Furcht flackerte über das zerfurchte Gesicht des Mannes, gefolgt von einem schuldbewussten Ausdruck. Es waren keine Worte nötig. Der gestohlene Brief flatterte auf den unaufgeräumten Schreibtisch, als Magnus den Raum mit drei großen Schritten durchquerte und den Aufseher am Kragen packte.

Der ältere Mann versuchte, Magnus wegzuschubsen, doch ohne Erfolg. Magnus drückte ihm die Kehle zu, bis das Gesicht des Aufsehers bläulich anlief und er keuchend nach Luft schnappte.

Einige Buchhalter versammelten sich gerade rechtzeitig an der Tür, um zu sehen, wie Magnus den griesgrämigen Aufseher verprügelte und über seinen Schreibtisch schleuderte. Der Mann blieb wie bewusstlos am Boden liegen. Seine Lippe blutete und seine Kleidung war zerknittert. Magnus bückte sich, um sich sein Geld zurückzuholen.

„Ihre Dienste werden nicht länger benötigt", sagte er keuchend. „Wenn ich Sie je wieder auf dieser Plantage sehe, hetze ich die Behörden auf Sie – aber erst, nachdem ich Ihnen eine weitere Tracht Prügel verpasst habe. Eigentlich könnte ich Sie wegen Postdiebstahls anklagen. Und das ist mit Sicherheit nicht alles, was Sie auf dem Kerbholz haben." Magnus stieß mit dem Fuß ein paar herumliegende Papiere beiseite, bevor er sich zu den verblüfften Zuschauern umwandte. „Ich komme in einer Stunde zurück. Bis dahin sollte dieser Schweinestall aufgeräumt und sauber sein. Und ich will keine Spur mehr von Mr Talbot sehen. Er wurde soeben entlassen."

Magnus nahm den Brief und schritt dann an den Zuschauern vorbei nach draußen. Sobald er *Tralawny Hall* erreichte, rief er den Hausdiener zu sich. Der Junge erschien mit gesenktem Kopf in der Tür zu Magnus' Studierzimmer. Offenbar vermutete er bereits, dass etwas nicht stimmte.

„Ich bin nicht wütend auf dich", sagte Magnus sanft. „Ich weiß, dass du nur getan hast, was der Mann dir aufgetragen hat."

„Ja, Sir." Seine dunklen Augen füllten sich mit Tränen. „Er hat gesagt, dass ich ihm alle Ihre Briefe bringen soll, damit er sie aufgeben kann. Ich sollte nicht weiter darüber nachdenken."

„Aye. Genau das werden wir jetzt auch tun. Kehr an deine Arbeit zurück. Und wenn dir in Zukunft etwas seltsam vorkommt, erzähl es mir."

Magnus schrieb Lark einen weiteren Brief, steckte das Geld in den Umschlag und ritt selbst nach Montego Bay, um sicherzugehen, dass der Brief ohne Verzögerung abgeschickt werden würde.

Herr, bitte hilf Lark. Ich bin machtlos.

*

Zaghaft lächelte Lark den Kirchenvorsteher an. Sie war froh, dass Trevor an ihrer Seite war. Larkin saß auf ihrem Schoß und sah wie die Gesundheit und Zufriedenheit in Person aus – hoffte Lark. Der Kirchenvorsteher hielt Grangers Beschwerdebrief in der Hand. Darin stand, dass Lark ihre Pflichten vernachlässigt habe, da sie zu sehr mit dem Kind beschäftigt sei. Granger bezeichnete Larkin mit einem Wort, das Lark nie in den Mund genommen hätte. Dann wechselte Granger plötzlich das Thema und säte Zweifel an Larks Geschichte. Er behauptete, sie habe versucht, Larkin als Waise auszugeben, obwohl er eigentlich ihr eigenes Kind sei. Als Beweis führte er an, dass sie beide rotes Haar hatten.

„Die Ähnlichkeit ist wirklich verblüffend", bemerkte der Kirchenvorsteher. „Traurigerweise wäre es einfacher für Sie, den Jungen zu behalten, wenn er Ihr leibliches Kind wäre. Aber als Waisenkind, das zufällig in Ihre Obhut gelangt ist, ist er eher ein Fall fürs Armenhaus."

Lark erschauderte. „Ich glaube nicht an Zufälle, Mr Wellinghurst, sondern an göttliche Fügung. Gott liebt Kinder. In der Schrift steht, dass der Herr die Armen und Waisen errettet, die keine Hilfe haben."

„In der Tat. Amen!", erwiderte der Vorsteher, während er den Brief weiter überflog.

Larkin streckte ein Händchen aus und berührte Larks Wange. Sie lächelte zu ihm hinunter und strich ihm eine Haarlocke aus der Stirn, die eins seiner strahlend blauen Augen verdeckte.

„Jeder Fall ist einzigartig", sagte Trevor. „Das Gesetz ist nicht so starr, wie es scheinen mag. Ich habe hier eine schriftliche Stellungnahme von der Haushälterin von *Royal Hundred*. Sie ist die Tante von Richard Osbournes verstorbener Frau."

„Mistress Flowerdew?" Der Mann nahm das Schreiben und las es schweigend. „Was mehr ins Gewicht fallen würde, ist Richard Osbournes Meinung."

„Osbourne hat Miss MacDougall an Bord der *Bonaventure* geholt, obwohl er wusste, dass sie ein Baby in ihrer Obhut hatte. Das zeugt doch von der Sicherheit ihres Vertrags."

„Es ist aber durchaus ein ungewöhnliches Arrangement. Normalerweise kommen die Kinder von Vertragsknechten ins Armenhaus und werden zu einem Meister in die Lehre gegeben, sobald sie alt genug sind."

„Wenn sie dieses Alter überhaupt erreichen", warf Trevor ein. „Ich kenne den Zustand der Armenhäuser in Virginia. Viele mussten wegen Unzulänglichkeiten oder gänzlichem Versagen schließen. Die Armenhäuser sind voller Landstreicher und Verbrecher – wie Gefängnisse. Das ist doch kein Ort für ein kleines Kind."

„Ich gebe zu, dass die Stadt sich in eine Art Jahrmarkt verwandelt, wenn das oberste Gericht und das Parlament der Kolonie tagen. Das zieht alle möglichen Herumtreiber an. Aber welche andere Möglichkeit gibt es? Die Regierung Seiner Majestät kann sich nicht um all diese Mittellosen kümmern."

„In Miss MacDougalls Fall bitte ich Sie, eine Ausnahme zu machen. Gestatten Sie ihr, unter den Bedingungen ihres Vertrags auf *Royal Hundred* zu bleiben und weiterhin für ihren Adoptivsohn zu sorgen. Warten Sie, bis Osbourne kommt und die Angelegenheit selbst klärt."

Während Lark zuhörte, wie Trevor sie verteidigte, wuchs ihre Zuneigung zu dem Mann. Den Kirchenvorsteher konnte Lark noch nicht so recht einschätzen. Sally hatte gesagt, dass Granger ihn in der Tasche hätte – was immer das bedeutete.

Als der Vorsteher schwieg, redete Trevor erneut auf ihn ein: „Wenn Sie mir keine Garantie geben können, habe ich keine andere Wahl, als mich an eine höhere Instanz zu wenden und die Sache vor Gericht zu bringen."

Der Kirchenvorsteher runzelte die Stirn und musterte Lark. „Sie könnten das Baby bei einer Familie in der Stadt unterbringen. Das ist bereits vorgekommen. Wenn der Junge sieben oder acht Jahre alt ist, wird er in die Lehre gegeben."

In die Lehre? So früh? Mit sieben war Lark noch unbeschwert über die Moore und Strände von Kerrera gerannt. Würden Larkins früheste Erinnerungen die an die Arbeit sein?

„Was, wenn ich der Pate oder Vormund des Kindes wäre?", fragte Trevor mit seiner selbstbewussten Autorität. „Ich könnte dafür sorgen, dass der Junge eine anständige Ausbildung am Gymnasium erhält. Dann müsste er nirgends in die Lehre gehen. Ich bin auf jeden Fall in der Lage, für seinen Unterhalt aufzukommen."

„Dann bliebe immer noch die Frage, wer das Kind betreuen soll."

„Und wenn er adoptiert wird?"

Überrascht hob Lark die Augenbrauen. Glücklicherweise stellte der Vorsteher die Frage, die ihr auf der Zunge brannte: „Von wem?"

„Von jemandem, der keine Kinder hat und einem Waisenkind alles geben könnte, was ihm eine Vertragsdienerin nicht bieten kann."

Theodosia?

Obwohl Trevor Lark nicht ansah und keine Namen nannte, wusste sie, von wem er sprach. Und sie wünschte, er hätte diese Worte nie gesagt. Plötzlich stand Lark da wie eine Frau, die selbstsüchtig an einem Kind festhielt, obwohl sie es einer kinderlosen, wohlhabenden Freundin anvertrauen könnte. Der Gedanke versetzte ihrem Herzen einen Stich.

Als Larkin zu jammern begann, durchwühlte sie ihre Handtasche, um nach einer Beschäftigung für ihn zu suchen. Doch in der Aufregung des Morgens hatte sie sein Spielzeug in der Kutsche vergessen.

Also begann Lark, den Jungen auf ihren Knien zu wippen, um ihn abzulenken.

„Geben Sie mir etwas Zeit, um darüber nachzudenken", sagte der Vorsteher schließlich. „Wenn ich die Angelegenheit gründlich überprüft habe, treffen wir uns erneut."

Trevor nickte und schüttelte dem Mann freundschaftlich die Hand. Dann flüsterte er Lark zu: „Lassen Sie uns in die Nicholson Street fahren. Meine Schwägerin würde mit mir schimpfen, wenn ich Sie nicht wenigstens auf einen kurzen Besuch mitbrächte."

Sie verließen die zugige *Bruton Parish Church*, um sich in die wohlige Wärme von *Ramsay House* zu flüchten. Bei Theas fröhlicher Begrüßung hob sich Larks Stimmung. Doch bald schweiften ihre Gedanken ab. War Thea eine geeignete Mutter für Larkin? Als Lark ihn in Theas offene Arme gab, verspürte sie plötzlich Widerwillen.

„Oh, Master Larkin, du siehst an diesem Wintermorgen aber besonders schick aus", gurrte Theodosia, während sie ihn bewundernd betrachtete. „Hast du die Kleider selbst gemacht, Lark? Wenn ja, sind sie dir wirklich gut gelungen."

„Ich bin höchstens eine ganz passable Näherin. Mistress Flowerdew hat mir freundlicherweise etwas Spitze gegeben, um die Kleider damit zu besetzen." Lark zwang sich zu einem Lächeln, als ein Diener ihr das Cape und die Haube abnahm. „Es ist kalt in letzter Zeit. Ich versuche, Larkin so warm wie möglich anzuziehen."

Larkin lächelte kokett unter Theas hingerissenen Blicken. Dabei kam sein neues Zähnchen zum Vorschein. Larkin hatte viel geweint, bis der Zahn endlich durch sein weiches Zahnfleisch gebrochen war. Auch Nelkenöl hatte die Schmerzen nicht gelindert. Lark hatte ihn nächtelang in ihren Armen wiegen müssen.

„Du musst einen Tee mit uns trinken und dich aufwärmen, bevor du nach *Royal Hundred* zurückkehrst", sagte ihre Gastgeberin, während Trevor sie wie üblich ins Wohnzimmer geleitete.

Der Kaminsims war mit grünen Zweigen geschmückt – eine festliche Mischung aus Stechpalme, Efeu, Berglorbeer und Misteln, verziert mit einem leuchtend roten Band. Als sie Larks bewundernden Blick bemerkte, sagte Thea: „Du könntest uns helfen, die Kirche für Weihnachten zu schmücken. Reverend Dawson komponiert sogar extra ein Weihnachtslied, das wir dabei singen können."

Da Lark in Gedanken bei dem Gespräch mit dem Kirchenvorsteher war, antwortete sie nicht, sondern nahm nur schweigend vor dem Ofen Platz.

„Komm schon, Lark, sei nicht so trübsinnig", schalt Thea sie gutmütig. „Sicherlich feiert man in Schottland auch Weihnachten. Oder sind die Schotten so verdrießlich wie die Neuengländer, die über unsere Feierlichkeiten nur die Stirn runzeln können?"

„Weihnachten wird in Schottland kaum gefeiert, da es verboten wurde. Aber auf Kerrera feiern wir es im Stillen."

„Dann sollst du ein üppiges, ausgelassenes Weihnachten haben, wie man es hier in Virginia feiert." Thea setzte sich und versuchte, Larkin zu beschäftigen, der nicht mehr herumgetragen werden wollte. Doch er verzog das Gesicht und unterbrach das Gespräch der Erwachsenen mit einem wütenden Schrei. Thea beugte sich nach rechts und zog mit einer anmutigen Bewegung an der Glockenschnur. Im nächsten Moment erschien ein Dienstmädchen. Sein dunkles Gesicht war ausdruckslos und es hielt den Blick gesenkt.

„Nimm ihn mit, Evie. Wir möchten etwas Ruhe haben."

Als Larkin aus dem Raum getragen wurde, weinte er noch lauter. Im hallenden Foyer erreichte sein protestierendes Geschrei den Höhepunkt. Würde Evie ihn in die Küche auf der anderen Seite des Hauses bringen? Erschöpft schaute Lark ihnen nach. Sie sehnte sich nach der Schlichtheit und Heiterkeit ihres Zuhauses. Am liebsten hätte sie jetzt allein mit Larkin am knisternden Kaminfeuer gesessen, wenn auch nur, um ihre Gedanken über die morgendlichen Geschehnisse zu ordnen.

Trevor musterte Lark, als versuchte er, ihre Gedanken zu lesen. Aber in letzter Zeit schien er sie ohnehin ständig zu beobachten. Vor allem, seit er ihren Fall übernommen hatte. Würde er Thea hier und jetzt seinen Vorschlag unterbreiten, Larkin zu adoptieren? Hoffentlich nicht.

„Haben Sie inzwischen was vom Laird gehört?", fragte Trevor, bevor er einen Schluck aus seiner dampfenden Tasse trank. Als Lark den Kopf schüttelte, fuhr er fort: „Ein Freund von mir wird bald geschäftlich nach Jamaika reisen. Wenn Sie möchten, könnte er vielleicht *Trelawny Hall* besuchen und sich erkundigen."

Larks Müdigkeit war mit einem Schlag verflogen. „Wie aufmerksam von Ihnen. Könnten Sie Ihren Freund bitten, einen Brief von mir zu überbringen? Ich traue der Post nicht. Da ich lange nichts vom Laird gehört habe, frage ich mich, ob meine Briefe überhaupt ankommen."

„Natürlich. Ich bin sicher, dass es ihm nichts ausmachen wird." Trevor blickte zu Theodosia. „Ich habe gehört, dass du nächsten Samstag Weihnachtslieder singen gehst?"

„Ja. Lark muss auch mitkommen. Vielleicht kannst du sie begleiten. Wir waren so enttäuscht, dass du nicht mit uns zum Weihnachtsball des Gouverneurs gegangen bist, Lark." Sie lächelte Lark einladend an. „Wir würden uns freuen, wenn du kommst. Du kannst auch bei uns übernachten. Das Singen dauert immer ziemlich lang, weil wir durch ganz Williamsburg ziehen. Und anschließend machen wir ein Lagerfeuer im Park vor dem Gouverneurspalast. Letztes Jahr hat es sogar geschneit. Es war zauberhaft."

„Solang es reichlich Punsch und Gebäck gibt, bin ich zufrieden", sagte Trevor. „Aber gegen ein bisschen Singen habe ich auch nichts einzuwenden."

„Mistress Flowerdew ist auch eingeladen. Und unsere Bediensteten können sich um Master Larkin kümmern."

Lark nickte nur. In Gedanken war sie bei Magnus und dem Mann, der bald nach Jamaika reisen würde. Wie lange würde es dauern, bis Lark erfahren würde, wie es Magnus ging? Die Tage kamen ihr wie Jahre vor und jede weitere Verzögerung war schwerer zu verkraften.

„Was hältst du von dem vielen Schnee diesen Winter, Lark?", fragte Thea. „Schneit es in Schottland?"

Über diese Frage musste Lark lächeln. „Natürlich. Ganz so benachteiligt bin ich nicht aufgewachsen. Das Meer in einem Schneesturm ist ein überwältigender Anblick."

Trevor gluckste und hielt Thea seine Tasse hin, damit sie ihm Tee nachschenkte. „In London hat es kein einziges Mal geschneit, während ich dort studiert habe. Gut zu wissen, dass Sie im Norden nicht so arm dran waren."

„Dann haben wir eine Abmachung", beschloss Thea. „Ich werde das neue Schlafzimmer für deine Ankunft vorbereiten lassen, Lark. Wir werden ein paar schöne und lustige Vorweihnachtstage zusammen verbringen!"

37

Nun lebe wohl, mein einzig Glück!
Leb wohl, für eine Zeit!
Ich kehre bald zu dir zurück,
Und wär's tausend Meilen weit.
ROBERT BURNS

Lark war ganz und gar nicht in Weihnachtsstimmung. Sie musste immerzu an das nächste Treffen mit dem Kirchenvorsteher denken. Aber nun stand erst einmal der Besuch bei den Ramsays auf der Tagesordnung. Lark, Larkin und Mistress Flowerdew packten sich warm ein und fuhren mit der Kutsche nach Williamsburg. Ein langer Brief an Magnus befand sich in Larks Gepäck. Sie betete, dass der Brief mithilfe von Trevors Freund sein Ziel erreichen würde.

Als sie durch das verschnörkelte gusseiserne Tor von *Royal Hundred* fuhren, schaute Lark zurück. Granger saß in einiger Entfernung auf seinem Pferd und blickte ihnen nach. Wieder erschauderte Lark bei seinem Anblick. Ein Gichtanfall hatte ihn für einige Zeit ans Bett gefesselt. Diesmal war seine Frau in die Apotheke in Williamsburg gegangen, statt Lark um Hilfe zu bitten. Offenbar hatte die Medizin geholfen, denn Granger war seit heute wieder auf den Beinen und machte seine Runde über die Plantage.

Waren die Flüchtigen gefasst worden? Lark dachte nur noch selten an Rory. Wie naiv sie damals in Schottland gewesen war! Das gute Aussehen des Captains, die Faszination des Meers und der Nervenkitzel hatten sie angezogen. Aber Islas früher Tod, die lange Seereise, die Knechtschaft und Magnus' Schicksal hatten Lark zu einer umsichtigen Frau gemacht.

Das Zimmer, in dem die Ramsays Lark unterbrachten, erinnerte sie mit seinen geblümten Stoffen und Tapeten an einen Garten aus Seide. Wer hätte gedacht, dass Lark einmal zur Rechten von Prentice Ramsay am Esstisch sitzen würde – dem wohl zweitwichtigsten Mann in ganz Virginia? Und wer hätte sich erträumt, dass sie einmal halb erfroren durch Williamsburg ziehen und an der Seite des ehrenwerten Trevor Ramsay – des aufgehenden Sterns von Virginia, wie die *Gazette* ihn nannte – Weihnachtslieder singen würde?

Lark durfte sich das alles nicht zu Kopf steigen lassen.

Nach der Tour durch die Stadt versammelten die Sänger sich im Park vor dem Palast. Ihr Atem bildete kleine Wölkchen in der kristallklaren Winterluft. Warmer Cider wurde herumgereicht. Als die Sänger sich um das Lagerfeuer scharten, beleuchteten die lodernden Flammen ihre fröhlichen Gesichter. Trevors helles Gesicht war von der Kälte gerötet und er hatte sich einen Wollschal um den Hals gewickelt. Er konnte seinen Blick den ganzen Abend nicht von Lark abwenden.

Als die Gruppe sich allmählich aufzulösen begann, blickte Lark die Straße hinab in Richtung *Ramsay House*. Das große Gebäude schien zu schlummern. Irgendwo darin befanden sich die vielen Bediensteten und Larkin. Lark vermisste ihn. Sein Grinsen, mit dem er seine wenigen perlweißen Zähnchen zeigte. Seinen süßlichen Lavendelduft nach einem Bad. Seine roten Locken, die wie Seide durch Larks Finger glitten. Sein Gewicht, wenn er schlafend auf ihrem Schoß lag. Sein glucksendes Lachen.

„Sie haben etwas schief gesungen, Lark", neckte Trevor sie nach dem letzten Lied. Offensichtlich spürte er, dass sie abgelenkt war.

„Ich frage mich, wo der kleine Larkin gerade ist."

Trevor lächelte und streckte seine bloßen Hände zum wärmenden Feuer. „Er liegt gemütlich in Ihrem Schlafzimmer, wo ein Hausmädchen auf ihn aufpasst. Ich habe Theodosia gesagt, dass Larkin nicht aus dem Zimmer geholt werden soll."

Als Lark sich umsah, bemerkte sie, dass sie allein waren. Die anderen Sänger waren bereits auf dem Heimweg. Es war still bis auf das Knistern und Knacken des immer kleiner werdenden Lagerfeuers.

„Haben Sie etwas vom Kirchenvorsteher gehört?", fragte Lark vorsichtig. Sie verdarb den festlichen Abend nur ungern mit diesem beunruhigenden Thema.

„Pscht, Lark." Trevor lächelte, um seine Zurechtweisung etwas abzumildern. „Wir werden noch früh genug von ihm hören. Wie heißt es noch in Ihrer Bibel? ‚Sorgt nicht für den andern Morgen'?"

„In *meiner* Bibel, Trevor? Ist sie nicht auch Ihre Bibel?"

Er zuckte leicht die Schultern – eine Reaktion, die sie inzwischen von ihm kannte. „Ich hebe mir die Bibel für den Sabbat auf. Vor allem für die Kirche. Ich habe festgestellt, dass sie nur wenig mit dem praktischen, alltäglichen Leben zu tun hat."

„Ach wirklich?" Lark beobachtete, wie ein paar Funken in den Nachthimmel aufstiegen. „Vielleicht, weil sie der Bibel keinen Raum in Ihrem Leben geben."

„Der Bibel keinen Raum geben? Mag sein. Fordern Sie mich heraus, Lark?"

„Tue ich das?" Sie wandte sich wieder zu ihm um. „Als gebürtige Schottin möchte ich nur versuchen, euch gebürtige Virginier besser zu verstehen."

Wieder dieses nervige Schulterzucken. „Wie mein Cousin Thomas Jefferson einmal sagte: Stelle sogar die Existenz eines Gottes kühn infrage; denn wenn es einen gibt, muss er die Huldigung der Vernunft mehr gutheißen als blinde Angst."

„Und dennoch fürchte ich Gott. Er ist heilig und ich bin es nicht. Ich bin eine Sünderin, die allein aus Gnade errettet ist. Und ich glaube von ganzem Herzen an Gott."

„Gott mag ja der Schöpfer des Universums sein. Aber er ist sicher kein persönliches Wesen, zu dem wir eine Beziehung haben können."

„Wenn er nicht persönlich ist, kann Gott mir nicht helfen", erwiderte Lark mit mehr Vehemenz, als zu so später Stunde angebracht war. „Würde ein unpersönlicher, gleichgültiger Gott seinen eigenen geliebten Sohn für uns opfern?"

„Das haben Sie schön gesagt." Trevor wandte sich zu Lark um. „Aber

lassen Sie uns keine Zeit mehr mit nutzlosen Diskussionen über neben-
sächliche Dinge verschwenden. Nicht mitten in der Nacht."

Damit war ihr kleiner Streit beendet. Trevors Gleichgültigkeit beunruhigte Lark und sie konnte seinen Argumenten nicht folgen. Trevor
war sehr gebildet – unerreichbar für ein Destillierraum-Mädchen, auch
wenn Lark im Schloss unterrichtet worden war. Er war Anglikaner und
Amerikaner, während sie als schottische Presbyterianerin aufgewachsen war. Für sie war der Glaube immer schon eine Herzensangelegen-
heit gewesen. Die große Reformation hatte in Schottland viel bewirkt.
Konnte Lark wirklich erwarten, dass Trevor, der mit dem Glauben der
Kirche von England aufgewachsen war, so dachte wie sie? Spielte es
überhaupt eine Rolle, dass er nur an einen distanzierten, unnahbaren
Gott glaubte?

Trevor streckte die Hand aus und berührte eine Haarsträhne, die
sich aus Larks Frisur gelöst hatte. Nach dem windigen, anstrengenden
Abend sah sie sicherlich furchtbar aus. „Ich möchte über wichtigere
Dinge sprechen", sagte Trevor.

Was könnte wichtiger sein als der Glaube? Lark behielt die Frage
für sich, während sie sich insgeheim wünschte, den Abend mit einem
anderen Mann verbringen zu können.

„Ich denke viel über das neue Jahr nach. Was es wohl bringen wird."

Mit Trevor konnte man offenbar keine tiefgründigen Gespräche
führen.

„Sie denken sicherlich an die Fertigstellung von *Ramsay Manor*. An
die Pflanzung Ihrer Gärten und Obstplantagen. Und daran, dass der
Gouverneur Ihnen nächstes Jahr vielleicht einen neuen Posten geben
wird."

„Das ist alles schön und gut, ja. Aber es nimmt weder in meinen Gedanken noch in meinem Herzen den ersten Platz ein." Trevor bot Lark
einen Arm an, bevor sie langsam die Nicholson Street entlangschlen-
derten. „Ich möchte Ihnen gern den Hof machen, Lark. Ich würde ja
Ihren Vater fragen, aber …"

„Mein Vater ist vor langer Zeit auf See verschollen."

„Das hat Mistress Flowerdew mir erzählt. Deshalb habe ich Osbourne geschrieben und ihn um die Erlaubnis gebeten, Ihnen den Hof zu machen und Sie zu heiraten, wenn Sie es wollen."

Lark wandte sich zu ihm um, aber es war zu dunkel, um seine Augen zu sehen. Ihre Gedanken und Gefühle waren so verworren, dass sie kein Wort über die Lippen brachte.

„Ich hoffe, dass Sie vor Freude sprachlos sind", sagte Trevor mit neckendem Unterton.

„Ich …" Lark dachte nach. Sie wollte ihn nicht verletzen. „Ich bin –"

Er brachte sie mit einem Kuss zum Schweigen. Lark schmeckte nach Cider. Rauch. Sicherheit. Sofort musste sie an ihren ersten Kuss zurückdenken. An die Avancen des Captains. So wie damals in der Höhle blieb sie auch jetzt unbeweglich stehen. Sie war so erstaunt über den unerwarteten Kuss, dass sie nicht einmal zurückwich. Trevor schien ihre leidenschaftslose Reaktion jedoch nicht zu stören. Vermutlich bemerkte er sie nicht einmal.

„Denken Sie darüber nach, Lark. Ich werde Ihnen den Hof machen. Und wenn wir heiraten, werden sich alle Ihre Sorgen in Luft auflösen. Granger kann Ihnen und dem Baby dann nichts mehr anhaben und Ihr lästiger Vertrag mit Osbourne wird aufgehoben."

*

Kwasi saß wie ein Prinz auf seinem Pferd. Sein schweißnasses, zerfurchtes Gesicht glänzte in der Sonne. Die königliche Haltung und die gelassene Miene des Sklaven weckten Magnus' Neugier.

„Erzähl mir von deinem früheren Leben in Afrika", bat Magnus ihn mithilfe seines Dolmetschers Rojay. Die drei Männer standen auf einem Hügel und ließen den Blick über mehrere hundert Morgen Zuckerrohr schweifen. Wenn der Aschanti über Magnus' Frage erstaunt war, ließ er es sich nicht anmerken. „Sie sind der erste weiße Mann, der mich danach fragt", antwortete er in seiner melodischen Sprache. Ein Muskel in seiner Wange zuckte.

Einige Sekunden vergingen. Magnus spürte, dass die Frage bei Kwasi viele Emotionen geweckt hatte. Die nachdenkliche Stille wurde nur von einem lärmenden Papagei unterbrochen, der in der Nähe auf einer Palme saß.

„Es war so", begann Kwasi schließlich. „Als ich gefangen genommen wurde, war ich noch sehr jung. Ich hatte bereits weiße Männer gesehen, die an unserer Küste nach Gold gesucht hatten. Man hatte mich gewarnt, mich von ihnen fernzuhalten. Eines Tages war ich mit meinem Vater auf dem Feld in der Nähe unseres Dorfes, um Yams anzupflanzen. Plötzlich kamen einige Sklavenhändler mit Hunden und nahmen uns gefangen. Sie fesselten unsere Hände mit Weidenzweigen und schleppten uns an Bord eines Schiffs. Dann sind wir an einen Ort gefahren, wo Menschen verkauft werden. Aber zuerst wurden wir gewaschen und mit Palmöl eingerieben. Ein Schiffskapitän hat mich gekauft. Mein Vater wurde für untauglich befunden, weil er humpelte. Nachdem der Kapitän noch mehr von meinen Leuten gekauft hatte, sind wir in See gestochen."

„Wie lange bist du schon in Gefangenschaft?", fragte Magnus.

„Ich lebe schon länger hier, als ich in Afrika gelebt habe. Aber das ändert nichts daran, dass ich dorthin zurückmöchte."

„Ich wünschte, ich könnte dir deine Freiheit schenken. Leider kann ich nicht mehr tun, als dich zu einem Anführer deines Volks hier zu machen. Aber ich glaube fest daran, dass ihr eines Tages frei sein werdet."

Kwasis Lächeln war bittersüß. *Ebi Akyi wɔ bi.* Erfolg ist das Ergebnis von Geduld."

Langsam wiederholte Magnus die Worte auf Aschanti-Twi und versuchte, sich die Aussprache einzuprägen. Er lernte die Sprache recht schnell, aber nicht schnell genug, um auf den Dolmetscher verzichten zu können.

Auf dem Feld vor ihnen hatte die Ernte begonnen. Zuerst musste das Zuckerrohr geschnitten und gebündelt werden. Dann wurde es zur Mühle gebracht, um zerkleinert zu werden. Diese Arbeiten wurden sowohl von Männern als auch von Frauen verrichtet. Die Kinder und die Alten und Gebrechlichen waren für die leichteren Arbeiten zuständig. Sie jäteten Unkraut oder hüteten das Vieh.

„Jetzt, wo die Sklaven mehr zu essen haben, können sie auch mehr arbeiten. Deshalb wird die Ernte wahrscheinlich besser ausfallen als je zuvor", sagte Kwasi. „Es gibt weniger Krankheiten. Und nur noch wenige fliehen, um sich den Maroons in den Bergen anzuschließen."

„Der schwache Ertrag der letzten Jahre war vor allem auf die Erschöpfung der Sklaven zurückzuführen und nicht auf Bodenerschöpfung", antwortete Magnus. „Außerdem haben die Aufseher nicht auf euch gehört, sondern auf ihren eigenen ineffektiven Methoden beharrt. Jetzt müssen wir nur noch eine bessere Art finden, die Zuckerfässer zu den Schiffen zu transportieren. Es wäre auch gut, wenn der Transport früher stattfinden könnte. Der erste Zucker bringt immer die besten Preise ein."

Die kleinen Boote, mit denen der Zucker transportiert wurde, waren nicht besonders sicher. Erst kürzlich war eine große Ladung Zucker verloren gegangen und zwei Männer waren ertrunken, als eins der Boote gekentert war. Aber das war nur eine von vielen Sorgen bei der Zuckerproduktion. Das Wetter, die Krankheiten, die Pflanzenschädlinge, die schwankende Qualität und Quantität des Zuckers, der Zustand des Werkzeugs und der Geräte, die Preisschwankungen und Osbournes Schulden bei den Händlern machten es oft unmöglich, schwarze Zahlen zu schreiben. Jeder Profit war hart erkämpft.

War der Tabakanbau auf *Royal Hundred* auch so mühsam?

Magnus plante, für eine Weile nach Virginia zurückzukehren. Osbourne hatte ihn in seinem letzten Brief darum gebeten. Magnus sollte ihm über den Zustand von *Trelawny Hall* berichten. Auf diese Weise würde Osbourne sich die beschwerliche Reise nach Jamaika sparen.

Der Frühling war jedoch noch ein paar Monate entfernt. Während seiner Abwesenheit würde Magnus von Kwasi vertreten werden. Das war sowohl für *Trelawny Hall* als auch für Kwasi ein Risiko. Die anderen Aufseher hatte Magnus zu den abseits gelegenen Kakao- und Kaffeeplantagen geschickt.

Er verabschiedete sich von Kwasi und Rojay und ging in die nahe gelegenen Sklavenunterkünfte. Die kleinen Hütten bestanden aus Flechtwerk und Holzbalken und waren von farbenfrohen, süßlich duftenden Gärten umgeben. Magnus traf sich dort mit einem Arzt, der die Kinder untersuchen würde. In letzter Zeit gab es eine Plage der gefürchteten Raubwanzen. Außerdem gab es viele Fälle von Frambösie oder Würmern. Wenn die Parasiten und Krankheiten früh entdeckt wurden, war der Verlauf nicht so schlimm.

Magnus arbeitete Seite an Seite mit dem Arzt und nahm jedes Kind auf den Schoß. Dabei dachte er sehnsüchtig daran zurück, wie Larkin seine Ärmchen nach ihm ausgestreckt hatte, bevor er abgereist war.

Es gab nur wenig in Magnus' Leben, was er als schmerzhafter empfunden hatte.

38

Heirate nie des Geldes wegen.
Es ist günstiger, welches zu leihen.
SCHOTTISCHES SPRICHWORT

Sie hätte nur Ja sagen müssen und die Sache hätte ein Ende gehabt. Doch hier saßen sie erneut mit dem Kirchenvorsteher zusammen, um über Larkins Schicksal zu diskutieren. Wenn Lark Trevor heiraten würde, hätte sich das Thema erledigt. So schien es wenigstens. Wartete Trevor auf Richard Osbournes Erlaubnis? Es würde sicherlich noch zwei bis drei Monate dauern, bis er eine Antwort erhielt. Vielleicht würde Osbourne sogar warten, bis er persönlich nach *Royal Hundred* kam.

Danke, Gott, für die Verzögerung.

Lark bezweifelte, dass Osbourne etwas gegen Trevors Bitte einzuwenden hatte. Er würde ihnen sicherlich seinen Segen geben. Wer könnte einem Ramsay schon etwas ausschlagen?

Konnte Lark es?

Sie hatte Larkin zu Theodosia gebracht, um allein mit Trevor zu dem Treffen in der Pfarrei zu gehen. Aber sie kamen nicht wirklich weiter, weil Granger krank war und die Angelegenheit nur mit ihm geklärt werden konnte.

Die Feiertage waren vergangen und ein neues Jahr hatte begonnen. Da sie ab Weihnachten wieder auf *Royal Hundred* eingeschneit gewesen waren, hatten Lark und Trevor sich seit dem Abend am Lagerfeuer nicht mehr gesehen. Darum war Trevor auch nicht geneigt, sie nach dem Treffen gleich wieder zur Plantage zurückzubringen.

„Kommen Sie mit mir in die South England Street", sagte er, als das fruchtlose Gespräch beendet war.

Neugierig willigte Lark ein. Was Trevor ihr über den Bau erzählt hatte, sprengte ihre Vorstellungskraft. Sie wurde nicht enttäuscht. Ramsay Manor war zwar nicht Kerrera Castle, aber die späte Wintersonne beschien ein weitläufiges, vielversprechendes Fundament. Es würde gewiss eins der schönsten Häuser von Williamsburg werden.

Lark und Trevor spazierten über den unbebauten Teil des Grundstücks. Der Boden unter Larks Halbschuhen war hart und feucht, aber es waren auch erste Anzeichen für den Frühling erkennbar. Hier in Virginia schien sogar das Unkraut im Winter zu gedeihen, da es auch immer wieder milde Tage gab. Die wilden, farbenfrohen Gärten von Williamsburg hatten Larks Herz im Sturm erobert.

„Ich hätte nie gedacht, einmal etwas Schöneres als meine Insel zu sehen. Aber Ihr Grundstück ist wirklich sehr reizvoll", gestand sie Trevor im schwachen Licht der Wintersonne, während sie die Hände tiefer in ihren Muff schob.

Trevor schaute lächelnd zu ihr hinunter. „Im schottischen Klima wachsen zwar die robustesten Pflanzen, aber viele der schönsten Blumen sind dort nicht zu finden. Ich möchte, dass diese Gärten auch Ihnen gehören, Lark. Sie wissen ja, was ich mir für unsere Zukunft erhoffe."

„Und ich bitte Sie, das noch mal zu überdenken", erwiderte Lark ruhig, während ihre Augen auf einem kahlen Hartriegel ruhten. „Wäre es nicht vorteilhafter für Sie, eine Frau von Rang zu heiraten? Mit besseren Verbindungen oder wenigstens einer Mitgift? Was werden Ihre Freunde und Bekannten sagen, wenn es sich herumspricht, dass Sie mir den Hof machen?"

„Es interessiert mich wenig, was die anderen sagen. Und da ich ein Ramsay bin, brauche ich nichts von den Dingen, die Sie erwähnt haben. Ihre Schönheit und Ihr Charakter genügen. Es verwirrt mich, dass Sie so zurückhaltend sind, insbesondere in Anbetracht Ihrer Schwierigkeiten mit Mr Granger. Hat es etwas mit mir zu tun? Habe ich eine Eigenschaft oder Angewohnheit, die Ihnen missfällt?"

Plötzlich tat Trevor ihr leid. Er, der gefragteste Junggeselle von Virginia, blickte so niedergeschlagen drein, als wäre er gerade von der begehrtesten Schönheit von Williamsburg zurückgewiesen worden. Dennoch wollte Lark ehrlich zu ihm sein. „Es gibt ein schottisches Sprichwort, das meine Großmutter oft zitiert hat: ‚Angefachte Feuer und erzwungene Liebe waren noch nie gut.'"

Trevor schmunzelte schelmisch. „Aber die Liebe ist bei Bauern genauso warm wie bei Adligen, richtig?"

Lark seufzte und starrte auf das unbebaute Land vor sich. Sie versuchte, sich Obstgärten, Blumen und eine Orangerie darauf vorzustellen. „Sie sind mir ein guter Freund geworden, Trevor."

Er berührte ihre kalte Wange. „Freundschaft ist vielleicht das beste Fundament für eine Ehe."

„Wenn, dann würden Sie einen guten Ehemann abgeben." Wie so oft musste sie an Larkin denken. „Und Vater."

„Das wäre ich gerne für Sie und den Jungen. Sobald ich von Osbourne höre, werde ich mich um unsere Heirat bemühen. Es wird noch eine Weile dauern, bis das Haus fertig ist. Aber mein Bruder und Thea haben mir versichert, dass wir bei ihnen wohnen können, bis wir ein eigenes Heim haben."

„Das ist sehr großzügig." Doch wenn Lark es in Erwägung zog, Trevor zu heiraten, tat sie es aus den falschen Gründen. Ein reich gedeckter Tisch. Die Heizmaschine. Theas Freundschaft. Larkins Zukunft.

Und sie hatte Trevor noch nicht den wahren Grund für ihre anhaltende Zurückhaltung erzählt.

„Mmh, köstlich!", rief Sally aus, nachdem sie mit einem Holzlöffel aus dem schwarzen Kessel über dem Herdfeuer probiert hatte. „Das essen wir besser ganz schnell auf, bevor man dich noch zur neuen Köchin macht."

Daraufhin musste Lark gleichzeitig lachen und niesen. „Ich bezweifle, dass man dich gegen eine andere Köchin austauschen würde. Deine Südstaatenküche ist vorzüglich, selbst die einfachsten Gerichte."

Lark hatte Sally bereits beigebracht, schottischen Früchtekuchen zu backen. Heute hatten sie *Cullen Skink* gekocht, auch eins ihrer Lieb-

lingsgerichte. Lark hatte Heimweh. Außerdem hatte es wieder geschneit und sie war erkältet. Verträumt dachte sie an Grannys *Croft*
und das kleine Fensterchen mit Meerblick zurück. Aber es war sinnlos,
zurückzuschauen. Damals hatte sie Larkin noch nicht gehabt. Sie hatte
weder Sally noch Cleve noch Mistress Flowerdew gekannt. Noch die
Ramsays. Noch ihren Traumgarten. Mit einiger Anstrengung gelang es
Lark, ihr Herz zu erwärmen.

„Ich spüre, dass du deine Heimat vermisst", bemerkte Sally. Sie war
eine gute Beobachterin. „Und deine Granny."

Lark nickte und trocknete die Hände an ihrer Schürze ab. Dann
schaute sie zu Larkin hinüber, der mit Cleve spielte. „Ich habe Granny
noch einen Brief geschickt, aber sie muss zum Pfarrer gehen, damit er
ihr den Brief vorliest."

„Sie kann also nicht zurückschreiben", sagte Sally. „Und dir erzählen, wie es ihr geht."

„Wer weiß, vielleicht ist sie ja bereits von uns gegangen …" Lark
brachte das Wort *tot* nicht über die Lippen. Nicht einmal *beim Herrn
im Himmel*. Schnell schob sie den qualvollen Gedanken beiseite.

„Was hast du vor?", fragte Sally, als Lark ein Cape anzog und die
Bänder ihrer Haube unter dem Kinn verschnürte.

„Ich gehe zu den Unterkünften, um ein paar dringend benötigte
Heilmittel zu überbringen."

„Sei auf der Hut", warnte Sally, während ihr Blick zum Fenster wanderte. „Hast du schon was von Granger gehört? Er hat in letzter Zeit
nicht mehr hier herumgeschnüffelt."

„Gott sei Dank. Ich habe gehört, dass er wieder krank ist und zu
Hause bleibt." Lark bückte sich, um Larkin einen Kuss auf die Stirn
zu geben. Dann ging sie mit dem Korb in der Hand zur Tür. „Ich bin
gleich zurück."

Larkin spielte zufrieden mit ein paar Puddingformen weiter, die Sally ihm gegeben hatte. Lark verließ die Küche und lief über den Wirtschaftshof, vorbei an den Nebengebäuden mit ihren verschiedenen Ge-
rüchen und Geräuschen.

Dann lag das graublaue Wasser des Flusses vor ihr. Lark bog nach links in ein Wäldchen aus kahlen Bäumen ab, die sie inzwischen als Kastanien und Eichen kannte. Der Rauch von zahlreichen Schornsteinen hing in der kühlen Februarluft, als Lark sich den Quartieren näherte. Als sie in der Ferne Kinder spielen und lachen hörte, hob sich ihre Stimmung.

Lark kam am liebsten in der Abenddämmerung her, wenn die Sklaven sangen. Dann lag eine beinahe heilige Stimmung in der Luft. Sie hatte noch nie so schöne Musik gehört. Der Himmel schien auf die Erde hinabzukommen. Lark war es unbegreiflich, wie Menschen, die in solcher Unterdrückung lebten, etwas so Schönes hervorbringen konnten. Vielleicht hatte Gott ihnen die Musik geschenkt, um sie in diesen schweren Zeiten zu trösten.

Jetzt, am Vormittag, war kaum Musik zu hören. Die Feldarbeiter pflügten gerade einige Tabakfelder um. Dieses Jahr würde Mais darauf angepflanzt werden. Trevor hatte Lark erzählt, dass Virginia große Mengen Mais als Nahrung für die Arbeiter in die Karibik lieferte. Lark mochte Mais inzwischen genauso gern wie Hafer oder sogar Weizen. Maisbrot, Maisgrütze, Maismehl und Maisbrei gehörten jetzt zu ihren Lieblingsspeisen. Larkin war offensichtlich gleicher Meinung.

„Morgen, Mistress MacDougall", ertönte es von allen Seiten, als Lark den zerfurchten Weg zwischen den Hütten entlanglief.

Lark lächelte herzlich. Sie freute sich wirklich, die Leute zu sehen. Kinder kamen aus allen Richtungen angerannt, um an ihrem Rock zu zupfen. Lark versuchte, sich ihre Namen zu merken und brachte ihnen immer etwas Süßes mit. Letztes Mal waren es gebrannte Nüsse gewesen. Heute hatte sie Bonbons aus kandierter Orange und Zimt dabei. Sally hatte einen großen Wintervorrat für Larkin angelegt. Und warum sollte Lark das großzügige Geschenk nicht mit den Sklavenkindern teilen?

„Seid brav, Kinder – und benehmt euch!", schalt eine ältere Frau, als Lark die Bonbons verteilte. Die Gesichter der Kinder glühten vor Freude. Auch Lark wurde von Zufriedenheit erfüllt. Ihre düstere Stimmung war verflogen. Geben war wirklich eine gute Medizin, ebenso wie ein fröhliches Herz.

Als Larks Taschen fast leer waren, ging sie auf die Unterkunft des Schmieds zu. Josiahs Frau, Nelly, brauchte ein Tonikum für ihr Lungenleiden. Die miserablen Lebensbedingungen verschlimmerten ihren Husten. Je näher Lark kam, desto lauter hörte sie das vertraute rasselnde Geräusch. Das jüngste Kind erwartete sie an der Tür. Der Junge war etwa so alt wie Larkin, stand aber schon auf seinen bloßen Füßen.

Larks Herz zog sich zusammen. Der Junge trug zerlumpte Kleidung. Aber wenigstens hatte er eine Decke bei sich. War ihm nicht kalt? Ein Daumen steckte in seinem Mund. Lark wühlte in ihrer Tasche, während sie wünschte, mehr für diese Leute tun zu können. Dann kniete sie sich auf die rissige Türschwelle, legte das Bonbon auf ihre Handfläche und bot es dem Kleinen an.

Von der anderen Seite des Zimmers aus sah Nelly strahlend zu, wie ihr Sohn das Bonbon in stillem Entzücken annahm. „Was haben Sie heute dabei, Miss Lark?"

„Einen Hustensaft für Sie." Lark trat lächelnd in die Hütte, in der es streng nach Rückenspeck und gekochten Rüben roch. Fast hätte sie die Nase gerümpft.

Nelly und Lark unterhielten sich eine Weile. Die Frau war so dünn, dass Lark sich erkundigte, ob die Familie genug Vorräte hatte. Bei ihren Besuchen lernte Lark immer sehr viel über die Plantage.

Danach besuchte sie noch ein paar andere Hütten. Sie verteilte den Inhalt ihres Korbs und erkundigte sich, was die Menschen brauchten. Dann machte sie sich auf den Rückweg zum Herrenhaus. Ein beißender Wind kam vom Fluss her auf. Lark blickte auf den felsigen Pfad vor sich und schwang den Korb von einem Arm auf den anderen. *Royal Hundred* war keine verschlafene Plantage mit einem leeren, widerhallenden Herrenhaus mehr. Der Frühling stand vor der Tür und damit auch sehr viele Veränderungen. In den letzten Tagen waren viele Vertragsknechte und Hausdiener der Osbournes aus England eingetroffen. Und Sally hatte Lark erst an diesem Morgen erzählt, dass ein französischer Koch eingestellt worden war. Er sollte Sally und Cleve nicht ersetzen, sondern helfen, die zukünftigen Gäste der Osbournes zu versorgen.

Plötzlich wurde Lark von einem hohen Wiehern aus ihren Gedanken gerissen. Granger und sein schöner Rotfuchs blockierten ihr den Weg. Sie blieb stehen. Konnte er nicht einfach verschwinden? Granger traktierte Lark mit einem bohrenden Blick. Seine Miene war missmutig. In einer Hand hielt er eine Peitsche, mit der anderen umklammerte er die Zügel.

Mit äußerster Wachsamkeit wartete Lark ab. Doch Granger rührte sich nicht vom Fleck. Sein Groll war nicht zu übersehen. Die feuchte Luft zwischen ihnen schien zu knistern.

„Sie sind schon wieder in den Unterkünften gewesen", fauchte er, während er Larks leeren Korb musterte.

Sie nickte. „Solang es nötig ist, werde ich es auch weiterhin tun."

Granger trieb sein Pferd auf Lark zu, bis er in Spuckweite war. Und er sah auch wirklich so aus, als wollte er Lark anspucken. Am liebsten wäre sie zurückgewichen. Aber sie durfte jetzt keine Angst zeigen.

„Sie sehen mich an, als hätten Sie nichts Falsches getan", sagte Granger mit einer Stimme, die Lark eine Gänsehaut über die Arme jagte. „Wie ein Flittchen – was Sie ja auch sind."

Granger sackte ein wenig im Sattel zusammen, doch sein Stolz und Eigensinn hielten ihn auf dem Pferd. Er war schwer krank. Sein verzerrtes Gesicht war auf der linken Seite gelähmt. Dadurch sprach er etwas undeutlich. Lark wurde von Mitleid ergriffen. Doch dann überwog ihre Wut.

„Übrigens wurde der Captain – Ihr entflohener Freund – erwischt und verdientermaßen gehängt."

Rory war tot? Der Schock zwang Lark beinahe auf die Knie.

Ach, Rory. Auch wenn ich mit deiner Flucht nicht einverstanden war, konnte ich deine Sehnsucht nach einem besseren Leben verstehen.

„Ich werde nicht eher ruhen, bis ich Sie für Ihre Beteiligung an seiner Flucht zur Rechenschaft gezogen habe." Granger verlagerte sein Gewicht. Trotz seines Zustands wirkte er ziemlich selbstgefällig. „Nicht nur das, ich habe Osbourne geschrieben und mich erneut mit den Kirchenvorstehern getroffen. Bald wird man Sie auf eine andere Plantage versetzen und Sie von Ihrem unehelichen Sohn trennen. Dann können Sie nicht mehr Osbournes wertvolle Vorräte verschwenden und –"

„Ein Lügner muss ein gutes Gedächtnis haben", gab Lark wütend zurück. Jegliches Mitgefühl war verschwunden. „Erst haben Sie dem Kirchenvorstand gesagt, Larkin sei mein uneheliches Kind. Dann haben Sie behauptet, er sei der Sohn einer Prostituierten. In Wahrheit wurde er mir von seiner verzweifelten Tante anvertraut, als sie im Sterben lag. Ich helfe den Sklaven hier auf *Royal Hundred,* weil Sie Ihren Pflichten als Geschäftsführer nicht nachkommen. Und jetzt besitzen Sie auch noch die Frechheit, mir im Wald aufzulauern, was kein wahrer Gentleman je tun würde –"

„Wie können Sie es wagen!" Mit erstaunlicher Leichtigkeit hob Granger die Peitsche und ließ sie durch die Luft sausen – so schnell, dass Lark nicht mehr ausweichen oder auch nur zusammenzucken konnte. Der Lederriemen traf ihre Wange wie ein Strahl kochendes Wasser.

Als Lark rückwärtstaumelte, hob Granger erneut die Peitsche und trieb sein nervöses Pferd noch näher heran. Würde er Lark auspeitschen, wie er es mit den Sklaven tat? Als Lark ihre brennende Wange berührte, färbten sich ihre Finger rot.

„Mistress MacDougall?", erklang eine tiefe Stimme aus dem Wald. Der Hufschmied trat aus dem Gebüsch und stellte sich schützend zwischen Lark und Granger – eine muskulöse, dunkle Mauer. „Sir, ich bitte Sie, damit aufzuhören!"

Grangers Wut wurde neu entfacht und er spannte den ganzen Körper an. Plötzlich hatte Lark keine Angst mehr um sich selbst, sondern um Josiah. Ein Sklave, der einem weißen Mann die Stirn bot, wurde meist mit dem Tod bestraft. Granger hatte immer noch die Peitsche erhoben. Sein Gesicht lief dunkelrot an und seine ohnehin schon grotesken Gesichtszüge verzerrten sich noch mehr. Diesmal galt sein Zorn Josiah.

Die Peitsche sauste erneut durch die Luft, doch der Hufschmied packte das Ende einfach mit seiner schwieligen Hand – wie ein Kind, das ein Glühwürmchen fing. Dann entriss er Granger die Peitsche.

„Du dreckiger, aufmüpfiger …", fauchte Granger, während sich Schaum um seinen Mund bildete. Dann griff er sich wie in Zeitlupe an den Hals.

Fassungslos schaute Lark zu, wie der Geschäftsführer langsam vom Pferd rutschte und mit einem dumpfen Aufprall auf dem feuchten Boden landete. Eine Weile blieben Lark und Josiah regungslos stehen. Dann kniete Josiah sich hin und drehte den Geschäftsführer vorsichtig um. Die Peitsche lag neben ihm auf dem tauenden Boden. Grangers geweitete Augen starrten blind in den Himmel. Josiah schüttelte ihn an den Schultern und an seinem breiten, hervortretenden Kiefer, als wollte er ihn aus einem tiefen Schlaf wecken.

„Er ist tot", sagte Lark. Der stechende Schmerz in ihrer Wange half ihr, klar zu denken. „Sie können hier nichts mehr tun. Wenn man Sie hier findet, gibt man Ihnen wahrscheinlich die Schuld an Grangers Tod. Bitte kehren Sie an Ihre Arbeit zurück. Ich werde zum Haus gehen und es Mistress Flowerdew erzählen."

Josiah stand auf und trat zurück. Dann senkte er den Kopf und betete im Stillen. Lark wartete, bis Josiah gegangen war, bevor sie selbst auch betete. Um Schutz. Und Frieden.

Auf zittrigen Beinen rannte Lark den ganzen Weg bis zum Herrenhaus. Die Hintertür stand weit offen, da ein paar Hausmädchen gerade die Teppiche ausklopften und lüfteten. Sie sahen Lark kommen und musterten ihr blutiges Gesicht und Kleid mit großen Augen. Eins der Mädchen rannte mit einem überraschten Ausruf ins Haus, um die Haushälterin zu holen.

Benommen wartete Lark auf der Hintertreppe. Sally war mit Larkin auf dem Arm aus dem Küchenhaus getreten und blickte besorgt herüber. Trotz ihres Schocks war Lark erleichtert. Kein Granger mehr. Keine Lügen mehr. Keine Bedrohung für Larkin oder sie.

Oh Herr, lass es wahr sein.

Aber was, wenn jemand Lark beschuldigte? Wie bei Islas Tod? Was, wenn jemand Lark mit Granger im Wald gesehen hatte und ihr vorwarf, seinen Zusammenbruch verursacht zu haben?

Mistress Flowerdew kam aus dem Waschhaus herbeigeeilt. Sie flog förmlich über den Wirtschaftshof. „Ach du liebe Güte …"

Sanft nahm sie Lark am Arm und führte sie durch das Foyer in ihre sichere private Wohnstube. Dort untersuchte sie die tiefe Wunde an Larks Wange. Dann ging sie zu einem verschlossenen Schrank und öffnete ihn mit einem Schlüssel von ihrer Chatelaine. Sie holte weiche Tücher und eine Salbe hervor. Wenig später wurde eine Schüssel mit warmem Wasser gebracht.

„Erzählen Sie mir, was passiert ist. Ich fürchte, es hat mit Mr Granger zu tun."

Lark erzählte Mistress Flowerdew alles – bis auf das Eingreifen des Hufschmieds. Josiah war nur ein Passant, der Lark zu Hilfe geeilt war. Es würde zu nichts Gutem führen, wenn seine Beteiligung bekannt werden würde. „Mr Granger hat mich geschlagen, als ich ihm widersprochen habe. Ich fürchte, das war sein Tod."

„Das war einzig und allein seine Schuld", erwiderte die Haushälterin entschieden. Lark atmete tief durch, bevor sie mit ungläubiger Stimme fortfuhr: „Außerdem hat er gesagt, dass der flüchtige Vertragsknecht, der Captain, gefasst und gehängt wurde."

Mistress Flowerdew nickte mit betrübter Miene. „Diese Nachricht wollte ich Ihnen ersparen. Ich habe es vor ein paar Tagen gehört. So, jetzt lassen Sie uns den ganzen Ärger mit dem verwirrten Mr Granger vergessen."

Sie verloren kein Wort mehr über die Sache. Als Larks Wange verbunden war, beauftragte Mistress Flowerdew einen Knecht, den Arzt sowie die Behörden zu informieren und auf Grangers Leiche aufzupassen. „Aber zuerst muss seine Witwe unterrichtet werden." Dann wandte Mistress Flowerdew sich wieder an Lark: „Das wird eine Narbe in Ihrem hübschen Gesicht hinterlassen, fürchte ich."

Was war schon eine kleine Narbe? Lark hatte furchtbare Striemen auf den Rücken vieler Afrikaner gesehen. Und Brandmale. Dieser Anblick hatte selbst ihr zähes schottisches Gemüt erschüttert. „Das ist nun wirklich nicht schlimm."

„Bitte bleiben Sie doch den restlichen Tag hier in meinem Wohnzimmer. Sally kann auf Larkin aufpassen."

„Danke, aber nein. Ich brauche etwas Ablenkung."

Den restlichen Nachmittag suchte Lark im Bienengarten Zuflucht. Sie versuchte, ihren üblichen Pflichten nachzugehen und sich keine Sorgen zu machen. Würde man sie für Grangers Tod verantwortlich machen? Was Granger über Rory erzählt hatte, stimmte Lark sehr traurig. Während sie versuchte, sich auf ihre Arbeit zu konzentrieren, brach die Sonne durch die Wolken. Es schien, als wollte Gott ihre trübe Stimmung aufhellen.

Gegen achtzehn Uhr kam Trevor Ramsay. Ein Stallbursche eilte ihm entgegen, um sich um das Pferd zu kümmern. Lark sah, wie das Tier zu den Ställen geführt wurde. Die Nachricht war also bis nach Williamsburg durchgedrungen. Aber sie würde es Mistress Flowerdew überlassen, ihrem Gast die Einzelheiten zu berichten. Lark fand keine Worte. Seufzend schob sie die Bedenken wegen ihrer unansehnlichen Wunde beiseite. Sie nahm Larkin auf den Arm und wappnete sich für den Besuch. Obwohl sie froh war, einen Freund zu sehen, sehnte sie sich von ganzem Herzen nach einer Nachricht von Magnus. Nach Magnus selbst.

Trevor öffnete das Törchen des frisch gestrichenen weißen Zauns, der den Bienengarten umgab. Sein Gesicht war angespannt, sogar wütend. Ihre Blicke trafen sich über den Blumenbeeten, in denen Schafgarbe, Bienenkraut, Sonnenhut und Astern zu sprießen begannen.

„Lark, um Himmels willen …" Besorgt musterte Trevor ihre schmerzende Wange, die Mistress Flowerdew verbunden hatte. „Gott sei Dank ist Ihnen nichts Schlimmeres passiert. Wenn Granger nicht bereits tot wäre, würde ich ihn zu einem Duell herausfordern."

„Ich hoffe, dass die Probleme, die ich wegen ihm hatte, nun endgültig vorbei sind."

„Gewiss doch. Ich werde mich morgen mit dem Kirchenvorstand und den Parlamentsmitgliedern treffen, um den Fall abzuschließen."

Tränen brannten in Larks Augen. „Seine Witwe tut mir leid. Aber ich bin froh für die Menschen, die unter ihm gelitten haben."

Trevor verzog das Gesicht und drehte den Hut in seiner Hand. „Wenn es eine Hölle gibt, wird diese durch seine Anwesenheit jetzt noch mehr ein Ort des Grauens."

Lark dachte über seine Worte nach, während die abendliche Kälte langsam durch ihre Kleider drang. Als Trevor auf sie zutrat, streckte Larkin sofort ein Ärmchen aus und zupfte an Trevors Weste.

„Du schlauer Bursche. Du willst wieder meine Taschenuhr haben, stimmt's?"

Lark lächelte. „Kommen Sie rein, dann trinken wir etwas Warmes."

„Genau das hat Mistress Flowerdew auch gesagt, als ich angekommen bin. Wollen wir?"

Arm in Arm liefen sie zum Herrenhaus hinüber. Trevor trug Larkin, der fröhlich mit der glänzenden Taschenuhr spielte. Im Wohnzimmer schlug ihnen der Duft von frisch aufgebrühtem Darjeeling entgegen. Doch die Haushälterin war nicht da. Ein Hausmädchen erklärte, dass Mistress Flowerdew sich um ein Problem in der Molkerei kümmern musste.

Sie setzten sich ans Feuer. Larkin saß zwischen ihnen auf dem Sofa. Seine nackten Zehen blitzten unter seinem Hemd hervor. Die Ereignisse des Tages hatten Lark so mitgenommen, dass sie völlig vergessen hatte, Larkin nach dem Wickeln wieder vollständig anzuziehen. Aber es war warm in der Stube. Larks Wangen glühten.

„Erzählen Sie mir, was passiert ist, nachdem Granger zusammengebrochen ist", bat Trevor, als die Magd das Zimmer verlassen hatte.

Lark berichtete, was man ihr erzählt hatte. Der Sheriff war gekommen und hatte die Leiche fortbringen lassen. Grangers Witwe war informiert worden. Und auf der Plantage herrschte Chaos, da nun der Geschäftsführer fehlte.

„Osbourne wird bald einen neuen Geschäftsführer einsetzen." Trevor griff in seine Westentasche und holte einen Brief hervor. „Nach all den schlechten Nachrichten habe ich auch eine gute Neuigkeit."

Langsam faltete er den Brief auf. Hatte Trevors Freund eine Nachricht von Magnus mitgebracht? Nein. Es war Osbournes Handschrift.

Trevors zages Lächeln bestätigte Larks Vermutung. „Ihr Vertragsherr schreibt: ‚Es überrascht mich nicht, dass Ihnen Miss MacDougall ins Auge gestochen ist. Ihre Schönheit ist auch mir nicht entgangen, als der Laird sie mir in Glasgow vorgestellt hat. Sie ist kein gewöhnliches Dienstmädchen. Dies veranlasste mich, sie auf Bitten von Magnus MacLeish hin als Vertragsdienerin einzustellen. Und als solche hat Miss MacDougall meinen Segen, Sie zu heiraten, wenn sie das möchte. In diesem Fall sieht das Gesetz vor, dass Miss MacDougall von ihrem Vertrag befreit wird. Aber wie könnte ich einem Ramsay auch etwas ausschlagen? Vermutlich würden Sie mich dann aus Virginia verbannen lassen.'"

Lark lächelte über die humorvollen Worte. Der Weg war geebnet. Sie hatten Osbournes Segen. Wenn Lark wollte.

Trevor steckte den Brief wieder ein. „Jetzt kann ich Ihnen also ganz offiziell den Hof machen."

Larkin unterstrich Trevors Worte mit einem lauten Quietschen. Sie mussten beide lachen. Der Tee war in Vergessenheit geraten. Wenn der stechende Schmerz in ihrem Kinn nicht gewesen wäre, hätte Lark wohl einen Funken Freude verspürt. Sie fühlte sich geehrt, dass ein Mann wie Trevor sie als würdige Partnerin erachtete.

„Trevor, Ihr Wunsch ehrt mich wirklich sehr. Aber ich kann das nicht zulassen", sagte Lark behutsam. Sie wollte Trevor nicht als Freund verlieren, ihm aber auch keine falschen Hoffnungen machen.

„Ich werde nichts überstürzen", beteuerte er. „Ich muss ohnehin für eine Weile nach Norfolk, um die Verladung von Steinen für *Ramsay Manor* zu beaufsichtigen, wie Sie mein Haus nennen. Derweil haben Sie Zeit, um sich zu erholen und über mein Angebot nachzudenken. Und um die unschönen Erinnerungen an Granger zu vergessen."

Trotz ihrer abweisenden Worte gab Trevor nicht auf. Musste sie noch deutlicher werden?

„Ich muss Ihnen noch etwas sagen, bevor Sie gehen", begann Lark. „Auch wenn es mir schwerfällt. Es wäre nicht gerecht, es zu verschweigen. Wissen Sie …" Lark suchte nach den richtigen Worten. Die Emotionen schnürten ihr die Kehle zu, sodass sie kaum Luft bekam. „Mein Herz gehört schon lange einem anderen. Das habe ich aber erst vor Kurzem begriffen. Als junges Mädchen kannte ich meine eigenen Gefühle nicht, aber jetzt, als erwachsene Frau …"

„Sie denken an den Laird." Trevor sah sie etwas ungeduldig an – wie jemand, der ein eigensinniges Kind zurechtweist. „Lark, ich bezweifle, dass der Laird noch am Leben ist. Vielleicht ist es nur eine kindische Hoffnung, die den Laird in Ihrem Herzen und Ihren Gedanken am Leben erhält."

Stimmte das? Wenn, dann konnte Lark es nicht ertragen. „Ich kann meine Gefühle nicht leugnen. Vielleicht wird meine Zuneigung irgendwann nachlassen, wenn der Laird tatsächlich nicht mehr ist."

„Das hoffe ich. Trauern Sie ruhig um den Laird. Aber lieben Sie ihn nicht, denn ich glaube wirklich, dass er von uns gegangen ist." Tröstend nahm Trevor Larks Hand und küsste ihren Handrücken. Er war wirklich überzeugt, dass Magnus tot war. „Bald werden Osbourne und seine Familie eintreffen. Dann wird *Royal Hundred* zu neuem Leben erwachen. Es wird wieder so sein wie vor der Tragödie. Ein Neuanfang für viele von uns. Eine Hochzeit wäre da doch eine passende Feierlichkeit."

39

*Von allen Kräften des Geistes ist die Erinnerung
die zarteste und zerbrechlichste.*

Ben Jonson

Gab es etwas Schöneres als eine Bootsfahrt im Frühling?

Lark saß mit Thea in der Schaluppe, während zwei livrierte Bootsführer sie durch den James ruderten. Das Wasser glitzerte wie blaues Glas in der Sonne. Lark hätte Larkin gerne mitgenommen, aber sie fürchtete zu sehr, dass sie kentern könnten. Darum war Larkin mit Mistress Flowerdew am Ufer geblieben und krabbelte nun munter auf der Decke herum, die sie im Gras ausgebreitet hatte. Die Haushälterin hatte den wunderschönen Märznachmittag zu einem Feiertag erklärt. Die Angestellten hatten alle etwas Erholung verdient. In letzter Zeit waren sie sehr beschäftigt gewesen. Seit Grangers Tod war *Royal Hundred* ein anderer Ort geworden. Oder lag es vielmehr am Frühling und den vielen Veränderungen, die das neue Jahr mit sich brachte?

„Ich nehme an, dass du oft aufs Meer rausgefahren bist. Immerhin hast du auf einer Insel gelebt", sagte Thea, während sie die Finger durch das kalte Wasser gleiten ließ.

„Nay. Nachdem mein Vater gestorben war, habe ich das Meer gemieden. Seitdem fühle ich mich an Land einfach wohler. Und viel sicherer. Der Atlantik ist ja auch etwas ganz anderes als dieser Fluss."

„Das verstehe ich. Seit mein Vater und meine Schwestern vom Blitz getroffen wurden, habe ich Angst vor Gewittern. Früher bin ich in mein Schlafzimmer gegangen, habe die Tür geschlossen und mich versteckt, bis das Gewitter aufgehört hat." Theas Augen glänzten feucht unter der Krempe ihres kunstvollen Huts. „Es vergeht kein Tag, an dem ich nicht an sie denke. Dir geht es bestimmt ähnlich."

Lark nickte. Die Traurigkeit in der Stimme ihrer Freundin rührte sie. Ja, Lark vermisste ihre Lieben auch sehr. Granny. Ihre lieben Eltern. Andere Verwandte, die noch lebten. Und Magnus, immer Magnus, ob lebendig oder tot. Würde sie immer so sehnsüchtig an ihn denken? „Es ist gut und richtig, dass wir uns an unsere geliebten Menschen erinnern."

Lark beugte sich über den Rand des Boots und betrachtete ihr Spiegelbild im Wasser. Ein Monat war seit Grangers Tod vergangen. Ihre Wange verheilte nur langsam. Aber auf der dunklen Oberfläche des Wassers konnte man die rote Stelle nicht sehen, die bald zu einer Narbe werden würde. Eine bleibende Erinnerung an einen verwirrten Mann.

„Trevor tut es leid, dass er nicht mitkommen konnte. Er ist in letzter Zeit viel mit den Bauarbeiten an seinem Haus beschäftigt. Es würde mich nicht wundern, wenn er sogar selbst mit anpackt. Wahrscheinlich ist das auch der Grund, warum er schon seit Weihnachten an einem wiederkehrenden Fieber und Husten leidet."

„Ich bete, dass es ihm bald besser geht." Lark hatte einige Heilmittel für Trevor zum Haus der Ramsays geschickt, ihn aber noch nicht besucht. Sie würde nicht das verliebte Mädchen spielen – vor allem nicht, nachdem sie Trevor ihre wahren Gefühle offenbart hatte. „Wir haben *Royal Hundred* seit dem Vorfall nicht verlassen."

„Ach ja, der *Vorfall*." Thea verzog das Gesicht. „In Williamsburg geht das Gerücht um, dass bereits ein Ersatz für Mr Granger gefunden wurde."

„Oh ja. Mr Murray kommt aus dem Nordosten Schottlands und spricht Doric. Aber wir verstehen einander ganz gut."

„*Royal Hundred* wird noch zu einer schottischen Hochburg." Thea lächelte wieder und schlug verspielt mit der Hand aufs Wasser. „Vielleicht sollte ich Gälisch lernen."

„Ich bringe es dir gerne bei. Es wäre schön, mal wieder Gälisch zu hören."

„Sag mal ein paar Worte."

Nachdenklich schürzte Lark die Lippen. „*Triùir a thig gun iarraidh – gaol, eud, is eagal.*"

Theodosia zog eine lustige Grimasse. „Ich habe absolut keine Ahnung, was das bedeutet."

„Nicht?" Larks Lachen schallte über das Wasser. „Drei Dinge kommen ungebeten – die Liebe, die Eifersucht und die Angst."

Thea sprach die gälischen Worte so gut sie konnte nach.

„Gut gemacht", sagte Lark lächelnd.

Dann wurden sie beide still und hingen ihren eigenen Gedanken nach, bis eine Aufregung am Ufer sie aufhorchen ließ. Lark schaute über die Schulter zu der Eiche, in deren Schatten Larkin und Mistress Flowerdew gesessen hatten. Die Haushälterin war aufgestanden und wedelte hektisch mit etwas umher, während Larkin munter auf der Wiese herumkrabbelte.

Larks Herz machte einen Satz und ihr Magen zog sich zusammen. Was hielt die Haushälterin da in der Hand? Ein Blatt Papier? Eine Nachricht?

Einen Brief!

Mistress Flowerdews vornehme englische Stimme, die über das Wasser zum Boot getragen wurde, klang euphorisch. Sogar die Ruderer hielten in ihrer Bewegung inne. War das nur ein Traum? Oder hatte Larks langes Warten nun tatsächlich ein Ende? Obwohl Mistress Flowerdew schrie – was ihr gar nicht ähnlich sah –, konnte Lark nur wenige Worte verstehen. Aber diese Worte ließen ihr Herz höherschlagen.

„Brief ... Laird ... hier."

Larks Freude war so groß, dass sie wie ein Springteufel in die Höhe schnellte. Die Schaluppe schaukelte bedenklich. Theodosia kreischte. Die Ruderer kicherten. Ein paar Sekunden lang konnte Lark sich noch halten, doch dann verlor sie das Gleichgewicht und ging mit einem lauten Platsch über Bord.

Als sie wieder auftauchte, lachte Thea hysterisch und deutete auf Larks Strohhut, der im Wasser trieb. Prustend und strampelnd versuchte Lark, den Hut zu erreichen, aber die Strömung und der warme Wind trugen ihn zu schnell davon. Egal. Sie wandte sich zum Ufer. Zuversicht und Angst kämpften in ihrem Innern. All ihre Hoffnungen und Träume steckten in diesem Umschlag. Endlich würde Lark erfahren, ob Magnus noch lebte.

Mühsam kämpfte sie sich mit ihrem schweren Kleid ans sandige Ufer. Sie spürte kaum die Kälte, obwohl sie am ganzen Körper zitterte. Die Geschwindigkeit, mit der sie das Ufer erklomm, war alles andere als damenhaft. Dann riss sie der Haushälterin den Brief förmlich aus der Hand. Als sie den Umschlag betrachtete, tropfte Wasser aus ihrem Gesicht auf Magnus' Handschrift. Schnell brach Lark das Siegel und verschlang den Brief.

Liebste Lark,

ich fürchte, dass Du mich für tot und begraben hältst, weil Du nichts mehr von mir gehört hast. Aber meine Briefe wurden von einer Person mit bösen Absichten abgefangen.

Gott sei Dank bin ich wohlauf. Ich bitte den Herrn Tag und Nacht, Dich von allen Seiten zu umgeben und seine segnende Hand über Dich und Larkin zu halten.

Ich habe gebetet, dass Gott alle bösen Pläne gegen Dich zerschlägt. Und ich vertraue darauf, dass der Herr es auch getan hat, denn er ist ein barmherziger, mächtiger Retter, unser allgegenwärtiger Beschützer ...

Plötzlich bekam Lark weiche Knie. Sie sank in den Sand und hätte am liebsten den Brief in ihrer Hand geküsst. Tränen strömten über ihre Wangen und vermischten sich mit dem Wasser des James. Gott sei Dank! Überwältigt stotterte sie eine Erklärung für Mistress Flowerdew, die gespannt wartete.

„Der Laird lebt." Larks Herz schlug so schnell, dass ihre Ohren rauschten und sie völlig außer Atem war. „Seine Briefe wurden bloß abgefangen."

Dankbar und erleichtert schloss Mistress Flowerdew die Augen.

Lark las indes schweigend weiter. Hinter sich hörte sie das platschende Geräusch der Ruder, als sich die Schaluppe dem Dock näherte.

Ich freue mich, Dir erzählen zu können, dass ich bald nach Virginia kommen werde. Ich zähle die Stunden, bis ich Dein liebliches Gesicht wiedersehe. Auch sehne ich mich danach, Larkin wieder in die Arme zu schließen. Ich werde alles in meiner Macht Stehende tun, um in Deiner Nähe zu bleiben. So Gott will, werden wir nie wieder getrennt werden. In Liebe

Dein Magnus

„Mensch, Lark!" Thea war an Land geklettert und beobachtete Lark aufmerksam. „Jetzt hast du offenbart, was in deinem Herzen ist."

Langsam drehte sie sich zu Thea um, während der Brief zwischen ihren Fingerspitzen baumelte. „Ich bin so froh, dass der Laird lebt – und auf dem Weg hierher ist."

„Gott sei Dank!", rief Mistress Flowerdew aus. „Wann wird er ankommen?"

Lark überflog erneut den Brief, da ihr dieses wichtige Detail entgangen war. „Das hat er nicht geschrieben."

„Wir werden ihn jedenfalls herzlich in Williamsburg empfangen, wann immer er kommt", sagte Thea mit einem freundlichen Lächeln. „Ich bin gespannt, was sein Besuch bringen wird."

„Ich bete, dass es mehr als nur ein Besuch wird", warf die Haushälterin ein. Wann immer sie über die Westindischen Inseln sprach, klang Abneigung in ihrer Stimme mit. „Vielleicht wird Mr Osbourne sich entschließen, den Laird hierzubehalten, statt ihn nach Jamaika zurückzuschicken."

Lark faltete den Brief zusammen. Ihr Herz war so voll, dass sie ihre Umgebung kaum wahrnahm. Einer der Ruderer reichte Lark ihren triefenden Hut. Sie nahm ihn mit einem schiefen Lächeln entgegen. Es war ihr egal, dass ihre Kleidung völlig durchnässt war.

Magnus lebte. Das war alles, was zählte. Sie würde seinen Brief immer wieder lesen, bis er auseinanderfiel. Hatten Magnus' Gebete dazu beigetragen, dass Lark bei ihrer Auseinandersetzung mit Granger bewahrt worden war?

Lark und Thea schlenderten langsam auf das Haus zu. Mistress Flowerdew folgte ihnen mit Larkin. Der Rock von Larks nassem Kleid schleifte über das Gras und den Muschelpfad. Überglücklich blinzelte sie in die Sonne, während sie versuchte, sich an das genaue Datum zu erinnern, an dem sie Magnus zuletzt gesehen hatte. Wie mochte er sich seitdem verändert haben?

„Ich frage mich, was der Laird hier in Virginia zu erledigen hat", sagte Thea. „Was immer ihn herführt, er kommt zu einem guten Zeitpunkt. Alle Gärten werden blühen. Außerdem ist es die beste Reisezeit."

„Normalerweise dauert die Überfahrt von Jamaika einen Monat oder länger. Das Wetter und die Strömungen sind unberechenbar", erinnerte sie Mistress Flowerdew.

„Wenn die Überfahrt doch nur so einfach wäre wie die Überquerung des James", bedauerte Lark. Der Schrecken des Sturms steckte ihr noch immer in den Knochen. Wenn sie daran dachte, erneut ein Schiff besteigen zu müssen, hatte sie es nicht mehr so eilig, in ihr Heimatland zurückzukehren. Aber im Moment sehnte sich ihr Herz ohnehin einzig und allein nach Magnus.

Obwohl Lark klatschnass war, hakte Thea sich bei ihr ein. „Ich bin noch nie auf einem Schiff gewesen, während andere zwischen den Kolonien und England oder anderen Orten hin und her reisen. Trevor war jetzt schon zweimal in Europa."

„Trevor ist mutig", sagte Lark. „Ich war nicht sicher, ob ich es bis Virginia schaffen würde."

„Und wir wollen dich auch gar nicht mehr gehen lassen." Thea drückte ihre Hand. „Darf ich dich bitten, gründlich über deine Zukunft nachzudenken? Ich wünsche mir nichts mehr, als dich zur Schwägerin und Master Larkin zum Neffen zu haben."

„Ich hätte gerne eine Schwester", antwortete Lark aufrichtig. Als

Kind hatte sie andere immer um ihre Geschwister beneidet. Sie hoffte, dass es Larkin nicht so ergehen würde. „Oder eine Tochter."

„Du magst den Laird wirklich sehr." Lark hatte ihre Freundin noch nie so ernst erlebt. „Aber ich frage mich, ob er dasselbe für dich empfindet."

„Ich glaube schon", erwiderte Lark mit ungetrübter Freude.

*

Magnus hatte alle äußeren Zeichen der Trauer abgelegt. Es war nicht gut, in der Vergangenheit zu leben und Dinge zu bedauern, an denen man nichts mehr ändern konnte. Am Vorabend seiner Abreise nach Virginia lag er auf seinem Bett und dachte nach, während die Mücken um sein Moskitonetz surrten. Hatte Lark seinen Brief erhalten? War ihre Antwort vielleicht bereits auf dem Weg zu ihm? Magnus liebte Larks Briefe. Er blickte zu seinem Nachttisch hinüber, wo ein Stapel davon lag. Den Inhalt kannte er fast auswendig – auch das, was zwischen den Zeilen stand.

Er musste unbedingt mit Lark reden. Ihr sein Herz ausschütten. Endlich wieder ihre Hände halten. Gott bewahre, dass sie inzwischen fortgeschickt worden war oder Larkin verloren hatte. Magnus würde bis ans Ende der Welt gehen, um die beiden zu finden.

Aber zuerst stand ihm die riskante Schiffsreise von Montego Bay nach Virginia bevor. Magnus hatte sich fest vorgenommen, die Plantage in den Händen dreier fähiger Aufseher zu lassen, die gut zusammenarbeiteten. Kein einfaches Vorhaben. Nachdem Magnus den Briefdieb verprügelt und davongejagt hatte, war ein weiterer Aufseher freiwillig gegangen. Der letzte der drei Männer war geblieben und bemühte sich nun reumütig um Magnus' Gunst. Magnus hatte ihm gesagt, dass er ihn ab sofort an der kurzen Leine halten würde. Außerdem hing sein Arbeitsplatz davon ab, wie gut er mit Kwasi und dem neuen Aufseher, einem schottischen Landsmann, auskommen würde.

Die Zeit in Virginia lag wie eine Oase in der Wüste vor Magnus.

Und dann? Würde er an diesen höllischen, schlangenverseuchten Ort zurückkehren müssen, der so heiß wie ein Backofen war? Vielleicht würde es hier eines Tages friedlicher und ruhiger werden. Aber dafür musste zuerst die Sklaverei ein Ende haben.

Herr, hilf mir, Virginia zu erreichen und dortzubleiben, wenn es dein Wille ist.

40

Ich liebe dich, ich liebe nur dich.
Meine Liebe wird nicht vergehen,
bis die Sonne erkaltet und die Sterne alt werden.
SHAKESPEARE

Larkin hatte seine ersten Schritte gemacht – und war zum ersten Mal
gestürzt. Doch dank Mistress Flowerdew hatte er dabei eine Lauflernmütze auf dem Kopf gehabt und sich nicht wehgetan. Alle rätselten,
wann Larkin wohl Geburtstag hatte. War er bereits ein Jahr alt? Es
schien viel mehr als ein Jahr vergangen zu sein, seit Lark ihn in Glasgow zum ersten Mal gesehen hatte. Jetzt, da Larkin den Sohn der Osbournes zum Vorbild hatte, schien er entschlossen, alles zu lernen, was
der kleine blonde Junge konnte.

Es war Ende April. Das wichtigste Ereignis des Monats war die Ankunft der Osbournes gewesen. Anfangs hatte großes Chaos geherrscht.
Die Truhen mussten ausgepackt und *Royal Hundred* an die Bedürfnisse einer Familie angepasst werden. Würde Magnus bald auch in einer
Staubwolke auf der Zufahrt zur Plantage erscheinen?

Beeil dich, mein Liebster.

Würde Magnus bei Tageslicht ankommen, wenn im Garten alles
blühte und summte? Oder im Schatten der Abenddämmerung mit ihrem süßlichen Duft, wenn die Nacht sich langsam hereinschlich? Selbst
die einfachsten Arbeiten regten plötzlich Larks Fantasie an. Alles schien
ihr romantisch. Aber sie hatte nicht viel Zeit zu träumen, da sie von
Sonnenaufgang bis Sonnenuntergang arbeitete. Angelica Osbourne,
die neue Herrin von *Royal Hundred,* wollte alle Aspekte des Plantagenlebens an der Seite ihres Mannes kennenlernen. Deshalb löcherte sie

Lark oft mit Fragen. Da Angelica wieder schwanger war und häufig an Übelkeit litt, bereitete Lark ihr regelmäßig einen Tee aus Himbeerblättern und Ingwer zu.

In der Küche zauberten Sally und der französische Koch ein feines Gericht nach dem anderen, während die britischen Bediensteten, die mit den Osbournes hergekommen waren, ständig mit den amerikanischen Angestellten aneinandergerieten.

„Nicht nur deine Bienen stechen", sagte Sally, während sie sich mit ihrer Schürze Luft zufächelte. „Manche von diesen eingebildeten Teeschlüfern sollten einfach wieder nach Hause zurückkehren."

Aber die Osbournes waren eine sehr angesehene Familie, der es anscheinend jeder recht machen wollte. Bald hatte sich die Aufregung gelegt. Nur Larks Vorfreude und Nervosität blieben bestehen. War heute der Tag, an dem Magnus kommen würde? Obwohl Lark sich nie viel mit ihrem Erscheinungsbild beschäftigt hatte, erwischte sie sich nun dabei, wie sie viel zu oft in ihren zersprungenen Spiegel schaute. Sie band ihre Schürze neu, richtete ihre Flügelhaube oder las zum hundertsten Mal Magnus' abgegriffenen Brief, obwohl sie ihn schon in- und auswendig kannte. Lark war verliebt – hoffnungslos und ungeniert verliebt in den Laird.

Aus dem frisch renovierten Salon von *Royal Hundred* schallte die Musik eines Pianofortes herüber. Nachdenklich spielte Lark mit dem MacLeish-Medaillon in ihrer Tasche. Die Osbournes hatten ihre engsten Freunde und Verwandten eine Woche nach ihrer Ankunft zu einem Musikabend eingeladen. Die Ramsays waren auch dabei. Lark hatte die Einladung jedoch dankend abgelehnt. Sie gehörte nicht dazu und würde auch nie dazugehören. Aber sie war froh, dass alle so nett zu ihr waren. Lark hatte Trevor nur noch in der Kirche gesehen. Er verhielt sich ihr gegenüber freundlich, aber distanziert, als wartete er darauf, dass sie ihre Meinung änderte.

Lark lauschte gerne der schönen Musik, sehnte sich jedoch nach einem ruhigen Ort. Sie ließ die Tür zu ihrem Zimmer offen stehen, um

Larkin zu hören, falls er aufwachte. Dann ging sie zu der verwitterten Bank, die draußen an einer Wand des Destillierraums stand. Eine Hecke bot ihr Sichtschutz, aber sie konnte immer noch die Bediensteten sehen, die zwischen dem Haupthaus und den Nebengebäuden hin und her eilten. Es war Mai und die Tage wurden immer länger, wenn auch nicht so lang wie in Schottland um diese Jahreszeit.

Einzelne Strahlen der untergehenden Sonne drangen durch die Hecke und wärmten Lark. Sie lehnte den Rücken an die Wand und döste, während ihre Finger das Medaillon in ihrer Tasche umschlossen.

„Lark."

Es war eine Stimme aus einem anderen Leben. Einer anderen Welt. In der Sprache ihres Herzens.

„*Is thu mannsachd.*"

Meine Liebste.

Langsam öffnete Lark die Augen. Dort, halb verborgen in den länger werdenden Schatten der Bäume, stand Magnus. Glühwürmchen schwebten um ihn her. Lark musste an den warmen Sommerabend zurückdenken, an dem sie gemeinsam diese fremde Welt bestaunt hatten. Als Magnus lächelte, war es endgültig um Lark geschehen.

Überglücklich sprang sie auf. In einer Hand hielt sie das geliebte Medaillon und drückte es an ihre Brust. Doch dann wurde ihr schwindelig, weil sie zu schnell aufgestanden war. Als sie schwankte, eilte Magnus auf sie zu und schloss sie in seine Arme. Lark vergrub ihr Gesicht in seinem frisch gewaschenen Hemd. Magnus drückte sie so fest an sich, dass sie förmlich miteinander verschmolzen. Lark bemerkte, dass er dünner und muskulöser geworden war. Und er roch nicht mehr nach Heide oder der See. Aber sein Herz schlug stark und gleichmäßig an ihrer Wange.

„Du bist hier", flüsterte sie. „Ich hatte die Hoffnung fast aufgegeben."

„Nay. Gib niemals die Hoffnung auf. Sie trägt uns durch die schweren Zeiten." Magnus ließ Lark lange genug los, um sie anzusehen. Sanft fuhr er mit einem Finger über ihr ovales Gesicht und betrachtete die Narbe an ihrer Wange. „Ein neuer Schönheitsfleck?"

„Kann man so sagen", erwiderte Lark lächelnd. Sie wollte diesen Augenblick durch nichts verderben. „Beachte es nicht weiter."

Magnus nickte, doch sein Blick blieb fragend. Dann entdeckte er das Medaillon in ihrer Hand. Vorsichtig entwand er es ihrem Griff, bevor er in der seidenen Dunkelheit hinter sie trat. Kühle Finger streiften ihren Nacken. Geschickt legte er das Erbstück der MacLeishes um ihren Hals und hakte den Verschluss ein.

„Für meine hübsche zukünftige Braut." Sein Atem kitzelte ihr Ohr. „Wenn du mich überhaupt willst."

Wenn? Lark drehte sich zu Magnus um. Das Medaillon fühlte sich kühl an auf ihrer heißen Haut. Seine Augen verdunkelten sich vor Verlangen. Jahre unerfüllter Sehnsucht brachten die Luft zwischen ihnen zum Beben. Ihre Liebesgeschichte war von Zurückhaltung geprägt gewesen. Von unterdrückter Leidenschaft. Jetzt, da sie endlich eine Wahl hatten, konnte Lark kaum atmen.

„Willst du mich heiraten, Lark?" Seine leise Frage brachte ihr Herz fast zum Zerspringen. Statt zu antworten, stellte sie sich auf ihre Zehenspitzen und drückte ihre Lippen auf seine. Magnus lächelte. Obwohl sie die Augen geschlossen hatte, konnte sie es an der Form seiner Lippen spüren. Er nahm ihre Hände in seine und legte sie um seinen Nacken. Dann drängte er sie sanft mit dem Rücken an die warme Steinwand, wo niemand sie sehen konnte. Lark verlor sich so sehr in seiner Umarmung, dass sie genauso gut auf Kerrera Castle hätten sein können.

Als Magnus ihren Kuss erwiderte, lösten sich alle ihre Fragen und Ängste in Luft auf. Sein Mund berührte ihren erst sanft, dann fest. Seine Lippen bewegten sich so geschickt, dass Lark wünschte, er würde nie aufhören. Offensichtlich wollte er das auch gar nicht. In der Vertrautheit ihres endlosen Kusses verschmolzen ihre Gedanken und Wünsche, Hoffnungen und Träume miteinander.

„Morgen", sagte Magnus schließlich atemlos, „werde ich Himmel und Erde in Bewegung setzen, um es möglich zu machen."

„Ich kann den morgigen Tag kaum erwarten." Dankbar sprach Lark ein kurzes, inniges Gebet. „Amen."

Am nächsten Abend standen sich Lark und Magnus im kleinen Salon von *Royal Hundred* gegenüber. Das große Fenster hinter ihnen bot einen herrlichen Ausblick auf den gepflegten Garten. Vor ihnen stand der Pfarrer der Bruton Parish Church mit dem Gebetsbuch in der Hand. Die hastig beantragte Heiratserlaubnis und scheinbar übereilte Eheschließung schienen den Geistlichen nicht zu beunruhigen.

Hinter Magnus und Lark stand Mistress Flowerdew mit Larkin. Auch Angelica war anwesend. Sie hatte darauf bestanden, dass Lark einen Strauß aus den schönsten Maiblumen bekam. Der Duft der Rosen und die fröhlichen Farben der Pfingstrosen und Mohnblumen versüßten Lark den wunderschönen Augenblick. Sie würde die Blütenblätter später im Destillierraum pressen und trocknen. Nun atmete sie tief durch und versuchte, alles in sich aufzunehmen. In der letzten Nacht hatte sie vor Aufregung und Euphorie kaum schlafen können. Das Licht in Osbournes Studierzimmer hatte bis in die frühen Morgenstunden gebrannt, da Magnus und sein Freund die Einzelheiten der Hochzeit ausgearbeitet hatten. Schließlich war eine Ehe ein wesentlich wichtigerer Bund als eine Vertragsknechtschaft.

„Der allmächtige Gott, der unsere Urahnen Adam und Eva geschaffen und sie geheiligt und in der Ehe vereinigt hat, möge die Reichtümer seiner Gnade über euch ausgießen. Er möge euch von euren Sünden reinigen und segnen, sodass ihr ihm sowohl im Körper als auch im Geist wohlgefällig seid und bis ans Ende eures Lebens in heiliger Liebe zusammenlebt. Amen."

Nun waren sie offiziell verheiratet. Lark berührte das Medaillon an ihrem Hals, als Magnus sie flüchtig, fast schon neckend küsste. Mit roten Wangen ließ sie sich von ihm in den Speisesaal führen. Sally und der französische Koch hatten sich zusammengetan, um auf die Schnelle ein vorzügliches Hochzeitsmahl zu zaubern.

Der weiße Zuckerguss auf den Kuchen der Braut und des Bräutigams glitzerte im Kerzenlicht. Larkin, der auf Mistress Flowerdews Arm war, zeigte begierig auf das Obst und die Pyramiden aus Zuckerwerk. Lark hatte eigentlich keinen großen Aufwand gewollt. Aber als sie sich jetzt neben ihrem Bräutigam an den feierlich gedeckten Tisch setzte, freute sie sich doch über den Marzipanigel und den Süßkartoffelpudding, die Austern, den Schinken und den Fisch.

Als sie Magnus über den Rand ihrer Punschtasse ansah, konnte sie kaum glauben, dass er endlich da war. Sein attraktives Gesicht war von der karibischen Sonne gebräunt und fast erschreckend fremd, da er unaufhörlich lächelte. In ihrem geliehenen Kleid aus gelbem Taft fühlte Lark sich selbst etwas fremd. Es schien ihr wie ein Traum, dass sie alle fröhlich beieinandersaßen und ihre Hochzeit feierten.

Bald neigte sich der Tag dem Ende zu. Larkin würde die Nacht bei Mistress Flowerdew verbringen. Doch bevor sie sich zurückzogen, nahm Magnus den Kleinen noch einmal auf den Arm und warf ihn in die Luft. Dann bat er Gott um seinen Segen für ihn. Erst danach führte Magnus Lark hinauf in sein Zimmer im zweiten Stock des Herrenhauses.

Sein Schlafgemach war eines Lairds würdig, obwohl Magnus bloß ein verbannter Laird war. Fasziniert drehte Lark sich auf dem geblümten Teppich im Kreis, um das große Bett und die vornehmen Chippendale-Möbel zu bewundern. Die Jalousien an den beiden Fenstern waren geschlossen. Draußen gurrte eine Taube eine traurige Melodie. Vermutlich wartete sie auf ihren Liebsten.

Magnus lächelte Lark im Kerzenlicht an, während er seine Halsbinde löste. „Ganz anders als dein Zimmer im Destillierraum. Aber wir können morgen mit unserem kleinen Jungen dorthin umziehen, wenn du möchtest.“

„Ach, Magnus, ich habe so viele Fragen.“

„Und wir haben ein ganzes Leben, um sie zu beantworten, oder?“

Larks Röcke raschelten, als sie sich auf ein kleines Sofa in der Nähe sinken ließ. „Bitte sag mir, dass wir nicht wieder getrennt werden.“

Magnus kniete sich vor Lark, nahm ihre Hände in seine und küsste sie dann langsam und zärtlich. „Osbourne ist ein großzügiger Mann. Er hat mich gefragt, wessen Freiheit ich mir zur Hochzeit wünsche. Es ist ja wohl selbstverständlich, für wen ich mich entschieden habe.“

„Du hast mich von meinem Vertrag gelöst, obwohl du selbst frei sein könntest."

„Und da du jetzt frei bist, kannst du mit mir nach Jamaika kommen, bis meine zweijährige Dienstzeit beendet ist. Und Larkin natürlich auch."

Erstaunt strich Lark eine Strähne seines pechschwarzen Haars zurück, die sich aus seinem Zopf gelöst hatte und an seiner stoppeligen Wange hängen geblieben war. „Aber wenn du dir deine Freiheit gewünscht hättest, könnten wir hierbleiben. Virginia ist doch ein viel freundlicherer Ort als Jamaika."

„Aber auf Jamaika herrscht größere Not als hier. Es gibt mehr Arbeit. Und ich könnte nicht damit leben, wenn ich meine Freiheit über deine gestellt hätte."

Lark hörte schweigend zu, während sie Magnus tief in die Augen blickte. Sie war zu gerührt, um zu sprechen.

„Eines Tages werden wir vielleicht nach Hause zurückkehren. Nach Schottland." Magnus streckte die Hand aus und löschte die Kerze, die in einem sanften Luftzug flackerte. „Aber heute Nacht werden wir nicht an morgen denken. Gott hat uns diesen Tag, diese Stunde geschenkt, richtig?"

Lark nickte unter Tränen. Tränen der Freude, nicht der Trauer. Sie konnte sich wirklich nichts Besseres vorstellen, als bei Magnus zu sein und diesen heiligen Augenblick mit ihm zu teilen.